O CASAL PERFEITO

RUTH WARE

O CASAL PERFEITO

Tradução de Ulisses Teixeira

Rocco

Título original
ONE PERFECT COUPLE

Direitos para a língua portuguesa reservados
com exclusividade para o Brasil à
EDITORA ROCCO LTDA.
Rua Evaristo da Veiga, 65 – 11º andar
Passeio Corporate – Torre 1
20031-040 – Rio de Janeiro – RJ
Tel.: (21) 3525-2000 – Fax: (21) 3525-2001
rocco@rocco.com.br|www.rocco.com.br

Printed in Brazil/Impresso no Brasil

Preparação de originais
MARINA MONTREZOL

CIP-BRASIL. CATALOGAÇÃO NA PUBLICAÇÃO
SINDICATO NACIONAL DOS EDITORES DE LIVROS, RJ

W235c

Ware, Ruth, 1977-
O casal perfeito / Ruth Ware ; tradução Ulisses Teixeira. - 1. ed. - Rio de Janeiro : Rocco, 2025.

Tradução de: One perfect couple
ISBN 978-65-5532-624-6
ISBN 978-65-5595-416-6 (recurso eletrônico)

1. Ficção inglesa. I. Teixeira, Ulisses. II. Título.

25-100400.0
CDD: 823
CDU: 82-3(410.1)

Carla Rosa Martins Gonçalves - Bibliotecária - CRB-7/4782

Para Ian, meu cientista favorito.
Obrigada por ser você.

PRÓLOGO

Ele está lutando. Ele está lutando pela vida — mas ela também. Ela está mergulhada até o pescoço na água; há sal nos seus olhos, água nos pulmões, e ela está ofegante, engasgada, incapaz de respirar.

O corpo dele é rígido, musculoso e mais forte do que ela imaginava ser possível, debatendo-se como uma fera imobilizada debaixo da água.

E, conforme luta com ele, ela sabe de duas coisas, duas coisas profunda e desesperadamente verdadeiras — a primeira: é ele ou ela, e, se ela soltar, vai se afogar sob as ondas.

E a segunda: para matar alguém dessa maneira, você tem que querer que a pessoa morra com cada grama do seu ser.

A questão é: ela quer? Ela quer que ele morra?

PARTE UM
A CALMARIA

15/02 — 2h13

Alô. Alô?

CAPÍTULO 1

— **NÃO POSSO, REPITO**, não posso ir para uma ilha deserta — falei. Não olhei para Nico, que estava pairando atrás da minha cadeira. Em vez disso, continuei olhando para a tela do computador, tentando compreender a planilha à frente. Uma coisa era certa: os dados definitivamente não mostravam o tipo de correlação que o professor Bianchi esperava ao me contratar. Esta foi minha terceira tentativa, e eu não podia mais ignorar a sensação de mau pressentimento. Alguma coisa estava muito errada.

— Mas, Lyla, estou dizendo, é uma oportunidade única na vida. Reality show. *Reality show.*

— Podia ser a oportunidade do milênio, Nic. Não dá para eu ir com você. Como vou tirar esse tempo de folga? — Havia algum padrão que eu não estava vendo? Talvez se eu tentasse adicionar os resultados anteriores... — Mas não deixe que isso te impeça; pode ir. Vou torcer para você aqui de casa.

— Você não estava ouvindo? — perguntou ele, a súplica na voz tomando um toque de irritação. — Não posso ir sozinho. É um programa de *casais*. Lyla, eu quase não te peço nada, mas Ari acha que isso vai ser uma virada de chave na minha carreira. Não vou ter outra oportunidade como essa. Você sabe há quanto tempo estou dando murro em ponta de faca, fazendo testes para Deus sabe o quê... Essa pode ser minha grande chance.

Abri a planilha do último lote de amostras, cliquei para que os dados criassem um gráfico e, conforme ele se formava, Nico explodiu:

— Lyla! Pelo amor de Deus, você está me escutando? É um momento decisivo na minha carreira e você não pode desligar o laptop por trinta segundos?

Respirei fundo. A voz da minha mãe soou na minha cabeça: *Sai desse telefone, Lyla...*

Salvei o arquivo e me virei na cadeira para encarar meu namorado.

— Desculpe. Você tem razão. Eu não estava ouvindo. Me conta tudo direitinho.

— É um novo reality show. Não tem um prêmio tão bom, porque está sendo feito com um orçamento baixo para uma nova plataforma de streaming, mas vai ser o primeiro lançamento original deles e, se der certo, a exposição pode ser bem alta. E Ari conhece o produtor, Baz. Eles fizeram faculdade juntos. Ari diz que ele pode me colocar lá dentro. Quer dizer, colocar a gente.

— E, desculpe, mas qual é o conceito?

— Cinco casais numa ilha deserta. Formato de eliminação, contagem regressiva ao longo de dez semanas. Não sei bem onde... acho que Ari mencionou algo sobre a Indonésia. É tipo uma mistura de *Ilha da Sorte, Ilha do Amor* com *Survivor*... a gente tem que continuar juntos para ficar no programa. Sol, areia, mar... vamos, Lil! Nós dois precisamos disso. De umas férias de verdade.

— Mas não são férias de verdade, são? E quanto tempo você falou que isso vai levar? Dez *semanas*? Começa quando?

Nico deu de ombros.

— Não faço ideia, mas eles pareciam estar com pressa. Ari estava me perguntando sobre minha agenda dos próximos dois meses. Disse a ele que não havia nada que não poderia ser adiado.

Suspirei.

— Sinto muito mesmo, Nico, talvez a *sua* agenda esteja livre, mas a minha, não. Não tem como eu simplesmente me ausentar pelo restante do contrato, você sabe que não. O professor Bianchi me demitiria, e aí como a gente vai pagar o aluguel?

Não com os ganhos minguados de Nico como ator aspirante e barista de meio período, mas não falei nada. Ele, porém, balançou a cabeça.

— Mas, Lyla, essa é a questão. Se eu conseguir, seria uma boa exposição. Posso me tornar conhecido no final do programa, e aí estamos falando de papéis na TV, filmes, propagandas... o que for. Seria dinheiro de verdade... e regular. Dinheiro para comprar uma *casa*. Eu poderia tirar esse peso das suas costas. Vamos, Lil, pense no assunto. Por favor?

Ele tirou o laptop do caminho e se sentou na escrivaninha à minha frente, esticando os braços, e eu caí no seu abraço, descansando a testa no peito dele, sentindo a mistura familiar de irritação e amor.

Eu amava Nico, de verdade. E não só porque ele era engraçado, charmoso e extremamente gostoso — com certeza um cara nota oito ou nove, enquanto eu era um seis. Mas ele também era um otimista incurável, enquanto o meu racionalismo era irredutível. O hábito de se convencer de que todo arco-íris acabava num pote de ouro só para ele — algo que pareceu tão encantador quando nos conhecemos — começou a me irritar depois de dois anos juntos. Dois anos em que eu paguei as contas, cuidei da parte administrativa da casa e agi como a adulta, enquanto Nico buscava oportunidades que, de alguma forma, nunca se materializavam.

Aquilo soava como mais uma das suas fantasias impraticáveis, exatamente como a adaptação musical de *Crepúsculo* para os palcos que nunca conseguiu obter os direitos do livro ou o seu plano de se tornar um *coach* de atores no YouTube. Houve vários esquemas que não resultaram em nada, muitos seriados cancelados antes do primeiro episódio e pilotos que nunca foram ao ar. Mas, se eu mencionasse qualquer coisa, *eu* seria a vilã. Eu seria a pessoa que negaria a grande chance a Nico.

— Posso pelo menos falar para Ari que você vai se encontrar com os produtores? — perguntou Nico, a respiração quente no topo da minha cabeça. Fechei os olhos, pois sabia que, se olhasse para ele, para os seus olhos castanhos de filhotinho e expressão suplicante, eu estaria perdida. O que eu *queria* dizer era que aparentemente havia poucas chances de isso ir além da primeira reunião, quando os produtores me conheceriam e veriam que eu não era a gostosa peituda que estavam procurando. Reality shows não eram muito a minha praia, mas assisti a um número suficiente deles para saber que havia um certo tipo físico para as participantes mulheres, um no qual eu não me encaixava. Nico — com seu corpo tonificado na academia e pele artificialmente bronzeada — era diferente. Ele teria se encaixado sem problemas em *The Bachelorette* ou *Match perfeito*. Mas eu? Eles realmente iam olhar para uma cientista na casa dos trinta anos, com dedos arroxeados por causa de gel de proteína e uma ruga permanente na testa de tanto usar o microscópio, e pensar: *queremos ver essa mulher correndo pela praia num biquíni minúsculo?* Improvável.

Por outro lado... se nunca fosse acontecer... seria tão ruim se eu enrolasse Nico por mais um tempo? Assim, quando eu fosse rejeitada ou a coisa toda fosse interrompida durante a produção, esse tal de Baz poderia ser o vilão, e eu poderia ser a namorada solidária. Até o próximo esquema perdidamente ingênuo se materializar, ao menos.

Abri os olhos, tentando pensar no que dizer, mas percebi que meu olhar era atraído pela tela brilhante do laptop. Não conseguia ler os dados porque Nico tinha afastado o computador para longe. Mas não importava. Eles estavam ali, e eu sabia. Inconvenientes. Inconvertíveis. Impossíveis de ignorar.

— Por favor? — pediu Nico, interrompendo meus pensamentos, e percebi que ele ainda estava esperando uma resposta. Olhei para ele. Para aqueles grandes olhos castanhos, emoldurados por cílios absurdamente longos, parecendo um jovem George Michael. Senti algo dentro de mim desistindo... derretendo. Meu Deus, eu ia topar, e nós dois sabíamos disso.

— Tá bom — falei enfim, sentindo o rosto paralisar num sorriso relutante. Por um momento, Nico só me encarou, então deu um grito estridente e me levantou, amassando meu corpo com um abraço de urso.

— Obrigado, obrigado, meu Deus do céu, *obrigado*. Te amo, Lyla Santiago!

— Também te amo — falei, rindo dele. — Mas você precisa entrar no programa primeiro, tá? Então não cante vitória antes do tempo! Não quero que fique desapontado se não conseguir.

— Eu vou entrar — afirmou Nico, me colocando no chão e me beijando firmemente nos lábios, uma mão de cada lado do meu rosto, o sorriso tão largo que chegou a enrugar as bochechas bronzeadas. — Não se preocupe com isso, Lil. Vou entrar. Nós dois vamos. Eles não vão resistir à gente.

Olhei para ele, para o sorriso de orelha a orelha, para os dentes brancos, para os olhos escuros brilhantes e pensei que, realmente, eles não conseguiriam resistir. Ninguém poderia dizer não a Nico. Só esperava que o professor Bianchi pensasse da mesma maneira.

15/02 — 2h13

Alô? Não sei como essa coisa funciona, mas aqui é Lyla para o *Over Easy*. *Câmbio.*

15/02 — 2h14

Alô, alguém está me ouvindo? Aqui é Lyla para o *Over Easy*, por favor, respondam. Câmbio.

CAPÍTULO 2

— HUM. — O ROSTO DO professor Bianchi tinha passado de animado para deprimido enquanto eu contava para ele sobre o último lote de dados. As descobertas deixadas por Tony, meu antecessor, foram... bem, *emocionantes* era um eufemismo. Se conseguíssemos provar que elas poderiam ser reproduzidas, teríamos um grande avanço na chikungunya, minha área de especialização. Mas elas não estavam se provando reproduzíveis, e isso era um problema.

A questão era que Tony tinha ido embora havia muito tempo. Ele publicara a tese com grande entusiasmo e fora prontamente recrutado por um laboratório privado para uma posição permanente. Eu tinha sido contratada pela universidade por um período de um ano para resolver as pendências. Minha tarefa era simples: repetir os experimentos de Tony com uma variedade maior de amostras e provar que os resultados se mantinham. Só que isso não estava acontecendo. Eu repetia, repetia e repetia até ficar exausta, mas depois da terceira tentativa, tive que admitir: o efeito que Tony encontrara não estava apenas mais fraco, ele simplesmente não estava lá.

Em teoria, eu tinha feito o meu trabalho. Tapinha nas costas. Bom trabalho, Lyla. E, em teoria, refutar uma pista falsa era tão valioso e importante quanto encontrar algo novo. Porém, na prática, todos nós sabíamos que não era assim que funcionava. Cientistas que descobriam que uma coisa *não* funcionava não recebiam financiamento. O dinheiro ia para grupos com novas descobertas sexy e resultados que causavam burburinho. Ninguém ia querer publicar um artigo descrevendo meticulosamente a anatomia de um fracasso, não importa quanto a pesquisa tivesse sido boa.

Nos meus piores momentos, acordada às três da manhã, eu culpava Tony. Talvez ele tivesse escrito o método de forma errada. Talvez até tivesse falsificado os resultados. Mas no meu coração e com a minha cabeça de cientista, olhando para os dados, eu sabia que não era culpa dele. Ele havia jogado uma dúzia de dados e todos eles deram seis. É uma daquelas coisas; mas, quando tentei de novo numa escala bem maior, o padrão não se manteve. E era eu que tinha que dar as más notícias e lidar com o resultado.

Até algumas semanas atrás, eu não tinha me preocupado com o fato de o meu contrato com a universidade estar prestes a acabar — o professor Bianchi tinha mais ou menos me assegurado que obter mais financiamento era apenas uma formalidade. Naquele momento... bem, naquele momento eu conseguia ver pela expressão dele que eu deveria estar atualizando o currículo. E não estava nem um pouco animada para explicar num monte de entrevistas de emprego que tinha passado doze meses trabalhando num projeto bastante animador, mas não tinha porra nenhuma para mostrar.

— É melhor pôr isso no papel — disse o professor Bianchi, um pouco preocupado. — E então veremos se tem alguma coisa que podemos salvar. Talvez algo saia do modelo porco do Gregor.

Mordi o lábio e assenti.

— Sinto muito — repeti, e o professor Bianchi deu de ombros, o dar de ombros filosófico de um homem com estabilidade que queria que o experimento desse certo, mas não apostara a carreira nisso.

— Não é culpa sua, Lyla.

— O que o senhor acha que isso significa para o financiamento?

— Ah. Boa pergunta. Seu contrato vence no mês que vem, não?

— Março, na verdade — falei, baixinho. — Em dez semanas.

O professor Bianchi assentiu.

— Vou falar com o comitê. Mas...

Sua voz foi sumindo. "Não faça compras grandes agora" era o que ele queria dizer.

Forcei um sorriso.

— Claro. Obrigada. Escute, eu... — Engoli em seco. Aquela não era a hora que eu escolheria para pedir um tempo de folga, mas, de certa forma, não importava. Eu poderia muito bem escrever o relatório na ilha deserta de

Nico e também deveria aproveitar as férias a que tinha direito antes de o contrato acabar. — Seria muito ruim se eu saísse de férias? Nico, meu namorado, foi convidado para... — Parei. Não tinha cem por cento de certeza de que o professor Bianchi sabia o que era um reality show. Naquela única vez que mencionei o *Big Brother*, ele achou que eu estivesse falando de George Orwell. E aquilo não se encaixava exatamente na imagem da profissional requisitada e responsável que eu tentava projetar. — Para uma viagem de trabalho. Ele me pediu que fosse junto. Posso escrever o relatório lá; provavelmente vai ser mais fácil do que tentar fazer em meio ao trabalho de laboratório.

— Claro — concordou o professor Bianchi, e seu rosto... será que aquilo era um lampejo de alívio? — Claro. E talvez já tenhamos uma resposta do comitê quando você voltar. Obrigado mais uma vez, Lyla, pelo seu trabalho. Sei que nunca é fácil vir aqui com resultados decepcionantes.

— De nada — falei. E então, já que a conversa tinha claramente chegado ao fim, saí do escritório.

PASSEI A VIAGEM DE VOLTA ao leste de Londres observando a chuva de inverno escorrer pelas janelas embaçadas e pensando nas escolhas que havia feito. Eu tinha trinta e dois anos. Todos os amigos de faculdade estavam comprando casas, se casando, tendo filhos. As piadas da minha mãe sobre ter netos começavam a ficar um tanto cáusticas. Mas lá estava eu, presa num ciclo de pós-doutorados curtos que não pareciam levar a lugar algum. No passado, eu sonhava em liderar minha própria equipe, até mesmo meu próprio *laboratório*. Conversas sobre a escassez de mulheres na ciência fizeram isso parecer muito possível — nos disseram que os comitês de financiamento estavam desesperados por cientistas motivadas e do sexo feminino.

Na verdade, havia uma proporção saudável de mulheres no meu trabalho, pelo menos quando comecei. As primeiras chefes que tive no laboratório eram mulheres. Mas os comitês de financiamento não olhavam para a gente com mais simpatia do que para os homens, e, conforme os anos se passaram, cada vez mais colegas foram forçadas a sair pela realidade da vida na pesquisa acadêmica. A licença-maternidade não combinava bem com prazos de financiamentos e a corrida pressurizada para obter resultados. Bebês não combinavam com as culturas de tecido que precisavam de atenção constante, linhas celulares que tinham que ser divididas às dez horas da noite e às cinco da manhã, um eterno trabalho 24 horas por dia, ou elas secariam e morreriam. E hipotecários não gostavam da incerteza dos contratos de curto prazo. Cada vez que eu começava um novo trabalho, havia um curto intervalo de segurança entre o período de experiência e o aviso-prévio, mas ele nunca parecia ser longo o bastante para conseguir avançar na carreira. Junto com o tipo de trabalho "fartura ou fome" de Nico (e houve pouquíssima fartura nos dois anos e meio que estávamos juntos), era uma existência estressante. E, quanto mais tempo eu passava nessa área, mais eu percebia que meu tempo estava acabando, e não só em relação a bebês. A pirâmide de carreira para cientistas era baixa — muitos pesquisadores, pouquíssimos chefes de laboratório — e a competição era muito acirrada. Se você não cumprisse certos requisitos até chegar aos trinta, não ia conseguir.

Talvez fosse hora de jogar a toalha, admitir de uma vez por todas que os sonhos que eu tinha quando saí da faculdade nunca iam acontecer. Que eu nunca seria capaz de custear um laboratório próprio. Que a professora Lyla Santiago nunca ia existir, nunca daria a palestra principal de uma prestigiosa conferência acadêmica ou seria entrevistada pelo *This Week in Virology*. A cada ano que passava, parecia mais e mais provável que eu seria uma reles mulher com pós-doutorado, me esforçando para encontrar o próximo contrato de curto prazo. E talvez fosse a hora de encarar isso e descobrir o que fazer.

Não ajudava o fato de Nico ter apenas vinte e oito anos e não estar preparado para se comprometer. Ele mal mudara do aspirante a ator bonitinho que havia conhecido quase três anos antes, numa festa de horror chamada "Massacre do Dia dos Namorados" que uma amiga deu para solteiros cansados daquela vida. Estava vestido como um Freddy Krueger extremamente sexy; eu trapaceei, peguei um jaleco emprestado do trabalho e salpiquei sangue falso nele. Tomamos bloody marys na cozinha, assistimos a *Sexta-feira 13* no sofá da minha amiga, gritando e nos abraçando nas cenas de terror, e acabamos nos pegando no banheiro. No dia seguinte, essa amiga ficou me sacaneando por ter conseguido alguém que era muita areia para o meu caminhãozinho.

Por seis meses, quase me esqueci da existência dele, e as únicas lembranças eram as *thirst-traps* que ele postava no Instagram de vez em quando. Elas eram... boas de se olhar, tenho que admitir, e uma pausa agradável no dia de trabalho. Eu olhava para o feed enquanto tomava um café e lá estava Nico, suado na academia, abdômen definido e cabelos escuros bagunçados. No ônibus, voltando da universidade, lá estava ele de novo, deitado numa praia de Algarve, sorrindo para a câmera com óculos escuros espelhados, o calção de banho minúsculo cobrindo o quadril.

Por seis meses foi assim: eu, solteira, entediada, concentrada no trabalho, quase sem pensar no ator lindo que peguei no banheiro da minha amiga. E aí, um dia, do nada, postei uma foto minha no Instagram. Não era algo que eu fazia com frequência. Em geral, meu feed era formado por jantares que eu tinha cozinhado e memes engraçadinhos sobre o inferno que era trabalhar no meio acadêmico. Mas tinha comprado um vestido pela internet que, quando chegou, era tão pequeno que era quase engraçado: a saia roçava nas coxas, os peitos quase escapuliam por cima. Postei uma foto do tipo "o que comprei/o que recebi", mas sabia que, embora não fosse ficar com o vestido, não era exatamente feio. Ele não combinava nada comigo, mas também me apertava nos lugares certos, e meus peitos ficaram ótimos nele.

O primeiro comentário era de Nico: uma fileira de pimentas que me fez rir.

E o segundo era uma resposta dele ao próprio comentário. Dizia apenas: "Bebida?"

Uma bebida se tornou várias, que se tornaram uma dança, que se tornou shots de tequila e pegação entre bêbados e, por fim, um Uber compartilhado (cujo valor Nico prometeu rachar comigo, mas nunca pagou). Descobri que ele morava na esquina da minha rua, numa casa compartilhada em Dalston, mas, naquela noite, acabamos no meu apartamento — e, bem, de alguma forma, ele nunca mais saiu de lá.

Dois anos e meio depois, eu estava mais velha, sábia e consideravelmente mais cansada, tendo encarado as realidades de viver numa das cidades mais caras do mundo com o salário de pesquisadora. Meu aluguel tinha aumentado. O salário, não. Eu tinha começado a pensar num plano B. Talvez até num plano C. Mas Nico ainda sonhava com a fama, se recusando a vender o smoking para o caso de algum dia ter que ir ao BAFTA ou ao Grammy. Ele ainda lutava, ainda se esforçava pelos próprios sonhos, e, na maioria do tempo, isso era algo de que eu gostava nele — seu otimismo eterno, sua fé de que algum dia a sua sorte ia chegar.

Mas, num dia como esse, o mais cinza que Londres podia oferecer, quando até mesmo o sol parecia ter desistido e voltado para a cama, era um pouco difícil encarar aquele otimismo.

Quando saltei do ônibus em Hackney Wick, a chuva tinha se transformado em neve, e percebi que havia deixado o guarda-chuva no laboratório. Meio que corri a distância de vinte minutos do ponto de ônibus, tentando proteger o laptop do pior da tempestade, e aí subi, cansada, os três lances de escada até o nosso apartamentozinho no sótão de uma casa vitoriana. Quando levei Nico lá pela primeira vez, ele correu escada acima, rindo, parando apenas para me beijar entre uma escada e outra. Anos depois, eu estava ali, completamente congelada, e cada degrau parecia mais difícil que o anterior. Tive que me esforçar para subir o último lance até a porta e, quando enfim cheguei lá, precisei de três tentativas para enfiar a chave na fechadura com os dedos dormentes.

— Cheguei! — gritei enquanto tirava o casaco molhado. O apartamento era tão pequeno, só um quarto, um banheiro e um cômodo que ocupava o restante do lugar, que eu não precisava erguer a voz.

A palavra mal tinha deixado meus lábios quando Nico apareceu, o celular no ouvido, pedindo que eu ficasse quieta.

— Claro — disse ele, no que eu pensava ser sua voz de *ator*, mais grave, suave e confiante do que ele teria soado ao telefone com a mãe ou um amigo. — Claro. Com certeza. Com certeza. — Houve uma longa pausa, e era óbvio que a pessoa do outro lado da linha falava alguma coisa. Nico assentia com uma expressão atenta no rosto lindo e bronzeado, algo completamente desperdiçado com a pessoa do outro lado da linha. Por fim, após uma série de despedidas, ele desligou e fez uma dancinha pelo corredor, me abraçando, me levantando do chão e me girando.

— Nico! — falei. O abraço era muito forte e, no corredor apertado, meu pé acertou o espelho enquanto ele girava meu corpo, fazendo-o se balançar na parede. — Nico, pelo amor de Deus, me bota no *chão*!

Ele me pôs no chão, mas dava para ver que minha reação não tinha afetado o humor dele. Ele sorria de orelha a orelha, os olhos escuros literalmente brilhando de emoção. Sempre achei essa expressão o pior tipo de clichê — do ponto de vista científico, não é possível que olhos mudem suas propriedades reflexivas porque algo divertido aconteceu —, mas eu precisava admitir que era a única descrição possível para Nico naquele momento.

— Era o Baz — disse ele. — O produtor de *O casal perfeito*.

— O produtor do quê?

— É o nome. — Nico tirou a franja dos olhos. — Do reality show. Eu falei para você.

— Não falou, mas tudo bem.

— Eu *falei*. Mas, enfim, não é essa a questão. A questão é que mandei algumas fotos e ele *adorou* a gente...

— Espera aí, você mandou fotos minhas? — Fiquei surpresa, mas Nico mal me escutou.

— ... e ele definitivamente quer marcar uma reunião. Disse que somos exatamente o tipo de casal que estão procurando. Eles querem autenticidade, não os tipos de sempre do *Ilha da Sorte, Ilha do Amor*.

— Autenticidade? — Olhei para mim mesma: camiseta amassada, calça jeans molhada, tênis velhos para trabalhar no laboratório. — Isso é algum tipo de código para "precisa de uma depilação e perder uns quilinhos na bunda"?

— Na verdade, ele disse que você parece a Zooey Deschanel — falou Nico. — E, por sinal, sua bunda é perfeita.

— Notei que você não disse nada sobre a depilação.

— Olha, para de ser chata. *Você* é perfeita, tá bom? Eu acho isso, e Baz concorda comigo. Ele gosta do fato de você ser cientista. Disse que ter uma cientista no programa vai ser bom para a audiência e, quanto à sua bunda, ele disse que você era uma garota c... — Ele parou, se enrolando com as palavras, e então concluiu: — Muito bonita.

— Ok, com certeza não foi isso que ele disse, Nico. Pode falar.

— Eu, hum... Eu não me lembro das palavras exatas — começou Nico, mas as orelhas estavam ficando vermelhas, um sinal que ele sempre dava quando estava mentindo, e comecei a fazer cócegas nele, apertando os dedos nas costelas e na pele suave debaixo do pescoço.

— Nico, o que ele falou?

— Para! — mandou ele, afastando-se e tentando não rir. — Lyla! Estou avisando...

— Então me conta o que ele disse. Se eu for mesmo para esse programa...

— Se?

— *Se*. Eu tenho o direito de saber o que o produtor pensa de mim. Ou é melhor eu perguntar a ele?

— Para de fazer cosquinha em mim!

— Vou parar quando você me contar o que ele falou!

— Tá bom, tá bom! Ele disse que você era... *uma garota comum, mas comível*. — Nico falou aquelas palavras com um pouco de vergonha, reconhecendo minha reação antes mesmo de uma expressão de nojo se formar no meu rosto.

— O quê? Isso é nojento!

— Ele não quis dizer isso — falou Nico, hesitante, ciente de que tinha cometido uma gafe e nervoso para que eu não fosse contra a ideia de ir ao programa. — Ele disse que eu sou *um primeiro namorado ideal*, se isso faz você se sentir melhor.

— O quê? Não! Não faz eu me sentir melhor! Isso é nojento também, você tem vinte e oito anos. Não deveria ser o primeiro namorado de ninguém!

— Fantasia, Lil! Essa é a questão. Você sabe, quando tem treze anos e quer um pôster para beijar na parede do seu quarto... alguém sexy, mas não muito ameaçador. Zac Efron. Jacob Elordi. Pessoalmente, eu também acho que sou um pouco velho demais. — Ele olhou para o que eu sabia ser seu próprio reflexo por cima do meu ombro, avaliando as marcas de expressão que estavam começando a se formar nas laterais dos olhos. — Mas, sabe, ele só está falando de *tipos*, não o que *ele* realmente acha da gente.

— Mesmo assim. — Eu tinha me acalmado, mas bem pouco. Garota *comum*, mas comível. Garota comum, mas *comível*? Aquilo era para ser um elogio? Não importava qual palavra eu escolhesse enfatizar, não parecia um. — O que mais ele falou? Alguma novidade sobre as datas?

Nico assentiu.

— Eles querem que a produção acelere. É para um novo streaming só de reality shows que vai ser lançado este ano, então têm um prazo bem apertado para filmar e finalizar tudo.

— O que você quer dizer com isso? — Eu o segui para o cômodo que era ao mesmo tempo sala e cozinha e o observei colocando a chaleira no fogão.

— Sei tanto quanto você, mas parecia que eles queriam começar a gravar em questão de semanas. Ele não parava de falar "*o mais rápido possível*". "Minha assistente vai falar com você o mais rápido possível." "Os produtores vão entrar em contato o mais rápido possível." Esse tipo de coisa.

— Ah. — Eu estava fazendo cálculos na cabeça. — Quer dizer... da minha perspectiva, isso provavelmente é uma coisa boa. Posso tirar férias agora, mas, daqui a alguns meses, quem sabe? Onde eles vão gravar o programa?

— Bem, essa é a melhor parte. Eles querem a mesma audiência de *Ilha da Sorte, Ilha do Amor*, então vai ser gravado num resort exclusivo no oceano Índico, que parece bem legal.

— Uau. — Apesar de tudo, fiquei impressionada. — Achei que o Ari tinha dito que o orçamento deles não era tão grande.

— E acho que não é. Baz deixou escapar que o dono do resort é um velho amigo de escola dele. Parece um empreendimento novo... nem tenho certeza se já abriu para o público... e tive a impressão de que Baz conseguiu o lugar de graça... tipo, permuta? Você sabe, se as pessoas assistirem ao programa, vão querer ir até a ilha, esse tipo de coisa.

— Nós vamos chegar lá e descobrir que ainda estão construindo o resort?

— A assistente do Baz me mandou algumas fotos da ilha — disse Nico, sem responder exatamente à pergunta, mas também sem fugir dela. Desligou a boca do fogão e abriu o celular, passando para mim. Enquanto colocava saquinhos de chá em canecas e servia a água, cliquei no link do WhatsApp (para um site de nome duvidoso, "F Produções") e uma galeria se abriu, a tela assumindo um tom quase inacreditável de azul que parecia tão deslocado no nosso sotãozinho escuro que pisquei.

— Uau! Desculpa, mas isso tem que ter um filtro.

— Não é? Espera só até você ver o coral.

Conforme passei pelas fotos, precisei admitir que não era só um filtro que tornava o lugar bonito. Areia branca. Palmeiras. Água tão clara, que dava para ver os peixes nadando. Algumas cabaninhas com telhado de palha... quatro ou cinco? Talvez seis. Difícil dizer, já que eram quase iguais e estavam entre as palmeiras, uma maneira esperta de fazer com que ficassem completamente reservadas. Apenas uma se sobressaía — um casarão como os que eu tinha visto em fotos das Maldivas, sobre águas cintilantes em palafitas de madeira. Havia redes nas varandas e, na parte de dentro, camas brancas com pétalas de rosa espalhadas e banheiros imaculados com azulejos de seixos e chuveiros enormes. Era um grande contraste do leste londrino, sombrio e chuvoso.

— Caralho, Nico. Parece incrível.

— Não é? — Nico sorria. Ele sabia que tinha acertado em cheio com as fotos. — É um programa de eliminação, então temos que nos comprometer com um mínimo de duas semanas e, no máximo, dez. Além disso, o vencedor tem que concordar em fazer propaganda ao voltar para o Reino Unido. Não entendi muito bem o formato, mas, pelo que vi, toda semana tem uma espécie de desafio, acho que o perdedor sai e o ganhador pode escolher com quem quer formar um casal, de forma que os casais mudam semanalmente.

Se houvesse uma trilha sonora para a nossa conversa, esse momento seria sucedido por um disco arranhando.

— Peraí, *como é que é*? Você nunca mencionou essa parte.

— Não? — Nico pareceu um pouco desconfortável e ainda mais culpado. A julgar pela sua expressão, Baz *com certeza* tinha falado aquilo, e ele não me contou de propósito. — Mas não é grande coisa. É só para as câmeras.

— Você está me dizendo que o programa é *Ilha da Sorte, Ilha do Amor*, mas com troca de esposas?

— Bom, não acho que ninguém que esteja participando seja casado, então tecnicamente... — falou Nico, mas então, ao ver minha expressão, percebeu que esse argumento em particular não ia me convencer, e mudou de tática de repente. — A questão é que isso é só para animar as coisas. Você não *tem que* pegar a pessoa com quem está formando um casal. Só significa que são um casal dentro do formato do programa. Você pode escolher ficar com a pessoa com quem entrou no programa, mas é claro que eles não vão querer que todo mundo faça isso. Imagino que os casais que fiquem juntos demais vão ser eliminados nas tarefas.

— Você quer dizer que eles vão manipular o resultado para se livrar dos casais fiéis? — Eu sabia que minha voz soava chocada, e conseguia ouvir a afetação, mas, de alguma forma, não conseguia parar. Nico revirou os olhos.

— Lil, essas coisas *sempre* são armadas. Não é *Jeopardy!*, ninguém está assistindo para ver como você sabe das coisas. As pessoas querem drama.

Querem personalidades marcantes. Querem ver gente brigando e se pegando numa jacuzzi na frente das câmeras. Qualquer pessoa chata vai ser eliminada.

— Então é isso que você vai fazer depois que eu sair? Ficar pegando outra numa jacuzzi?

— O quê? Não! Pare de distorcer as minhas palavras. Eu não *falei* isso. Falei que tinha que *parecer* assim. Eu não vou pegar ninguém. Mas talvez reclame um pouco depois que você sair, e fale como você era minha alma gêmea, e chore no ombro de alguma garota enquanto ela acaricia meu cabelo. Eu sou um primeiro namorado ideal, lembra? É o que vão querer de mim.

— E eu sou a garota comum, mas comível — falei, com um toque de amargura. — Então, o que sobra para eu fazer? Trepar com o cara na casa ao lado?

— Só por cima do meu cadáver — disse Nico, agarrando minha cintura e beijando a lateral do pescoço. — Sério, Lil, é um trabalho de atuação. É por isso que estão entrando em contato com agentes. Você não é atriz, e eles sabem disso... não vão ver problema em você falhar na primeira prova, talvez na segunda... você vai estar num avião de volta para casa em quinze dias. E eu vou derreter o coração de todos com quanto ficarei triste depois que você se for, farei uma aliança estratégica e de *friend zone* com alguma influenciadora de coração de ouro, e perderei de bom grado no final. E aí voltarei para casa como o abdômen que lançou um milhão de TikToks.

— Ugh. — Eu me afastei dele e peguei o chá que Nico tinha deixado de lado, apertando a caneca com as duas mãos enquanto ia para a janela, mais para me dar um tempo para pensar do que por realmente querer. — Nico, não sei. Queria que você tivesse me explicado tudo isso antes de ter falado com o professor Bianchi.

— Espera, você falou com ele? — O rosto de Nico se iluminou. Eu assenti de forma quase relutante.

— Falei.

— E o que ele disse?

— Disse que eu poderia tirar duas semanas, se eu escrevesse o relatório dos resultados da chikungunya enquanto estivesse lá.

— Você está brincando! — O rosto de Nico formou um sorriso grande e exuberante, e ele avançou na minha direção, os braços abertos e uma expressão que me fez segurar firme a caneca de chá quente.

— Nem pense em me dar outro abraço de urso. Não quero ter queimaduras de terceiro grau!

— Mas você conseguiu a folga? Vamos mesmo fazer isso?

— A troca de esposas?

— A viagem das nossas vidas, sua boba! — falou Nico. Tentei não sorrir, mas era impossível evitar. A animação de Nico era tão transparente e infectuosa, que senti os cantos da boca se entortando, apesar de tudo. — Lyla?

— Não sei. Preciso de tempo para pensar.

— Pensar no quê? Numa viagem com tudo pago para o paraíso? — Ele tirou o celular do bolso de trás e o segurou na minha frente; a ilhota, branca e verde, brilhava como uma esmeralda incrustrada de pérolas num mar azul. — Você vai *mesmo* dizer não a isso, Lil?

Virei a cabeça para longe da tela, para longe do rosto suplicante de Nico, mas foi um erro — pois o que encarei foi a claraboia manchada de fuligem e açoitada pela chuva.

Por que eu estava demorando tanto para tomar uma decisão? O que eu tinha aqui além de um emprego de merda, um trajeto de merda para o trabalho e um futuro de merda? Não dava nem para usar o Natal de desculpa: já era janeiro, e o inverno cinzento de Londres se esticava à frente como uma sentença de prisão — uma sentença de prisão com a fila de desempregados me esperando no final.

Será que isso resolveria mesmo as coisas? Se o programa fosse feito — e eu duvidava disso; Nico já tinha tentado participar de tantas coisas "certas" que eu sabia como eram frágeis essas promessas —, então Nico tinha razão, isso poderia transformar as suas perspectivas futuras. E se não acontecesse... bem, seriam duas semanas numa daquelas cabaninhas adoráveis.

Senti que estava fraquejando.

— Tá bom. Vou falar com Baz.

— Isso! — Nico deu um soco no ar. — Eu te amo pra cacete, Lyla!

— É só uma reunião. Talvez nem queiram que eu esteja no programa, no fim.

— É claro que vão querer. Como não iam querer? Você é uma cientista genial *e* é gostosa. O que mais eles poderiam pedir?

Uma cientista genial não teria acabado numa pesquisa sem saída com um relatório do tamanho do Grand Canyon, pensei, um pouco preocupada. Mas Nico ainda estava falando.

— ... e quer saber? Sei que você só pode tirar duas semanas de férias, mas não estou nem aí. *Nós* somos o casal perfeito, não importa quem fique com o prêmio.

— Somos — falei. Baixei a caneca, fiquei na ponta dos pés e beijei a boca de Nico, sentindo o grande sorriso dele contra a minha boca, incontrolável mesmo enquanto ele me beijava de volta.

— Isso vai mudar tudo. — Ele falou aquelas palavras perto do meu ouvido enquanto me puxava para perto, me apertando com força. — Posso sentir no meu âmago.

Eu só podia torcer para que ele estivesse certo.

15/02 — 2h14

Over Easy, consegue me ouvir? O vento está aumentando e estou ficando preocupada. Há algum tipo de abrigo contra tempestades na ilha?

15/02 — 2h16

Over Easy, se estiver me ouvindo, por favor, responda, é urgente. A tempestade está piorando e acho que é necessário fazer uma evacuação. Na verdade, agora mesmo... Meu Deus!

CAPÍTULO 3

É SEMPRE DIFÍCIL explicar para os outros o que um cientista faz — proteínas spike e entradas virais não são assuntos para qualquer um, mesmo depois da covid, quando todo mundo se considerava um virologista. É ainda mais difícil quando você está numa chamada de Zoom com um grupo de produtores que fica falando fora do microfone. Quando Baz me chamou de "CDF" pela segunda vez, senti minha paciência se esgotar.

— Nós costumamos preferir o termo cientista — falei, um pouco rápido demais.

— Como? — disse Baz, inclinando-se para a câmera. — Não entendi, meu doce. — Ele tinha um sotaque australiano forte, e a legenda da sua tela dizia *Baz, F Produções.*

— Essa coisa do CDF — respondi. — É só... sabe, não é como eu costumo me descrever. Eu diria cientista. Ou, sabe, virologista, se quiser entrar em detalhes.

— Rá — exclamou Baz, dando um sorriso enorme. Ele tinha um piercing na língua que era extremamente anos 1990 e me distraía. Dava para ver o piercing quando ele ria, e Baz ficava brincando com ele enquanto outras pessoas falavam, batendo-o nos dentes. — Você é engraçada. Gosto disso.

Engraçada? Antes que eu pudesse pensar em como explicar a ele que não estava brincando, que eu nem sabia qual era a piada, a conversa foi para perguntas sobre meu relacionamento com Nico: há quanto tempo estávamos juntos, onde nos víamos em cinco anos.

— Estamos juntos há três anos — respondeu Nico, apertando minha mão. Abri a boca para corrigi-lo. Nós tínhamos nos *conhecido* há três anos, mas estávamos juntos há pouco mais de dois, e mesmo assim forçando a barra. Mas então lembrei que não estava no trabalho, e fechei a boca. Ninguém ia fazer perguntas sobre bibliografias e metodologias de cálculo.

Nico ainda falava e foi dos nossos primeiros encontros para seu plano de cinco anos.

— Quer dizer... é difícil responder sem parecer pateticamente humilde ou muito ambicioso, mas eu sou ator. Quero atuar. Acho que, quando penso nas carreiras de pessoas que admiro, me vejo como um James McAvoy ou um Adam Driver: boca a boca indie, sucesso de crítica indo para o sucesso popular, mas mantendo a integridade artística. Um pouco de teatro aqui e ali, continuando centrado artisticamente, sem deixar o sucesso mudar o comprometimento com meu ofício...

No canto da tela, vi Ari se remexer na cadeira.

— ... O que estou dizendo é: cadê o *Skins* da minha geração? Cadê as representações ousadas e autênticas da vida aos trinta anos?

— Hã... é. — Baz tinha claramente se distraído e estava olhando alguma coisa que a assistente mostrava para ele. — E, hã, Leela, meu doce, e quanto a você?

— Eu? — Fiquei surpresa. Deveria ter percebido que iam me fazer a mesma pergunta, mas estava tão preocupada com a resposta de Nico que não previ isso. — Hum, na verdade, é Lyla — falei devagar, ganhando tempo para pensar. Não era só que a resposta de Nico era meio que delirante... ele achava que estava na mesma trajetória profissional do Adam Driver? Eu poderia muito bem me comparar a Rosalind Franklin, então. Mas era também o fato de que nenhuma palavra da resposta dele mencionava a mim ou a qualquer tipo de vida familiar. — Cinco anos. Quer dizer, eu...

Parei de falar. *Onde* eu me via? Em cinco anos, estaria com trinta e sete. Algumas semanas atrás, poderia ter respondido, se não de forma confiante, ao menos com otimismo, que estaria liderando uma equipe de pesquisa sobre algo interessante — dengue, talvez; havia alguns trabalhos empolgantes sobre imunoglobulina lgA saindo dos Estados Unidos — com um posto acadêmico permanente. Teria comprado um apartamento no leste de Londres, um lugar conveniente para minha mãe vir e passar um tempo. Talvez até uma casa pequena, se estivesse preparada para o trânsito até o trabalho. Poderia haver crianças no horizonte — se não bebês de verdade, ao menos a ideia de um, num futuro não tão distante.

Depois da conversa no outro dia com o professor Bianchi, não tinha tanta certeza assim. A sensação era de que eu havia ferrado com minhas chances nesse projeto e precisava urgentemente de alguns créditos de autor no meu currículo — o longo tempo sem artigos estava começando a parecer preocupante. E quanto tempo eu demoraria para encontrar outro projeto promissor, ser contratada, completar o pós-doutorado, escrever alguns artigos e fazer com que fossem publicados? Três anos? No mínimo. A pesquisa da chikungunya deveria ter me dado um impulso para o próximo degrau da escada corporativa. Mas, infelizmente, aquele degrau havia acabado de se quebrar.

Notei que todos os rostos na tela estavam olhando para mim, esperando pela resposta. E o de Nico também.

Droga. Nico. Onde Nico se encaixava em tudo aquilo? Morando na minha casa no subúrbio?

— Cinco anos — repeti, sentindo os olhos deles em mim. — Nossa. Eu... eu não sei bem. Estou meio que numa encruzilhada, para ser sincera. Tenho que tomar algumas decisões.

— Isso. — Os olhos de Baz voltaram a se focar, e ele parecia interessado, a fala se arrastando enquanto ele esticava aquelas duas sílabas. — É mesmo? Que tipo de decisões, meu doce?

Merda. Aquela era uma conversa para Nico e eu termos depois de muito vinho, não sóbrios e numa chamada do Zoom na presença de Baz, Ari e um bando de gente que nunca havia visto na vida.

— Eu só... — Engoli em seco, tentando interromper o olhar de ir para o lado e ver como Nico estava lidando com aquilo tudo. — Acho que seria justo dizer que meu último projeto não se saiu muito bem. Tenho que decidir, quer dizer, tenho que decidir se a ciência ainda é para mim. É um campo difícil. Visibilidade é tudo.

— Bom, é aí que a gente entra — disse Baz. Ele estava inclinado para a frente. — Vamos ser sinceros, nem todo mundo pode ganhar o grande prêmio, mas todos vocês vão sair dessa com muito mais visibilidade do que entraram, se esse programa for o sucesso que achamos que vai ser.

Apertei a boca e forcei um sorriso que, de alguma forma, esticou meus lábios sem parecer nem um pouco genuíno. O tipo de visibilidade que *O casal perfeito* oferecia não me ajudaria em nada no mundo acadêmico. Na verdade, provavelmente ia me atrapalhar. Não conseguia imaginar ninguém levando meu pedido por financiamento a sério depois de me ver brincando de biquíni numa praia tropical. Por sorte, não achava que os comitês de subsídios eram o público-alvo de um novo canal de streaming focado exclusivamente em reality shows.

Ainda assim, a menção de Baz ao "grande prêmio" me deu a chance de deixar clara uma das variáveis mais elusivas do projeto.

— O prêmio que você mencionou — falei. — De quanto é, exatamente? E, já que estamos falando disso, pode nos contar mais sobre a estrutura do programa? Ainda não entendi direito como tudo isso vai funcionar.

— Sim — disse um dos outros produtores de forma suave, aproximando-se da câmera. Tive a impressão de que Baz não era muito ligado a detalhes. — Então, o prêmio não é de um valor fechado. Em parte, vai ser determinado por como todo mundo se sai nas provas... a ideia é que todos vocês contribuam para aumentá-lo. E aí, no final... bem, não posso falar muito sobre isso, mas haverá um mecanismo para dividir o prêmio entre os últimos participantes, ou talvez não. Pode acabar sendo levado por uma só pessoa. Esses detalhes ainda são confidenciais.

— Ok — respondi —, mas presumindo que todo mundo se saia bem nas provas e acumule o máximo possível, de quanto estamos falando?

Houve um silêncio curto e desconfortável. O produtor olhou rapidamente para Baz, mas, antes que qualquer um deles pudesse falar, Ari, o agente de Nico, se inclinou e abriu o microfone.

— Lyla, acho que a questão é que, como Baz mencionou, o prêmio, ao menos no que diz respeito a pessoas como Nico, não é o dinheiro. Qualquer que seja o valor no final, não vai ser nada em comparação às oportunidades profissionais subsequentes que o programa vai proporcionar.

— Certo — falei —, mas...

Notei, então, Nico apertando minha mão. Olhei para ele. Ele sorria, mas havia um inegável "deixe isso para lá" por trás do sorriso. Respirei fundo.

— Ok. Entendi. E quanto ao formato e tudo o mais?

— É de eliminação — respondeu o produtor sem nome. — Dez participantes no início, e eles serão eliminados um por um, a cada semana, por nove semanas. Haverá algumas vantagens estratégicas em ser um casal para as provas, de forma que teremos uma chance de formar um casal toda semana, com talvez algumas reviravoltas para agitar as coisas, mas, de novo, os detalhes ainda são secretos neste estágio. Tudo que você precisa saber é que cinco casais entram, um ganha. E podem ser vocês!

— Mas... — falei, só que Baz também começou a falar, o microfone dele ganhando do meu, e ele claramente achava que era a pessoa que deveria estar fazendo perguntas, não eu.

— Então, nós conhecemos o Nico pelo Ari aqui — disse ele, gesticulando para o ponto em que o rosto de Ari devia estar na tela dele, embora estivesse do lado oposto na minha —, mas queremos saber um pouco mais sobre *você*, Leela. Você se consideraria uma feminista?

— Uma *feminista*? — Fiquei confusa. Não sabia o que esperar daquela chamada de Zoom. Perguntas sobre meu relacionamento com Nico pareciam justas, mas aquilo era uma surpresa. O que diabos Baz estava tentando descobrir? — Eu... acho que sim. Acredito na igualdade de gênero. Que nem todo mundo, não?

— Defina igualdade de gênero.

— Acho que... é receber o mesmo pagamento pelo mesmo trabalho... ter as mesmas oportunidades profissionais... o mesmo direito à integridade física. — Estava cada vez mais intrigada.

— E você não diria que já tem isso? — Baz se inclinou na direção da câmera, franzindo a testa, mas não pareceu desanimado com as minhas respostas; na verdade, elas pareciam tê-lo encorajado.

— Bom. — Eu estava totalmente à deriva. — Quer dizer... eu sou uma cientista. Quando fico em dúvida, procuro o que os dados me dizem, e, de acordo com os dados, não, definitivamente não chegamos lá ainda. Na minha própria indústria, menos de um quarto dos professores de ciências do Reino Unido são mulheres, embora as mulheres representem quase metade da força de trabalho.

— Citando suas fontes, gosto disso — disse Baz com um sorriso, apesar de eu não ter citado fonte alguma. Na verdade, as estatísticas eram de um artigo que li na *Nature* alguns anos antes, mas Baz não tinha como saber daquilo. O que diabos ele estava fazendo? Pensei de novo no meu comentário jocoso para Nico sobre precisar de uma depilação e perder uns quilos, e uma imagem me veio à mente: Baz virando-se para sua assistente, preocupado: "Temos que descobrir se ela depila os sovacos!" Reprimi uma risada e logo controlei minha expressão, lembrando que estávamos numa chamada do Zoom. Por sorte, Baz ainda estava falando: — E seu posicionamento político? Você diria que é de esquerda... de centro... de direita...?

— Acho que... centro-esquerda? Desculpe, isso é relevante?

— Desculpe, desculpe, tem razão. Estou mudando de assunto — disse Baz, com um gesto. — Mas descobrir o que a motiva, o que a torna diferente... claro, isso é importante. Não queremos acabar com cinco casais idênticos na ilha, precisamos de pessoas de todos os tipos. Acho que é isso que estamos fazendo com esse programa... é o que vai fazer a Real TV querer nos comprar. Queremos casais reais... autenticidade, sabe? Nada daquela merda manufaturada de *Ilha da Sorte, Ilha do Amor*. Queremos parcerias reais, testadas ao máximo no calor da competição.

— Se está procurando por autenticidade, veio ao lugar certo — falou Nico, colocando o braço ao meu redor. — Lyla e eu temos autenticidade de sobra, e estamos nessa para ganhar. Não é, Lil?

— É — falei, esticando os lábios novamente naquele sorriso falso.

Parecia que a reunião estava chegando ao fim sem que nenhuma das minhas perguntas tivesse sido respondida. Nada foi esclarecido. Não houve nenhuma informação verdadeira — apenas embromação —, o que era completamente antiético em relação a como eu estava acostumada a trabalhar. Cada fibra do meu corpo queria pressionar Baz e arrancar uma resposta apropriada dele. Mas eu podia sentir Nico ao meu lado praticamente implorando que eu não fodesse com tudo para ele — e achava que era assim que a TV funcionava. *Fingir até conseguir*, não era o que falavam em Hollywood? Ou era no Vale do Silício? De qualquer maneira, era num lugar muito longe do mundo que eu conhecia — fingir qualquer coisa era o extremo oposto da boa ciência.

— Bem — Baz olhou para a colega sentada ao seu lado e ergueu uma sobrancelha; quando ela assentiu, ele se voltou para a câmera —, acho que podemos dizer com segurança que vocês vão se juntar a nós na ilha em algumas semanas.

As palavras dele foram como um choque elétrico. Primeiro de tudo, eu ainda não tinha concordado com nada. Aquilo era para ser só uma conversa.

Segundo, algumas *semanas*? Lancei um olhar de pânico para Ari e depois para Nico, mas ele olhava, animado, para Baz, que ainda falava.

— Minha assistente Camille — comentou ele, indicando uma garota loura sentada lá atrás, quase fora do quadro, que se inclinou para a frente e acenou timidamente — vai entrar em contato com vocês para fazer a reserva dos voos e tudo o mais, então fiquem de olho nos seus e-mails. Vocês vão de avião para Jacarta e depois de barco para a ilha. Imagino que Ari tenha mostrado as fotos, não? O lugar é de um amigo meu... novinho em folha, vocês vão ser os primeiros hóspedes a ficar lá, e palavras realmente não fazem justiça.

— Parece *incrível* — disse Nico, muito sincero.

— Ari, a Camille vai mandar os contratos e acordos de confidencialidade ainda hoje — informou Baz. — Tudo bem por você se ela entrar em contato direto com Leela e Nico sobre os voos? Precisamos fazer a reserva logo, e ela vai precisar do número do passaporte deles e tudo o mais.

— Claro, claro — falou Ari, de forma expansiva. — Camille, me mande uma mensagem, que eu coloco vocês em contato.

— Ótimo. Durante esse tempo, Leela, Nico, separem seus trajes de banho favoritos. Nos vemos no paraíso!

— Te vejo no paraíso! — gritou Nico de volta, o sorriso quase maior que a cara, e ouvi minha voz como um eco fraco repetindo a frase, com bem menos convicção.

— Te vejo no paraíso.

E então a tela ficou escura.

Houve um momento de silêncio. Aí Nico se voltou para mim, o rosto iluminado de entusiasmo.

— E aí? O que achou?

— Acho que tudo foi rápido demais — falei, um pouco nervosa. — Era para ser só uma conversa, mas todo mundo, inclusive Ari, parecia achar que o acordo já estava fechado.

— Bem — respondeu Nico, um pouco frustrado —, quer dizer... nada foi assinado ainda. Mas você está pensando mesmo em recusar? Quer dizer, meu Deus, esta é nossa grande chance! Vamos ser famosos... famosos de verdade! Pense no que isso pode significar para minha carreira!

— Eu *estou* pensando — falei. — É a única razão para eu ter participado dessa chamada. Mas você não achou o Baz meio esquisito?

— O Baz? — Nico ficou surpreso. — Como assim? Eu o achei incrível.

— Sério? Eu achei que ele pareceu meio... — Parei, tentando encontrar a palavra certa. — Sei lá. Meio oportunista?

A verdade era que, embora eu nunca fosse falar isso para Nico, Baz me lembrou de Ari, o agente de Nico, que enchia a boca para falar qualquer coisa, mas de alguma forma sempre tinha uma desculpa de por que o dinheiro não foi transferido ou por que ele não fez uma coisa muito simples que Nico tinha pedido. Nico assinou com ele assim que saiu da faculdade, com a promessa de TV, riquezas e estrelato. Sete anos depois, Ari ainda não tinha arranjado nada melhor do que alguns poucos papéis de figuração e um pequeno papel com falas em *Holby City*, sendo que eu tinha quase certeza de que Nico poderia ter conseguido isso sozinho. Seus "contatos" sempre muito alardeados, mas nunca específicos, jamais pareciam dar em nada — pelo menos até então.

Porque a questão era a seguinte: em teoria, *O casal perfeito* parecia ser grande de verdade. *Era* importante, *era* televisão e *surgiu* através de um dos contatos de Ari. Sim, provavelmente não tinha nenhum dinheiro envolvido — a não ser que Nico ganhasse, o que parecia estatisticamente improvável. Mas, se o formato desse certo, havia uma boa chance de aumentar a visibilidade de Nico, e eu tinha que dar os créditos a Ari por isso. Só que algo em tudo aquilo não parecia certo.

— Um oportunista? — Nico olhou para mim como se eu estivesse louca. — De que maneira?

— Bem... — Eu me esforcei para tentar me lembrar dos sinais de alerta que soaram durante a chamada. F Produções. Me chamar de Leela. Não achava que Nico ia se importar com qualquer uma dessas coisas, e eu com certeza não ia poder dizer que ele me lembrava de Ari. — Tá bom... por exemplo, o que você acha que Baz quis dizer sobre vender o programa para a Real TV?

— Como assim?

— Quando ele estava falando de a gente ser um casal autêntico, ele disse: "É o que vai fazer a Real TV querer nos comprar." Mas eu achei que o programa já estava vendido. Ari deu a impressão de que o negócio estava fechado. Que seria o programa principal deles e tudo o mais.

Nico fez um gesto com a mão.

— Você está pensando demais. É só uma figura de linguagem. Ele provavelmente quis dizer que é isso que a Real vai gostar sobre nós dois.

— Talvez. Eu só... sei lá. Fiquei surpresa por não ter ninguém da Real na chamada.

— Eles estão ocupados, Lyla. Vamos falar a verdade, estão montando um streaming do zero! Não é de surpreender que não tenham tempo para reuniões sobre horários de voos.

— Ugh. — Eu me levantei e fui até a janela, olhando para os telhados sujos. Havia um pombo morto na calha em frente, então me virei. — Eu só... quero apoiar você, Nico, de verdade, mas gostaria que eles tivessem respondido mais algumas perguntas.

— Olha. — Nico se aproximou e me abraçou. Pressionou minha bochecha no peito dele, e pude sentir quanto andava malhando nos últimos tempos, presumivelmente com a perspectiva de *O casal perfeito* em mente. — Olha, Lyla, sei que isso não está na sua zona de conforto. A TV é estranha. Não são cientistas colocando pingos nos Is e cruzando os Ts. Há muitas variantes e decisões de última hora. Mas não é tão improvisado quanto parece do lado de fora; *existe* um processo para proteger todos os envolvidos. Há contratos, detalhes legais e todas as coisas com as quais é trabalho do Ari se preocupar. É por isso que eu o pago, ele tem anos de experiência e advogados saindo pelo ladrão. Ele não vai deixar a gente entrar em alguma coisa que não seja perfeitamente legal.

Mas você não o paga, pensei. *Você não ganha dinheiro nenhum, e uma percentagem de nada é nada*. No entanto, não consegui falar aquelas palavras. Eu não era tão cruel.

— Então... vamos mesmo fazer isso? — perguntei. A questão era mais para mim do que para Nico. Mas foi ele quem respondeu, olhando para mim, o rosto incrédulo.

— É claro que vamos fazer isso. Está brincando? Não se recusa uma oportunidade dessas.

Assenti. Estava me sentindo um pouco mal — mas Nico tinha razão. Aquele *era* o ponto de guinada da carreira dele. Se *O casal perfeito* fizesse o sucesso que Nico esperava, podia mudar a vida dele por completo — e talvez a minha também. E só porque a minha carreira parecia estar indo para o esgoto, não dava para negar essa chance a ele.

— Lyla? — disse Nico, levantando o meu rosto para que eu o olhasse. — Lyla? Por favor, me diga que concorda com isso.

— Sim — falei, com a voz fraca. — Sim, concordo. — E então, numa tentativa de convencer a mim mesma: — Eu concordo. — E aí, quando a realidade do que estávamos propondo se instalou: — Porra, vou precisar comprar um biquíni novo. Acho que o meu maiô não vai servir.

— Um biquíni? — Nico ergueu a sobrancelha. — Acho que quer dizer *biquínis*, no plural. Na verdade, você provavelmente vai precisar de roupas novas. Vá até a H&M com meu cartão de crédito.

— E quanto a você? — falei, ignorando o fato de que o cartão de crédito de Nico estava tão estourado, que eu teria sorte de conseguir um par de meias. — O que um primeiro namorado ideal usa na praia? Uma camiseta branca impecável?

Nico sorriu.

— Talvez. Mas não estou planejando usar quase nada durante as gravações. — Ele levantou a bainha da camisa e apontou para o tanquinho. — Ter esse abdômen não é fácil, sabe?

— É claro — falei. De alguma forma, estava tudo certo, depois que eu realmente tinha dito as palavras "sim, concordo", minha ansiedade estava um pouco mais controlada. Nico tinha razão. Ari não deixaria a gente assinar nada duvidoso. E eu precisava sair de Londres, nós dois precisávamos. — Você deve isso a todas aquelas horas na academia. E à sua base de fãs de treze anos, claro.

— Exatamente — disse Nico. Ele deslizou os braços pelas minhas costas até a bunda, apertando-a com as duas mãos. — Nem todo mundo pode ser a garota comum, mas comível, sabe?

— Garota comum, mas comível — repeti com raiva, irritada outra vez pela estupidez do termo. — Vou te mostrar a garota comum, mas comível.

— Ah, eu acho que você já me *mostrou* a garota comum, mas comível — disse Nico, sorrindo. — Ela está bem aqui, esperando para ser comida. — Ele me levantou, os braços fortes sob a minha bunda, e eu envolvi a cintura dele com as pernas, rindo.

— É mesmo? Esse é um conjunto de suposições bem grande, senhor.

— Bem, só há uma maneira de testar essa hipótese, dra. Santiago — falou Nico, sorrindo para mim enquanto me levava para o quarto. — E acho que temos tempo suficiente antes da academia.

15/02 — 6h34

Alô? Alô? Tem alguém aí? É uma emergência. Estamos presos numa ilha no oceano Índico depois da tempestade da noite passada. Não tenho as coordenadas, mas viemos para Jacarta de avião e para a ilha a sudoeste num iate chamado *Over Easy*. O iate desapareceu e não faço ideia do que aconteceu com ele. Muitas pessoas do nosso grupo estão gravemente feridas e precisam de atendimento médico. Não sei quanto tempo as pilhas desse rádio vão durar, mas, se alguém conseguir me ouvir, por favor, mande ajuda. Repito, esta é uma chamada de emergência por assistência médica. Alguém consegue me ouvir? Alguém pode nos ajudar? Câmbio?

CAPÍTULO 4

OS DIAS SEGUINTES foram um furacão. De alguma forma, por incrível que pareça, tudo indicava que íamos *mesmo* participar do programa, e, dentro de poucas horas, Ari nos mandou rascunhos dos contratos com cláusulas de sigilo assustadoras, e Camille estava perguntando se preferiríamos pegar o avião em Gatwick ou Heathrow.

A coisa mais estranha era que, tirando eu, todo mundo — de Ari ao professor Bianchi — agia como se tudo fosse perfeitamente normal. O professor Bianchi não parecia notar que aquilo era bem diferente de umas férias de inverno pedidas de última hora — embora eu não tenha tentado explicar muito. Ari parecia achar que largar tudo e voar para a Indonésia com duas semanas de antecedência era completamente razoável. E talvez fosse, na área de trabalho dele.

Os amigos de Nico mandaram mensagens de parabéns que pareciam sinceras, mas que não conseguiam esconder a inveja profissional. Os meus amigos fizeram comentários invejosos sobre férias de graça e ficar bronzeada no inverno.

Na verdade, a única pessoa que questionou qualquer coisa foi minha mãe, que soou confusa quando apresentei a situação para ela numa chamada, na semana anterior ao voo.

— Um reality show? Mas, Lyla, meu amor, por quê? Você nem assiste a esses programas.

— É por causa do Nico — falei, consciente de quanto as palavras soavam toscas assim que elas saíram da minha boca. — Ele quer muito fazer esse programa.

— Ele está tendo um tipo de crise de meia-idade?

Dei risada.

— Não sei se o Nico ia gostar de ser chamado de homem de meia-idade, mãe. Mas não, não é isso. É um avanço na carreira para ele. Quando dão certo, esses reality shows são ótimos para a visibilidade.

— Mas por que você tem que ir?

— Porque... — Parei. *Porque é um programa de TV de casais* teria sido a resposta fácil, embora eu nem soubesse se podia falar aquilo... qualquer coisa sobre o formato era confidencial de acordo com o acordo de confidencialidade que assinei. Mas não era a verdade, e não era o que minha mãe queria dizer. O fato de o formato ser em casais era o motivo de eu ter sido convidada, não de ter concordado.

Eu tinha concordado... bem, não sabia se estava preparada para me aprofundar muito nisso. Em parte, era o conhecimento de que Nico e eu estávamos num momento crítico. Não exatamente uma crise de meia-idade, mas a gente não poderia continuar assim, com ele dando murro em ponta de faca e eu cada vez mais ressentida de sustentar os sonhos dele enquanto os meus ficavam mais e mais distantes. Nico precisava de um tempo, e eu também, só que de maneiras diferentes.

— Eu só acho — disse minha mãe, preenchendo o silêncio — que é a hora errada para tudo isso. Você tem trinta e dois anos, meu amor, e você e Nico deveriam estar pensando em se casar. E não consigo imaginar que seu chefe tenha ficado muito satisfeito.

— Mãe, o Nico precisa disso, e eu o amo — falei. — E é isso que você faz pelas pessoas que ama. Você as apoia.

— Bem, é sempre bom se afastar do frio, e suponho que, pelo menos, vão ser umas férias gratuitas — comentou minha mãe, resignada, e eu ri.

EU ME LEMBREI do comentário da minha mãe sobre o frio no segundo em que o avião aterrissou em Jacarta. É claro que eu sabia que a Indonésia em fevereiro tinha um clima completamente diferente de Londres, mas, de alguma forma, saber esse fato na teoria não fez com que a rajada de ar quente e úmido fosse menos chocante. Entramos no avião com capas de chuva, botas e cachecóis. Quando desci os degraus para a pista, o suor molhou meu sutiã antes mesmo de eu chegar ao chão.

Cometi o erro de tentar começar o artigo da chikungunya no voo de conexão de Dubai e me sentia quase bêbada de cansaço, ao contrário de Nico, que entornara quatro gins-tônicas e depois dormira por seis horas, apesar do assento apertado da classe econômica. Ele parecia novo em folha e pulava de animação enquanto puxava a mala de rodinhas até o ônibus com ar-condicionado, enquanto eu me sentia desanimada e esgotada. Quando me vi no reflexo da janela do ônibus, não parecia nem um pouco uma participante de um reality show. Parecia o que era: uma cientista estressada e um pouco bêbada que estava tentando tirar leite de pedra e fazer um artigo publicável com resultados de merda.

Pegar as bagagens e passar pela imigração foi o pesadelo de sempre, com bebês chorando e homens adultos nos empurrando para pegar uma mala que daria a volta na esteira em menos de cinco minutos. Pelo nível de agressão dos meus colegas de voo, seria de se pensar que as malas que desapareciam por trás da cortina de plástico seriam incineradas, em vez de reaparecerem ilesas a alguns metros de distância.

Mas, por fim, passamos pelo controle de passaportes e estávamos piscando no hall de entrada, procurando um rosto familiar na multidão, ou pelo menos um cartaz com um nome que reconhecêssemos. O e-mail de Camille tinha nos prometido um "*meet and greet* na chegada", mas, conforme passávamos pelos motoristas, percebi que ela não nos disse o que procurar. O sobrenome *verdadeiro* de Nico é Rice, Nicholas Rice, na verdade. Nico Reese é um nome artístico. Mas eu não conseguia ver nada dizendo Reese/Santiago, Rice/Santiago ou até F Produções.

Então me virei e vi um homem com aparência entediada usando um terno, segurando um quadro branco pequeno que dizia NICO LILLA CASAL PERFEITO.

Dei um cutucão em Nico.

— Você acha que é a gente?

— O casal perfeito? — Um sorriso se abriu no rosto de Nico. — Com certeza. — Ele puxou a mala para o lado, através do fluxo de pessoas irritadas, como alguém atravessando um rio particularmente turbulento, e perguntou:
— Você é do programa de TV? Sou Nico. Esta é Lyla.

— Olá, Pak! — O motorista nos deu um sorriso de boas-vindas. — Bem-vindo, senhor, bem-vinda, senhorita. Bem-vindos à Indonésia. Posso pegar suas malas?

O TRÁFEGO DE JACARTA era um engarrafamento depois do outro, mas, apesar das buzinas e dos cruzamentos, adormeci antes de sairmos da cidade. Acordei quando passamos por um conjunto de quebra-molas, batendo a cabeça no ombro de Nico, olhei pela janela e limpei a baba da bochecha. Os arranha-céus e o concreto de Jacarta haviam desaparecido — substituídos por um pequeno porto e iates oscilantes. O sol estava alto no céu sem nuvens, e dava para sentir o calor apesar do ar-condicionado que soprava na minha cara.

— Senhor, senhorita, chegamos — disse o motorista, olhando para trás. O relógio no painel indicava que era quase meio-dia. Nico colocou o braço ao redor do meu ombro e apertou com força.

— Animada?

"Na verdade, não" era minha resposta sincera. "Exausta" teria sido a palavra que escolheria, seguida logo depois por "faminta" e "nervosa". Mas eu sabia que não era o que Nico queria ouvir, então dei um sorriso fraco.

— Estou. Que a aventura comece.

Havia uma mulher ao lado do cais com uma prancheta, e então Nico desafivelou o cinto de segurança, abriu a porta e saiu antes que o motorista pudesse correr ao redor do carro para abri-la para ele.

— Oi... — Ouvi de forma indistinta através da porta do carro enquanto pegava minhas coisas. — ... Nico... muito bom te conhecer... — E então, conforme o motorista abria a porta: — Lyla, venha conhecer a Camille!

Camille, a garota da chamada do Zoom. Então, aquilo estava acontecendo. Estava acontecendo *de verdade*. A constatação foi tão chocante quanto o clima em Jacarta. É claro que estava acontecendo — eu tinha concordado com aquilo, não é? Mas, mesmo assim...

Forcei um sorriso e acenei.

— Só um segundo!

Eu tinha perdido um sapato em algum momento da jornada e tive que o procurar no carro. Quando enfim o encontrei, debaixo do assento dianteiro, me endireitei e vi Camille parada ao meu lado, estendendo a mão.

— Lyla! É tão bom conhecer você!

— Camille, oi. Hã... — Passei o sapato para a outra mão e então apertei a dela de uma forma um tanto estranha. Estava horrivelmente consciente do meu estado desgrenhado e do fato de que não trocava de roupa há dois dias, nem tinha pensado em passar desodorante de novo. — É muito bom finalmente conhecer... bem, acho que a gente se conheceu no Zoom, mas não é a mesma coisa, né? Desculpe por parecer tão... — Indiquei o rosto amassado e os cabelos bagunçados, mas Camille dispensou aquilo com um gesto.

— Ah! Meu Deus, nem pense nisso. Vocês devem estar viajando há dias. Mas vão ter muito tempo para descansar antes da reunião.

— Reunião? — Nico ficou alerta na mesma hora.

— Vocês foram os últimos a chegar! Então, assim que estiverem prontos, vamos levantar âncora, e então todos vão se reunir para responder a algumas perguntas sobre como tudo vai funcionar. Vocês podem conhecer os outros participantes, falar com Baz, perguntar o que quiser... é a chance de conhecerem todo mundo.

Pisquei. Tinha a sensação inquietante de ter entrado numa montanha-russa antes de estar completamente preparada.

Nico, por outro lado, já tinha colocado a trava de segurança e estava pronto para dar uma volta.

— Nós somos os últimos? — Ele parecia decepcionado, e eu podia ver que estava calculando como aquilo afetava as suas chances, imaginando os outros participantes formando alianças, fazendo amizades e combinando estratégias. — Eu não sabia disso. Há quanto tempo as outras pessoas estão aqui?

— Hum... não faz muito tempo — disse Camille, de forma um pouco vaga. — Baz e eu estamos aqui há pouco mais de uma semana, e os participantes têm aparecido nesse meio-tempo. Bayer e Angel estavam no voo antes do seu, então estão aqui há apenas algumas horas a mais do que vocês. Acho que Conor e Zana foram os primeiros a chegar.

— Que ótimo — disse Nico, um pouco rude, mas então o vi se controlando e se forçando a ser charmoso. — Bem, os últimos serão os primeiros, né? Não consigo expressar nossa animação por estarmos aqui, não é, Lil?

— É, muito animados — falei, com a voz baixa.

— Bem, o sentimento é *mútuo*, com certeza — disse Camille, cordial, e deu um apertão leve no meu braço. — Agora, essa belezinha aqui — ela gesticulou para o maior barco do porto, um grande iate de luxo atracado bem ao lado do cais — é a sua carona.

Dei uma olhada, observando o branco e o cromo brilhantes, os conveses cheios de coisas, a banheira de hidromassagem. *Over Easy* estava pintado no casco em letras cursivas, e abaixo, em tamanho menor, havia a palavra *Kupang*, que eu imaginava ser o porto de origem, embora não fizesse ideia de onde ficasse Kupang. Um passadiço de mogno e cromo se alongava do iate ao cais, e, conforme eu observava, um homem de uniforme branco começou a recolher uma das cordas que prendia a embarcação a um poste de amarração, preparando para... eu ia dizer *partir*, mas tinha quase certeza de que a palavra não era essa. Na proa, de alguma forma completando a imagem, estava uma mulher estonteante com cabelos compridos e louro-prateados, se debruçando nas grades e fumando um cigarro. Quando a vi, ela ergueu o queixo e soltou um anel de fumaça perfeito no ar. Ele ficou ali por um segundo, subindo para o céu sem nuvens, e então desapareceu.

— Não é incrível? — perguntou Camille. Por um instante, achei que estivesse falando da mulher que fumava, e o comentário me pegou de surpresa. Era verdade, mas também era um pouco objetificante. Então percebi que estava falando do barco.

— Hã... sim, muito impressionante — falei, tentando copiar o entusiasmo dela.

— Acho que eles estão prontos para levantar âncora, então vamos pegar a bagagem de vocês e subir a bordo!

Eu estava me virando para ajudar o motorista com as malas quando ouvi uma voz às minhas costas.

— Com licença, senhorita, posso falar com você?

Dei meia-volta, achando, por um momento, que queriam falar comigo, mas era um dos membros da tripulação, que estava falando com Camille.

— Claro — respondeu ela, com educação. — O que foi?

— O capitão gostaria de discutir os relatórios climáticos. Tem uma tempestade chegando. A dois, três dias de distância, de forma que provavelmente vai... — Ele fez uma pausa, procurando a palavra certa, e então concluiu: — ... se dissipar antes de nos alcançar. Mas...

— Deixe-me interrompê-lo — falou Camille, com um sorriso. — Esta é uma conversa para o meu chefe, o sr. Ferrier. Devo pedir que ele nos encontre na ponte de comando?

Eles se afastaram, ainda conversando.

Ótimo, pensei, enquanto Nico e eu ajudávamos o motorista a tirar as malas do carro e colocar no cais. Uma tempestade. Era o que eu queria ouvir. Só podia torcer para que estivéssemos em segurança fora do *Over Easy* e alojados na ilha antes que ela nos atingisse.

— **TENHO QUE SER SINCERO**. — Nico olhava para a cabine bem apertada que recebemos no barco. — Não era bem isso que eu estava esperando.

Seguindo o olhar dele ao redor do quartinho, vi o que Nico queria dizer: em vez de uma luxuosa suíte dupla, Camille nos levou a um quarto com beliche que parecia mais pertencer a uma barca do que a um iate de luxo. Não combinava nem um pouco com o que eu tinha visto no convés principal, o que significava, eu tinha quase certeza, que aqueles eram aposentos da tripulação. Havia uma escotilha manchada de sal praticamente na linha da água, duas camas apertadas uma em cima da outra, e tão pouco espaço, que precisávamos desviar das nossas malas.

Mesmo assim, *eram* camas, e havia também um chuveiro, que era tudo com que eu me importava àquela altura. E uma pequena vantagem: era muito improvável que eles fizessem qualquer gravação naquele espaço apertado, o que significava que eu estava a salvo, por enquanto. Mal havia espaço para uma terceira pessoa, quanto mais uma câmera de TV.

— Acho que não vamos ter que aguentar isso por muito tempo. Ela falou quanto tempo vamos ficar no mar?

— Não. — Nico parecia pensativo. — Mas deu a entender que dormiríamos aqui esta noite. A ilha deve ser mais remota do que eu imaginei.

— Bem, olha, preciso tomar um banho antes dessa maldita reunião. — Esfreguei as mãos no rosto. Não conseguia pensar em nada que eu quisesse menos do que participar de uma reunião geral. Queria comer o meu peso em carboidratos e depois dormir por aproximadamente onze horas. — Eu me sinto horrível. Isso é normal?

— O quê? — Nico estava olhando para uma pasta que encontrou na cama. — Ah, sim, sem problema. Se der tempo, eu tomo um banho depois de você, mas estou bem.

Eu estava prestes a responder quando o barco deu um solavanco repentino. Nico olhou para cima, a expressão alerta. Levantei a mão, me equilibrando na parede. Segundos depois, veio o rugido estremecedor do motor ligando. Isso continuou por alguns segundos, então o som aumentou para um tom mais agudo e começamos a nos mover. Senti o estômago se revirar, inquieto, conforme o barco subia uma onda e depois seguia em frente. Não tínhamos nem saído do porto ainda.

— Acho que é isso — disse Nico. Ele sorriu, os dentes contrastando com a barba por fazer. — Não tem como voltar agora!

— Não tem como voltar — falei, mas o meu sorriso parecia qualquer coisa, menos sincero.

No chuveiro, com a água quente correndo no couro cabeludo e limpando um pouco do suor e da sujeira, me senti um pouco melhor, mas a sensação estranha de oscilação continuou, e mais de uma vez tive que me proteger enquanto o barco subia uma onda estranha. Estava tirando a espuma do cabelo quando uma batida na porta me deu um susto.

— Quem é?

— Nico! — gritou ele. — E Camille. Estão prontos para a gente lá em cima. Já terminou?

Ugh.

— Quase! — gritei de volta. Enrolei uma toalha no corpo e procurei um secador de cabelo. Não havia nenhum secador de cabelo. Nem mesmo daquele tipo que é grudado na parede. E eu não tinha levado um. Ótimo. — Podem ir, eu encontro vocês lá.

Houve um murmúrio de vozes, então Nico falou:

— Tá bom. Aparentemente é só subir dois andares e seguir na direção da popa. Te vejo lá.

LEVEI DEZ MINUTOS para prender os longos cabelos escuros de algum jeito que não parecesse tanto que tinha sido arrastada de costas por uma cerca viva e colocar um dos novos vestidos que tinha comprado para a viagem. Conforme passei pelo corredor apertado para a escada que Nico havia mencionado, ficou claro que aquilo não era uma barca, mas uma embarcação bem menor sem estabilizadores. Precisei me segurar no corrimão com as duas mãos sempre que o barco subia uma onda e caía do outro lado.

No topo da segunda escada, precisei de um minuto para me orientar e entender onde era a frente do barco. Popa, foi o que Nico falou. Isso significava a frente, não é? Não. A parte de trás. Houve outro tremor quando o barco chegou à crista de uma onda. Senti o enjoo aumentar dentro de mim e respirei fundo pelo nariz, olhando para o horizonte pela janela. O mar era quase do mesmo tom de azul do céu, apenas um pouco mais escuro, e o sol iluminava tudo com um entusiasmo que parecia quase insultante. “Olha!”, ele parecia dizer. “Não está nem chovendo!”

Engolindo em seco, dei a volta e fui tateando pelo corredor na direção contrária à do barco, seguindo o leve som de vozes, quase inaudíveis acima do som das ondas e do zumbido do motor, mas aumentando conforme eu me aproximava. Por fim, quando estava quase no fim do barco, cheguei a uma porta de vidro que dava para uma espécie de pátio repleto de espreguiçadeiras, pufes e cadeiras de praia, sombreado por um toldo que ondulava na brisa forte. Os assentos estavam ocupados pelo que imaginei serem os outros participantes, todos com um copo na mão e encarando uma mulher de costas para mim no meio do círculo, que aparentemente estava falando.

Antes de abrir a porta, parei por um instante e observei a cena, tentando avaliar as pessoas que seriam as minhas competidoras pela duração da nossa estadia na ilha. Em teoria, parecia um grupo bem diverso — idades diferentes, etnias diferentes, corpos diferentes, os homens indo de esbeltos a fortes, as mulheres de voluptuosamente curvilíneas a tão magras quanto modelos. A coisa que mais me chamou a atenção, no entanto, mesmo do outro lado do vidro, era que todos eram, sem exceção, extremamente bonitos. Do outro lado da sala havia uma mulher, uma garota, na verdade, com cabelos que pareciam muito com os meus — longos e escuros, passando dos ombros —, mas os dela tinham um brilho castanho rico que os meus nunca conseguiram ter, mesmo num dia bom. Senti outro solavanco no estômago, mas desta vez não tinha nada a ver com o movimento do barco.

Então, do outro lado do vidro, Nico se virou e me viu, seu rosto se iluminando.

— Lyla! — chamou ele. — Vem para cá!

Respirando fundo, abri a porta e fui para o lado de fora.

Depois do frio do ar-condicionado do iate, o calor era como o abraço de um homem suado, mesmo com a brisa fresca, e senti a transpiração formigar debaixo dos meus braços em resposta.

— Lyla!

A mulher no meio do círculo se virou, e vi que era Camille. Ela parecia perfeita, sem se incomodar nem um pouco com o calor ou as ondas. Conforme me aproximava, tentando me equilibrar no convés oscilante, ela pegou um copo de uma mesa próxima e me entregou. Era rosa e espumante — uma espécie de coquetel, imaginei, embora parecesse um pouco cedo para aquilo.

— Desculpem o atraso — falei, pegando o copo. Camille balançou a cabeça.

— Não se preocupe! Nós mal começamos. Estávamos apenas fazendo um brinde a... *O casal perfeito*!

— *O casal perfeito*! — falou o grupo, e houve uma cascata de *tim-tins!* melódicos conforme as pessoas brindavam, seguida pelo som de risadas. Um homem alto com cabelos escuros penteados para trás sentado à minha frente virou o copo, os músculos do pescoço se mexendo.

— *Oh mon Dieu, c'est fort* — disse a mulher ao lado dele, e percebi que eu a reconhecia. Ela era a fumante que estava soltando anéis de fumaça na proa quando chegamos, e fez uma careta quando baixou o copo. Tomei um golinho cauteloso. Tinha gosto de prosecco... e de algo que provavelmente tentava ser crème de cassis, mas era mais suco de uva.

— Certo, vamos começar — falou Camille, erguendo a voz acima das conversas que se sucederam. — Agora que Lyla chegou, talvez a gente possa fazer um exercício para nos conhecermos melhor. Diga seu nome, algo sobre seu parceiro e um fato engraçado sobre você. Eu começo: na verdade, sou solteira, então vou considerar Baz meu namorado do trabalho! — Ela riu. — Hum, sou Camille, tenho vinte e cinco anos e trabalho com Baz há pouco mais de seis meses. Hã... uma coisa sobre ele é que Baz sofre de insônia, então pode ser um pouco difícil trabalhar com ele quando você acorda e vê que tem dezesseis e-mails na sua caixa de entrada! — Ela deu outra risada, dessa vez um pouco mais cristalina e forçada. — E... hum... um fato engraçado sobre mim... sou alérgica a melancia. — Ela sorriu para o grupo como se esperasse uma resposta e então, quando não recebeu nada além de sorrisos educados, falou: — Hã... OK, Angel, sua vez!

Angel era a mulher francesa que tinha feito o comentário sobre como o coquetel estava forte. Ela era esbelta, com cabelos louro-prateados que caíam pelas costas, maçãs do rosto salientes e olhos escuros — algo como uma Zoë Kravitz loura. Estava com uma espécie de cafetã de seda esvoaçante, uma roupa que dificilmente ficaria bem numa pessoa não tão bonita — tinha quase certeza de que, em mim, teria parecido um saco —, mas nela a peça só enfatizava as clavículas angulares e os pulsos finos. Ela se apoiou na espreguiçadeira e falou:

— Meu nome é Angel, diminutivo de Angelique. Sou... eu sei, é um choque... francesa, como podem imaginar. — Houve uma pequena onda de risadas do grupo. — Um fato sobre mim, eu queria ser piloto de Fórmula 1 quando criança. — Mais risadas, dessa vez um tanto incertas, como se ninguém tivesse certeza se ela estava brincando ou não. — Estou com meu namorado, Bayer, há dois anos, e um fato engraçado sobre ele é que... ele morre de medo vespas.

Houve outra rodada de risadas, dessa vez mais confiantes. O homem grande de cabelos escuros ao lado dela abriu as mãos e ergueu as sobrancelhas, fazendo com que o piercing da sobrancelha direita brilhasse no sol.

— O quê? — Ele parecia italiano, ou talvez turco, mas o sotaque era cem por cento Vinnie Jones, o tipo de cara que você poderia encontrar malhando numa academia em Hackney a qualquer dia da semana. Dava para sentir o cheiro da loção pós-barba do outro lado da sala, e a camiseta parecia ser dois números menor do que ele deveria usar, presumivelmente para fazer os bíceps impressionantes parecerem ainda maiores. Mas havia um toque autodepreciativo no seu sorriso que me fez gostar dele. Ele parecia ser um sujeito que ficava ofendido fácil, mas que também ria de si mesmo, se a piada fosse às custas dele. — Eu estou errado? As filhas da puta sempre se afogam em copos de cerveja. Enfim, meu nome é Bayer, já estou com minha garota há dois anos, como ela disse. Tenho vinte e oito anos. Um fato sobre mim: levanto duzentos quilos no supino. — Não houve risadas dessa vez, apenas um murmúrio impressionado dos ouvintes, embora aquilo não significasse nada para mim. Duzentos quilos era muito? Imaginei que sim, pela forma como ele falou. — Um fato sobre Angel... — Ele fez uma pausa, pensando. — Ela pode colocar os tornozelos atrás da cabeça na ioga. Mas não é tão divertido quanto parece, rapazes, confiem em mim.

Houve mais risadas então, uma gargalhada por parte de alguns dos homens, e Angel olhou para Bayer de uma forma que era uma parte *você me dá nojo* e duas partes *rá, rá, muito engraçado*, mas eu conseguia sentir a afeição por trás daquilo. Eles pareciam um bom casal — como o tipo de pessoas que ficariam se criticando em público, mas que se ajudariam, se fosse necessário.

Avançamos aos poucos pelo círculo, nos apresentando, embora os nomes e fatos de cada casal logo tenham começado a se misturar. Havia Romi, que parecia preencher o papel de "loura vivaz". Ela deu muitas risadinhas e mexeu bastante nos cabelos durante sua breve apresentação, e parecia ser uma combinação estranha com o namorado, Joel. Ele era um cara magro de rosto sério, com óculos de armação grossa e angular, e se esqueceu de dizer algo engraçado sobre si — na verdade, sua apresentação foi breve, como se ele quisesse acabar logo com aquilo. O fato curioso de Romi era que ela tinha 150 mil inscritos no YouTube, o que parecia mais uma bravata do que uma curiosidade, mas suponho que Bayer tenha feito a mesma coisa.

Depois veio Santana, uma mulher de cabelos louro-avermelhados deslumbrante e curvilínea, algo como uma Adele ruiva, com o sotaque mais chique que já ouvi na vida e um decote que fez com que me sentisse melhor por estar exibindo o meu — era um visual que definitivamente funcionava para ela. O namorado, Dan, tinha cabelos de surfista, manchados pelo sol, e era bonitinho, como um membro de uma *boy band*. O fato engraçado deles era conjunto: tinham tatuagens combinando do Mickey e da Minnie, o que parecia algo estranho para dois adultos admitirem, mas o restante do grupo fez "Own" e sorriu de forma apropriada.

O próximo casal foi Conor e Zana. Num cômodo cheio de gente bonita, eles facilmente eram o destaque, mesmo com o contraste de suas belezas — diferentes, mas complementares como um casal, de uma maneira contrária a Joel e Romi. Nenhum deles falou a idade que tinha, mas Conor parecia estar no fim da casa dos vinte ou início dos trinta, alto e magro, com a cabeça raspada, maçãs do rosto marcadas e olhos cinza-claros surpreendentes, que ficavam ainda mais impressionantes com o bronzeado profundo. Ele tinha uma espécie de graciosidade ferina que você via em pessoas que estavam extremamente em forma e tinham controle supremo dos próprios corpos. Eu me perguntei se ele era um atleta profissional — um alpinista, talvez, o que teria combinado com a força contida e o bronzeado. Mas, quando se descreveu, falou apenas que estava "na mídia", o que poderia significar qualquer coisa. Seu fato engraçado era que tinha nascido às 6h06 no dia seis de junho.

Talvez fosse o ar de confiança completa de Conor, mas sua namorada, Zana, parecia bem mais jovem e muito menos segura de si, mal tendo saído da faculdade, eu diria, embora isso possa ter sido em parte devido ao seu tamanho. Ela era pequena, não tinha nem um metro e meio, com uma magreza delicada, o rosto em forma de coração, olhos escuros e enormes com cílios também escuros, e cabelos cor de avelã longos e cintilantes que cascateavam como ondas sobre os ombros — cabelos que notei e invejei do outro lado da porta. Ela falava bem baixinho e não revelou uma curiosidade sobre si mesma. Quando se sentou, tive a impressão de que estava aliviada por não ser mais o centro das atenções.

Foi então que percebi que todo mundo já tinha falado — era a vez de Nico e eu.

Nico se levantou, segurando minha mão, e sorriu para o grupo.

— Oi, pessoal, eu sou o Nico. Tenho vinte e oito anos e sou um ator do leste de Londres. Lyla e eu estamos juntos há quase três anos — disse ele, e mais uma vez afastei a vontade de corrigi-lo e deixei o comentário passar —, e a nossa curiosidade, acho que é uma conjunta, como de Dan e Santana, é que é nosso terceiro aniversário esta semana.

Olhei para ele e aí percebi que tinha razão. Bem, se você contasse o nosso aniversário como o dia em que nos pegamos no banheiro da minha amiga. Era na segunda semana de fevereiro — quase no Dia dos Namorados. Três anos. Três *anos*. Mesmo questionando a definição de Nico de "juntos", parecia *muito*.

Houve alguns assobios do grupo e alguém fez uma piada sobre ser hora de Nico me pedir em casamento. Fiquei tão distraída que gaguejei durante a apresentação, balbuciando algo sobre trabalhar com ciência, e então me sentei, soltando a mão suada da de Nico assim que pareceu razoável e limpando-a discretamente na saia do vestido vermelho. "Sou Lyla e não tenho ideia do que estou fazendo aqui" era o que eu queria dizer de verdade, mas era a única coisa que não podia admitir. *Fingir até conseguir*, ouvi de novo na minha cabeça. Mas eu não estava acostumada a fingir. Eu era uma cientista, o contrário de alguém que fingia, uma pessoa que tinha um compromisso absoluto com a verdade. Será que poderia mesmo fazer aquilo? Será que poderia continuar com aquela bobagem pelas próximas duas semanas? Tomei um gole da bebida. Já estava quente e, dessa vez, a doçura fez com que eu estremecesse.

— Isso foi tão divertido! — disse Camille. Ela já tinha se levantado e ia para o centro do círculo, batendo palmas entusiasmadas conforme os outros se juntavam a ela. — Sei que provavelmente pareceu meio confuso, mas, confiem em mim, vocês terão *várias* oportunidades de se conhecerem na ilha. E temos uma noite no barco para isso também. Agora, antes que comecem a bater papo, há mais uma coisa que precisamos fazer. Peço desculpas por isso, mas temos que pegar os telefones de vocês. E também os smartwatches, laptops... basicamente, qualquer aparelho de comunicação. Então, se puderem, programem os e-mails para dar respostas automáticas e depois coloquem os aparelhos aqui dentro. — Ela indicou uma caixa debaixo da mesa com os drinques de boas-vindas.

Houve um silêncio longo e chocado. Então Angel falou, a voz inflexível.

— Desculpe, o *que* você disse?

— Isso foi mencionado no contrato — falou Camille, como quem pede desculpas. — Mas, hã... sim, sei que poderíamos ter deixado um pouco mais claro nas conversas iniciais. Desculpe, mas garanto que é uma prática normal em reality shows.

Olhando ao redor, parecia que eu não era a única pessoa que não conhecia essa regra. Santana estava surpresa, e Dan cruzara os braços de uma maneira muito teimosa. Foi Bayer quem ergueu a voz acima das desculpas de Camille.

— Isso é uma bobagem. Tenho um Apple Watch novinho, com todas as minhas informações biométricas nele. Como vou monitorar meus padrões de sono?

— Eu sei, eu sei, sinto muito mesmo — repetiu Camille. — É verdade, mas achei que seus agentes tinham repassado isso para vocês. Mas, sério, é padrão. Não podemos deixar que as pessoas se comuniquem com gente de fora, e é claro que não queremos que nada vaze.

— Mas todos nós assinamos um *accord de confidentialité*! — reclamou Angel. Seu sotaque estava ficando mais forte com a chateação. — Eu não entendo isso. Se não confiam na gente para não dizer quem é o ganhador, que bem fará pegar nossos celulares?

— Não tem a ver com confiança — falou Camille, parecendo um pouco desesperada. — E posso garantir que os aparelhos ficarão em *segurança*. Baz vai colocá-los no seu cofre pessoal...

— Estava nos contratos que vocês assinaram — disse uma voz grave e, me virando, vi que Baz tinha aparecido no canto do convés e estava parado, com os braços cruzados, atrás de Camille. — E qualquer um que não quiser fazer isso pode ir se foder e ser processado por quebra de contrato. *Capiche?*

Um arrepio de raiva correu por mim com aquelas palavras. Era a primeira vez que eu via Baz desde a chamada no Zoom, quando ele só falava *meu doce* e *super*. Era a primeira vez que eu o encontrava em pessoa, na verdade. Depois que já tínhamos assinado o contrato, era chocante a rapidez com que ele havia passado da camaradagem para ameaças.

Dava para ver que eu não era a única que estava pensando isso. Havia um silêncio amotinado no grupo. Vi os outros casais trocando olhares, demonstrando graus variados de irritação e alarme. Mesmo Camille parecia ter sentido a mudança no clima. Ela parecia extremamente tensa. Levantei a mão, mas, como Baz não falou nada, tossi.

— Posso fazer uma pergunta?

— Claro. — Baz cruzou os braços. — Manda, Lola.

— *Lyla* — falei firmemente. Permiti que ele falasse meu nome errado vezes demais naquela chamada do Zoom. — O meu laptop está na bolsa. Preciso trabalhar. Posso ficar com ele contanto que eu não o conecte à internet?

— Desculpa, não — disse Baz, com desdém.

— Eu tenho o mesmo problema — falou Joel, bastante ansioso. — Quer dizer, se você não nos der a senha da internet...

Baz o cortou:

— Falei que não. E, para a informação de vocês, e isso vale para todo mundo, *faremos* buscas nas suas malas, então nem pensem em tentar levar nada para a ilha.

Um murmúrio de indignação correu pelo grupo. O clima relaxado e de festa tinha desaparecido.

— Preciso ligar para minha mãe — falou Nico. Ele voltou a cruzar os braços, e eu conseguia sentir a tensão no seu bíceps, pressionado no meu. — E o meu agente. Não posso desaparecer sem mais nem menos.

— Ah, claro, *perfeitamente* — disse Camille. — E tem, tipo, todo um procedimento com contatos e coisas assim. Temos um número exclusivo para as famílias verem como vocês estão, e, óbvio, se algo importante acontecer em casa, podemos repassar a informação.

— Como vamos saber que vocês vão nos contar? — perguntou Bayer, meio mal-humorado. — Vocês podem apenas ignorar a informação.

— Hã... Então... — Camille pareceu um tanto desesperada e olhou, implorando, para Baz, que falou bruscamente:

— Vocês não têm como saber. Tudo que têm é a minha palavra de que, se algo importante acontecer, nós contaremos a vocês. E, se isso não for bom o bastante, podem voltar para casa.

Houve outro silêncio. Eu podia sentir um grande ressentimento velado pela sala, mas também outra coisa — uma sensação de rendição. Porque a verdade era que, e todos nós sabíamos disso, todo mundo estava ali porque queria estar ali, *precisava* estar ali, ou porque seu parceiro tinha que estar ali. Cada um desses casais tinha alguém que esperava tirar grande proveito dessa oportunidade, e ninguém podia se dar ao luxo de recusar a chance.

— Bem, acho que está resolvido, então — disse Baz, cruzando os braços.

Então, Conor se levantou. De pé, notei que era ainda mais alto do que pensei. Ele tinha uns bons quinze centímetros a mais do que Baz e, através da luz fraca que passava do toldo, seus olhos cinza pálidos eram quase inacreditáveis.

— Sua palavra é boa o suficiente para mim, Baz — falou ele. — Deixei o meu telefone no quarto, mas vou pegar assim que possível, assim como Zana.

E então ele sorriu.

Por um instante, Baz não disse nada. *Obrigado* teria sido a resposta natural, mas ele permaneceu calado. Simplesmente ficou ali parado, encarando Conor sem piscar. Olhei de um homem para o outro, tentando entender o que a energia crepitante entre eles significava. Nunca fui muito boa em ler linguagem corporal — prefiro dados, números, fatos —, mas desejei ter o dom de Nico para ler nas entrelinhas, porque tinha *algo* acontecendo ali, e eu não conseguia adivinhar o que era. Baz deveria ter ficado grato por Conor ter apoiado ele... mas não parecia. Ele olhava para Conor quase como se não gostasse do homem. Será que Baz tinha ficado puto porque Conor agiu como se precisasse do apoio dele para fazer com que o grupo ficasse do seu lado? Ou era outra coisa velada — algo que não entendi?

Conor, por outro lado, agia de forma... não exatamente conciliadora, mas havia um toque de magnanimidade na sua voz, como se estivesse deixando claro que *não* precisava concordar com aquilo, mas escolhera concordar.

O *que* estava acontecendo ali? Aqueles dois se conheciam?

Foi Baz quem desviou o olhar primeiro — para o telefone, como se quisesse deixar claro que *ele* não precisava abrir mão da tecnologia.

— Que bom — disse ele, a voz quase um rosnado. — Fico feliz por isso ter sido esclarecido. Agora, se puderem me dar licença, tenho um monte de merda para resolver antes de desembarcarmos. Sinto muito por não poder permanecer aqui, mas vocês vão ficar bem com Camille.

Camille assentiu de maneira nervosa. Baz escancarou a porta e desapareceu.

— Bem, isso foi estranho pra cacete — comentou Dan em voz baixa. Ninguém pareceu reagir, mas olhei para ele e os nossos olhares se encontraram, unidos numa descrença desconfortável. *Que porra acabou de acontecer?*

Camille pigarreou.

— Bem, enfim. Como Baz disse, fico feliz por isso ter sido esclarecido, e peço desculpas por não termos deixado essa questão clara desde o início. Mas asseguro a vocês que é uma prática *totalmente* padrão para reality shows. Mas, hã... bem, vou deixar vocês terminarem as suas bebidas, e aí talvez todo mundo queira pegar os seus celulares e entregá-los, então eu passo para vocês a última versão dos documentos que contêm as informações gerais... eles têm várias informações úteis sobre os participantes, as regras, a equipe de bem-estar... muita coisa boa. Se tiverem qualquer outra pergunta, vou ficar na área de descanso no terceiro convés.

Houve um silêncio absoluto, então Conor começou a caminhar na direção da saída. Zana o seguiu sem falar nada.

E com isso ficou claro que a reunião tinha terminado.

16/02 — 14h28

Alô, meu nome é Joel Richards, esta é... meu Deus, nem sei mais. Talvez a nossa terceira ligação de emergência? Por favor, se podem nos ouvir, mandem ajuda urgente. Estamos presos numa ilha a mais ou menos catorze horas a sudoeste da Indonésia. Catorze horas de barco, na verdade... viemos para cá de barco. Ele desapareceu com a tempestade e não sabemos o que aconteceu com a tripulação. Tem gente aqui com ferimentos graves, correndo risco de vida, e minha namorada... meu Deus... minha namorada... Olha, por favor, esta é uma ligação de emergência. Se alguém puder nos ouvir, por favor, responda ou mande ajuda. Não sabemos quanto tempo mais vamos sobreviver.

CAPÍTULO 5

NA NOSSA CABINEZINHA, fria como um frigorífico, o movimento do barco, de alguma forma, era ainda mais notável.

— Aquilo foi estranho para cacete — falei para Nico, que estava curvado sobre o telefone, evidentemente tentando aproveitar ao máximo suas últimas horas conectado.

— O que foi estranho? Pegar nossos telefones? É uma sacanagem, mas acabei de fazer uma busca no contrato e parece que Camille tinha razão, isso foi citado *lá*. Ari com certeza não pensou em falar com a gente.

— Não, não isso — falei, ignorando a questão do Ari, embora o fato de ele não ter achado que valia a pena mencionar que ficaríamos isolados da humanidade por talvez dez semanas me fez pensar o que mais ele não tinha dito. — A coisa toda com Baz e Conor. Você não achou aquilo estranho?

— Que coisa? — Nico afastou os olhos da tela pela primeira vez, franzindo a testa.

— Você não achou que havia algo estranho rolando entre eles? Era como se os dois se conhecessem.

— Bem, e daí se eles se conhecem? O mundo do entretenimento é bem pequeno. Olha, desculpe, mas tenho que ligar para a minha mãe. Se vou ficar sem o celular por dez semanas...

O barco passou por outra onda, e assenti de forma apressada.

— Claro. Ligue para ela. Enquanto isso, vou subir e entregar as minhas coisas.

— Não quer ligar para ninguém?

Dei de ombros. Eu já tinha dito ao professor Bianchi e aos meus pais que ia ficar duas semanas fora, e não tinha a menor intenção de permanecer por mais tempo.

— Já programei o e-mail de ausência. E mandei uma mensagem de WhatsApp para a minha mãe dizendo que vou ficar incomunicável e que, caso algo aconteça, ela deve ligar para o número que Camille nos deu, mas acho que eles vão conseguir se virar. — Olhei para o meu celular. — Além do mais, são sete da noite lá. Ela e meu pai foram jogar bridge.

Nico assentiu. Peguei o laptop e voltei a subir as escadas, na direção da área em que bebemos os drinques.

Quando cheguei, descobri que não era a única pessoa a entregar os aparelhos de comunicação. Joel estava na minha frente, passando uma lista impressionante de dispositivos com Camille: seu laptop, o iPad de Romi, o telefone dela, o smartwatch dele...

Ficou claro que eles iam demorar um pouco; então, em vez de ficar ali parada, peguei um exemplar dos folhetos informativos na mesa e fui até o canto do convés para uma espreguiçadeira na sombra, com o objetivo de tentar fixar os nomes e as descrições dos outros participantes mais firmemente na memória.

O primeiro casal a ser listado era Conor (31) e Zana (22), e a diferença de idade me surpreendeu. Era estranho que um cara de trinta e um anos estivesse namorando uma garota de vinte e dois? Acho que não *muito* mais estranho do que minha diferença de idade de quatro anos com Nico. Conor (cuja biografia dizia que era um "YouTuber e comerciante de NFT") sorria na foto, suas bochechas se enrugando num sorriso largo e contagiante que me fez sorrir de volta, quase contra minha vontade. Zana, por outro lado, olhava de cara séria por baixo de sobrancelhas estreitas e retas, e disse que seu trabalho de modelo era de meio período, o que não era difícil de acreditar. Ela não falou o que fazia com a outra metade do tempo.

Depois veio o casal que tinha falado primeiro no grupo — Bayer (28) e Angel (28). Bayer descreveu a si mesmo como um "professor de educação física do norte de Londres" e Angel como uma "professora de pilates e influenciadora — não necessariamente nessa ordem", o que quer que aquilo significasse. Talvez ela influenciasse as pessoas a fazer pilates.

O próximo casal era Dan (25) e Santana (25). A foto de Dan o mostrava rindo sem camisa, com o bíceps flexionado para a câmera de uma forma que parecia um *tanto* narcisista para o meu gosto. A biografia o descrevia como "modelo de sunga". Santana passava os dedos pelos cabelos louro-avermelhados, e sua biografia falava que era uma "socialite champanhe", outro termo que não entendi. Será que socialite era um erro e deveria dizer socialista? Ou era só uma piada dela? Talvez fosse uma maneira chique de dizer que não tinha emprego — embora não parecesse. Pessoalmente, achei que ela tinha a aparência brilhante e lustrosa de alguém com muito dinheiro.

Então vinha Joel (33, "um professor do sul de Londres" e o único participante mais velho do que eu) e Romi (31, "influenciadora de beleza"). As fotos deles reforçaram a impressão que tive na reunião de um casal estranhamente descombinado. Joel sorria tímido para a câmera por trás dos óculos fundo de garrafa que lhe davam um visual geek adorável. Era bonito de um jeito meio nerd, mas parecia alguém que ficaria bem à vontade num dos laboratórios em que eu trabalhava — contrastando em muito com Romi, que estava perfeita com bastante base, cabelo platinado e cílios que certamente não podiam ser reais. Tentei imaginá-la tentando fazer a pipetagem de uma bandeja de amostras, mas não consegui — de forma alguma seria possível colocar um par de luvas descartáveis com aquelas unhas, para começar.

Por fim, cheguei a Nico e eu. Nico (28, "ator e apresentador") e Lyla (32, "médica").

— Ah, pelo amor de Deus — falei em voz alta.

— Desculpe... Eu...?

Olhei para cima. Joel tinha dado a volta no convés e estava parado, parecendo um pouco ansioso, aos pés da minha espreguiçadeira.

— Desculpa, desculpa, não foi você. Estava só... lendo as informações sobre a gente e vi que eles erraram minha profissão. Não sou médica... quer dizer, eu trabalho na área médica, mas não assim. Pesquiso viroses. Espero que ninguém esteja esperando que eu faça uma traqueostomia enquanto estivermos lá.

Joel riu.

— Bem-vinda ao clube. Eles me colocaram simplesmente como professor. Na verdade, sou um professor assistente de jornalismo da St. Clements. Já falei isso para eles, quando mandaram o folheto pela primeira vez, mas claramente eles não se incomodaram em corrigir a informação.

— Um professor assistente? — Eu me sentei e ajustei os óculos escuros. — Sério? Achei mesmo que tinha reconhecido um colega acadêmico. O que acha de St. Clements?

— Sinceramente? Uma merda. Não sei sobre a área de ciências, mas o meu lado não tem nenhum contrato ou segurança de trabalho. Imagino que a pesquisa seja um pouco melhor, não?

Bufei.

— Quem me dera. Bom, para ser justa, não são contratos de zero hora, mas todos são de curto prazo, então você tem sempre que se virar com a grana de um pós-doutorado de vinte e quatro meses atrás do outro.

— Nem fala — disse Joel, triste. Aí ele deu uma risada, e, por um instante, ficamos os dois ali, rindo um para o outro como idiotas, aproveitando aquele estranho momento de camaradagem no meio do oceano Índico. Foi Joel quem falou primeiro: — Então... o que uma virologista está fazendo num reality show? Está esperando investir o prêmio em dinheiro numa pesquisa de ponta sobre covid?

Dei uma risada.

— Não trabalho com uma coisa tão moderna como a covid. Não, no momento, estou pesquisando a chikungunya. — Como Joel pareceu não entender, acrescentei: — É uma doença transmitida por mosquitos, um pouco como a malária, mas não tão mortal. Não há cura ou tratamento. É classificada como uma doença tropical negligenciada pela OMS, o que basicamente significa que também não há financiamento. Enfim, como você pode adivinhar, estou aqui por causa do meu namorado. É ele quem tem a esperança de ganhar. É um formato estranho, não? Tenho a impressão de que alguns de nós acabaram aqui assim, arrastados pelas nossas caras-metades mais extrovertidas.

— Me pegou — disse Joel, levando a mão ao peito e sorrindo de novo. Ele realmente tinha um sorriso encantador. Enrugava os cantos dos olhos e mudava por completo a expressão solene. — Como deve ter adivinhado, não fui eu quem se candidatou para participar desse programa. Romi... minha namorada... é ela que sonha com a fama. Mas sendo sincero... — Fez uma pausa e então parou de vez.

— O quê?

— Bom... olha, eu sei que isso provavelmente vai parecer um pouco esnobe, e não queria que fosse assim, mas assisto a um monte desses programas com Romi... ela é meio que viciada em reality shows, o público-alvo da Real TV... e essas coisas têm um tipo. São todos influenciadores, YouTubers e por aí vai. Estão aqui só para se dar bem. Acho que é isso que torna programas como *Traitors* tão atraentes, porque são o tipo de gente que você não vê no *Ilha da Sorte, Ilha do Amor* ou no *Sunset*. Só pessoas normais. E acho que no fundo é isso que as pessoas querem. Sim, elas querem as Real Housewives e os X Factors da vida, mas também querem gente normal sendo normal... um pouco como o *Big Brother* quando começou, antes de as pessoas perceberem que o programa poderia ser um passaporte para a fama. Acho que é por isso que escolheram esse formato. É bem esperto, na verdade.

— Hum. — Era a primeira vez que eu ouvia alguém me explicar direito o que eu tinha considerado, desde que Nico me explicara, um formato bem estranho, e a teoria de Joel fazia sentido. Também explicava por que Baz tinha ficado tão animado com a minha *autenticidade*. Era um código para o que Joel estava falando: o fato de eu estar a quilômetros de distância de uma participante habitual de um reality show. — Você pode ter razão.

— E acho que há algo muito atraente em ver casais de verdade sendo separados diante dos seus olhos — disse Joel, que não sorria mais. Ele parecia, na verdade, um pouco conformado.

— Como assim?

— Bem, programas como *The Bachelor* e *Ilha da Sorte, Ilha do Amor*, sim, são sobre se pegar, mas é uma coisa estratégica, eles se conhecem há apenas uns dias. Não há uma conexão emocional de verdade. Mas neste programa, se eles tiverem sucesso em acabar com um dos casais aqui... é, vai ser bem mais difícil fazer isso, mas se conseguirem vai ser um estouro. Um relacionamento de anos acabando ao vivo.

— Meu Deus. — Um arrepio correu pelo meu corpo ao perceber que ele tinha razão. — Você acha que eles vão querer fazer isso?

Joel deu de ombros.

— Não faço ideia, para ser sincero. Mas não acho que vão ficar chateados se isso acontecer. E, para os participantes, os riscos são altos. Se alguém começar a se sentir infeliz com o parceiro... — Ele parou, erguendo uma sobrancelha. Senti um enjoo que nada tinha a ver com o movimento das ondas.

— Nico e eu fizemos um pacto — falei, devagar. — Não posso tirar mais de duas semanas de folga no trabalho. Vou reprovar uma das primeiras tarefas e ser eliminada. Ele vai tentar fazer uma aliança estratégica com uma das outras solteiras. Mas não concordamos com isso... não acho que ele vai me trair.

Joel sorriu de novo, mas, dessa vez, o sorriso estava diferente, ainda simpático, só que sem alcançar os olhos.

— Tenho certeza de que tem razão — disse ele.

— Já estão formando alianças? — falou uma voz às costas de Joel, e nós dois nos viramos e vimos Conor ali, os braços cruzados. Ele estava de calção de banho e, embora sorrisse, achei difícil manter os olhos no seu rosto. Eles insistiam em ir para o torso, que era (a) surpreendentemente malhado e (b) extremamente tatuado, com o que pareciam ser duas enormes asas de águia espalhadas pelo abdômen.

Era evidente que Joel tinha notado a mesma coisa, porque se virou e falou, em tom de admiração:

— Belas tatuagens, cara.

— Obrigado — disse Conor. — Você é o Joel, não é?

— Sim. Eu sei quem você é, é claro.

— É mesmo? — Conor pareceu mais calmo e um pouco lisonjeado. — Você é meu fã?

— Hum... — Para a minha surpresa, Joel pareceu um pouco envergonhado. — Quer dizer... é mais um interesse profissional, acho. Sou professor de mídia. Mas a minha namorada está no YouTube... Romi Ellison?

Ele falou o nome como se Conor pudesse ter ouvido falar dela, mas ele apenas assentiu de forma encorajadora, sem nenhum sinal de reconhecimento.

— Sempre bom saber que tenho fãs mulheres — disse. — Meu público tem a reputação de ser muito masculino, mas recebo bastante correspondência de mulheres.

— A coisa do NFT foi novidade para mim — falou Joel com uma risada. Tive a leve e intrigante impressão de que ele estava tentando mudar de assunto, embora não soubesse dizer por quê.

Conor revirou os olhos.

— Também foi novidade para mim. Eu fiz *um* vídeo sobre comprar bitcoin, mas eles obviamente extrapolaram isso para me fazer parecer um chefão da tecnologia. Acho que decidiram que eu sou a chave para chamar a atenção do pessoal dos NFTs. Ou isso, ou estão tentando me fazer parecer o babaca do programa. Todo programa precisa de um vilão, não é?

O comentário me surpreendeu, mas, após ele dizer isso, percebi que Conor tinha razão. Todo reality show *tinha* um vilão. Quem seria esse vilão?

— Acho que você tem outras qualidades, amigo — disse Joel, um sorriso tocando os lados da boca.

— Outras qualidades...? — perguntou Conor. Joel apontou para o torso nu dele, e Conor riu, um pouco envergonhado. — Em minha defesa, eu estava tomando sol. Não planejo ficar andando por aí sem camisa durante todo o programa.

— Acho que a equipe de produção vai confiscar as suas camisas agora que você mostrou o que tem — falou Joel, seco.

Conor deu uma risada apropriada, jogando a cabeça para trás, e decidi que gostava dele. De alguma forma, ele não era do jeito que eu esperava. Não sei por quê, mas sempre fico com um pé atrás com pessoas extremamente bonitas. Se sabem que são bonitas, isso costuma ser visto como vaidade. Se parecem não saber, não acredito nelas. Ninguém pode viver sendo um dez, quando a maior parte das pessoas é um cinco ou seis, e não saber desse fato. Conor parecia ter consciência sobre a própria aparência, sem ser um idiota em relação a isso. E parecia falar bem, o que talvez não devesse ser uma surpresa. Eu não conhecia YouTubers, mas sabia o suficiente para entender que era difícil chegar ao sucesso sem ter algo interessante para dizer e uma boa quantidade de charme pessoal também.

— Desculpe — falei, levantando-me e sorrindo para Conor —, acho que eu deveria saber disso, mas não vejo muito YouTube. Sobre o que é o seu canal?

Conor deu de ombros.

— Política... assuntos atuais... conversas em geral. Acho que é uma espécie de talk show só que na maioria das vezes eu sou o único convidado. Só falo sobre o que acho que preocupará as pessoas. Qualquer coisa do momento. Às vezes, chamo outras pessoas.

— E você se dá bem com isso?

Joel riu.

— Podemos dizer que sim. Ele tem 10 milhões de inscritos...

— Desculpa, *como é?* — falei, surpresa demais para ser educada. — Você falou *10 milhões de inscritos?*

Conor sorriu, meio envergonhado.

— Acho que é mais perto dos 10,4 agora, mas, sim, por aí. E mais ou menos outros cinco no TikTok.

— Que porra você está fazendo aqui nesse programa, então? — perguntei, e Joel riu. Conor sorriu.

— Acho que... em primeiro lugar, a produtora me procurou, e fiquei lisonjeado. E Zana estava ansiosa por isso. Em segundo lugar, se eu estiver sendo sincero... — Ele parou, e por um instante sua expressão demonstrou uma vulnerabilidade surpreendente. — Quero o que todo mundo quer: credibilidade. O YouTube é ótimo, mas é esnobado pela grande mídia.

— E você acha que isso pode fazer você ir para a grande mídia? — indagou Joel, um pouco cético. Conor deu de ombros de novo.

— Talvez sim, talvez não. No fundo, eu saio ganhando. No pior dos casos, nada acontece e volto para os meus inscritos de sempre. No melhor, o programa é um sucesso e eu ganho um talk show.

Assenti devagar. A lógica dele fazia sentido.

— E quanto a vocês? — perguntou ele. — O que os trazem a essa ilha?

— Ah, só estamos a passeio. — Indiquei Joel. — Nós somos acadêmicos. Foram nossos parceiros que queriam vir.

— Ah, sim. — Conor parecia estar se lembrando de alguma coisa. — Você é médica, não é?

Grunhi.

— Não, não sou. Tenho um Ph.D. em virologia, mas não sou médica. Então, *por favor*, não espere que eu vá consertar pernas quebradas enquanto estivermos lá.

— Saquei — falou Conor. Ele sorriu de novo, os dentes muito brancos na claridade do sol. — Nada de quebrar pernas.

— Joel! — A voz era aguda, e todos nos viramos para ver Romi caminhando pelo convés. Ela tinha colocado o menor biquíni branco de crochê do mundo, um chapéu de praia que estava ameaçando voar com a brisa forte e sandálias de plataforma oscilantes que não pareciam ter sido a melhor ideia por causa do balanço do navio. — Joel, estava te procurando em tudo que é lugar. Você falou que se encontraria comigo na jacuzzi.

— Eu, não — falou Joel suavemente, mas com um toque de irritação na voz. — Você disse que *você* estava indo para a jacuzzi.

— Bem, tanto faz, eu estava esperando há horas. Não podia nem te mandar mensagem.

Suprimi um sorrisinho ao ouvir aquilo. Não fazia nem dez minutos que Joel tinha entregado os aparelhos, então era difícil levar as reclamações dela a sério. Tentei aliviar a tensão com uma piada.

— Acho que vamos todos ter que nos acostumar com isso, não é?

— Nos acostumar com o quê? — Era Nico, chegando ao convés com calção de banho e toalha sobre o ombro.

— Ficar sem nossos celulares — falei, mas Romi já tinha se virado para Nico e perguntado por cima de mim.

— Ei, você é o Nico, não é? Você não fez uma participação em *Holby City*?

Era a pergunta certa, e na mesma hora Nico voltou todo o sorriso encantador para Romi e a deliciou com os detalhes do seu currículo de atuação, enquanto ela olhava para ele, piscando de uma maneira francamente um pouco exagerada. Não me incomodei — dava para ver que ela só estava fazendo isso para punir Joel por conversar comigo em vez de encontrá-la na jacuzzi —, mas era um contraste intrigante com sua hostilidade a Joel.

— Vamos conversar sobre isso na jacuzzi? — perguntou ela. — Adoraria saber como você começou a atuar.

— Claro — disse Nico com sinceridade. — Você vem, Lyla?

Sorri e balancei a cabeça.

— Obrigada, mas não consigo pensar em nada pior para fazer neste calor.

— Rapazes? — Nico se virou para Conor e Joel.

— Talvez depois; preciso encontrar Zana — disse Conor. Nico assentiu, e então ele e Romi caminharam pelo convés. Quando viraram a esquina, vi Romi colocar a mão no braço dele e então jogar a cabeça para trás e rir de algo que ele tinha dito. — Ela parece complicada, hein, amigo? — falou Conor, e Joel suspirou.

— Está puta comigo. Não sei por quê. Toda essa coisa de *O casal perfeito* foi ideia dela... mas, de alguma forma, eu não faço mais nada certo. Não ganho o suficiente, não a elogio o suficiente, não apoio a carreira dela o suficiente... Não sei mais o que ela quer. Estou meio preocupado...

Ele parou e pareceu repensar o que estava prestes a dizer.

— Vá em frente — falou Conor. A voz dele era... curiosa. Simpática. Joel olhou para o chão.

— Acho que... é como... vocês sabem como essas coisas têm uma fórmula? Todos esses tipos predefinidos que querem aqui.

Eu não sabia, mas assenti.

— E, em relação aos caras, sempre há os machos alfa, os que estão lutando pelo prêmio, o piadista, o esportista e, vocês sabem, o capacho. O cara legal que está lá para ser humilhado. — Ele engoliu em seco. — Acho que... acho que estou me perguntando qual eu sou.

— Ei — disse Conor, desajeitado. Tentei pensar em como preencher o silêncio. Não podia falar sobre como ele estava certo em relação aos reality shows, porque não tinha assistido a tantos para ter uma opinião. Mas não conseguia deixar de pensar que, num filme americano que se passasse numa escola, Joel teria sido escalado para ser o geek. O cara que sempre levava a bandeja do almoço na cara. E provavelmente não era um papel divertido de se ter.

— Olha — falei por fim —, a questão sobre tudo isso, todo o *pitch* do Baz para Nico e eu, era que esse programa seria diferente dos outros. Ele, em teoria, vai derrubar toda essa merda.

— É — disse Joel, embora não parecesse convencido. — Tenho certeza de que tem razão. Bom... acho que vou entrar e comer alguma coisa. Vejo vocês depois?

— Acho que já vou também — falou Conor. Ele olhava para Joel, e seu rosto estava... não consegui definir. Não era preocupado, exatamente. Pensativo. — A Zana está me esperando. Foi bom conhecer vocês dois. E, sério,

Joel, não se preocupe. Acho que você está pensando demais nisso. É provável que ela só esteja cansada e com jet lag... todos nós estamos.

— É — disse Joel. Deu um sorriso que tentava emular a confiança de Conor, mas não conseguiu. — Vocês provavelmente têm razão. Foi bom te conhecer, Lyla.

— O prazer foi meu — falei, e os dois se viraram e caminharam em direções diferentes, me deixando com o celular na mão, pensando.

17/02 — 15h31

Oi, alô, alguém consegue me ouvir? Por favor, alguém consegue me ouvir? Alguém? Câmbio.

17/02 — 15h32

Por favor. Por favor. Estou implorando. Câmbio.

CAPÍTULO 6

— **TERRA À VISTA!**

O grito ecoou, perfurando meu sono e me puxando para a consciência com um solavanco. Por um minuto, eu não tinha ideia do que aquelas palavras significavam. Terra à vista? Que nem nos filmes de pirata?

Então me levantei, piscando com a luz forte que entrava pela vigia minúscula, e me lembrei de onde estava — a bordo do *Over Easy*, indo na direção da ilha Feliz para Sempre.

Não era o nome de verdade da ilha, claro; havia um nome indonésio que eu não conseguia lembrar, embora um dos produtores o tenha mencionado. Mas Feliz para Sempre era como a equipe de produção chamava a ilha — por causa do slogan do programa: *Quem vai ser feliz para sempre?*

Por reflexo, procurei o telefone e me lembrei de que o tinha dado para Camille no dia anterior. Então, me inclinei por cima da lateral do beliche e olhei para o pequeno relógio digital no plástico acima da mesa de cabeceira embutida. Eram 7h02 da manhã. Ao me esticar mais um pouco, podia ver que Nico ainda dormia pesado na cama abaixo. Ele tinha ficado bebendo até tarde com os outros participantes, enquanto eu caí no sono após o jantar, completamente exausta e com jet lag. Depois que já estava acordada, sentia os primeiros sinais de animação... e nervosismo. A aventura começava a ficar real.

— Nico — sussurrei. Aí, como ele não se moveu: — Nico, está acordado? Eles acabaram de dizer que conseguem ver terra.

Nico murmurou alguma coisa como "Me dá um minuto" e puxou o cobertor sobre a cabeça. Sorri, passei as pernas pela lateral do beliche e, dez minutos depois, estava de banho tomado, vestida e no convés, os cabelos molhados ainda pingando nas costas.

Depois do calor do dia anterior, o ar estava refrescante e claro, embora fosse possível sentir uma promessa de ferocidade no calor do sol, mesmo tão cedo de manhã. Abaixo de mim, dois tripulantes limpavam o convés e conversavam um com o outro em indonésio; à distância havia um pedacinho de terra se aproximando a cada segundo. Todas as minhas preocupações londrinas — o trabalho, o professor Bianchi, como eu ia escrever o relatório sem o laptop — pareceram muito, muito distantes. Ia me preocupar com isso quando voltasse. Se fosse perder o emprego de qualquer maneira, fazia diferença se eu fizesse o trabalho naquele momento ou algumas semanas depois? Poderia escrever o relatório de noite se precisasse. E Deus sabia que eu precisava de umas férias. Não conseguia me lembrar da última vez que tinha dado um bom tempo no trabalho.

Estava apoiada na lateral, olhando para a pequena ilha próxima, quando ouvi uma voz atrás de mim.

— Lyla, correto?

Eu me virei e levei a mão ao peito. Parado lá, sorrindo, estava o rosto bonito e bronzeado do cara com a tatuagem do Mickey Mouse. Me lembrava do nome da namorada dele — Santana —, que chamou minha atenção por ser incomum, mas não conseguia me lembrar do nome dele de jeito nenhum.

— Caramba, você me assustou! Achei que era a única acordada. — O nome pairava nas margens da memória e então veio a mim. — Dan, não é?

— É. — Ele foi para o meu lado, protegendo os olhos do sol ao observar o horizonte. Tinha uma leve voz de tenor e um sotaque fraco do norte, embora eu não conseguisse identificar de onde. Liverpool, talvez. Ou Manchester. Era tão superficial que era difícil dizer. Ao ficar do lado dele, dava para ver que pintava o cabelo — o que de longe pareceram mechas descoloridas pelo sol de perto eram claramente luzes feitas por um cabelereiro. — Então, é isso, hein? Nossa casa pelas próximas semanas que sobrevivermos.

— Sim — falei, seguindo seu olhar.

— Parecia bem bonita nas fotos — comentou Dan. — Tentei dar uma olhada no Tripadvisor, mas, pelo visto, o resort é novo em folha... eles ainda nem abriram de verdade. Tomara que corresponda às primeiras impressões.

— Diferente do barco, você quer dizer? — falei, seca. Dan riu, um "Rá!" surpreso que escapou de forma irreprimível. Levou a mão à boca e sorriu, parecendo um pouco culpado.

— Imagino que tenha ficado com uma das cabines de merda também, não?

Assenti e dei de ombros.

— Quer dizer, não estou reclamando. Mas ela simplesmente não corresponde a... tudo isso. — Acenei para o convés com madeira de teca e os corrimões polidos e brilhantes.

— Bem, *eu* estou reclamando — disse Dan. Ele jogou a cabeça para trás. — Não quero parecer uma diva tão no início do programa, e sei que Santana e eu não somos os participantes de primeira linha, mas *somos* participantes. Você pensaria que eles nos dariam algo acima do nível do mar, pelo menos. Aposto que o Conor ganhou uma suíte.

— Conor? — Fiquei surpresa. — Por quê?

— Ah, aparentemente ele é o melhor amigo do Baz. Namorou a sobrinha dele ou algo assim, foi o que o meu agente me contou.

— Melhor amigo? Eles não pareceram melhores amigos ontem — comentei, com dúvidas. E Zana com certeza não era a sobrinha de Baz, então algo tinha acontecido ali. Dan deu de ombros.

— Sei lá. Só estou repassando o que me disseram. Você não achou que havia um senso de hierarquia na reunião?

Precisei assentir. *Havia* mesmo.

— Além do mais, ele é muito sarado, o que não atrapalha. — Dan suspirou. Ele se debruçou no corrimão, olhando com melancolia para a ilha, que se aproximava mais a cada minuto, já perto o suficiente para vermos a areia branca que a cercava. — Queria que Elijah estivesse aqui.

— Quem é Elijah?

— Meu namorado — falou Dan, e então deu um tapa na boca. — Merda. Eu *não* falei isso. Você tem que me prometer que não vai contar ao Baz!

— É claro que não — respondi, confusa. — Mas por que isso importa?

— Porque deveríamos ser um casal, a Santana e eu.

— Mas não deixaram você entrar com o Elijah?

Dan deu de ombros.

— Eu não perguntei. Mas não vejo isso acontecendo. Acaba com o formato se você tem um casal do mesmo sexo atrapalhando a matemática, não acha? Aparentemente, o amor é só para os héteros.

— Bom, isso é uma merda — falei devagar, mas podia ver que ele tinha razão. *Ilha da Sorte, Ilha do Amor, The Bachelor,* todos esses programas eram implacavelmente heteronormativos.

— De certa forma, fica mais fácil — disse Dan. — Quer dizer, não me entenda mal, gostaria que Elijah estivesse aqui, mas não gostaria de vê-lo saçaricando por aí se eu fosse eliminado... e vice-versa, não acho que ele gostaria de ficar sentado em casa me vendo pegar um bando de gente gostosa. Dessa forma, ele sabe que é só fingimento. Não é como se eu fosse fugir com a Santana. Não que ela não esteja em forma, mas sou gay de cabo a rabo, e Elijah sabe disso.

— E a Santana? — perguntei, curiosa. — Ela tem namorado?

Dan balançou a cabeça.

— Não, eles terminaram há alguns meses. Ela anda bem deprimida. Foi por isso que inscrevi a gente, na verdade... queria dar a ela algo divertido em que pensar, sabe? É sempre uma merda quando o cara com quem você pensa que vai se casar a troca por uma modelo mais nova e mais magra. — Houve um silêncio enquanto eu tentava imaginar quem poderia ser mais bonita do que Santana, quando Dan falou, com uma risada: — Mas nós temos mesmo tatuagens combinando, aquilo era verdade. Como o seu namorado se sente em relação a tudo isso? Ele não está com ciúmes?

— O Nico? — falei, surpresa. — Acho... não, não acho que ele esteja com ciúmes. Concordo que o formato é um pouco estranho. Mas, como você falou, é tudo fingimento. Ele sabe que não estou aqui para conhecer ninguém. Além do mais, não planejo ficar por muito tempo.

— Como assim?

— Bem... não conte para ninguém, mas já que você me falou sobre Elijah... eu só concordei em fazer isso para ajudar Nico. Tenho um emprego e tinha duas semanas de folga. Vou tentar reprovar um dos primeiros desafios. Mas... sim, é melhor não contar isso para o Baz também. Acho que ele quer que sejamos competidores vorazes.

— Ou cheios de tesão — disse Dan, dando sua risada característica de novo, só que dessa vez com um tom surpreendentemente sacana. — Ele provavelmente está nos filmando agora, com uma legenda sobre o nosso vínculo cada vez maior.

— Meu Deus! — Olhei ao redor, surpresa. — Você acha mesmo?

Dan deu de ombros.

— Talvez sim. Talvez não. Mas tem uma câmera ali. — Ele apontou para uma caixinha branca abaixo do corrimão do convés superior. Antes de ele falar, eu nem a tinha notado, mas não conseguia mais afastar os olhos dela, do seu olho preto, refletindo impassivelmente o brilho das ondas. Era verdade? Estávamos sendo filmados naquele momento?

Tremi e resisti ao impulso infantil de mostrar o dedo do meio para a câmera, então dei as costas a ela, voltando a encarar o mar.

— Bem... — disse Dan, esticando os braços para trás como se estivesse se alongando. — Não sei você, mas vou fazer as malas. Parece que não vai demorar, e quero ser o primeiro a sair do barco para ficar com a melhor casa. Foi bom conhecer você, Lyla.

— Foi bom conhecer você também — falei e o observei se afastar, um pouco instável, pelo convés até chegar à porta que levava às cabines. Minha intenção era segui-lo, começar a juntar nossas coisas, mas, em vez disso, virei-me de volta para o horizonte, observando a ilha, a ilha Feliz para Sempre, aproximar-se. Era quase hipnótico, o azul do mar, o azul do céu, a fina camada de areia branca entre eles, movendo-se no ritmo que o barco subia e descia.

Só mais um minuto, disse a mim mesma. *Só mais um minuto sozinha, só eu e o horizonte.*

E as câmeras.

22/02 — 9h37

Ah, Deus, por favor, por favor, *Dieu*, por que ninguém está vindo? Não temos ideia do que fazer. O barco desapareceu, eles pegaram nossos telefones, e só temos essa merda de rádio que essa *personne* não sabe usar — por favor, por favor, nos responda. As pessoas estão morrendo — as pessoas estão mortas. Ah, *Dieu*, vamos todos morrer logo se alguém não aparecer. Alguém tem que estar monitorando este canal. Não, *tais-toi*, Joel, não vou desligar o rádio. Não vou desligar, porra. Não estou nem aí para a bateria. Que bem a bateria nos fará quando estivermos todos mortos?

CAPÍTULO 7

— PU. TA. MER. DA.

Nico desceu do barco direto para a areia branca, tirou os sapatos e ficou na praia, amassando os grãozinhos brancos com os dedos do pé com um olhar tão feliz, que eu queria ter tirado uma foto. Infelizmente, todos os meus aparelhos, do telefone ao laptop de trabalho, estavam no cofre pessoal de Baz, a bordo do *Over Easy*, de forma que eu tinha que torcer para que a equipe de filmagem que dava voltas ao redor do grupo tivesse capturado a reação dele.

Atrás da gente estava o iate, ancorado a cerca de cem metros da costa, o pequeno bote em que viemos para a ilha e, além deles, quilômetros e quilômetros de mar azul brilhante, que adquirira uma iridescência assustadora devido ao sol refletindo na areia branca. À nossa frente estava a ilha Feliz para Sempre — um pedaço de terra com apenas alguns quilômetros de extensão, mas grande o bastante para ter o que parecia ser uma pequena floresta, cheia, eu conseguia ver, de palmeiras, troncos altos e folhosos com cachos comicamente grandes de bananas pequenas e atarracadas, e muitas outras flores, árvores e plantas que eu não reconhecia. Não tinha certeza de que a ilha era grande o suficiente para ter animais — mas conseguia ouvir o canto de pássaros entre as árvores, e, muito acima da cabeça de Nico, passou uma borboleta, suas asas dando a impressão de serem grandes e lentas demais para mantê-la no ar. Parecia... bem, parecia exatamente com as fotos que Baz mandara para a gente. Só que melhor. Muito melhor.

— Uau — falei. — Simplesmente... uau.

— Diga a Nico como está se sentindo, Lyla — disse uma produtora, dando um passo na minha direção, e vi que um microfone peludo balançava na minha frente, pouco acima da cabeça.

— Ah! — Fiquei surpresa na mesma hora, sem saber como reagir. Encarei o buraco negro escancarado da lente da câmera e então voltei para a produtora. Estava me sentindo... uma zona. Nossa chegada ao paraíso fora estragada por buscas corporais e nas nossas malas por aparelhos de comunicação antes que tivéssemos permissão para desembarcar. Eu tinha quase certeza de que não era a única pessoa ainda irritada com a indignidade de uma revista íntima e de um membro da equipe vasculhando as minhas calcinhas; os outros estavam apenas escondendo melhor. — Quer dizer... ótima. Aliviada por não estar mais no barco.

— Pode contar isso para Nico? E não olhe para a câmera, querida. Se quiser olhar diretamente para a câmera, nós podemos fazer uma CAC.

— Uma o quê? — Eu não sabia se tinha ouvido corretamente.

— Uma CAC, uma entrevista cara a cara. Mas não se preocupe com isso, querida, só converse com Nico. Finja que não estou aqui. — Percebi que a produtora estava ficando um pouco irritada com a minha incapacidade de entender o que era exigido de mim, mas era difícil fingir que a equipe não estava ali com câmeras pretas enormes na minha cara e o microfone bem acima do meu rosto. Atrás de mim, podia ver Bayer e Angel se exibindo para as câmeras; Angel gritava e dava voltas com os cabelos se abrindo como as pétalas de uma flor, Bayer a pegava no colo, sorrindo, e a beijava enquanto ela o envolvia com as pernas longas. Havia apenas dez minutos, Bayer estava reclamando sobre ter as malas revistadas; logo depois, eles pareciam um casal saído de um filme. Eu podia ver de forma precisa como a cena pareceria para o público, os emojis com olhos de coração, os tuítes sobre como eles eram um casal lindo. Mais atrás, Santana e Dan caminhavam de mãos dadas pela areia molhada. Dan tinha tirado a camisa e enrolado a bainha da calça, e os saltos altos de Santana balançavam na sua mão livre. Eles pareciam o tipo de pôster inspiracional que seu colega de trabalho colocaria na baia para ajudar a passar o dia. Talvez com o slogan "Felicidade é... ter a sua mão na minha", ou algo igualmente brega numa fonte romântica e delicada.

Cada um deles fornecia uma lição objetiva do que a câmera queria — algo que eu estava falhando por completo em fornecer.

— Hã... caramba, Nico, isso não é ótimo? — falei por fim.

Nico deu meia-volta. Tinha aberto alguns botões da camisa de linho branca, mostrando o peito bronzeado e a quantidade certa de pelos — não uma peruca no estilo Burt Reynolds, mais a cena da foice de Poldark. O que quer que estivesse fazendo ultimamente na academia estava funcionando; eu conseguia ver o abdômen dele pela camisa.

— É o paraíso — disse ele, sério, e percebi que, embora estivesse olhando para mim, falava para a câmera. — E a única coisa que torna isso melhor é que estou aqui com você. Você é tudo que eu sempre quis, Lil. — E então ele se aproximou, pegou meu rosto com ambas as mãos de uma forma que nunca tinha feito antes, como, percebi de repente, as pessoas faziam nos filmes, e me deu um beijo apaixonado, bem nos lábios.

Por um minuto, eu não fazia ideia de como reagir. Sabia que estava parada com o corpo duro, a boca imóvel sob a de Nico, mas também sabia que a produtora estava bem atrás do meu ombro, que a câmera quase com certeza estava dando um zoom, e que aquela pose, com Nico teatralmente forçando a minha cabeça em vez de colocar os braços em volta de mim na sua maneira afetuosa de sempre, era estranha. A cena toda parecia falsa, e percebi com um choque repentino que não estava apenas beijando meu namorado — estava beijando um ator profissional, que estava atuando para a câmera.

Quando nos separamos, resisti à vontade de piscar e limpar a boca. Em vez disso, sobretudo para dar uma desculpa para me afastar da câmera, peguei a mão de Nico, copiando Dan e Santana na cara dura, tirei as sandálias e comecei a caminhar pela praia, as ondinhas gentis lambendo os meus tornozelos. Esperava que o mar fosse uma mudança refrescante da umidade do ar, mas me surpreendi com como a água era quente — quase a temperatura do corpo.

— Parece água de banho — falei para Nico, surpresa. E então: — Olha, um peixe!

— É o mar, Lyla — disse Nico com uma risada, mas então viu para o que eu estava apontando: um peixinho pouco maior do que meu dedo, com listras pretas e brancas, nadando pela água turquesa. Conforme observávamos, fascinados, um pequeno cardume de peixes laranja o seguiu, um vívido chocante na água azul.

Assistimos àquilo, hipnotizados por alguns minutos, e então Nico apontou para uma trilha que entrava na floresta.

— Para onde acha que esse caminho leva? Talvez para as casas?

— Vamos descobrir — falei, com um sorriso que eu sabia ser muito mais para as câmeras nos seguindo a alguns passos de distância do que para o próprio Nico. Ao cruzarmos a praia e irmos na direção das árvores, pude ver o formato de uma... duas... não, três casas baixas, as paredes brancas brilhando através da vegetação exuberante.

— Qual delas você acha que é a nossa? — perguntei em voz alta.

— Deus, sei lá, são todas incríveis — disse Nico, e então deu um suspiro teatral quando contornamos um grupo de árvores e vimos à distância, estendendo-se sobre a água, o casarão de lua de mel que eu tinha visto na internet, aquele sobre palafitas acima do oceano azul-turquesa. — Puta merda! Olha só aquela!

— Sem palavrões, por favor! — disse a produtora atrás de nós, com a voz irritada. — Queremos uma audiência a partir dos doze anos. Não posso usar a filmagem se você falar palavrão.

— Minha nossa! — falou Nico, obediente, com a mesma quantidade de choque impressionado na voz que na primeira vez. — Lyla, olha só aquela!

— Não pode ser a nossa — falei, sem tentar esconder a inveja.

Larguei a mão de Nico e fui até a primeira casa pela qual passamos, aninhada numa clareira entre palmeiras, como um pequeno oásis na selva. Havia um papel na porta.

"Santana e Dan", dizia o bilhete. "Bem-vindos ao Retiro da Floresta."

— Esta é a cabana de Dan e Santana — gritei sobre o ombro para Nico. — Vamos encontrar a nossa.

Ele assentiu, pegou minha mão, e corremos pelo caminho de pedrinhas entre as árvores, a câmera seguindo o nosso rastro. Enquanto afastava as flores e as folhas de palmeira que bloqueavam o caminho, eu me perguntei como ele conseguia manter a gravação estável — não ficaria sacudindo toda hora? Mas não tive que imaginar por muito tempo, porque Nico tinha encontrado outro casarão no topo de um pequeno afloramento rochoso acima do nível do mar.

Ele chegou lá primeiro e leu o bilhete.

— "Bayer e Angel" — falou em voz alta. — "Bem-vindos ao Penhasco do Oceano." Ok, não é a nossa. Continue procurando, Lyla!

Sorri e assenti. Eu estava entrando na onda, quase esquecera as câmeras atrás de mim e a produtora correndo no rastro delas. Segui Nico pela praia em direção ao outro casarão que ficava quase na praia.

— "Conor e Zana" — falei. — "Bem-vindos à Enseada do Paraíso."

Estávamos quase no da lua de mel, e pisei no cais que o ligava à terra firme, sentindo as tábuas se mexerem um pouco sob os pés conforme as ondas batiam nas estruturas de madeira. Não podia, não *podia* ser a nossa, podia?

Porém, conforme eu me aproximava, vi que não era. Não conseguia ler o bilhete na porta, mas tinha um formato diferente dos que estavam presos nas portas dos outros casarões, mais curto, sem se referir a ninguém. Quando saí do cais e entrei na varanda, consegui ver que o bilhete não tinha o nome de ninguém. "Casarão Feliz para Sempre", dizia. Nada mais. Devia ser uma espécie de prêmio. Talvez você jantasse aqui depois de se sair bem numa das provas. Ou talvez fossem as acomodações de Baz.

A produtora estava por perto conforme eu voltava para a praia a fim de dizer a Nico que não, não ficaríamos no casarão acima da água. Mas pensar em Baz me fez lembrar de outra coisa também.

— Onde a equipe de gravação vai ficar?

— No barco — disse ela. — A maioria, pelo menos. Quando o resort for finalizado, haverá um prédio só para acomodar os funcionários no lado leste da ilha, mas, infelizmente, não foi construído ainda. Há apenas algumas cabanas temporárias levantadas pela construtora.

— Então não haverá ninguém da equipe aqui durante a noite? — perguntei, um pouco incerta.

A produtora balançou a cabeça.

— Não. Há um rádio para emergências, e teremos algumas pessoas da produção nas cabanas, só por precaução. Mas simplesmente não temos instalações para abrigar a maioria da equipe. A maior parte das gravações durante a noite serão feitas de forma remota.

— Remota?

A produtora franziu a testa.

— Seu agente não explicou isso? As casas estão equipadas com câmeras. Não nos banheiros, é claro; então, se quiser se trocar ou qualquer coisa assim, é melhor ir lá... mas não precisam se preocupar, não vamos mostrar nudez nenhuma. Como eu disse, Baz está buscando uma audiência a partir dos doze anos, se bem que, se todo mundo continuar falando palavrão, isso vai cair por terra. — Ela revirou os olhos. — Caso contrário... presuma que vocês estão sendo filmados vinte e quatro horas por dia.

— Desculpa, *como é*?

— Estava tudo no contrato, querida — disse a produtora. Parecia estar um pouco na defensiva.

Eu me virei para Nico.

— Você sabia disso? Que colocariam câmeras nos nossos quartos?

— Lil — disse Nico. Ele estava usando aquela voz, a voz *Acalme-se, Lyla, não fique tão nervosa*, uma garantia de me fazer perder a cabeça. — Você já *viu* um reality show? É assim que eles funcionam. Eles querem momentos espontâneos.

— Momentos espontâneos? Esse é o novo termo para pessoas transando?

O câmera deu um passo à frente, girando a lente na minha direção. Cerrei os dentes e resisti à vontade de mandá-lo se foder. Pelo menos, se eu fizesse isso, eles não poderiam usar a gravação. A não ser que censurassem o palavrão, claro. E então, como aquilo seria editado? Provavelmente comigo lendo o bilhete que dizia que o casarão sobre o mar não era para a gente, então cortando para mim dando um chilique com Nico. "Você sabia disso?" E aí "Você pode ir se foder também" para a câmera.

Primeira semana: Lyla é promovida de *cientista* a *diva pentelha*.

Lembrei-me das palavras de Conor no barco — *todo programa precisa de um vilão*. Com uma birra dessas, eu estava claramente me candidatando para o papel. A questão era: eu me importava? De certa forma, aquilo poderia funcionar melhor para Nico — quando eu fosse eliminada, ele pareceria bem mais simpático ao fazer par com outras pessoas se eu fosse retratada como uma vaca.

Mas as palavras de Conor não paravam de voltar a mim — *todo programa precisa de um vilão*. E eu não assistia a muitos reality shows, mas sabia de uma coisa: os vilões quase nunca eram eliminados, ao menos não até o final. Eles precisavam daquilo para tornar o programa interessante. Eu não sabia como seriam as provas, mas tinha certeza de uma coisa: elas poderiam ser manipuladas. E, se eu ficasse muito interessante, nunca me deixariam ir para casa.

Me forcei a dar um sorriso doce.

— Tem razão. Estava sendo ingênua. É claro que eles vão querer o máximo de gravações possível. Venha. Vamos encontrar nossa casa.

E então dei meia-volta e saí pisando duro pela praia, tentando não deixar minha raiva muito clara.

ESTAVA UM POUCO mais calma quando encontramos a nossa acomodação — um pouco afastada da praia e cercada por um aglomerado de palmeiras. "Nico e Lyla, bem-vindos ao Descanso da Palmeira", dizia o bilhete na porta. Não havia vista para a praia, apenas uma lasca dela entre os troncos; mas, particularmente, eu estava feliz por ter tanta sombra — talvez não tão feliz por ter tantos mosquitos, pensei, enquanto um passava zumbindo pelo meu nariz e eu dava um tapa nele por reflexo.

Na pressa para desembarcar, tinha me esquecido de passar repelente, e então comecei a pensar na quantidade de mosquitos que havia ali. Provavelmente não os de malária, se a ilha tivesse o mesmo perfil de risco da Indonésia, mas possivelmente os de dengue. Não consegui dar uma boa olhada no mosquito que havia passado pela minha cara, mas o fato de estar voando por aí durante o dia significava que era bem provável que fosse um *Aedes aegypti*, o tipo que carregava a dengue e a chikungunya, e não um *Anopheles*, responsável pela malária.

Parte de mim ficou intrigada. Embora tivesse passado anos estudando doenças transmitidas por mosquitos, nunca tive dengue ou chikungunya. Talvez esta fosse a minha chance. Na primeira vez em que você pega dengue, em geral, não é um problema tão grande. É a reinfecção com um serotipo diferente que é um grande fator de risco para a febre hemorrágica. Mas, por outro lado... fiz uma nota mental para pegar o repelente na bolsa, assim que tivéssemos permissão, e lembrar Nico de fazer o mesmo.

Enquanto eu pensava em mosquitos, Nico tinha aberto a porta do casarão e começado a explorar.

— Pu... Quer dizer, caramba, Lyla, venha dar uma olhada! — gritou ele lá de dentro, e eu o segui até a porta, certificando-me de tirar a areia dos pés descalços no capacho de juta da entrada.

Havia um quarto quadrado, apenas um, mas com espaço mais que suficiente para duas pessoas — de paredes brancas com madeira escura brilhante e uma cama de dossel no meio, com redes penduradas que ondulavam na brisa. Pela porta aberta, pude ver um banheiro quase do tamanho do quarto, completo com pias duplas, uma banheira gigante de pedra e um chuveiro que tinha quase o tamanho da nossa cozinha em Londres.

Claramente tudo era novo em folha — o cheiro predominante era de óleo de peroba e tinta fresca, apesar da brisa insistente que entrava pelas janelas abertas, e dava para ver que algumas ainda tinham marcas de ventosa, onde os pedreiros as seguraram para instalá-las. Contudo, não éramos os primeiros convidados. Enquanto olhava para cima, onde o teto de vigas se elevava até certo ponto, vi uma pequena lagartixa correr para as sombras com um movimento da cauda, e sorri. Nem todo mundo daria as boas-vindas a um lagartinho na casa, mas fiquei feliz por ela lidar com os mosquitos.

— É lindo — falei sinceramente para Nico, e ele agarrou minha cintura e me girou, sussurrando "Te amo" no meu cabelo. Eu não gostava quando Nico fazia essa coisa de me rodar. Ficava desequilibrada, e era como se ele estivesse demonstrando o fato inegável de ser maior, mais forte do que eu e poder me levantar se quisesse, mesmo contra a minha vontade. Mas, dessa vez, afundei o rosto no pescoço dele e o deixei fazer o que quisesse, sabendo que era a maneira dele de tentar compensar a discussão latente na praia.

Quando ele me pôs no chão, fiquei de pé por um instante, recuperando o equilíbrio ao colocar uma das mãos no balaústre da cama — e lá estava, uma caixinha branca no canto do quarto, com um único olho escuro que nunca se fechava, observando cada centímetro do local e mais particularmente a cama. Senti o sorriso desaparecer do rosto, mas a verdade era que Nico tinha razão. Os reality shows funcionavam *assim*. Eu tinha concordado com aquilo, mesmo sem entender por completo no que estava me metendo na época.

— Toc, toc! — disse alguém na porta, e me virei para ver Camille lá, sorrindo e segurando um buquê enorme de flores tropicais. Ela estendeu o buquê e, por um momento, hesitei.

— Elas são... para mim?

Camille assentiu.

— Um presentinho de boas-vindas para as nossas estrelas de *O casal perfeito*! Posso só... — Ela parou por um instante, pressionando o fone enfiado no ouvido enquanto assentia. — Droga... parece que temos um problema com essa também. Um segundo.

Ela puxou uma cadeira até o canto do quarto onde a câmera estava e subiu nela, encarando a lente escura e vazia, balançando alguma coisa na parte de trás.

— Melhorou? — falou no microfone. Nico e eu não conseguimos ouvir a resposta, mas aparentemente não foi o que Camille estava esperando, pois o rosto dela se fechou. — Bem, não podemos fazer nada agora, vamos ter que pegar as câmeras sobressalentes quando formos até o helicóptero hoje à noite. Ou você acha que é problema do software?

Houve uma pausa, com a pessoa do outro lado do fone de ouvido evidentemente falando.

— Sim, assim como a do Retiro da Floresta. — Camille as estava contando nos dedos, embora a outra pessoa não pudesse ver. — Descanso da Palmeira, Sonho da Ilha e a câmera da cabana oeste. — Outra pausa. — Não, aquela está boa, usei a sobressalente para substituí-la e parecia estar funcionando quando saí. — Mais uma pausa. — Ainda não vi, ainda estou na Palmeira. Já vou para lá, mas você quer que eu leve essa câmera para o barco ou deixe aqui?

Mais coisas que não conseguimos ouvir. Pelo visto, a resposta foi deixar aqui, porque Camille desceu da cadeira sem remover a câmera, com uma expressão incomodada.

— Há um problema com o som em algumas das casas, infelizmente, então talvez tenhamos que mandar alguém para fazer a gravação em pessoa hoje à noite. Depende de como vai ser a prova de hoje. As câmeras estão filmando bem, mas os microfones não estão captando nada. Vamos consertar amanhã, mas, enquanto isso, por favor, tentem não dizer nada muito interessante!

— Pode deixar! — disse Nico, com uma risada. — Não esqueça que Lyla é cientista; então, a menos que estejamos falando de vírus... *brincadeirinha* — falou ele, cutucando minhas costelas conforme eu fazia uma cara ofendida exagerada. A expressão tensa de Camille se desfez num sorriso relutante.

— Tenho certeza de que vocês dois são *muito* interessantes, Nico. Agora, vamos dar uns minutinhos a vocês, mas depois adoraríamos vê-los na cabana para comer um brunch.

— Onde é isso? — perguntou Nico, e Camille apontou para a parte de trás da casa, na direção oposta à praia.

— Logo ali, atrás das árvores. É uma espécie de área comum onde os meninos e as meninas fazem as refeições, passam tempo juntos, essas coisas.

Meninos e meninas? Parecia um termo estranhamente fofo para se referir a um grupo que em média estava chegando aos trinta anos; mas, antes que eu pudesse perguntar, Nico falou:

— Ótimo, estou morrendo de fome.

Camille sorriu em resposta.

— Que bom. Mas fiquem avisados, teremos alguns jogos também. Vejo vocês lá!

Nico e eu esperamos a silhueta dela desaparecer entre as árvores e aí ele se virou para mim.

— E então? Quer dizer... isso é tudo que prometeram para a gente, não é?

Assenti. Era verdade; a ilha realmente *correspondia* às fotos que Baz tinha mandado, não dava para negar.

— Sim, tem razão. É tão linda quanto as fotografias. Só...

Nico revirou os olhos.

— Só o quê? Pelo amor de Deus, Lyla. Estamos literalmente no paraíso. Você nunca está satisfeita?

— Eu *estou* satisfeita — protestei. — É só que... não está finalizado. Isso não incomoda você? Ainda dá para sentir o cheiro da tinta, e metade das dependências não foi construída ainda.

— E daí? Imagino que Baz não conseguiria esse lugar de graça depois que estivesse aberto, funcionando e recebendo milionários toda semana. E nós somos os primeiros a aproveitar o resort... Isso não é razão para comemorar?

— Não é a tinta, Nico, é mais o fato de estarmos sendo tratados feito cobaias para esse lugar. Se *houver* problemas de infraestrutura, nós é que vamos descobrir. E se o gerador parar de funcionar? Ou a usina de dessalinização quebrar?

— Usina do quê? — Nico pareceu não entender.

— A água, Nico! Eles precisam conseguir água de algum lugar. Duvido muito que tenha água canalizada a milhares de quilômetros do continente, então devem estar dessalinizando a água do mar: osmose inversa, eu diria, o que é um processo técnico bem complicado. Quer dizer, nem as câmeras estão funcionando direito. — Gesticulei para a caixa na parede. — E se algo importante...

— Então imagino que vão trazer um engenheiro do continente — falou Nico, sem paciência. — É assim que a televisão *é*, Lyla. Você é cientista, então não vou discutir com você sobre essa coisa inversa, mas essa é a *minha* área profissional e estou dizendo, é normal. Você não entende porque não sabe o que rola por trás das câmeras quando assiste a um programa... você não vê a marcenaria inacabada atrás dos cenários e os figurinos presos com cola e grampos. Estamos nos bastidores do teatro, querida... e as coisas são assim.

— Não me chame de querida — falei, explodindo.

— É um termo carinhoso — respondeu Nico, mas eu sabia que não era, não de verdade. Quando queria demonstrar afeição, ele me chamava de Lil e dizia que me amava. *Querida* era reservado para outra coisa, os momentos em que ele achava que eu o estava menosprezando e ele queria revidar.

Ficamos parados, encarando um ao outro por um bom tempo, e então o rosto de Nico se acalmou.

— Olha — disse ele, se aproximando e apoiando as mãos nos meus ombros —, Lil, eu entendo. Isso é estranho para você, fazer parte do meu mundo. Mas esse *é* o meu mundo, então pode, por favor, confiar que sei do que estou falando? Porque eu *conheço* TV, e estou dizendo, isso é bem mais chique do que a maioria dos estúdios em que já estive, e acho que temos bastante sorte por estarmos aqui. Mais importante ainda: *estamos* aqui. Gostando ou não, não tem como voltar. Então é melhor parar de se preocupar com os detalhes e aproveitar, porque não há nada que possa fazer.

Suas palavras tinham a intenção de ser reconfortantes. E, conforme colocava os braços ao meu redor e me abraçava forte, eu sabia que ele queria que eu dissesse que foram — que estava apenas estressada com o trabalho e descontando nele.

Mas a verdade era que não me sentia nem um pouco reconfortada. Porque ele tinha razão — estava coberto de razão em tudo que dissera: nós *estávamos* aqui. E não havia como voltar. E não havia nada que nenhum de nós pudesse fazer.

23/02 — 9h54

Alô, se alguém puder nos ouvir, por favor, por favor, mande ajuda urgente. Meu nome é Lyla Santiago. Estou isolada com outros seis sobreviventes numa ilha a mais ou menos catorze horas de barco, ao sul ou sudoeste de Jacarta. Nossa embarcação foi levada pela tempestade com o restante do nosso grupo. Temos comida e água limitadas e precisamos de assistência médica urgente. Três pessoas já morreram. Repito, esta é uma chamada SOS. Se alguém estiver monitorando este canal, por favor, mande ajuda. Não fazemos ideia de quanto tempo podemos sobreviver aqui. Faremos a mesma ligação esta hora amanhã. Câmbio.

CAPÍTULO 8

NO FIM DAS CONTAS, a cabana era uma espécie de bar a céu aberto e área de jantar com vista para a ponta da ilha. Era protegida por um telhado feito de folhas de palmeira e separada da praia por um promontório pequeno, um pouco mais alto que o restante da ilha. Conforme caminhávamos pelas árvores, pude ouvir as vozes dos outros participantes acima do som das ondas e ver o lampejo ocasional de um vestido ou uma camisa colorida enquanto convergíamos para o ponto de encontro.

Dei uma olhada de soslaio para Nico enquanto caminhávamos, tentando comparar nós dois aos outros participantes. Ele usava jeans rasgado e uma camisa branca muito transparente, com vários botões abertos, os cabelos estavam desgrenhados pela brisa de uma forma que com certeza funcionava, embora eu tivesse visto os dez minutos de xingamentos e ajustes que aqueles cachos descuidados requeriam. Eu também queria usar jeans, mas Nico me convenceu a não usar calça, dizendo que todas as outras garotas usariam vestido — no fim, desisti e coloquei um vestido turquesa leve que deixava as alças do meu novo biquíni rosa à mostra, pouca maquiagem de propósito, e cabelos que deveriam parecer desgrenhados e secos pelo sol. Eu sabia que não podia competir com o nível de habilidade de cabelo e maquiagem que tinha visto na reunião dos participantes. Teria que tentar aproveitar os meus encantos de garota comum, que não requerem muita manutenção.

Ou seja — percebi enquanto estávamos saindo das árvores para uma clareira iluminada —, exatamente como Baz tinha me caracterizado anteriormente. Eu era mesmo tão fácil de prever? O pensamento não era de todo agradável, mas não tinha tempo de me demorar nele porque estávamos na cabana (os câmeras no canto apontavam suas lentes para nós), e Dan e Santana estavam de pé para nos cumprimentar.

Dan ainda estava sem camisa, e seu torso, embora impressionante, era totalmente eclipsado por Santana, que usava o que parecia ser um maiô que revelava o decote exuberante numa profundidade admirável. Eles estavam na ponta de uma mesa longa, servida com uma variedade de bolos, pães e o que parecia uma espécie de mingau de arroz de dar água na boca. Tudo aquilo fez meu estômago roncar tão alto, e lembrei que não tinha tomado café da manhã.

— Lyla! — gritou Santana conforme subíamos os degraus, tentando não olhar para as câmeras concentradas no canto. — E Nico! É tão bom finalmente conhecer vocês!

Ela saiu de trás da mesa, e vi que o que tinha pensado ser um maiô era, na verdade, a parte superior e justa de um vestido longo em cores tropicais deslumbrante que realçava seu bronzeado e revelava algo que eu não tinha notado antes em seu braço — parecia um porta-comprimidos pequeno e branco preso à pele, mas eu tinha quase certeza do que era. Meu primo crescera com um daqueles. Era um sensor de monitoramento de glicose, do tipo usado por diabéticos.

Ela se moveu para nos abraçar com uma onda de cabelos sedosos e beijinhos no ar, e, de perto, notei que era ainda mais inacreditavelmente bonita do que pensei, com os cílios mais longos que já havia visto e uma pele que parecia ter saído de um comercial de creme hidratante, brilhante mesmo sem maquiagem. Minha maquiagem amadora no banheiro da casa de repente pareceu um tanto inadequada.

— Nico — falou Dan, dando tapinhas nas costas de um jeito bem masculino. — É bom te conhecer! E Lyla. — Ele me deu uma piscadela. — Sinto que já somos velhos amigos.

— *Coucou, chéris* — disse alguém nos degraus abaixo, e nos viramos para ver Angel abrindo caminho pelas árvores num vestido branco diáfano que ia até os tornozelos, a renda na parte de baixo se arrastando pelo chão da floresta, apesar de sua altura. Bayer vinha atrás dela, seus músculos saltando da camisa com as mangas enroladas tão apertadas que pareciam estar prestes a fazer um torniquete nos bíceps.

— Vamos lá — disse ele enquanto subia os degraus, assentindo para o grupo de um jeito reservado, quase suspeito.

Passou pela minha cabeça que tinha feito um alarde sobre o Apple Watch, quando, julgando pelo implante no braço, Santana tinha uma razão bem melhor para não querer abrir mão da tecnologia — e que talvez *ele* fosse ser o vilão do programa. Apesar da bela aparência, ele tinha um quê de ameaçador que não era de todo atraente. Achei que poderia ser facilmente o tipo de pessoa que perderia a razão numa briga e daria o primeiro soco.

Em poucos minutos, Romi, Joel, Conor e Zana surgiram também — assim como Camille, que parecia ao mesmo tempo nervosa, estressada e animada.

Quando estávamos todos sentados à mesa, olhando para a comida, mas sem nos atrevermos a tocá-la, Camille se levantou.

— Ok, então o formato de apresentação deste programa, não sei se vocês sabem, vai ser em *voice-over*. Teremos uma *grande* celebridade como apresentador, mas, por razões contratuais, não posso revelar quem é...

— Isso significa que não acharam ninguém — sussurrou Dan no meu ouvido, e me esforcei para não rir. — Eles querem Neil Patrick Harris, mas provavelmente vão acabar com aquele cara do canal de compras que está sempre bronzeado.

— ... e, por razões logísticas, é mais fácil que essa pessoa grave seus comentários para serem dublados depois...

— Mais uma vez, não acharam ninguém — falou Dan.

— Shh! — sibilei de volta, e ele fez uma cara triste fingida e cruzou as mãos.

— ... então o que vai acontecer é que vou ler os desafios, os câmeras vão filmar as suas reações e vamos substituir a minha voz com a do apresentador misterioso na edição. Por isso, por favor, tentem não olhar para mim quando eu estiver lendo sobre as provas. Queremos que pareça que há uma voz sem corpo para manter a ilusão de que vocês estão sozinhos na ilha. Para facilitar, vou me esconder.

Ela indicou um cercado de bambu no canto da cabana e foi para trás dele, pegando uma pilha de cartões.

— Ok, todos prontos?

Houve murmúrios por toda a mesa, e Camille pigarreou.

— Bem-vindos à ilha Feliz para Sempre, participantes! Aqui, vamos descobrir quem entre vocês é realmente o casal perfeito... e quem é o casal desfeito. — Houve uma pausa, e então ela colocou a cabeça para fora da tela. — Kim, não gosto dessa piada, não sei se o Baz aprovou, mas acho que podemos mudar na edição, ok? Acho que algo como beijar sapos poderia ser melhor. Então, pessoal — ela se voltou para nós —, mantenham em mente que o *voice-over* final pode não ser exatamente o mesmo, mas vamos dar um jeito na sala de edição. — Ela pigarreou de novo e continuou: — Como primeira prova, vamos fazer um jogo de perguntas e respostas... com uma pegadinha. Cada um de vocês vai receber um questionário revelador para ser preenchido, contendo tudo, desde sua sobremesa favorita até seus segredos mais sombrios e profundos.

Houve um arquejo completamente teatral de Angel, e, olhando ao redor da mesa, percebi que, diferente de mim, os outros participantes estavam incrementando as próprias reações. Havia expressões variadas de choque, surpresa e risadas. Nico olhava ao redor do círculo, de olhos arregalados. Romi, a parceira de Joel, estava de mãos juntas numa pantomima de horror, e Bayer lançava um beijo para Angel com uma demonstração de confiança bem macho. Apenas Conor estava recostado em seu assento, parecendo relaxado de verdade, embora Zana fosse seu exato oposto — ela agarrava a beirada da mesa tão forte, que os nós dos dedos estavam brancos. Observando a equipe de gravação, vi que uma das câmeras estava apontada para mim, e tentei ajustar o rosto para algo que não parecesse completamente idiota na tela da TV — uma espécie de surpresa intrigada —, aí percebi que Camille ainda falava e que eu provavelmente precisava ouvir.

— ... no fim do dia, pediremos as suas respostas... e vamos descobrir quanto você conhece seu parceiro. De quem ele gostava quando era criança? Qual é o seu pior hábito? Para amar alguém de verdade, é preciso conhecê-lo bem, com defeitos e tudo. Então vamos descobrir: quem é mesmo *o* casal perfeito?

Houve uma pausa breve, e então ela saiu de trás da tela e disse:

— Tudo bem, Kim? Precisa de mais reações?

— Acho que não. — Kim estava encarando a tela à sua frente, aparentemente analisando os diversos ângulos de câmera. — Temos muitos ângulos e sempre podemos colocar outras imagens se precisarmos de tempo.

— Ok, podem comer, pessoal — disse Camille. — Vou entregar os questionários num minutinho. Durante esse tempo, sirvam-se à vontade, porque só vamos parar para comer no jantar.

Houve um instante de silêncio, então Joel se levantou e pegou um café; foi como se tivesse dado um sinal, porque todos começaram a se servir.

Notei que estava com muita fome, pois comecei a encher o prato e a xícara, mas, quando me sentei e por fim mordi um croissant recheado de geleia, descobri que a comida não era tão gostosa quanto era bonita. Claramente fora enviada pronta, e os folhados e *danishes* em particular tinham aquela característica ligeiramente plástica de comida cheia de conservantes. Era óbvio que a salada de frutas havia acabado de sair de uma lata, o que parecia loucura numa ilha coberta de cocos e bananas, e o pão tinha uma textura estranhamente macia e quebradiça que mais parecia bolo. A melhor coisa era o mingau de arroz, que Santana me falou que era chamado de *congee*.

— Dan e eu só comíamos isso na Tailândia — disse ela, entre colheradas. — É uma delícia, comida totalmente reconfortante.

À minha frente, Angel mexia nos folhados com desdém.

— Carboidratos, carboidratos, só tem carboidratos — falou ela, um pouco enojada. — Cadê a proteína? Cadê as amêndoas e as frutas frescas? Não posso tomar isso. — Apontou a unha longa e bem-cuidada para uma grande jarra de suco de laranja que não parecia ver uma laranja há muito tempo. — É praticamente Fanta sem gás.

— Calma, amor. — Bayer, ao lado dela, estava engolindo um *danish* de framboesa e bebendo uma grande xícara de café sem açúcar. — Meu Deus, esse café é uma merda. Queria ter trazido a minha Nespresso.

— Oi! — disse Romi para algumas pessoas da equipe de gravação, que não lhe davam atenção nenhuma e estavam ocupadas gravando Santana encostando uma cereja minúscula no nariz de Dan. — Oi! Eu queria um ovo mexido. De preferência, dois.

— Querida. — Joel puxou o braço dela. — Romi, deixe-os em paz. Não acho que tenham tempo de fazer comida agora.

Apenas Zana não comia nada. Tinha um prato de comida à sua frente, que notei ter sido feito por Conor, mas ela estava beliscando sem qualquer alegria evidente, pegando os mirtilos de um muffin de aparência gordurosa. Ao lado, Conor olhou para o prato dela e colocou a mão no seu joelho, como se a encorajasse em silêncio a comer alguma coisa, mas ela só empurrou o prato para longe. Caramba. Frequentei uma escola só de meninas e vi muitos transtornos alimentares: aquilo me deixou em estado de alerta. Olhei para Nico, para ver se tinha percebido, mas ele estava ocupado mastigando um croissant de chocolate e, quando os nossos olhares se cruzaram, só me mandou um beijo, vendo depois se as câmeras gravaram.

Já estávamos acabando quando Camille voltou com um conjunto de envelopes, cada um com o nome de uma pessoa.

— Certo — disse ela, ocupada, distribuindo os envelopes. — As regras são as seguintes: vocês vão ser separados dos seus parceiros. Os garotos vão ficar aqui na cabana, as garotas vão para o casarão Feliz para Sempre. Podem conversar entre si, mas *não* revelem muito sobre as respostas. Queremos guardar isso para mais tarde.

— Então, espera — disse Romi, franzindo a testa. — Não entendi. Respondo as perguntas como se fossem pro Joel ou pra mim?

— Para você — respondeu Camille pacientemente. — A outra parte do jogo vai acontecer depois. Meninas, estão prontas?

Já fazia algum tempo desde que tinha ouvido alguém chamar um grupo de mulheres da minha idade de "meninas" sem ironia, mas ainda assim todas nós nos levantamos, Romi ainda parecendo meio confusa, e seguimos Camille pelos degraus.

Percebi que a ilha era um labirinto conforme nós cinco seguíamos Camille por uma trilha sinuosa de areia. As rotas ziguezagueavam pelas árvores de uma forma que fazia parecer que a floresta era bem maior e mais densa do que era de verdade. De ponta a ponta, a ilha era bem longa, pelo menos alguns quilômetros, a julgar pelo que vi do barco. Mas, ali, notei que não tinha como demorar mais de dez minutos de um lado ao outro. Nico e eu tínhamos caminhado do barco, que estava atracado no que deveria ser... olhei para cima, tentando me localizar, e deduzi, a partir da posição do sol, que o barco deveria estar no lado leste ou nordeste da ilha. As casas estavam concentradas no lado oeste, de frente para a lagoa de coral, e demoramos apenas alguns minutos indo de um lado para o outro. Só que construíram as trilhas de um jeito que fazia parecer que cada pedaço da ilha era o mais isolado possível. Percebi também que ainda não tinha visto o que deveria ser a infraestrutura da ilha. Eles precisavam ter uma usina de dessalinização em algum lugar, como eu tinha comentado com Nico, e eu presumia que algum tipo de gerador elétrico, fosse motorizado ou solar. Além, é claro, das cabanas de construção que o produtor havia mencionado. Mas nada disso podia ser visto desta parte.

Quando comecei a pensar que Camille tinha se perdido e que estávamos caminhando em círculos, chegamos à praia, em frente ao casarão Feliz para Sempre.

— Então, moças — falou Camille, apontando para a passarela flutuante que levava ao casarão. — Fiquem à vontade! Volto daqui a algumas horas para pegar os seus questionários.

Zana, Romi, Angel, Santana e eu olhamos uma para a outra, e então para a varanda, onde um membro da equipe estava esperando com uma bandeja de taças cheias de espumante. Um conjunto tentador de pufes, redes e espreguiçadeiras estava espalhado pelo deque. Houve um instante de silêncio, e então Angel atravessou a passarela, pegou uma taça e se acomodou na cadeira que parecia mais confortável — uma espécie de trono de vime coberto de *kilims*, almofadas e mantas.

— É isso aí! — disse Romi. Ela jogou os cabelos platinados sobre um ombro e atravessou a passarela com uma velocidade surpreendente, dado o peso das suas sandálias de plataforma, então se jogou na rede listrada com um gritinho. Santana sorriu para mim e deu de ombros, tirou os saltos e foi para a passarela também.

Apenas Zana e eu fomos deixadas para trás, e percebi, enquanto me virava para ela, que mal havíamos trocado uma palavra.

— Preparada? — falei, com um sorriso. Os olhos dela eram enormes e castanho-claros, emoldurados por cílios que, junto com seus membros magros, lhe davam a aparência de um filhote de veado assustado.

— Tão preparada quanto posso estar, acho. Você primeiro.

— Não, você primeiro. — Estendi a mão para ela. Zana era a pessoa mais nova ali, concluí, e senti uma necessidade súbita de protegê-la. Assentindo com uma espécie de aceitação nervosa, ela deu um passo para cima da plataforma, fechando os olhos ao fazer isso.

— Está tudo bem? — perguntei, curiosa, e ela balançou a cabeça.

— Eu... Eu só... Tenho muito medo de água. Não piscinas, não tenho medo delas. E fico bem até em barcos grandes, se eu não vir muito o mar... mas a viagem naquele bote foi horrível.

— Por quê? Você não sabe nadar?

Zana balançou a cabeça.

— Não, não é isso. Na verdade, nado muito bem. É alguma coisa com a profundeza do mar. Sempre penso... — Ela se interrompeu, engolindo em seco sem parar, os músculos do pescoço fino trabalhando sob a pele clara.

— Sim?

— Sempre penso que deve haver algo lá embaixo, esperando. Na escuridão. Esperando para... me pegar.

Em um primeiro momento, era idiota. Um medo de criança — *um monstro debaixo da cama, alguma coisa na água*. Imagens de tubarões ou lulas-gigantes de borracha. Mas havia algo no rosto dela, ou talvez na voz, baixa e apavorada, que me fez tremer involuntariamente. Então, forcei um sorriso.

— Uma coisa boa sobre essa água é que ela é tão clara, que você pode ver o fundo. Olha, não tem nada ali.

Apontei para as profundezas azul-turquesa límpidas. Ela se inclinou, forçando-se a olhar, e então sorriu. Porém, a expressão era claramente falsa, uma segurança fingida que ela com certeza não sentia. Quando chegamos à varanda, notei que ocupou um lugar o mais longe possível da água e entornou a bebida como se fosse remédio.

As outras já tinham pegado os questionários. Depois de um momento observando Zana, tentando ver se ela estava bem e se deveria pedir que voltássemos à ilha, abri meu envelope e comecei a ler.

As perguntas eram bem comuns, e comecei a respondê-las, usando, sem jeito, os joelhos de apoio.

Nome: *Lyla Santiago*

Signo: *Peixes*

O que você acha que isso diz sobre você?

Hum, esta é difícil. Eu *de forma alguma* acreditava em astrologia.

— Ei, Angel, posso te fazer uma pergunta?

— Se quiser — disse ela, sem olhar para cima.

— Você sabe alguma coisa sobre signos? Que tipo de pessoa você é se for de Peixes?

Aquilo fez Angel parar de escrever e olhar para mim por cima dos óculos de sol grandes demais, os olhos escuros se estreitando numa carranca.

— *Tu rigoles?* — E então, quando olhei para ela sem entender: — Você está brincando comigo?

— Hã... não. Não estou. Quer dizer, não sou muito ligada a esse tipo de... — Parei. Eu ia dizer "Esse tipo de bobagem", mas pensei que a palavra poderia parecer desnecessariamente um pouco ofensiva. — A esse tipo de coisa.

Angel revirou um pouco os olhos, mas falou, como se estivesse conversando com uma pessoa muito idiota:

— Em geral, as mulheres de Peixes são muito espirituais. São excelentes parceiras românticas porque são bastante intuitivas, sempre em contato com as necessidades emocionais do parceiro.

Outro hã. Eu esperava ser uma boa namorada, mas *espiritual* e *intuitiva* não eram palavras que eu usaria para me descrever. Talvez Angel pudesse ver a expressão vazia no meu rosto, porque acrescentou:

— No entanto, elas também podem ser muito analíticas.

— Tá bom — falei, devagar. — Obrigada. — E então, mais para ser educada do que qualquer outra coisa: — Qual é o seu signo?

— Sou de Virgem. — Ela pronunciou a palavra com um *rrr* enrolado que me fez sorrir, ao que ela ergueu uma sobrancelha. — Está rindo de mim?

— Não! Desculpa, não é isso. Eu só... adorei a forma como você pronunciou a palavra.

— Meu Deus, sim — disse Romi, entrando na conversa, mastigando a ponta do lápis. — Seu sotaque é tão sexy.

— Obrigada — falou Angel. Ela pareceu um pouco mais calma ao jogar o cabelo sobre o ombro, enfeitando-se um pouco enquanto fazia isso e então tomando outro gole de espumante.

"Sou tanto intuitiva quanto analítica", escrevi como resposta e segui em frente.

Crush de infância veio em seguida. Essa era difícil. Não tive nenhum crush na infância, não do tipo ao qual achava que eles estavam se referindo, de qualquer forma. Nunca fui o tipo de jovem que babava pelo Justin Timberlake ou Ricky Martin. É claro que gostei de alguns garotos da escola. Tive um crush enorme pelo meu vizinho, um menino dois anos mais velho chamado Oliver Dixon, por um longo e tenebroso verão em que cortei a grama mais vezes num mês do que fiz na vida desde então. Mas com certeza não tinha mencionado o nome dele para Nico, e não sabia se queria anunciar meus desejos adolescentes em rede nacional se fôssemos forçados a ler as respostas em voz alta. Os pais dele ainda eram vizinhos dos meus pais.

No final, pensei em todas as vezes que assisti a *Caçadores de emoção* como uma adolescente impressionável e escrevi Keanu Reeves. Nico era um pouco parecido com ele, e, mesmo Keanu sendo um coroa já, eu ainda o pegaria.

Noite em casa perfeita? era a próxima pergunta. Escrevi "Curry de paneer cheera e arroz com limão, uma grande taça de vinho tinto e uma boa série de drama". Então, achando que aquilo soava só como eu-eu-eu, acrescentei "e alguém com quem assistir". Apesar de que, sendo sincera, Nico não era a melhor companhia para assistir à TV, já que ele tinha uma inabilidade patológica de prestar atenção por mais de cinco minutos, então eu passava mais tempo explicando o que estava acontecendo do que assistindo.

Encontro perfeito? foi a pergunta seguinte, e isso me fez pensar um pouco. No nosso relacionamento, Nico era o sociável. Ele saía três ou quatro noites por semana. Com frequência, eu precisava trabalhar até tarde ou ir embora mais cedo, de acordo com as demandas das linhas celulares e de quando eu poderia agendar tempo nas várias máquinas das quais precisava para processar amostras. E, sendo sincera, eu não era muito sociável na melhor das hipóteses. Na verdade, meu encontro perfeito era bem parecido com minha noite em casa perfeita — uma boa refeição num lugar que não fosse muito barulhento, com alguém que pudesse manter uma conversa interessante. Mas aquilo me fazia soar tão velha, que pensei que seria expulsa do programa.

No final, porém, não consegui pensar em nada melhor. Uma tarde no teatro parecia um tanto pretensioso. Uma noite na boate era... bem, era mentira. Eu não pisava numa boate desde os vinte e cinco anos. Acampar, jogos de tabuleiro, ir de bar em bar... nada disso combinava comigo. E presumi que a finalidade dessas perguntas era testar Nico. Não havia uma maneira fácil de dizer que eu gostava de qualquer uma dessas coisas. No final, escrevi a verdade e só tentei fazê-la parecer o mais romântica possível: "Uma refeição deliciosa na companhia de alguém de quem goste muito, com boas conversas entre os pratos, alguma coisa interessante para discutir. Talvez a gente possa dividir a sobremesa, depois um táxi para a casa e se enrolar na cama." Clichê, mas a alternativa era mentir na cara dura, e eu não achava que isso ajudaria ninguém, muito menos Nico.

Tive que olhar duas vezes só para confirmar a próxima pergunta. *Maior segredo.*

Minha primeira reação foi pensar que eu não tinha *nenhum* segredo — que com certeza não escondia nada de Nico. Minha vida era tão chata, que não havia nada a esconder. Mas então, de forma espontânea, um pensamento me surgiu na cabeça, um que eu definitivamente não tinha admitido para Nico e nem talvez para mim mesma até aquele momento: "Não me vejo com Nico daqui a cinco anos."

Porra. Era verdade?

Enquanto refletia sobre essa descoberta, percebi que aquilo estava remoendo as bordas do meu subconsciente desde que Baz me fizera a pergunta e me forçara a encarar algo que, até pouco tempo, eu havia ignorado: o futuro. Tentava nos imaginar morando num subúrbio, Nico com um trabalho de escritório para pagar por uma hipoteca, talvez até uma creche... e não conseguia. Simplesmente não dava conta. Podia *me* ver ali, fácil demais. Era o que eu queria, de verdade. Mas Nico? De jeito nenhum eu era capaz de fazê-lo entrar naquela imagem.

Ver aquilo me deixou um pouco enjoada, mas não havia nada que eu pudesse fazer no momento. Era um assunto para Nico e eu discutirmos quando chegássemos em casa — e com certeza não era algo que eu pudesse admitir naquele questionário. O que significava que eu precisava de outra coisa. O quê?

"Eu não queria vir para cá. Só concordei para deixar Nico feliz."

Arregalei os olhos. De onde estava vindo todo esse ataque de autoanálise repentino e inconveniente?

Ao meu lado, Angel e Romi não paravam de escrever, e Santana ria enquanto preenchia as respostas. Apenas Zana parecia tão paralisada quanto eu, encarando a água com os olhos escuros em pânico.

Forcei o olhar para voltar ao formulário. O que eu poderia responder? O que diabos poderia ser considerado meu maior segredo, mas que eu ainda estivesse preparada para que fosse lido em rede nacional, que inferno, talvez até *inter*nacional, se Baz tivesse seu desejo atendido? Quebrei a cabeça. Hábitos nojentos? Nico não sabia de nada disso. Vícios ilegais? Não tinha nenhum. Idiotices da infância? Talveeez pudesse funcionar...

"Até os doze anos, eu achava que a gravidez era uma doença que você pegava ao ficar perto de mulheres grávidas", escrevi.

No que diz respeito a "maiores segredos", esse era bem patético, mas com certeza não ia dar a ele nenhum dos meus segredos de verdade. Eles eram secretos por uma razão. Mesmo assim, parecia que eu ainda precisava de algo maior, algo um pouco mais embaraçoso para ser meu "maior segredo".

"Às vezes, ainda prendo a respiração ao passar por mulheres grávidas na rua", adicionei, e me arrependi na mesma hora. Era verdade — mas só de uma maneira meio boba, por reflexo, igual a um adulto que não pisa nas linhas no chão, como fazia quando criança, mas não porque acha que alguma coisa pode acontecer. A verdade era que, quanto mais eu pensava naquilo, mas percebia que eu começava a querer um bebê — mas não com Nico. E isso era um problema. Mas não havia borracha no lápis, de forma que não podia apagar a segunda frase. Só podia torcer para que eles não pressionassem sobre isso.

Suspirando, segui em frente.

O restante das perguntas era menos complicado. *Filme favorito* (*O poderoso chefão*), *Coisa que mais odeio* (pessoas que ficam paradas à esquerda na escada rolante no metrô), *Coisa que mais odeio em mim mesma* (a forma como julgo pessoas), *Ex mais importante* (meu namorado de faculdade, Jon, que partiu meu coração) e outras perguntas que não me fizeram pensar por mais que alguns minutos, embora eu tenha achado a última bem difícil: *Com qual outro participante masculino,* sem ser *o seu namorado, você gostaria de ficar presa numa ilha deserta.* Após alguns segundos de ponderação, coloquei Joel, sobretudo porque achei que Nico o acharia a opção menos ameaçadora.

Quando enfim coloquei o formulário de lado e peguei minha taça, Angel, Romi e Santana estavam conversando e rindo, e só Zana segurava o lápis, com o mesmo olhar de ansiedade paralisante no rosto.

— Em qual pergunta você parou? — perguntei por fim, sentindo pena dela, e ela se assustou e olhou ao redor. Notei que uma das pessoas da equipe encheu sua taça novamente, e passou pela minha cabeça que eles estavam tentando nos deixar, se não bêbadas, ao menos desinibidas o suficiente para revelar coisas que em geral não estaríamos preparadas para dizer para a câmera.

— Meu Deus, você me deu um susto. — Ela pegou a taça e deu outro gole nervoso. — Nada em particular, é só...

— O quê?

— Eu fico pensando... ele vai ler as respostas, não vai?

— Baz? Imagino que sim. Eu não colocaria nada que fosse privado demais.

— Não, quer dizer... — Ela parou de falar, parecendo quase apavorada. Seus olhos enormes estavam arregalados como os de Bambi.

Franzi a testa.

— Zana, do que está falando? Espera... Está querendo dizer... o Conor?

— Ele vai ter que tentar adivinhar as respostas — sussurrou ela. Contive o sorriso e tentei parecer simpática. Eu conseguia lembrar com precisão como era ter vinte e dois anos e estar numa relação com alguém com quem você realmente se importava. Não podia nem imaginar a agonia de ter que responder a um questionário como esse para o meu primeiro namorado sério, listando os meus hábitos mais nojentos e maiores segredos. Mas com certeza também não era motivo para ter esse olhar de terror absoluto.

— Você não precisa colocar as respostas de verdade — falei, confortando-a. — Definitivamente não estou preparada para que meus maiores segredos sejam lidos na TV, então coloquei uma bobagem sobre um negócio idiota em que eu acreditava quando era garota.

— Eu sei — disse ela. — Mas... fico pensando, isso não tem só a ver comigo... tem a ver com Conor. E se eu o envergonhar ou o decepcionar?

— Zana, ele te ama — falei. Peguei uma das mãos dela. Estava gelada. — Ele não vai se importar se você tira meleca ou qualquer coisa assim. Mas, se estiver preocupada, não coloque isso.

— Mas e se eu colocar alguma coisa errada? — Ela olhava para mim, os olhos arregalados e desesperados, e meu divertimento inicial estava se tornando uma leve irritação. Sem dúvida ela e Conor estavam na fase lua de mel, mas, sério, aquilo era um pouco demais.

— Não há respostas erradas — falei, tentando soar reconfortante. — Olha... — Virei a cabeça de lado para dar uma olhada nas respostas dela. A do pior hábito estava em branco. — Ok... então... sei lá... esquecer de escovar os dentes? Gastar dinheiro demais em cafés da Starbucks?

— Ah. — Seu rosto se iluminou e ela pareceu aliviada. — Essa é muito boa. Obrigada.

— O que você colocou como maior segredo? — perguntei, e então me lembrei de que não deveríamos comparar as respostas. — Desculpe, não, deixe para lá. Esqueci que não era para perguntar.

— Tudo bem — disse Zana com um sorriso trêmulo. Ela indicou o mar com a cabeça. — Você já sabe qual é.

— Que você tem medo da água? — Abaixei a voz, e ela assentiu de novo, sem jeito dessa vez, como se os seus nervos estivessem um pouco tensos demais.

— Eeeeei, moças — disse alguém atrás de mim e, virando-me, vi uma das assistentes (não Camille) atravessando a passagem. — Como estão se saindo? Prontas para revelar tudo para as câmeras?

A única resposta foi um monte de risadinhas de Santana e Romi, que aparentemente estavam aproveitando o espumante enquanto eu ajudava Zana com o formulário. Angel revirou os olhos.

— Preciso retocar a maquiagem — disse ela, com um toque de arrogância. — A umidade aqui é terrível para a minha pele.

— Ah, meu Deus, para a minha também! — exclamou Romi. Houve uma briguinha bem-humorada enquanto as outras se aglomeravam no pequeno banheiro da casa, Santana enxugando a pele úmida que, francamente, não precisava daquilo, e Zana se preocupando com um cílio que não grudava. Eu nem tinha percebido que eles eram postiços, diferente dos grandes cílios de Romi. Fiquei ali atrás, sem saber o que fazer. Não tinha levado maquiagem alguma comigo, nem mesmo um gloss labial, um fato que naquele momento parecia muitíssimo inocente.

— Está tudo bem? — perguntou Santana à minha frente, ao me ver ali parada. — Quer um pedaço do espelho? Já estou acabando.

Dei de ombros.

— Eu nem pensei em trazer nada.

— Meu Deus, sirva-se — disse Santana. Ela deu uma olhada na bolsa. — Não sei se minha base vai servir, não temos exatamente a mesma cor, mas pode usar meu gloss labial. Rímel?

No final, peguei emprestado um pouco de pó translúcido para tirar o brilho do nariz e então fui para trás, vendo Romi retocar de forma obsessiva as sobrancelhas, e Zana ajeitar os cílios errantes, parecendo mais estressada a cada minuto.

— Ok! — disse a voz atrás da gente, enquanto Zana enfim suspirava de alívio e colocava a cola de cílios de volta à bolsa. — Todas prontas para a nossa CAC?

Assim como a outra produtora, ele pronunciava a palavra como “cáqui”, mas todas pareceram saber do que ela estava falando, então apenas assenti.

— Quem quer ir primeiro?

CAPÍTULO 9

A SALA DE CAC era uma pequena cabine à prova de som instalada numa das cabanas da equipe, localizadas na parte menos glamourosa da ilha, onde o paisagismo exuberante e os telhados de folhas de palmeira davam lugar a pavimentos de concreto e chapas corrugadas. Era óbvio que aquele local havia sido usado como área de dormir temporária para os operários — eu podia ver catres empilhados perto de uma parede —, mas fora convertida numa espécie de sala de entrevista improvisada, com uma cadeira de vime numa das pontas, coberta com mantas e almofadas bordadas e, em frente, uma fileira de cadeiras para a equipe. O lado dos competidores parecia chique, mas fazia um calor infernal na cabana, e dava para sentir o cheiro do suor da equipe de filmagem e das pessoas que foram entrevistadas antes de mim. Dava para ver que a equipe estava presa ali dentro havia horas e estava derretendo.

Felizmente, quando chegou minha vez, o entrevistador não me pressionou sobre a questão da gravidez. Na verdade, houve muito pouca entrevista de fato. Foi apenas uma questão de ler minhas próprias respostas para a câmera e depois chutar as de Nico.

Uma coisa que Nico e eu não tivemos a chance de discutir foi como participar do jogo e com que antecedência eu deveria começar a tentar reprovar os desafios. No final, depois de um instante de dúvida, fiz meu melhor para prever o que achava que Nico teria dito. Em parte, não sabia como eles estavam pontuando aquilo e, se estivéssemos sendo avaliados como um casal, não queria sabotar Nico sem querer e correr o risco de *ele* ser mandado para casa mais cedo também. Eu teria que desistir em algum momento, e bem cedo, mas realmente não queria que isso acontecesse na primeira noite. Tinha vindo de muito longe, e a ideia de voltar para o barco não era atraente.

Havia bastante tempo para errar quando soubéssemos como a pontuação funcionava.

Foi um alívio quando enfim terminamos e pude escapar para o ar relativamente fresco, mas não significava que as gravações tivessem acabado. Em vez disso, voltamos para o casarão Feliz para Sempre a fim de gravar algumas cenas de fundo conversando — "Falem dos seus meninos, meninas!" — e refilmagens de cada uma de nós escrevendo, com expressões pensativas ou nostálgicas apropriadas no rosto.

O sol estava quase se pondo quando voltamos para a cabana, onde os homens — ou meninos, como a equipe de produção os chamava — estavam sentados sorridentes do outro lado da mesa. Era visível que tinham bebido tanto quanto a gente, e um assistente de produção logo retirou uma pilha de garrafas de cerveja vazias da mesa enquanto nós nos sentávamos.

Eu estava faminta e esperava por algo mais farto, como um brunch — àquela altura, eu poderia devorar um dos brioches de plástico —, mas parecia que não era para ser. Em vez disso, alguém distribuiu mais cerveja e vinho — a última coisa que eu queria no momento —, e Camille se aproximou da cabeceira da mesa.

— Ok, este será outro momento de narração, então podem reagir ao que estou dizendo... na verdade, façam isso, por favor, queremos muitas cenas de reação legais... mas tentem manter tudo não verbal, porque vamos dublar com a voz do apresentador misterioso. Ok? — Todos concordamos, e Camille pegou o roteiro e começou a ler, com um sorriso largo no rosto. — Então, casais. Vocês passaram a tarde olhando para o seu âmago e tentando adivinhar os segredos do seu parceiro. Agora é hora de ver como se saíram. Quanto *realmente* conhecem a pessoa que os acompanhou até aqui? Vocês sabem o que se passa no coração dela... ou a pessoa é um mistério para vocês? Ou será que seu par perfeito está na ilha... mas é outro participante? É hora de descobrir.

Ela passou algumas folhas e disse:

— Ok, então, neste momento, haverá uma montagem de todos respondendo às perguntas para a câmera, intercaladas com seus parceiros tentando adivinhar as respostas. Não vamos mostrar todas, é claro, apenas as mais engraçadas, as mais comoventes ou algo assim. Ainda não definimos a escalação final, mas, enquanto isso, aqui está uma prévia de algumas das melhores.

Ela apertou um botão no controle remoto sobre a mesa, e uma tela acima do bar ganhou vida com o que imaginei ser o logotipo do programa, uma ilha deserta estilizada em formato de coração. Após uma breve contagem regressiva, o rosto de Conor apareceu. Ele estava sentado na cadeira de vime, falando para a câmera e parecendo pensativo.

— Minha noite perfeita... eu diria... levar a Zana para algum lugar deslumbrante, talvez o restaurante no topo da Torre Eiffel ou uma gôndola em Veneza. Beberíamos espumante... Eu daria a ela a sua sobremesa favorita, morangos cobertos de chocolate... E então voltaríamos de mãos dadas para casa e nos beijaríamos sob as estrelas. E a dela? — Ele corou, o rosto bronzeado parecendo quase envergonhado por um segundo. — Eu... nossa, não quero parecer muito convencido, mas... acho que ela diria uma noite na minha casa. Sei que não é exatamente uma noite fora, mas ela adora quando passamos tempo juntos.

A câmera cortou para Zana, olhando para a lente com aqueles enormes olhos castanhos.

— Conor? Ah, acho que ele diria... um jantar em algum lugar sofisticado e exótico: um restaurante em Paris, talvez, ou nas Maldivas. Bom vinho, boa comida. Brindaríamos um ao outro e depois iríamos a pé para casa. Ele adora caminhar à noite, adora as estrelas. Quanto a mim... — Ela olhou para o colo, torcendo os dedos. — A verdade é que sou mais do tipo caseira. Eu ficaria feliz em qualquer lugar onde Conor ficasse feliz, é a mais pura verdade. — Então, um sorrisinho tímido surgiu no seu rosto. — Apesar de que não recusaria um morango coberto com chocolate.

Camille pausou a tela e se virou para o grupo, com um grande sorriso no rosto.

— Não sei vocês, mas eu dou nota... dez! Certo?

Houve uma concordância geral sem entusiasmo dos outros competidores, seguida de algumas risadas e aplausos. Conor colocou o braço em volta de Zana, apertando-a com força, enquanto Camille clicava o play de novo.

Passamos por todos os casais. Houve alguns acertos bem sortudos (como o meu ao chutar que as férias perfeitas de Nico seriam em Las Vegas, o que foi um tiro no escuro, e outro quando disse que o maior segredo dele era usar bronzeador artificial; eu tinha acertado que ele não se importaria em admitir isso). Também houve alguns erros comicamente ruins. Angel disse que seu pior hábito era fumar, enquanto Bayer falou que era cortar as unhas dos pés no chuveiro e deixá-las para trás, o que fez a francesa olhar feio para o namorado.

Eu também sabia qual era o maior segredo de Dan, porque ele me contara — era o fato de ele ter um namorado. Pude ver pelo pânico nos seus olhos ao responder à pergunta da qual ele sabia que Santana ia se esquivar, e ele não sabia bem como lidar com a incerteza. No final, disse que o maior segredo dele era que, quando pequeno, queria ser lutador de MMA depois de crescer. Santana, por outro lado, imaginou que seu maior segredo era não conseguir ver as horas num relógio analógico. Isso provocou uma gargalhada — tanto o segredo quanto a incompatibilidade entre as respostas —, embora fosse algo bastante simpático. Dan, no entanto, parecia não ter gostado daquilo, e eu entendia por quê.

— O quê? — murmurou Santana para ele, do outro lado da mesa. — Desculpe!

— Foi só uma vez! Eu sei ver as horas, porra! — disse Dan, irritado, incitando um dos produtores a fazer o gesto de cortar a própria garganta, nos lembrando sobre palavrões.

Mas a maior surpresa — para mim, pelo menos — foi quantas coisas Nico errou a meu respeito. Eu não sabia se estavam escolhendo exemplos ruins engraçados, mas não vi uma única resposta certa da parte dele. Nico disse que a minha paixão de infância foi Harry Styles, cuja carreira só decolou quando eu tinha vinte e poucos anos. Disse que meu maior segredo era que eu tinha medo de ratos — coisa que nunca tive. Falou que minha noite perfeita seria um curry de pub e uma cerveja com amigos, o que, tudo bem, eu gosto de curry tanto quanto qualquer um, mas não é exatamente minha noite dos sonhos, e não bebo cerveja. Foi erro atrás de erro. Eu não conseguia acreditar que essa era a pessoa com quem tinha compartilhado quase dois anos e meio da minha vida. Ele estava prestando atenção? Nico acabou do outro lado da mesa, entre Dan e Bayer, e enquanto os clipes se desenrolavam tentei chamar a atenção dele, ver o que ele estava pensando sobre tudo aquilo, mas seu olhar estava fixo na tela, rindo junto com os outros, como se fosse hilariante o fato de ele parecer não saber nada sobre a própria namorada.

No final do vídeo, Camille desligou a tela e se voltou para o grupo. O sol estava se pondo, havia pisca-piscas ao redor da cabana e dava para ver que todos estavam muito cansados, muito famintos e muito bêbados. Os ânimos estavam ao menos um pouco exaltados. Dan ainda parecia estar com raiva por causa da coisa de não conseguir ver as horas. Bayer, que tinha cometido vários erros idiotas com Angel, incluindo revelar que seu maior segredo era ter colocado silicone nos seios, parecia mal-humorado. Sob as luzes da câmera, eu podia ver mariposas e mosquitos se acumulando. Passei a mão quando algo pousou no meu braço e fiquei feliz por ter me lembrado de usar repelente antes do bronzeador.

— E agora... — disse Camille — ... o momento da verdade! Qual casal realmente se conhece, e qual casal é um mistério um para o outro? Sem mais delongas... — Ela fez uma pausa dramática. — Qual casal é o *mais* compatível da ilha?

Houve uma longa pausa. Eu podia ouvir grilos nas árvores, e, ao longe, um pássaro gritava, ou talvez um macaco, eu não tinha certeza.

— A pessoa que tirou a maior nota nas respostas do parceiro foi... — ela fez outra pausa longa, prolongando a tensão até todos na mesa quererem gritar — ... Lyla!

Houve um suspiro considerável ao redor da mesa, talvez porque tivessem acabado de ver Nico errar resposta após resposta. Ele parecia presunçoso.

— Parabéns, Lyla! Você conhece seu parceiro de corpo e alma; o coração dele é transparente para você.

Eu não tinha ideia do que fazer. Percebi que as câmeras estavam dando zoom no meu rosto e só consegui piscar e dizer:

— Ah, hum, obrigada. — E então, quase como uma reflexão tardia: — Eu te amo, Nico!

— Também te amo, querida! — disse ele do outro lado da mesa, fazendo um coração com as mãos.

— Porém! — falou Camille, e a mesa logo ficou em silêncio, concentrada nas palavras dela. — A pessoa que teve a menor pontuação nas respostas foi... — Houve outra pausa longa, ainda maior do que a anterior. Dessa vez, Camille se arrastou *mesmo*. Ouvi um gemido do outro lado da mesa, e vi Bayer abaixar a cabeça e bater no tampo com o que parecia ser frustração genuína. — Foi... — repetiu Camille. Então, finalmente, ela acabou com nosso sofrimento: — Nico.

Houve outra série de suspiros vindos de todos os lados da mesa, e percebi que um deles tinha vindo de mim. Eu sabia que Nico se saíra mal, mas ele foi o pior de *todos*? Estávamos juntos há pouco mais de dois *anos*. Claramente, eu tinha prestado atenção em algum momento durante esses anos, tempo o bastante para armazenar informações suficientes para dar um monte de palpites.

E o que aquilo significou? Será que Nico...

Mas então meu estômago pareceu embrulhar. Não. De jeito nenhum. Não tinha como Nico... voltar para casa? *Meus* resultados tinham que servir para alguma coisa, não é?

— Nico — disse Camille. Ela parecia compassiva e algo mais, algo próximo de um pouco nervosa, achei. — Nico... me desculpe.

— O quê? — disse ele.

— Você vai voltar para casa.

— *O quê?* — Ele olhou de mim para Camille, com a expressão genuinamente confusa. — Mas... você não pode. Acabei de chegar.

— Desculpe, Nico — disse Camille outra vez. Eu podia ver as câmeras dando zoom no rosto dele. — É hora de ir.

— Eu... não — falou Nico, seco. Ele deu uma risadinha, como se tudo aquilo pudesse ser uma grande pegadinha. — Quer dizer, não. Eu não vou. — Ele cruzou os braços. — E todas as coisas que acertei? Você tem que me dar outra chance.

— Desculpe, Nico — repetiu Camille. Ela olhou para a equipe de filmagem e assentiu. Um deles, um sujeito grandalhão de ombros largos, largou o microfone que segurava e se aproximou.

— Isso é sério? — perguntou Nico, com um tom de indignação genuína transparecendo na voz. — Você está falando sério sobre me expulsar do programa?

Senti uma sensação de pânico tomar conta de mim. Aquele não era o plano. Nunca tinha sido o plano!

— Nico? — falei sem expressão, e ele se virou para mim.

— Sua vaca *burra*!

Eu recuei.

— Desculpe, o quê?

— Sério, que porra de respostas foram aquelas? Um *paneer*, o que diabos é isso? Como eu ia adivinhar? E Keanu Reeves? Ele tem idade para ser meu pai!

— *Paneer cheera* é o que eu *sempre* peço! — Senti a raiva explodir, e não ajudou o fato de Camille estar fazendo gestos para pararmos de falar palavrões. Eu não precisava me lembrar de que tudo aquilo estava sendo gravado. — *Sempre*! Não é culpa minha se você nunca quer fazer o pedido. E Harry Styles? Sério? Como ele poderia ter sido meu crush de infância?

— Você me sabotou — disse Nico. Seu rosto ficou feio de repente. — Você fez isso de propósito. Que jogo pensa que está jogando?

— Que *porra*. — Eu sabia que Camille estava fazendo sinais, mas não me importava. Quanto mais palavrões eu falasse, menor era a probabilidade de usarem essa gravação do meu relacionamento implodindo. — Você está falando sério? Eu não estou nem aí para... — *Porra, porra, não.* Tive autocontrole suficiente para voltar atrás no que estava prestes a dizer, que era *este reality show idiota*. Independentemente de Nico estar indo para casa ou não, eu ainda ficaria presa ali por mais uma semana. Insultar o programa na frente de pessoas que presumivelmente estavam felizes em participar não seria bom. — S-supostos jogos — falei, tropeçando nas palavras enquanto tentava me recuperar. — Eu não estou jogando nada. Tentei dizer coisas que pensei que você adivinharia. Não é minha culpa se você chutou errado.

"Não é minha culpa se você não prestou atenção a nada do que eu disse durante todo o tempo em que estivemos juntos" era o que eu queria falar, mas senti que estaria passando dos limites. Seja lá o que ele tivesse acabado de me dizer, eu não estava pronta para acabar com o meu namorado em rede nacional.

Lembrei-me das palavras de Joel no barco. "Se eles tiverem sucesso em acabar com um dos casais aqui... vai ser um estouro. Um relacionamento de anos acabando ao vivo."

E aquele estouro era Nico... e eu.

— Você me humilhou — disse Nico, enquanto dois membros da equipe o levavam embora. Ele ainda gritava. — Você armou uma cilada para mim. Não era isso que deveria acontecer. Não foi isso que combinamos!

E então sua voz desapareceu entre as árvores, e ele se foi.

Houve um longo e atordoante silêncio. Por mais absurdo que fosse, eu só conseguia pensar em quanto minha mãe ficaria chateada quando lhe contasse o que tinha acontecido. Ela *adorava* Nico. Ele era o filho que ela nunca teve — bonito, charmoso, um pouco atrevido. Mas, por mim, eu não sentia... nada. Apenas entorpecimento. Será que estava em choque?

Em silêncio, Angel deslizou uma garrafa de vinho para mim na mesa. Forcei um sorriso e enchi a taça, virando-a com a mão ainda trêmula.

— Bem... — falou Dan devagar, recostando-se na cadeira. — Pelo menos você não disse que ele não sabia ver as horas.

Houve uma onda repentina de gargalhadas, o riso nervoso e explosivo de pessoas com emoções reprimidas, aliviadas por canalizá-las em humor, em vez de raiva.

— Que bom que você me perdoou, querido — disse Santana. Ela contornou a mesa para envolvê-lo com o braço, cutucando-o nas costelas, e ele bufou e retribuiu o gesto com cócegas. Naquele momento, me perguntei se os produtores estavam mesmo sendo enganados por aquilo. Era tão óbvio que eles eram mais como irmão e irmã do que namorado e namorada, com o seu antagonismo físico e brincalhão. Seria essa a próxima grande revelação: o namorado do Dan vindo de braços cruzados para denunciá-lo como traidor? Certamente daria um bom programa de TV.

Enchi a taça de novo e estava tomando outro gole, trêmula, quando Camille saiu da escuridão. Provavelmente tinha terminado de escoltar Nico, que estava furioso, de volta ao barco.

— Certo, nossa, isso foi dramático. — Ela deu uma risadinha, um pouco nervosa. Fiquei me perguntando quanta experiência ela tinha neste tipo de programa. — Você está bem, Lyla?

Balancei a cabeça. Não, não estava. Aquilo destruiu tudo. Todos os meus planos. Todos os sonhos de Nico. Ninguém ia oferecer a ele um papel de namorado ideal por causa daquela cena, que também me colocou no mapa do programa. Eu esperava entrar e sair dali antes que alguém percebesse a minha participação. Não havia mais muita chance disso, não depois de tudo.

— Você está pronta para sua CAC? Adoraríamos saber sua opinião sobre a saída da Nico.

— Meu Deus. — Larguei o copo. — Sério? Agora? Acho que o meu namoro acabou ao vivo na TV, ou quase isso. Será que não poderia tomar uma bebida antes?

— Hum... — Camille olhou para trás e um dos outros produtores a chamou. Eles tiveram uma conversa em voz baixa, e então Camille voltou. — Ok, claro. Aliás, tem mais um assunto que deveríamos solucionar antes de fazermos as CACs, então vamos resolver isso, e você pode ter um minuto para se recompor, Lyla. Depois, podemos fazer as sessões cara a cara enquanto todos comem. Tudo bem? Acho que todo mundo precisa comer.

Houve acenos de concordância ao redor da mesa, e alguém murmurou algo sobre estar morrendo de fome. Eu tinha quase certeza de que não era a única com uma dor de cabeça de espumante azedo se instalando.

— Ok, então a última parte da filmagem é a grande revelação — disse Camille, e vi algumas carrancas confusas, pessoas lançando olhares para os seus parceiros do outro lado da mesa. Eu não tinha mais um parceiro, então não havia ninguém com quem compartilhar a minha perplexidade. Mas com certeza tinha que ter acabado. Não poderia haver mais grandes revelações... poderia?

Camille pegou o roteiro de novo e, parada atrás da câmera, começou a ler.

— Reconciliar-se e terminar faz parte da busca pelo amor verdadeiro, pela pessoa com quem você realmente deveria estar. Para Lyla, parece que *não* era Nico. Mas, na ilha Feliz para Sempre, terminar não significa que você precisa ficar sozinha. Como a pessoa com maior pontuação, Lyla vai passar a noite no casarão Feliz para Sempre.

Pisquei, lembrando-me do casarão perfeito, empoleirado em palafitas sobre o mar azul-turquesa. Ok, tudo tem seu lado bom, pensei, embora preferisse mil vezes ficar lá com Nico, não recém-solteira e prestes a deixar o programa, a menos que eu pudesse fazer uma aliança estratégica com um dos outros futuros solteiros, o que eu não queria fazer.

— A reviravolta? — disse Camille, em um tom questionador, e então respondeu à própria pergunta com ênfase dramática. — Ela *não* vai ficar lá sozinha. Os deuses da ilha Feliz para Sempre compararam as respostas secretas dos participantes, com um pouco da magia de *O casal perfeito*, e a pessoa cujas respostas mais se aproximavam das de Lyla foi...

Senti meus olhos se arregalarem. Que. Porra.

— Joel.

Houve um momento de silêncio absoluto. Era possível ouvir uma agulha caindo no chão.

— Desculpe, o *quê*?

Era Romi, com a voz estridente por causa do vinho e do choque.

— Joel — disse Camille —, você vai passar a noite no casarão Feliz para Sempre com Lyla, para descobrir se vocês dois são mesmo perfeitos um para o outro. Romi, você vai passar a noite sozinha no Sonho da Ilha. Todos os outros terão uma semana para olhar fundo em seus corações e descobrir se a pessoa com quem estão é *realmente* seu par perfeito... e, se não for, para procurar um novo par a tempo da primeira cerimônia Feliz para Sempre, na semana que vem.

Ela fechou o roteiro e disse:

— E é aí que vamos para os créditos. Devo dizer que vocês não terão necessariamente uma semana antes da primeira cerimônia Feliz para Sempre; o tempo se refere à semana do espectador, não à sua. Estamos adaptando a programação de acordo com o roteiro, mas levará pelo menos alguns dias, pois precisamos resolver alguns dos outros desafios primeiro.

— Espere aí — disse Romi, fria. — Você, qual é seu nome...?

— Camille — respondeu ela, sem rancor.

— Camilla, sim, olha, me desculpa, mas meu namorado não vai passar a noite com uma vagabunda qualquer. — Ela se virou para mim. — Sem querer ofender.

— Não me ofendi — murmurei, tentando não deixar escapar o riso histérico que ameaçava explodir.

— ... numa casa em que podem acabar transando. Isso era só para as câmeras, não é?

— Receio que não — falou Camille, em tom de desculpas. — Eles precisam mesmo dormir lá. Quer dizer, é óbvio que ninguém precisa fazer nada que não queira...

— Espero mesmo que não! — rosnou Bayer para a sua cerveja.

— ... mas esse é o formato. O vencedor da tarefa e o seu par perfeito, que é decidido por um formato diferente a cada vez, vão passar a noite juntos no casarão Feliz para Sempre e, depois disso, os dois competidores podem decidir se retornam aos seus antigos parceiros ou formam um novo casal.

— Bem, o *formato* — falou Romi, cuspindo — pode ir se foder.

— Romi... — disse Joel. Ele havia se levantado e estava inclinado sobre a mesa na direção dela. Romi se virou para ele.

— Você a convenceu a fazer isso?

— O quê? Não! Quem?

— *Ela.* — Romi acenou para mim com a cabeça. — Eu vi vocês dois conspirando no barco. Você deu as suas respostas para ela?

— Não! Claro que não. Como poderia ter feito isso? Não tínhamos ideia de qual seria a tarefa.

— Bem, se você queria me humilhar... parabéns, conseguiu.

— Romi! — Joel já estava vermelho. — Primeiro, será que podemos, *por favor*, não fazer isso aqui... — Ele fez um pequeno gesto, quase involuntário, em direção aos cinegrafistas espalhados pela cabana. — Segundo, por que diabos eu ia querer humilhar você?

— Você nunca superou o Dean e eu. Mesmo eu tendo dito que estava bêbada e que foi um erro. Mesmo tendo pedido desculpas mil vezes. Você nunca vai deixar de ficar obcecado com isso?

Um músculo se contraiu no maxilar de Joel, e houve um silêncio curto e intenso, no qual o único som era o das palmeiras farfalhando com o vento que vinha do mar.

— Você é a única pessoa mencionando o nome dele agora — disse ele por fim, calmo.

— Bem, ele não vai — anunciou Romi, virando-se para Camille. — Ele não vai para aquela casa. Você vai, Joel?

— Chega — disse uma voz grave do fundo da sala, e a primeira pista de quem tinha falado foi o fato de toda a equipe ter se enrijecido e ficado em posição de sentido. Um pequeno grupo de produtores e assistentes se abriu como o mar Vermelho e Baz apareceu, com o rosto sombrio como uma tempestade. — Você... — Ele apontou o dedo para Romi. — Já ouvi o suficiente de você. Se não gosta das regras, pode sair da ilha. Agora.

Romi abriu a boca para falar, mas depois a fechou outra vez.

— E você — disse ele e apontou para Joel — e você — continuou, virando o dedo para mim — vão dormir no casarão Feliz para Sempre hoje à noite, fim de história. O que fizerem lá fica entre vocês dois, mas vão obedecer às regras ou vão se foder. Entendeu?

— Entendi — murmurou Joel. Ele lançou um olhar de desculpas para Romi, cujo rosto estava vermelho com a mistura de vinho, sol e esforço de não responder a Baz.

— Agora acabe com esse showzinho de merda e leve a equipe para o casarão para gravar as sequências de Feliz para Sempre — mandou Baz. — Quero toda a equipe de volta ao barco às nove horas para rever as filmagens de hoje.

— Não quer deixar Phil e Jen aqui para repassar o... — falou Camille, mas Baz ergueu a voz.

— Eu disse toda a equipe. Esta é uma reunião geral. *Capiche?*

— Sim, Baz — sussurrou Camille.

— Sim, chefe — disseram alguns outros membros da equipe que ousaram abrir a boca. E então Baz se virou, com Camille correndo atrás dele, e foi embora. A equipe de filmagem foi no seu encalço como um bando de patinhos seguindo a mamãe.

Depois que eles saíram, ninguém disse nada por um tempo. Os pisca-piscas pendurados ao redor da cabana balançavam ao vento, projetando sombras que se balançavam para a frente e para trás a cada rajada. Foi Romi quem quebrou o silêncio.

— É mesmo um "showzinho de merda". Quer dizer, foram palavras dele. Cadê a porra da equipe de assistência social? Cadê o psicólogo? Eu *sei* como essas coisas devem funcionar, e esse programa é uma piada. Talvez eu *vá* embora.

— Como assim? — perguntou Santana. Ela franzia a testa, parecia pálida e suada, um forte contraste com o brilho orvalhado de antes. Então, sacou um monitor azul quadrado e apertou alguma coisa. — Meu Deus, preciso comer alguma coisa. Meus níveis de glicose estão muito baixos. Alguém tem algo doce?

— É isso! — disse Romi, apontando para o monitor de glicose preso no braço de Santana. — É *exatamente* disso que estou falando. Cadê os médicos que deveriam ficar de olho na gente? Cadê as entrevistas psicológicas para garantir que nenhum de nós esteja ficando doido? Já me candidatei para um monte dessas coisas, e nenhuma delas foi feita assim. Deveríamos ter feito avaliações e tido acesso a um conselheiro treinado. Não dá mais para apenas colocar as pessoas na frente de uma câmera e lavar as mãos... não mais. Estão fazendo isso como se fosse 1999.

Angel se levantou e caminhou até um canto da cabana, onde os restos do almoço estavam empilhados, e então voltou com uma banana, mais ou menos intacta, exceto por um talo machucado.

— Aqui — disse ela para Santana. — Isso ajuda com seu açúcar?

— Quer dizer... — Santana pegou a fruta e olhou para ela com um olhar um tanto duvidoso. — Suco ou balas de goma seriam melhores, mas... é, serve por enquanto. Pelo menos até eu conseguir pegar meus comprimidos de glicose ou nos darem comida. — Ela descascou a banana, mordeu um pedaço e disse, com a boca cheia de fruta: — Então... vocês não acham isso estranho? Pensei que fosse um programa de grande orçamento. Não é o programa principal da Real TV?

— Acho que estão economizando — disse Dan. Parecia um pouco preocupado. — Não tive certeza no início, mas Romi tem razão sobre a questão psicológica. Um amigo meu participou de *Ilha da Sorte, Ilha do Amor*, e não é assim que as coisas deveriam funcionar. Tinha que ter equipes de assistência social e tudo mais.

Franzi a testa. Quando Dan disse aquilo, lembrei-me de uma menção a uma equipe de assistência social nos livretos que Camille distribuiu. Mas onde eles estavam?

— E a equipe é estranhamente pequena — falou Dan. — Pelo que John me disse, em geral dezenas de pessoas trabalham num só programa. Mas Baz parece ter recursos bem limitados. Quer dizer, eles estão contando com câmeras remotas que nem funcionam direito.

— Você não acha um pouco estranho não haver funcionários além da equipe de produção? — disse Santana, com a boca cheia de banana. — Pensei que haveria, sabe, camareiros, cozinheiros e faxineiros. Mas parece que somos só nós e a equipe de TV. Tudo bem que o resort ainda não esteja em funcionamento, mas Baz não deveria ter trazido essas pessoas, mesmo que temporariamente?

— Não estou convencida de que tenham vendido o programa — falei. Minha voz era baixa, e Bayer se virou para mim, as sobrancelhas erguidas, de modo que o piercing cintilava sob o brilho da luz.

— *O quê?*

— Eu disse que acho que não venderam o programa — repeti mais alto. Os outros se viraram para olhar para mim, com expressões que variavam do cético ao perplexo. — Algo que o Baz disse na nossa entrevista, sobre participantes comuns como eu e... — Olhei ao redor do círculo, tentando avaliar quem não se importaria de ser descrito como *comum.* — ... e, hum, Joel, sendo o que venderia o programa para as emissoras. Ari, o agente do Nico, fez parecer que era um negócio certo, mas não vi a mínima evidência de que a Real TV esteja a bordo. E vocês?

Ouviu-se um murmúrio silencioso ao redor da mesa enquanto todos pensavam naquilo. Dan falou primeiro.

— Então faz sentido a ausência de um apresentador. Quer dizer, não vão contratar um grande nome para um programa que ainda não foi vendido... vão?

— E também o orçamento apertado — comentou Santana, devagar. — Se Baz está tirando grana do próprio bolso, na esperança de vender para uma emissora. Merda, vocês acham que é verdade?

— Se *for* verdade, vou acabar com ele — disse Conor. Sua voz era baixa, mas cheia de ameaça, e, encarando-o, percebi que era a primeira vez que falava. Ele parecia extremamente contido, mas como uma bomba, um pacote lacrado cheio de material volátil. — Vou estrangular Baz com as minhas próprias mãos e depois vou voltar para a Inglaterra e fazer o mesmo com o meu agente. Se me arrastaram para o outro lado do mundo para um programa que ainda nem foi vendido para uma emissora...

Ele parou de falar. Os olhos de Zana estavam fixos nele e ela mordia os lábios, parecendo quase tão pálida quanto Santana.

— Olha, eu *preciso* comer alguma coisa — disse Santana, quebrando o silêncio tenso. — Ou vou entrar em hipoglicemia. Alguém quer ir comigo até o alojamento dos funcionários para ver o que podemos arranjar? Eles devem ter algum tipo de estoque e uma cozinha.

Os outros assentiram com vários graus de resignação e exaustão, então começaram a descer o caminho de cascalho em direção à área dos funcionários.

Enquanto isso, de forma quase inconsciente, eles se uniram, dois a dois, em seus pares originais, me deixando para trás, solitária. Parecia... sei lá.

Simbólico, talvez. Estava solteira? Nico e eu tínhamos acabado de terminar? Eu me perguntava o que ele estaria fazendo, se estaria tendo algum tipo de reunião a bordo do *Over Easy* naquele momento, despejando seu ressentimento para a câmera. Ou talvez estivesse sentado na cabine, com a cabeça entre as mãos, tão chocado quanto eu, imaginando como tudo havia acabado tão rápido. Ele passara mais tempo no voo do Reino Unido para a Indonésia do que na ilha Feliz para Sempre. Se pegasse um voo no dia seguinte, que era dia 15, poderia estar de volta ao trabalho de barista na segunda-feira — tudo um sonho distante. Só que, quando acordasse, eu não estaria lá.

Enquanto caminhava pela trilha atrás dos outros, percebi uma coisa: se o dia seguinte era dia 15, tinha que ser Dia dos Namorados. Ninguém mais havia mencionado isso, talvez porque todos estivéssemos desorientados com as mudanças de fuso horário e os voos intermináveis, e talvez também porque, quando o programa fosse ao ar, pareceria estranho ter participantes comemorando algo que acontecera meses antes.

Mas era 14 de fevereiro — e o aniversário do dia em que Nico e eu nos pegamos na festa do Massacre do Dia dos Namorados da minha amiga. Se o nosso relacionamento tinha acabado de terminar, ao vivo, diante das câmeras, e eu ainda não tinha certeza de que esse era o caso, então talvez fosse estranhamente apropriado que tivéssemos tropeçado de um show de horrores para outro. Porque, não importava como você interpretasse a situação, aquilo *era* um show de horrores — ou pelo menos algo bem diferente do que qualquer um de nós pretendia. Eu estava sozinha numa ilhota a milhares de quilômetros de casa, e me perguntava onde tinha me metido. Achava que estava prestes a descobrir.

24/02 — 19h47

Escute, se alguém estiver ouvindo isso, precisa vir aqui agora. Agora, está entendendo? Porque isso não é brincadeira. Não é piada. É vida ou morte, e estamos presos nesta ilha com um assassino. Nós estamos... Merda.

Alô... alô? Alô?

Merda, a bateria acabou.

PARTE DOIS
A TEMPESTADE

Meu nome é Zana Robertson. Hoje é segunda-feira, 26 de fevereiro. Pelo menos acho que é. Minha cabeça dói. É difícil lembrar.

Estas são as páginas de um diário que venho mantendo desde a tempestade. Não sei por quê — nunca escrevi um diário antes. Eu dizia a mim mesma que era porque tinha medo de perder a noção dos dias. Só que acho que era mais que isso.

Talvez fosse para que, se fôssemos encontrados, eu tivesse algum tipo de registro do que aconteceu, alguma forma de lembrar que essa experiência louca foi real.

Ou talvez tenha sido o oposto. Pode ser que eu tenha começado a escrever isto porque, mesmo naqueles primeiros dias, eu soubesse ... que talvez não fôssemos ser encontrados. O barco poderia não voltar. Ou voltar tarde demais.

Levei muito tempo para encarar essa possibilidade. E, mesmo agora, há uma voz no fundo da minha cabeça que insiste que seremos encontrados. TEMOS que ser encontrados. Alguém deve estar lá fora nos procurando. Alguém sabe o que aconteceu. Só precisamos aguentar firme.

Mas já se passaram quase duas semanas. A água está começando a acabar, não há nenhum barco à vista, e tenho que admitir... que pode ser isso. Pode ser assim que tudo termina.

Então talvez esse seja o motivo pelo qual comecei a escrever o diário. Porque quero que as pessoas saibam quanto nos esforçamos, quanto lutamos, quanto cuidamos uns dos outros. Se você encontrou isto, se for tarde demais... saiba que tentamos. Tentamos de verdade.

CAPÍTULO 10

– VOCÊ ESTÁ BEM?

Joel pronunciou as palavras na escuridão total, e eu me virei, encarando-o do outro lado da cama. Apesar das janelas sem cortinas, o quarto estava incrivelmente escuro. Nuvens cobriam o céu, bloqueando a lua e as estrelas, e o casarão Feliz para Sempre dava para o mar, então não conseguíamos nem ver o contorno das outras cabanas. A única iluminação era a luz LED vermelha da câmera no canto do quarto e o reflexo fraco das luzes da ilha, refletidas na água. Com o brilho fraco, eu não conseguia ver a expressão de Joel, nem mesmo o rosto, apenas o contorno do corpo dele sob os lençóis brancos. Ele estava encolhido, o mais longe possível do meu lado da cama — bem longe, considerando que eu também tinha feito o mesmo.

— Sim, estou bem — falei. — Só não consigo dormir.

— Nem eu. Acho que é o vento.

O vento tinha aumentado depois de a equipe de filmagem ir embora e naquele momento gemia por entre as palmeiras com uma urgência longa e baixa, dificultando o sono. O mar também estava agitado, e eu podia ouvi-lo quebrando com uma espécie de violência contida. Aquela devia ser a tempestade que o membro da equipe mencionara no continente. Claramente, chegara antes do previsto.

— Você acha que este lugar é seguro? — perguntou Joel, e dei de ombros, esquecendo que não tinha como ele me ver.

— Deve ser razoavelmente robusto, senão seria levado pelo vento toda vez que acontecesse uma monção. Espera, tem monção aqui?

Houve um silêncio enquanto Joel tentava raciocinar.

— Não sei — respondeu ele por fim. — A monção não tem a ver com a massa de terra? Sei que não tem monção nas Maldivas.

— Bem, de qualquer forma — sussurrei —, tenho certeza de que já houve tempestades aqui antes, então o fato de este lugar ainda estar de pé é reconfortante.

Ouvi, mais do que vi, Joel assentir — ouvi o movimento da barba contra o travesseiro —, embora, mesmo enquanto dizia as palavras, tenha me ocorrido que não sabíamos há quanto tempo aquele lugar estava de pé. Talvez nunca tivesse resistido a uma tempestade. Mesmo assim, *tinha* que haver regulamentos de construção. Não? Joel falou de novo e me arrastei de volta ao presente.

— Você está bem com a situação do Nico? Deve ter sido um choque. Sei que não é... você sabe. Não é o que você planejou.

— Não. — Aquilo era dizer o mínimo. Suspirei e virei o travesseiro para o lado frio, me esforçando para relaxar, mas estava muito agitada.

Depois que Santana improvisou um piquenique rudimentar para a gente com as sobras que encontrou nos aposentos dos funcionários, Joel e eu fomos arrastados para a cabine individual para entrevistas e, em seguida, para o casarão Feliz para Sempre, que havia sido decorado como uma suíte romântica de lua de mel, com um coração de pétalas de rosa espalhadas na cama, um balde com espumante e cheio de gelo e dois roupões brancos e fofos. Havia apenas uma cama, e Camille balançou a cabeça quando perguntei sobre a possibilidade de conseguir algum tipo de colchão inflável.

— Desculpe, Lyla, não tem nada disso na ilha e, como você pode ver, trazer um colchão comum para cá não seria fácil. Além disso, não ficaria legal na câmera. Mas tenho certeza de que este colchão é grande o suficiente para vocês dois. E sempre dá para construir uma parede de travesseiros!

No final, depois que Joel e eu trocamos de roupa e fizemos uma série de brindes humilhantes com espumante um para o outro, seguidos por fotos nossas encostadas lado a lado na cerca da varanda, olhando para o que deveria ser a lua, mas que já não passava de nuvens, a equipe encerrou o trabalho e nos deixou sozinhos — mais porque, eu suspeitava, faltavam cinco para as nove e Camille estava ficando cada vez mais ansiosa com a ordem de Baz para voltar ao *Over Easy* antes desse horário.

Antes de eles irem embora, consegui entender o que aconteceria com Nico.

Ele estava de volta ao barco, sendo filmado e entrevistado naquele momento, e então, assim que o restante da tripulação retornasse ao *Over Easy*, eles partiriam durante a noite para uma ilha com um heliporto a cerca de seis horas de distância, onde o buscariam e levariam de volta para Jacarta para retornar ao Reino Unido.

O *Over Easy* retornaria a tempo de outro dia de filmagem. Foi por isso que Baz insistiu tanto no horário de nove horas — havia um período muito estreito para eles chegarem ao local do helicóptero e voltarem antes do café da manhã.

Depois que a equipe foi embora, Joel e eu tivemos uma discussão educada, mas inútil, sobre quem dormiria no chão, com muitos "Eu insisto" e "Não, não seja besta, eu prefiro uma superfície dura".

No final, porém, o bom senso prevaleceu e concordamos em dormir em lados opostos da cama enorme, o que, sinceramente, era mais distante um do outro do que se um de nós *estivesse* no chão. Concordamos, porém, em não contar para Romi.

— Se ela perguntar, eu dormi na banheira — disse Joel com firmeza, e assenti. Só depois, quando estava trocando de roupa e vestindo uma camiseta velha para ir dormir, olhei para cima e vi a lente preta e implacável de uma câmera montada no canto do cômodo. Eu não tinha ideia de que filmagem eles iam usar (esperava que não fosse eu me esforçando para desabotoar o sutiã), mas definitivamente o programa não mostraria Joel dormindo no banheiro. Talvez fosse melhor para ele falar a verdade, já que ela viria à tona de qualquer maneira. Dito isso, não estava convencida de que Joel e Romi sobreviveriam àquela experiência. Não apenas ao casarão Feliz para Sempre... não estava me gabando de que meu fascínio fatal tivesse o poder de romper relacionamentos de longa data... mas à coisa toda. O programa de TV, a exposição, se aquilo fosse ao ar... tudo.

Duas horas depois, eu estava deitada, acordada, no escuro, ouvindo o vento e me perguntando se Nico também estaria deitado e acordado numa cabine no *Over Easy*. Talvez ele nem tivesse ido dormir. Talvez estivesse ocupado reclamando com uma equipe de TV exausta. Ou talvez tivesse bebido demais e apagado, roncando sem parar.

— O que você colocou nas suas respostas, afinal? — perguntou Joel, e eu suspirei.

— Praticamente o mesmo que você, pelos trechos que eles transmitiram. Quer dizer, nossas noites ideais eram quase idênticas, e eu escolhi *O poderoso chefão* como filme favorito também. E para o lugar que eu adoraria ir, mas nunca fui, coloquei Veneza.

— Eu também. Qual foi seu livro favorito?

— *Rebecca*. E você?

— Coloquei *Os vestígios do dia* — respondeu Joel. — Romi colocou *Cinquenta tons de cinza*. — Ele suspirou, e acima do som do vento pude ouvi-lo esfregando as mãos no rosto, infeliz, como se tentasse apagar a realidade daquele dia. — Eu sei. Diz tudo, não é?

— Joel, *por que* vocês estão juntos? — perguntei sem pensar, e então desejei ter ficado calada. — Desculpe, isso foi... Não quis dizer isso, é só que vocês dois... vocês não são...

— O quê?

— Não são um casal muito óbvio, acho. — Assim que as palavras saíram da minha boca, me arrependi. Tentei me expressar da forma mais neutra possível, mas percebi que Joel ficou irritado. Sua voz, quando ele falou, soou defensiva.

— Eu poderia dizer o mesmo de você e Nico.

Dei de ombros. Queria discutir, mas ele tinha razão, e os últimos dias haviam deixado aquilo dolorosamente óbvio. Houve um silêncio, então Joel falou, com a voz bem baixa, como se estivesse tentando garantir que não fosse captada por nenhum microfone escondido.

— De verdade, nem sei mais. Estamos juntos há anos... nos conhecemos fazendo mochilão em Goa depois da faculdade e, de alguma forma, estando longe de casa... talvez parecesse que tínhamos mais em comum do que de fato tínhamos. Mas desde então... nos tornamos cada vez mais diferentes. Ela não gosta de nenhum dos meus amigos. Eu tento, mas, para ser sincero, não estou interessado em nenhum dos dela. Pratico esportes, ela não. Junto dinheiro, ela só gasta. Assistimos a programas de TV completamente diferentes. Quando nos conhecemos em Goa, éramos ambos estudantes porcos e duros, de chinelos e camisetas rasgadas, e, desde então, ela tem se tornado cada vez mais exigente, enquanto eu estou apenas um pouco mais arrumado do que estava em Anjuna Beach. Só que é mais do que isso. Simplesmente não passamos mais *tempo* juntos. E, de alguma forma, agora estamos aqui...

A voz dele morreu. Pensei em mim e em Nico, nas noites que passei no laboratório, ouvindo meus podcasts enquanto pipetava e organizava as amostras, e Nico passava o tempo em algum bar. Ele era extrovertido, eu era introvertida. Ele usava o instinto, eu era analítica. Ele vivia o momento, eu planejava. Pensei também na forma como tínhamos nos dado bem durante a maior parte de dois anos e meio, nossa atração mútua tapando as rachaduras... até que a ilha Feliz para Sempre transformou as rachaduras em abismos.

— Sei o que quer dizer — falei, um pouco infeliz, e de repente desejei nunca ter tocado no assunto. — Bem, acho que é melhor dormirmos um pouco. Boa noite, Joel.

— Boa noite, Lyla — disse ele, virando-se, e em poucos minutos ouvi o som de roncos baixinhos.

Demorei mais para pegar no sono, incomodada pelo clima e, talvez, pela conversa. Quando estava enfim caindo no sono, ouvi um rugido particularmente alto do vento, e uma onda enorme subiu e passou por cima do píer, batendo nas janelas do casarão. Escutei o vidro ranger com o impacto e, quando me sentei, pude ver gotas de água brilhando no chão polido onde a onda havia forçado passagem pelo batente.

Inclinando-me, acendi o interruptor ao lado da cama. Nada aconteceu. Tentei mais uma vez, de uma maneira bem idiota. Não sei por que teria funcionado. Ainda nada. Então, saí da cama aos trancos e barrancos, procurando o robe felpudo que havia deixado no chão, e fui até o disjuntor ao lado da varanda, empurrando-o para cima e para baixo. Nada. Nada. A energia devia ter acabado. De repente, me senti bastante inquieta.

Joel dormia, ou parecia dormir. Na escuridão, eu mal conseguia distinguir a silhueta dele, esparramada contra os lençóis brancos.

— Joel — sussurrei. — Joel, está acordado?

— Hã? — murmurou ele, estendendo o braço.

— Acabou a luz. Estou ficando um pouco preocupada com a tempestade. Vou ver se encontro alguém, se tem algum outro lugar onde possamos dormir.

— Tá bom — disse Joel. Apertei mais o robe em volta do corpo, peguei as sandálias que estava usando mais cedo e abri a porta da varanda.

Ao sair para o píer, a força do vento me atingiu... literalmente. Ele me acertou como um golpe físico, jogando meu corpo contra a parede da casa. Mal conseguia ver a passarela que se estendia até a praia, que estava inundada, cada onda transbordando o deque ao atingir a altura máxima. Os pisca-piscas pendurados estavam apagados e, se não fosse pela balaustrada de corda saindo da água, eu nem teria certeza de onde ficava a seção central. Senti um eco do terror anterior de Zana ao pisar com cuidado nas tábuas escorregadias, as ondas batendo nas minhas panturrilhas. Ao atravessar, conseguia sentir a passarela rangendo sob os pés, mas os suportes eram firmes, então eu não tinha um medo real de que ela cedesse, e o formato da ilha fazia um porto natural, abrigando o casarão e o píer da força total das ondas. Mesmo assim, fiquei aliviada quando meus pés tocaram a areia do outro lado. Calcei as sandálias e segui pela praia em direção à mata, rumo ao que eu lembrava ser o caminho para os alojamentos dos funcionários.

À sombra das árvores, a noite estava ainda mais escura — claramente o casarão Feliz para Sempre não havia sido o único lugar a perder a energia —, e eu tinha que manter as mãos estendidas à frente para evitar tropeçar e dar de cara numa palmeira. Por sorte, a trilha de seixos parecia bem irregular sob as solas finas das minhas sandálias, o que me impediu de desviar do curso, e quando ela se bifurcou consegui me lembrar da direção certa. Enquanto caminhava, dava para sentir o vento puxando meu roupão, o cabelo chicoteando o rosto, e ouvir as ondas quebrando à distância, o som pontuado pelos gritos dos pássaros nas árvores. Tentei imaginar como seria ser um animal numa noite como aquela. Será que eles estavam assustados? Ou eufóricos? Talvez estivessem acostumados.

A chuva começava a cair em gotas grossas e esporádicas quando os seixos sob os meus pés se transformaram em lajes duras de concreto, e cheguei a uma clareira cercada pelo amontoado característico de pequenas cabanas de funcionários com telhados de metal, bem diferentes dos casarões espaçosos espalhados pelo restante da ilha. As cabanas estavam escuras e silenciosas. Bati primeiro na porta de uma, depois na de outra e, como não houve resposta, comecei a abri-las.

A primeira era a cabine de CAC — eu não a reconheci na escuridão —, que estava vazia, exceto pelo trono de vime e pela câmera, que estava lá silenciosa e desligada. Na segunda, havia o que parecia ser uma cozinha bastante simples, toda de aço inoxidável e com cheiro de água sanitária. Eu conseguia ouvir a chuva tamborilar o telhado de zinco enquanto permanecia ali, apertando os olhos e tentando distinguir formas na escuridão.

— Alguém aí? — gritei, mas não houve resposta, e me virei para ir embora.

Ou o vento tinha aumentado, ou estava muito mais forte daquele lado da ilha; pois, quando fui fechar a porta da cozinha, a ventania a arrancou dos meus dedos, fechando-a com uma força que teria arrancado um dedo se eu ainda estivesse segurando o batente.

Enquanto eu atravessava o pátio em direção às duas últimas cabanas, percebi que estava agachada, tentando fazer do meu corpo um alvo menor para o vento e a chuva que começava a cair com bastante força. Mesmo assim, quando cheguei perto da terceira cabana, um pedaço de alguma coisa — um galho de palmeira, talvez — veio assobiando pela escuridão e me atingiu na bochecha, me fazendo gritar e cair de joelhos.

Ofegante, fiquei ali, ajoelhada; então, depois de um momento, levantei a mão para ver como meu rosto estava. Havia um corte na bochecha e dava para ver que já começava a inchar. Eu sentiria a dor pela manhã — e não fazia ideia de como um hematoma como aquele ficaria na câmera. Definitivamente, não tinha levado maquiagem forte o suficiente para cobri-lo, embora talvez a equipe de produção tivesse alguma coisa. Mesmo assim, não havia tempo para me preocupar com aquilo... A chuva caía com uma força chocante, e eu só precisava sair daquela tempestade.

Quando entrei na terceira cabana, quase tropecei de novo. O vento e a chuva estavam tão fortes, que a ausência deles me chocou. Aquele barracão parecia ser uma espécie de sala de descanso para a equipe. Havia uma mesa improvisada com uma chaleira e várias cadeiras descombinadas. Encostado na parede do fundo havia um beliche. As duas camas estavam vazias, mas a de baixo tinha indícios de que alguém havia dormido ali — lençóis jogados para trás e o travesseiro amassado. Porém, quando coloquei a mão no colchão, estava frio. Quem quer que tivesse dormido ali poderia ter ido embora horas antes.

Na penumbra, consegui ver bilhetes espalhados, um pacote de biscoito vazio e os óculos de sol de alguém, mas nada que eu pudesse usar. Talvez um celular fosse pedir demais, mas um laptop não parecia algo irracional. Seja lá o que for que eles tivessem, levaram consigo quando foram para o *Over Easy*.

Só restava uma cabana, e eu não tinha muitas esperanças quanto a encontrar membros da equipe de gravação. Aquela era de longe a menor, menor até que a cabine de CAC — e, de fora, parecia mais um depósito que um dormitório. Mesmo assim, talvez houvesse um telefone lá. Certamente devia haver *algo* na ilha.

Quando entrei, meus olhos demoraram um instante para se acostumar à escuridão; depois disso, consegui ver que o lugar estava cheio de equipamentos. Vislumbrei o que pareciam ser mais câmeras, uma fileira do que poderiam ser mesas de som ou mixagem e... Olhei para a escuridão. Lá, no canto, havia uma luz LED verde, cujo brilho refletia num microfone boom. Será que aquele lugar ainda tinha energia?

Só por precaução, procurei o interruptor e o liguei, cheia de esperança, mas nada aconteceu. Em vez disso, tateei pela sala até a luz LED, batendo a canela numa cadeira. Ao me aproximar, analisando a escuridão, reconheci o dispositivo ao qual ele estava conectado. Era um rádio, *o* rádio, na verdade, aquele que a produção havia mencionado mais cedo e que eu tinha esquecido por completo. Estava funcionando? Se o LED estava aceso, tinha que estar, não é?

Comecei a tatear a superfície para identificar os controles. Havia um receptor preto e emborrachado conectado a um fio escuro espiralado, como um telefone, e, quando passei os dedos pela superfície do rádio, senti um alto-falante gradeado e um monte de botões. Depois de apertar um deles aleatoriamente, um visor digital laranja acendeu com uma intensidade que fez meus olhos doerem depois da escuridão total do galpão, mostrando um monte de números e símbolos que não faziam sentido para mim.

Senti uma onda de alívio que se amenizou rápido pela constatação de que não fazia a mínima ideia de como aquela coisa funcionava. Depois de pensar um pouco, decidi que, se o rádio tinha sido usado para se comunicar com o *Over Easy* mais cedo naquele dia — o que parecia provável —, era melhor não mudar de canal, já que o barco provavelmente estaria monitorando aquela frequência. Quando peguei o receptor, porém, nada aconteceu.

— Alô? — perguntei, caso o rádio fosse ativado por voz, mas não houve nenhuma resposta além de estática, apenas a chuva e seu tamborilar constante no teto de zinco. Girei o botão do rádio e ouvi um chiado, virando-o de volta depressa. Então, lembrei de uma coisa que tinha visto em filmes: era preciso apertar e soltar um botão no receptor quando se queria transmitir algo. De fato, quando passei os dedos pelo bocal, descobri que havia um botão na lateral e, ao apertá-lo, ouvi um estalo vindo do alto-falante.

— Alô — falei cautelosamente. — Alô? Não sei como essa coisa funciona, mas aqui é a Lyla para o *Over Easy*. — Então, me lembrei do filme que tinha visto, acrescentei "Câmbio" e soltei o botão.

Escutei um estalo, mas, embora estivesse esperando, não ouvi nenhuma voz em resposta. Apertei o botão de novo.

— Alô, alguém está me ouvindo? Aqui é Lyla para o *Over Easy*, por favor, respondam. Câmbio.

Mais uma vez, soltei o botão e esperei, mas não consegui ouvir nada além do chiado baixo da estática do rádio, da chuva forte e do vento uivante do lado de fora do barraco.

— *Over Easy*, está me escutando? — Percebi que minha voz ficava cada vez mais desesperada, mas não tentei disfarçar. Aquilo era extremamente frustrante. Talvez estivesse fazendo algo errado, mas qual era o sentido de ter um rádio se ninguém o monitorava? Falei outra vez: — O vento está soprando muito forte e estou ficando preocupada. Existe algum tipo de abrigo contra tempestades na ilha?

Soltei o botão e esperei, com a esperança minguando. Se o *Over Easy* estivesse lá, ou estavam longe demais para ouvir a transmissão, ou não estavam monitorando os canais de rádio. Ambas as opções eram preocupantes.

Eu tateava de novo em busca do receptor quando algo atingiu a lateral da cabana com um estrondo, como a explosão de fogos de artifício, e uma força que fez a construção estremecer inteira. O choque quase me fez pular, e fiquei ali, com o coração batendo forte, então estendi a mão para tocar a lateral da cabana onde havia sido atingida. A parede inteira estava arqueada para dentro, e eu podia sentir que, em alguns lugares, o ferro corrugado havia rachado. A parede dos fundos da cabana havia sido atingida por algo muito grande e pesado. Se tivesse colidido com a outra parede — a da janela —, não teria sido impedido por chapas de metal; teria atravessado o vidro e provavelmente me acertado na cabeça. Do jeito que estava, parecia um golpe de sorte que o revestimento tivesse resistido à pancada.

Tomei uma decisão. Não era seguro ali. Aquele lado da ilha era muito mais exposto do que o lado do casarão. Eu voltaria, contaria a Joel o que estava acontecendo e então seguiria para o Descanso da Palmeira, o que Nico e eu tínhamos recebido. Duvidava que estivesse trancada — pois os aposentos dos funcionários não estavam —, mas se estivesse eu simplesmente arrombaria a porta. Se Joel quisesse ir comigo, tudo bem. Se quisesse voltar para Romi, tudo bem também. Eu não dava mais a mínima para as regras. Só esperava que estivéssemos todos inteiros pela manhã.

Peguei o fone. Faria uma última tentativa antes de ir embora.

— *Over Easy*, se estiverem recebendo isso, por favor, respondam, é urgente — falei mais rápido. — A tempestade está ficando muito forte e acho que precisamos evacuar. Algo acabou de...

Mas não consegui terminar a frase. Enquanto eu dizia as palavras, uma coisa enorme, escura e em forma de bala de canhão atravessou a janela da cabana com um estrondo ensurdecedor. Cacos de vidro voaram para todos os lados, e o objeto caiu com um estardalhaço nauseante na mesa de mixagem, despedaçando a bancada de instrumentos e a mesa robusta embaixo.

Percebi que ainda segurava o receptor do rádio, ofegando em desespero. Acho que estava dizendo algo como:

— Meu Deus! Meu Deus!

Se eu estivesse apenas dez centímetros à esquerda, estaria morta — meu peito tão esmagado quanto a escrivaninha e a mesa de mixagem.

Na verdade, eu sentia cortes de vidro em todas as partes dos meus braços e peito que não estavam protegidas pelo roupão, e gotas quentes de sangue começavam a escorrer pela pele, misturadas à chuva torrencial que entrava pela janela quebrada.

Por um instante, não consegui me mexer. Fiquei ali parada, ofegante e trêmula, incapaz de calcular quão perto tinha chegado da morte.

Então, deixei o fone cair e corri.

CAPÍTULO 11

— **JOEL! — EU MAL** conseguia dizer o nome dele. Tinha corrido dos alojamentos dos funcionários, através do labirinto de trilhas, confiando mais na sorte do que no instinto para decidir qual caminho seguir. Estava de pé, encharcada e trêmula, ao lado da cama, o sangue escorrendo pelos braços e se misturando com a chuva e os respingos do mar ainda grudados na pele. O roupão estava molhado e manchado de sangue, e ainda brilhava com cacos de vidro, o peito arfava e eu tremia com a adrenalina do acidente que quase sofri. — *Joel!*

Eu gritava, mas ainda assim era um esforço fazer minha voz ser ouvida acima do barulho do vento e do mar. Como ele conseguia dormir com tudo aquilo? Outra onda enorme quebrou na varanda, sacudindo as janelas, e eu me decidi. Não era seguro. Logo não conseguiríamos atravessar a passarela. Eu iria embora *naquele instante*, quer Joel quisesse ir ou não.

Estava tateando até o lado dele na cama, pronta para acordá-lo com um tapa se necessário, quando algo, um sexto sentido ou talvez um som ligeiramente diferente do rugido normal das ondas, me fez parar e me virar. Outra onda, ainda maior que as anteriores, se erguia no mar cinzento. Enquanto eu me preparava, ela se chocou contra a balaustrada da varanda e mais uma vez bateu nas janelas francesas.

Só que, desta vez, elas não resistiram. A força da água quebrou a trava frágil, as janelas se abriram e um jorro de água do mar invadiu o quarto, me encharcando e me fazendo cambalear para trás.

Por um momento, fiquei ali parada, ofegante, segurando um dos balaústres da cama, ouvindo Joel se levantar.

— Jesus Cristo! — gritou ele. — Caralho!

— Temos que sair daqui — falei. Meus dentes batiam. — Não é seguro.

— Sair do casarão ou da ilha? — Joel estava procurando os óculos. Ele os colocava no rosto e me encarava.

— Bem... os dois. Só que tentei falar com o *Over Easy* pelo rádio e não tem ninguém lá.

— Temos um rádio? — Ele pareceu confuso, e acenei. Não havia tempo para explicações. Precisávamos sair dali.

— Não importa, eu mostro para você depois. Vamos, precisamos sair.

Joel assentiu e seguimos cautelosamente para a varanda.

Lá fora, o vento soprava de forma assustadora, e as ondas batiam com tanta força na base do casarão, que eu conseguia ver os longos suportes enterrados na areia, bem abaixo da marca da maré baixa. Então, quando a arrebentação voltou com tudo, toda a estrutura foi levada pela água, a água inundando as janelas francesas abertas e derrubando as cadeiras e almofadas da varanda como se fossem brinquedos.

Incerto, Joel olhou para a passarela, quase invisível na chuva torrencial e inundada por vários metros cada vez que uma onda chegava.

— Você cruzou isso?

— Sim, mas o mar não estava tão alto quanto agora.

Eu estava incerta. Quando as ondas repuxavam, conseguia ver que a passarela ainda estava lá, e a grade ainda se projetava da água, proporcionando alguma segurança, mas a força das ondas quebrando no topo a cada poucos minutos me fazia hesitar. Não seria o caso de atravessar correndo com a água nos tornozelos, como acontecera uma hora antes. Seria o caso de me agarrar com unhas e dentes e, se um de nós escorregasse, não terminaria bem.

— Devemos dar as mãos? — perguntou Joel. — Caso um de nós escorregue? — Ele empurrou os óculos para cima do nariz, parecendo nervoso. Chuva escorria por seu rosto. Assenti.

— Provavelmente uma boa ideia. Uma das mãos na balaustrada, outra para cada um. Certo?

— Certo — disse Joel. Ele empurrou os óculos outra vez e estendeu a mão. Quando a segurei, senti os ossos, mas era surpreendentemente forte, com um aperto firme. Parecia segura. — Vou na frente?

Dei de ombros. Não achei que faria diferença.

— Tudo bem, mas vamos andar o mais rápido possível.

Joel assentiu, respirou fundo enquanto esperava a onda repuxar e, então, assim que o mar recuou, revelando as tábuas de madeira, pôs os pés na passarela.

Ele tinha dado apenas alguns passos quando a onda voltou e o atingiu. Ela o jogou contra a grade de corda com uma força que quebrou um dos suportes de madeira, e num instante, mais rápido do que conseguia descrever, Joel estava sendo puxado para o mar, agarrando-se à corda da grade com uma das mãos e ao meu pulso com a outra.

Acho que gritei. Sei que agarrei um dos postes da varanda com a mão livre. A força da onda, tentando arrancar Joel de mim e puxá-lo para o mar, era absurdamente forte. Eu ouvia Joel gritando por cima do rugido do vento, sentia seus dedos cravando-se, desesperados, no meu pulso e via a ponta da corda da grade se estendendo em direção ao mar, totalmente solta. Não havia nada segurando Joel, exceto a ponta da corda presa ao casarão e eu.

— Segure firme! — gritei. Enrolei um braço no poste da varanda e fechei os olhos com o esforço de aguentar o peso de Joel.

Acima do barulho do vento e das ondas, o ouvi gritando alguma coisa. Estava meio submerso, se engasgando com a água do mar. Então a força das ondas mudou de direção, jogando-o de volta para a costa, e o puxei com toda a força para mim. Era nossa única chance. Eu não conseguiria resistir a outro golpe como aquele.

— Agora, Joel! — gritei, e num movimento desesperado e apressado ele soltou a corda, no momento em que o mar a retorcia do último poste restante da grade, e eu o agarrei e o puxei de volta para a varanda.

Ele tremia, encharcado da cabeça aos pés. Milagrosamente, os óculos ainda estavam no lugar, embora eu duvidasse que ele conseguisse enxergar muita coisa. Meu braço quase parecia ter sido arrancado, e eu tinha praticamente certeza de que havia torcido alguma coisa nas costas — mas essa era a menor das minhas preocupações. Enquanto estávamos parados, ofegantes e agarrados aos postes da varanda, a onda voltou, e vimos que metade da passarela havia desaparecido, as tábuas arrancadas. Estávamos presos.

— Meu Deus — disse Joel por fim. Ainda ofegava e tremia de frio. Afastou a franja molhada do rosto, batendo os dentes. — Você s-salvou a minha vida.

— Talvez. — Eu ainda olhava para onde a passarela tinha estado. — Mas não sei quanto isso vai adiantar para qualquer um de nós. Não temos como sair daqui.

Joel se virou, e nós dois olhamos para o longo trecho de água entre nós e o restante da ilha, sem qualquer sinal da passarela, exceto quando as ondas se afastavam ao máximo e os suportes nus ficavam vagamente visíveis, saindo da areia.

Ainda estávamos ali, observando a ilha a apenas algumas dezenas de metros de distância, embora pudesse muito bem ser um quilômetro de água infestada de tubarões, quando ouvimos um som distante, como o estrondo de um trovão, e depois outro.

— O que foi isso? — perguntei.

— Trovão?

— Acho que não. — Balancei a cabeça em dúvida. — Não vi nenhum raio.

— Deve ter sido uma palmeira caindo — disse Joel. Ele havia limpado os óculos e olhava para a escuridão, tentando distinguir o formato da ilha através da chuva. — Porra, espero que a Romi esteja bem. Nossa casa ficava bem no meio das árvores.

— Talvez seja mais seguro — falei duvidosamente. — Quer dizer, acho que até certo ponto as árvores vão protegê-la. Imagino que as palmeiras mais afastadas sejam as mais vulneráveis.

— Tomara que você tenha razão. — Nós dois ainda estávamos ali, olhando para a noite encharcada de chuva, quando outra onda enorme quebrou na lateral da varanda e nos atingiu, me fazendo cambalear para trás e perceber nossa posição.

— Olha — falei, ao tomar uma decisão —, precisamos entrar. Não temos como chegar à ilha agora, só nos resta torcer para este lugar aguentar a tempestade.

Joel assentiu e, juntos, voltamos para dentro da casa, trancamos as janelas francesas e fizemos o possível para empurrar a cama pesada contra elas, a fim de reforçá-las. Então nos viramos para olhar um para o outro — pingando e tremendo de frio. Todas as nossas malas estavam na parte principal da ilha, e as roupas que havíamos usado na noite anterior estavam úmidas, mas eram melhores do que os roupões encharcados. Trocamos de roupa às pressas, batendo os dentes, e subimos na cama molhada para uma noite que prometia ser uma das piores da minha vida. Quanto tempo a tempestade duraria, eu não fazia ideia — nem se a casa suportaria a violência crescente das ondas.

Só sabia que não tínhamos escolha a não ser nos sentar, esperar e torcer.

Foi ao me enrolar no lençol úmido, como uma tênue proteção contra o frio, que pensei em como Nico estava. Estaria ele deitado na cabine embaixo do barco, verde de enjoo, o grande iate avançando com o vento? Ou teria chegado ao ponto de encontro antes de a tempestade começar, e estava aguardando em alguma pista de concreto, esperando o vento diminuir para que o helicóptero fosse buscá-lo? Eu não sabia. Só podia rezar para que estivesse bem — e para que nós dois conseguíssemos sobreviver até a manhã.

CAPÍTULO 12

NÃO TINHA CERTEZA de quando adormeci, mas devia ter sido pouco antes do amanhecer, porque abri os olhos turvos e vi raios de sol rosados iluminando o teto, Joel inclinado sobre mim, me sacudindo gentilmente pelo ombro.

— Lyla? — sussurrou ele. — Lyla, está acordada?

— Agora estou — respondi, um pouco mal-humorada. Não fazia ideia de quantas horas tinha conseguido dormir, mas não podia ter sido mais do que duas ou três. Enquanto me esforçava para me levantar, tirando o cabelo do olho, vi que o vento tinha diminuído e as nuvens, se dissipado. Além do fato de ter água do mar pelo chão e os móveis do pátio terem sido todos levados pela correnteza, o casarão Feliz para Sempre estava milagrosamente ileso. Conseguimos.

— Desculpe — disse Joel. — Eu não queria acordar você, mas também não queria só desaparecer sem avisar.

— Desaparecer? — Esfreguei o rosto, sentindo a aspereza do sono... ou talvez da água do mar seca... nas bochechas, e o machucado onde o galho me atingiu na noite anterior. — Aonde você vai?

— Preciso ver como Romi está — falou Joel. Sua expressão era de preocupação. — Ela deve ter ficado sozinha na casa durante a tempestade e provavelmente está enlouquecendo por minha causa. Preciso ter certeza de que está bem.

— Ah, claro, entendo.

Sentei-me direito, coloquei as pernas para fora da cama sobre as tábuas úmidas e olhei para o trecho de água entre nós e a ilha. A tempestade parecia ter acabado, mas o mar ainda estava bem longe do azul tranquilo de quando chegamos. Estava cinzento, com lodo revolvido, e ondas enormes ainda batiam na costa. A praia antes imaculada e branca estava coberta de detritos — móveis quebrados, galhos, cocos e pedaços quebradiços de coral lançados das profundezas. Mais do que isso, o formato da praia em si havia mudado — um canal profundo fora escavado na extremidade mais distante da curva feita pela arrebentação, enquanto areia havia sido arremessada para o alto, de ambos os lados, formando dunas que não existiam na noite anterior. Se eu apertasse os olhos, conseguiria distinguir, mesmo dali, alguns dos danos que a tempestade havia causado à ilha. Dezenas de árvores haviam caído, e entre os troncos das restantes dava para ver o brilho branco das casas que antes estavam escondidas pela floresta. Enquanto observava, algo enorme da cor de palha rodopiava pela praia — algo grande demais e com um formato irregular demais. Levei alguns minutos para reconhecer: era o telhado de uma das casas, ou pelo menos um pedaço dele. Senti um arrepio de apreensão me percorrer.

— Como vamos atravessar? — perguntei.

Joel mordeu o lábio.

— Tenho observado as ondas e *acho* que consigo nadar.

— Meu Deus. — Olhei para as ondas quebrando. — Tem certeza? É bem difícil.

— Acho que sim. O píer meio que desapareceu e, de qualquer forma, deve ser mais perigoso andar em volta de todos aqueles postes submersos. É um jeito fácil de quebrar uma perna. E tem uma correnteza, mas está descendo pelo outro lado. — Ele apontou para uma faixa de água enganosamente lisa saindo do norte da praia, seguindo o caminho do canal escavado. — Quer dizer, é agitado, mas sou um nadador razoavelmente forte e estou acostumado a surfar. Acho que vou ficar bem.

— E os tubarões? — Mesmo enquanto eu dizia aquilo, as palavras soavam um pouco ridículas; contudo, aquele *era* o oceano Índico, afinal. Não era uma pergunta exagerada. Mas Joel balançava a cabeça.

— Perguntei a um dos produtores ontem. Ele disse que os grandes não conseguem entrar no recife. Eles ficam em águas profundas. Vou ficar bem, prometo.

Assenti e, afastando a pesada cama das janelas francesas, abri-as alguns centímetros e me espremi para passar. Lá fora, as ondas pareciam ainda mais intimidantes, mas o vento soprava em direção à praia e eu não tinha motivo para desacreditar Joel sobre a correnteza. Ele tinha me seguido, e juntos ficamos protegendo os olhos e contemplando a praia.

— Então você é surfista? — perguntei. Joel deu de ombros. Uma figura apareceu ao longe, cambaleando pela praia, mas eu não conseguia ver quem era.

— Não mais, na verdade, mas acho que dá para dizer que sim. Cresci na Cornualha. A gente vivia brincando no mar. Aprendemos o básico.

— Então, como vamos fazer isso? — perguntei. A figura havia desaparecido entre as árvores.

— Nós? — Joel levantou uma sobrancelha e eu dei de ombros.

— Olha, eu não vou ficar aqui sozinha. Nunca surfei, mas já ganhei medalha de prata de natação.

— Certo — concordou Joel, baixinho. — Se tem certeza... Quer que eu vá primeiro? Só por precaução?

Pensei por um momento e assenti. Não havia muita vantagem em nadarmos juntos. Na verdade, era menos provável que percebêssemos que o outro estava se metendo em encrenca. Joel já estava tirando a roupa.

— Então o que você tem que fazer — disse ele, enquanto tirava a camiseta — é tentar pegar jacaré para se afastar o máximo possível. Não é tão fácil sem prancha, mas a energia da onda faz o trabalho pesado, sobretudo com o vento maral. Se você estiver na correnteza, não tente nadar contra ela, pois é uma maneira rápida de se afogar. Nade de lado, se puder, para escapar da força da onda ou, se não conseguir, segure firme e espere que ela acabe. Mas pode ser arriscado se ela levar você para além do recife.

Assenti. Joel estava só de calça e tirou os óculos, olhando ao redor com uma expressão vazia.

— Merda. O que eu faço com isso? Não posso usar, eles vão ser levados.

— Hum... — Tive uma ideia repentina; voltando para a casa, vasculhei o banheiro e voltei com meu nécessaire, uma bolsa simples com cordão, feita de material impermeável. Foi a única coisa que trouxera para a casa além do pijama. Joguei fora o xampu e o desodorante e entreguei a Joel. — Isso serve? — perguntei. — É forte, e você poderia amarrar as tiras no pulso.

Joel assentiu, amarrando-as firmemente em volta do braço com um nó duplo. Então, deu de ombros.

— Bom, boa sorte para mim.

— Boa sorte — ecoei. Meu coração estava na boca quando ele se aproximou da beirada da varanda, onde as ondas batiam com uma força que sacudia o convés. Joel ficou parado por um momento, inspirando fundo, então se recompôs e mergulhou, com uma graciosidade surpreendente, na arrebentação.

Por um bom tempo, não emergiu, e me peguei contando baixinho, esperando sua cabeça surgir entre as ondas. *Treze... catorze...* quando cheguei a vinte e dois, comecei a ficar seriamente preocupada. Será que ele tinha sido pego por alguma corrente subaquática que não era visível da superfície?

Mas então, quando estava começando a debater se deveria esperar um pouco mais ou tirar a roupa e pular na água, e se isso adiantaria de alguma coisa ou apenas resultaria em nós dois sendo arrastados para o mar, a cabeça dele surgiu entre as ondas, muito mais longe do que eu esperava, e ele pegou uma onda e se deixou levar quase até a metade do caminho até a praia.

Quando Joel enfim chegou engatinhando à praia, tive vontade de aplaudir. Mas então ele se virou e acenou, e percebi que era minha vez.

O pensamento me deu um sobressalto. O que tinha dito a Joel era verdade, eu *não* podia ficar ali o dia inteiro e ganhei mesmo uma medalha de prata numa competição de natação. Mas fazia muito tempo que não nadava de verdade. Além disso, praticamente só tinha nadado em piscinas. E o vestido que estava usando era lamentavelmente inadequado para a tarefa.

— Só um segundo! — gritei para Joel, embora não tivesse certeza de que ele pudesse me ouvir por causa do barulho das ondas. Virei de costas e comecei a puxar o vestido longo e transparente pela cabeça. Depois de tirá-lo, fiquei parada por um momento na beira da varanda, sentindo-me estranhamente vulnerável de sutiã e calcinha, tentando reunir coragem. Então, sabendo que não conseguiria se esperasse mais, pulei, com bem menos elegância que Joel, nas ondas.

A primeira coisa que me chocou foi que a água estava *muito* fria. *Bem* mais fria do que as ondinhas que enfrentei com Nico quando chegamos à ilha. Ainda mais fria do que na noite anterior, na verdade, quando atravessei o píer até a ilha. Evidentemente, a tempestade havia agitado a água das partes profundas e intocadas do mar, onde até mesmo o sol tropical quase nunca alcançava. Com imagens desagradáveis na cabeça de lulas gigantes e aqueles peixes estranhos sem olhos com antenas brilhantes, respirei fundo e comecei a nadar em direção à costa.

Não demorei muito para perceber uma segunda coisa: Joel tinha sido sensato ao mergulhar sob as ondas por tanto tempo e fizera aquilo parecer muito mais fácil do que era. Nadar na zona de impacto, onde as ondas estavam começando a quebrar, era muito cansativo, e pegar jacaré era muito mais difícil do que ele tinha feito parecer. Por duas vezes, consegui pegar o impulso de uma onda crescente, apenas para ser forçada a mergulhar quando ela quebrava, voltando ofegante e desorientada, sendo sugada de volta ao mar.

Nadei... e nadei... por um tempo que me pareceu assustador. Toda vez que eu pensava que estava saindo da zona de arrebentação, outra onda enorme quebrava sobre a minha cabeça, e a corrente me puxava de volta para as profundezas. Meus braços gritavam de cansaço e eu estava azul de frio, mas finalmente senti os joelhos baterem em algo áspero — um pedaço de coral, provavelmente. Quando abaixei as mãos para tentar me defender do que quer que fosse, percebi que estava em águas rasas.

Quando cheguei aos últimos metros, os joelhos estavam ralados e sangrando, e eu tremia com uma mistura de exaustão e frio, mas Joel estava ali, aplaudindo, pronto para me ajudar a ficar de pé.

— Você está bem? — disse ele, um pouco antes de eu tirar a água do ouvido. — Consegue andar?

— Sim — falei, ofegante. Eu entendia a ansiedade dele. Ele queria ir ver como Romi estava.

— Tem certeza? Posso deixar você aqui se estiver cansada, mas...

— Eu entendo — falei. Meu peito ainda arquejava, mas consegui recuperar a fala. — Vai. Eu alcanço você.

Joel assentiu e correu pela trilha em direção às árvores. Fiquei parada por um momento, recuperando o fôlego, e então me endireitei para segui-lo.

Eu mal tinha saído da praia quando ouvi um estrondo vindo da vegetação rasteira, e Dan, de olhos arregalados, surgiu entre duas bananeiras. Ele estava sem camisa e coberto de sangue seco.

— Caralho! — falei abruptamente, e ele me agarrou como um homem que se afoga agarra um pedaço de madeira.

— Lyla! Você está bem! Jesus Cristo, você está bem, graças a Deus que está bem. Tínhamos certeza de que estaria morta, lá na água.

— Estamos bem — falei. — O píer foi levado pela água, mas a casa aguentou. Mas, Dan... o que aconteceu?

— É Santana. — Sua voz falhou. — Ela... Merda, Lyla, sei que você não é médica de verdade, mas trabalha com medicina, não é?

— Não! — Eu estava ficando com medo. — Dan, não, eu trabalho com vírus. Não é a mesma coisa... O que aconteceu?

— Ela saiu na tempestade para tentar buscar ajuda. Foi atingida por alguma coisa... uma chapa de metal, acho. Eu a levei de volta para a casa, mas ela está com um machucado grave.

— Puta merda. — Senti o estômago dar um nó. Não sabia o que fazer, mas também tinha uma forte suspeita de que, por mais desqualificada que fosse, ainda poderia ser a pessoa mais bem informada ali. Pelo menos meu trabalho me dava uma boa compreensão sobre controle de patógenos e reprodução microbiana. E eu tinha conseguido o distintivo de Primeiros Socorros como escoteira. Que pena que estava apenas vinte anos desatualizado.

— Meu Deus — disse alguém por trás das árvores. Era Joel, sua voz um grito de horror. — Meu Deus, Romi. Romi!

— Espere um segundo — falei a Dan. — Desculpe, vou com você, só que...

— Romi! — disse ele mais à frente. A voz de Joel era um grito desesperado. — Romi, Romi! Fale comigo!

Dan olhou para mim, e nós dois corremos na direção dos gritos de Joel.

Quando chegamos à clareira, vimos algo que me fez parar de supetão, meu estômago se embrulhou ainda mais do que quando ouvi sobre Santana.

No meio da clareira havia uma pequena casa, a única que Nico e eu não havíamos encontrado, embora fosse uma cópia exata das outras quatro menores. Em algum momento durante a noite, porém, uma enorme palmeira caíra sobre ela, quebrando o telhado como uma casca de ovo e esmagando as paredes. Eu podia ver cacos de vidro espalhados pela clareira, pedaços de madeira polida e almofadas jogadas na vegetação rasteira com a força do impacto.

Com exceção dos soluços de Joel, o local estava totalmente silencioso. Não parecia possível que alguém pudesse ter sobrevivido.

— Talvez ela não estivesse aqui — sussurrou Dan, pensando o mesmo que eu. Mas eu tinha visto um pé com esmalte rosa saindo de baixo de um dos pedaços quebrados do telhado, e aí me virei, respirando com dificuldade pelo nariz e tentando não perder o controle.

— Romi.

Joel também tinha visto o pé e correu, puxando o teto de folhas de palmeira. Forcei os membros congelados a se moverem. Por mais improvável que fosse, se Romi ainda estivesse viva, eu tinha que ajudar Joel a tirá-la de lá. Juntos, nós três levantando os escombros, abrimos caminho suficiente para vê-la. Mas era o *cadáver* dela. Era óbvio que estava morta, e deve ter sido uma morte quase instantânea. A cabeça e as pernas estavam quase intactas, mas o torso havia sido esmagado pelo tronco da palmeira e a estrutura de mogno da cama de uma forma que até uma criança poderia dizer que não era compatível com a vida. Por mais surpreendente que fosse, havia pouco sangue, mas os olhos dela estavam abertos, encarando cegamente o céu azul, as pupilas dilatadas por completo.

— Romi — falou Joel, com soluços entrecortados. Ele se ajoelhou ao lado dela, tirando as folhas de palmeira do seu rosto. Havia uma mosca na testa dela e um rastro de formigas percorrendo o corpo em direção ao sangue, e ele espantou os insetos com raiva.

— Meu Deus, Joel, eu sinto muito — sussurrei. Ele soltou um gemido que soou como se alguém tivesse enfiado uma faca na lateral do seu corpo.

— Eu deveria ter ficado com ela.

— Você não poderia ter feito nada — disse Dan, baixinho. — Ninguém poderia. Você também teria morrido. Sinto muito, amigo.

— Eu poderia tê-la acordado — respondeu Joel. — Poderia ter dito a ela que saísse.

— Cara, nós tentamos fazer isso — disse Dan. — Eu e Santana. Tentamos sair e... não terminou bem. — Ele olhou para mim, e eu sabia o que tentava dizer. Precisávamos voltar para Santana.

— Joel — falei com gentileza. — Joel, escute, Santana está machucada. Tudo bem se eu for lá ver o que posso fazer?

Ele balançou a cabeça sem entender, mas eu não tinha certeza se estava me ouvindo ou apenas tentando refutar a realidade diante dele.

— Joel, escute, tenho que ir tentar ajudar Santana — continuei —, mas eu volto, tá? Eu volto, então fique aqui, tá bom?

— Tá bom — sussurrou ele, mas eu não tinha ideia se estava apenas repetindo as minhas palavras ou se realmente havia assimilado o que eu acabara de dizer.

— Vamos — falei a Dan. — Me mostre onde ela está, e vou ver o que posso fazer.

Dan assentiu e o segui para longe dos destroços da casa de Joel, em direção às árvores.

A ACOMODAÇÃO DE DAN E SANTANA era outra cabana, como a de Joel e Romi, que ficava no meio das árvores, mas a deles teve mais sorte. Várias árvores haviam caído, incluindo uma bem na frente da trilha, mas nenhuma a atingiu, e o telhado ainda estava intacto. Quem quer que tenha perdido o enorme pedaço de telhado que eu vira se arrastando pela praia esta manhã, não foram eles.

Lá dentro, porém, era uma zona completa. Santana estava deitada sobre uma pilha de travesseiros encostada na cabeceira da enorme cama de casal, o rosto pálido e suado, e os cabelos grudados na testa. Havia sangue por todo o lençol e, quando cheguei, ela deu um sorriso sinistro e medonho.

— Olá, doutora.

— Não sou médica — retruquei, balançando a cabeça, mas percebi que ela estava brincando. — Você está bem?

— Nunca estive melhor — disse ela, com esforço. — Só este... arranhão. — Com um espasmo, Santana puxou o lençol ensanguentado e amassado que cobria parte de sua perna, e vi que a coxa tinha sido rasgada, um ferimento sangrento de quinze centímetros por todo o lado externo.

— Ai, meu Deus — falei involuntariamente, e Santana deu um sorriso fraco.

— Você é mais educada do que eu. Usei o palavrão que começa com m quando vi. Muitas vezes.

— Caramba, Santana. Isso é ruim.

— Sério? Que sorte a minha! — Ela ofegava.

— O que podemos fazer? — perguntou Dan. Ele estava inquieto, como um futuro pai na sala de espera de um hospital, só que com uma perspectiva muito menor de um final feliz. — Tentei colocar pressão. Não é isso que deve ser feito?

— Sim — falei, embora na verdade eu não fizesse ideia; no entanto, tinha quase certeza de que pressão seria a coisa certa a fazer no curto prazo. Fosse lá o que Dan tivesse feito, parecia ter estancado a maior parte do sangramento. Tinha diminuído para um fio, mas quando me ajoelhei ao lado da cama e analisei o machucado mais de perto, pude ver sujeira e pedaços de ferrugem grudados no lençol e na carne viva. Comprimi os lábios. Era por isso que nunca quis ser médica. E naquele momento estava ali, obrigada a fingir que era uma. — Certo. — Eu estava pensando bastante. Considerando que Santana não parecia estar sangrando, o controle de infecção seria o próximo passo crucial. Fazia muito tempo que não estudava microbiologia, mas lembrava vagamente que algumas formas de sepse podiam se instalar bem rápido, possivelmente antes mesmo que o *Over Easy* pudesse voltar para nos resgatar, e com certeza antes que alguém pudesse transportar Santana de helicóptero para um hospital. Era crucial impedir que o ferimento infeccionasse. O que significava lavá-lo... no mundo ideal, lavar com um jato de água, embora eu não quisesse causar nenhum dano adicional... e cobri-lo. — Certo, precisamos limpar o ferimento. Alguma ideia de quando foi a última vez que você tomou vacina contra tétano?

— Tomamos essa vacina para vir para cá? — perguntou Santana a Dan.

Dan ficou sem expressão.

— Nossa, sinceramente não lembro, tomamos tantas vacinas. Essa era uma das que estavam na lista?

Eu estava quebrando a cabeça, tentando me lembrar dos protocolos de vacina contra tétano e dos longos formulários de saúde que Nico e eu havíamos preenchido para o programa. Não precisei tomar nenhuma vacina — uma das vantagens menos empolgantes de trabalhar num laboratório é que eles são bem rigorosos quanto à exigência de que os funcionários sejam vacinados contra quaisquer patógenos com os quais possam entrar em contato durante o trabalho. Nico precisou de algumas doses de reforço, e eu tinha uma vaga lembrança de que o tétano tinha sido uma delas.

— Tenho quase certeza de que o tétano estava lá — falei. — E, pelo que me lembro, as vacinas contra tétano fazem efeito bem rápido... na verdade, dá para tomá-las depois da exposição, então provavelmente você vai ficar bem.

Uma preocupação a menos. Só restava a sepse, mas, sem antibióticos, isso estava nas mãos do destino. Olhei ao redor, tentando ver se o quarto tinha as coisas de que precisava. A resposta parecia ser "não": o pequeno frigobar no canto do quarto estava vazio, exceto por uma garrafa de vinho e caixinhas do que imaginei ser a insulina de Santana.

— Já volto — falei a Santana, fechando a geladeira. Ela assentiu, mas Dan pareceu alarmado.

— Aonde você vai?

— Preciso arranjar suprimentos. Água limpa, por exemplo, e curativos, se achar. — Eu não fazia ideia se as torneiras do banheiro estavam funcionando; mas, mesmo que estivessem, água mineral seria mais segura, e eu tinha quase certeza de que me lembrava de ter visto algumas garrafas na cozinha dos funcionários. — Vou voltar, juro.

Com Dan olhando triste para mim, corri pela trilha de pedras e entrei na floresta.

DEMOREI BEM MAIS para chegar à área dos funcionários do que na noite anterior, apesar de já estar claro e conseguir enxergar a trilha, em parte porque eu não conhecia o caminho e ficava me perdendo com o traçado das trilhas, mas também porque havia muitas árvores caídas e eu precisava parar e passar por cima delas ou forçar a passagem pela vegetação rasteira — o que não era fácil só de calcinha e sutiã.

Quando cheguei ao amontoado de cabanas, estava arranhada e machucada de tanto passar pelos arbustos e escalar os troncos ásperos das palmeiras caídas. Estava tão ocupada olhando para as canelas ensanguentadas e me perguntando se deveria ter passado pela casa onde estavam as minhas roupas, que quase não notei as cabanas até chegar a elas.

Ou melhor, a cabana. Porque só restava uma, e mesmo essa mal se mantinha de pé.

A cabine de CAC e a sala de recreação tinham simplesmente desaparecido; não havia mais nada além das lajes retangulares de concreto e, do outro lado da clareira, a cadeira de vime enfiada nas folhas de uma bananeira, como uma fruta surreal.

A cozinha havia perdido duas paredes e parte do telhado. As paredes restantes e o que sobrara do telhado havia caído, como uma caixa de papelão pisoteada. Ao redor da clareira, havia caixas de comida espalhadas, sacos de salgadinhos estourados e grandes garrafas quadradas de água — daquelas de cinco litros. No centro, uma pequena mancha vermelho-ferrugem que havia se infiltrado na areia e da qual eu não me lembrava do dia anterior.

Enquanto estava lá, observando a devastação, uma cobra verde se desenrolou devagar da sombra de uma caixa de biscoitos e deslizou sem pressa pela clareira. Observei-a ir, lutando contra a repulsa, e então forcei a atenção de volta para a única cabana que ainda estava de pé: a cabana do rádio. Parte do telhado havia sido arrancada, e o enorme buraco na janela, por onde o coco entrara em disparada, parecia ainda mais chocante do que na noite anterior — mas ainda estava lá. Não me lembrava de ter visto um kit de primeiros socorros ali, mas se estivesse guardado numa das outras cabanas, provavelmente já sumira havia muito tempo, então corri pela clareira, afastando os pensamentos sobre a cobra verde, e abri a porta.

Lá dentro, tudo estava coberto de cacos de vidro e pedaços de madeira da janela quebrada, mas o rádio ainda estava ali, e a luz LED ainda brilhava na penumbra. Embora eu soubesse que Santana e Dan estavam me esperando, peguei o rádio e apertei o botão do receptor.

— Alô? — falei. — Alô? Tem alguém aí?

Soltei o botão e, assim como na noite anterior, houve um breve estalo, mas nenhuma resposta. Suspirei. Merda. Talvez as pessoas estivessem ouvindo, mas não entrassem em contato porque não me reconheciam. O que se falava nessas situações? Mayday? Ou isso era só para navios? Àquela altura, eu não me importava.

Apertei o botão outra vez.

— Alô? Alô? Tem alguém aí? É uma emergência. Estamos presos numa ilha no oceano Índico depois da tempestade da noite passada. — Bem, que merda, qualquer um ouvindo aquilo estaria no oceano Índico, então não era uma informação exatamente útil. Tentei pensar em como descrever a nossa localização com mais precisão. — Não tenho as coordenadas, mas viemos para Jacarta de avião e para a ilha a sudoeste num iate chamado *Over Easy*. O iate desapareceu e não faço ideia do que aconteceu com ele. — O que mais? Algo para fazê-los perceber a nossa situação, talvez? Eu não tinha ideia se os outros ainda estavam vivos, mas parecia provável que Santana e Romi não fossem as únicas vítimas depois da noite passada. — Muitas pessoas do nosso grupo estão gravemente feridas e precisam de atendimento médico. Não sei quanto tempo as pilhas desse rádio vão durar, mas, se alguém consegue me ouvir, por favor, mande ajuda. Repito, esta é uma chamada de emergência por assistência médica. Alguém consegue me ouvir? Alguém pode nos ajudar? Câmbio?

Soltei o botão. Mais uma vez ele estalou e, de novo, nada aconteceu.

— Alguém consegue me ouvir? — falei, lutando para manter o desespero longe da voz. Eu queria gritar: "Venham para cá, porra, as pessoas estão morrendo!" Mas gritar não faria a ajuda chegar mais rápido, e perder o controle seria péssimo. Toda a minha vida, eu tinha sido a pessoa lógica e analítica em qualquer grupo, aquela que não gritava ao ver uma minhoca na maçã, que não chorava quando o professor dizia que o trabalho não estava à altura. Mesmo criança, eu era a pessoa que carregava a aranha para fora da sala (quando a minha mãe estava de pé no sofá arrancando os cabelos) e segurava a coisa esvoaçante delicadamente nas mãos em concha, dizendo a mim mesma: *Está tudo bem, é apenas uma mosca-guindaste,* Tipula paludosa*, elas não mordem nem picam e não têm nenhuma doença transmissível.* Não. Eu era a pessoa que mantinha as coisas sob controle e resolvia tudo. Esse era o meu papel. Era *quem eu era*. E não ia perder a cabeça naquele momento. — Alguém pode nos ajudar? Câmbio?

Esperei. Nada. *Nada*. Porra.

Sabendo que não podia me dar ao luxo de ficar ali por mais tempo, larguei o fone e, com uma última olhada ao redor da cabine, voltei para o brilho do sol, que começava a ficar ainda mais quente do que no dia anterior, apesar dos vestígios do vento da tempestade ainda soprando do mar.

Não havia kit de primeiros socorros na cozinha, ou pelo menos eu não tinha encontrado nenhum, mas peguei uma das garrafas grandes de água, o pacote de biscoitos que tinha sido aberto e estava atraindo uma pequena multidão de formigas animadas, um rolo de papel-toalha — do tipo usado para secar as mãos em cozinhas industriais — e, quase que por descuido, um rolo de fita adesiva no qual tropecei ao sair da cabana. Não era exatamente perfeito, mas serviria para fechar o ferimento até que pudéssemos levar Santana a um médico de verdade.

Estava quase atravessando a clareira quando algo chamou minha atenção. Era o zumbido de moscas, vindo de um emaranhado de arbustos. Havia algo de sinistro naquele barulho, e eu estava com um pouco de medo do que poderia encontrar, mas me afastei da trilha em direção ao som, abrindo caminho pelas folhas.

O zumbido estava ficando mais alto, mas foi só ao empurrar para o lado a última folha de bananeira que vi o que o estava causando — e, quando vi, larguei o que estava carregando e cobri o nariz e a boca, enquanto o meu grito de choque escapava por entre os dedos.

Havia um corpo caído sob os arbustos, as moscas já fervilhando em cima dele, e o rosto era conhecido, embora não soubesse o nome da mulher. Era uma das produtoras do dia anterior, e sua cabeça estava rachada como um ovo. Havia sangue por toda parte. Ela evidentemente havia tropeçado nos arbustos antes de desmaiar e sangrar até a morte.

Então, *havia* um membro da equipe na ilha, exatamente como Camille prometera. Fechei os olhos e contei até dez, fazendo esforço para não me entregar ao pânico e à repulsa que palpitavam em mim. Em vez disso, tentei juntar as peças do que havia acontecido. Ela havia sido atingida por algum objeto voador, talvez um coco, aquilo era óbvio. Mas será que já estava morta antes mesmo de eu chegar à cabine de rádio? Ou será que estava cambaleando pela tempestade na direção oposta, enquanto eu tentava encontrá-la?

Era impossível saber, mas, pensando na cama desfeita e no colchão frio, imaginei que provavelmente tivesse sido a primeira vítima da tempestade — morta antes mesmo de eu sair do casarão Feliz para Sempre. Talvez ela estivesse tentando chegar à cabana do rádio e tivesse sido atingida por alguns destroços da tempestade, cambaleando às cegas pela clareira e se embrenhando no mato até morrer.

Abri os olhos, forcei-me a olhar para o rosto dela mais uma vez, certificando-me de que estava mesmo morta, e então me virei. Não havia nada que eu pudesse fazer por ela. Eram os vivos que precisavam de ajuda no momento, e eu tinha que voltar.

DE VOLTA À CASA, encontrei Santana deitada com os olhos fechados e parecendo ainda pior, com os lábios azuis e os cabelos grudados na testa suada.

— Graças a Deus — disse Dan assim que abri a porta. — Por que demorou tanto?

— Vim o mais rápido que pude — falei. Larguei a garrafa de água no chão, seguida pelo papel-toalha. O rosto da produtora morta não parava de piscar diante dos meus olhos, mas aquela não era hora de tocar no assunto. Já tínhamos problemas demais. — Você tem alguma coisa afiada, Dan?

— Afiada? — Dan ficou inexpressivo.

— Tenho algumas seringas — disse Santana. Sua voz estava rouca e fraca, mas ela abriu os olhos e se apoiou no cotovelo. Então o olhar dela pousou nos biscoitos que eu segurava. — Meu Deus, posso comer um pouco? Meu nível de açúcar está muito baixo.

— Claro. — Empurrei os biscoitos para ela, amaldiçoando o fato de não ter procurado refrigerante ou qualquer coisa de ação mais rápida. — Acho que uma seringa seria pequena demais, eu estava pensando mais numa caneta esferográfica ou num canivete.

— Eu tenho uma caneta — ofereceu Dan. Enfiando a mão no bolso, tirou uma caneta esferográfica com ponta fina e de metal. Assenti.

— Certo, quando você estiver com um pouquinho de açúcar no organismo, venha até o banheiro, Santana, e vamos começar. Já aviso, vai doer.

— Estou pronta — disse Santana, com a boca cheia de migalhas. Ela engoliu em seco, com esforço. — E já está doendo muito, então duvido que vá piorar. — Ela se endireitou com um sorriso fraco e me seguiu até o banheiro.

Uma vez lá dentro, fiz com que Santana se sentasse no box do chuveiro — porque estava com medo de que ela escorregasse se a dor piorasse — e estiquei sua perna machucada. Então enfiei a ponta da caneta no canto inferior do grande recipiente de água, mirei o jato fino no longo ferimento que descia pela coxa de Santana e apertei com toda a força que pude.

Não era perfeito — uma garrafa de pressão adequada teria sido melhor, mas pelo menos era estéril e saiu com uma força surpreendente, removendo os fragmentos de ferrugem e sujeira grudados no machucado. O jato era tão forte que, por um momento, parei de apertar, com medo de perturbar o sangue coagulado e fazer o ferimento jorrar outra vez; porém, quando a água escoou, o sangramento não pareceu mais intenso do que antes.

Santana falou com a voz rouca.

— Pelo amor de Deus, continue, quero acabar logo com isso.

Assenti e apertei novamente. Desta vez, ela gemeu quando o jato atingiu a coxa, mas não se mexeu, apenas abaixou a cabeça com os dentes cerrados de dor. Continuei lavando, observando os pedaços de metal e os coágulos de sangue desaparecerem pelo ralo, até a água correr limpa, com apenas um leve toque rosado de sangue. Por fim, a pressão começou a diminuir. Coloquei a garrafa na pia para guardar o restante da água e ajudei Santana a se levantar.

As toalhas no banheiro ainda estavam limpas, e, juntos, Dan e eu secamos delicadamente a parte intacta da perna de Santana até que a pele dela estivesse o mais enxuta possível. Então, desenrolei o papel até chegarmos a uma parte intocada do rolo, rasguei uma tira comprida e amassei, formando um curativo improvisado. Pressionando as laterais do ferimento, coloquei a compressa por cima, protegendo a parte rompida da pele, então prendi tudo com fita adesiva, tentando manter a pressão para dar ao ferimento uma chance melhor de cicatrizar.

Ao terminar, eu me sentei e examinei o trabalho. Não fazia ideia se o que tinha feito estava certo, mas pelo menos impediria que a sujeira entrasse no corte, e provavelmente serviria até a ajuda chegar. Santana estava suando mais do que quando começamos, mas parecia menos pálida e me deu um sorriso lacrimoso.

— Obrigada. Você é incrível, doutora.

— Pela última vez, não sou médica — falei, mas também estava sorrindo, mais por alívio por ter terminado e não ter cortado uma artéria nem nada.

— Olha, você vai ficar bem? Eu deveria ir ver os outros... e depois tenho que voltar para Joel.

— Joel? — Santana mancou de volta para a cama e se afundou nos travesseiros com um suspiro de alívio mal disfarçado. — O que aconteceu com ele?

— Não com ele. — Olhei para Dan, sem saber como dizer aquilo. — Romi. Ela... quer dizer... ela...

— Ela está morta, Santana — disse Dan. Falou aquilo sem preâmbulos, e percebi que era a única maneira. Não havia como suavizar a notícia, não havia como torná-la menor do que era: uma verdade horrível e inescapável.

Santana deu um grito abafado, como se tivesse levado um soco.

— Sério? Como?

— Uma árvore enorme caiu sobre a casa — falei. — Ela foi esmagada. Acho que não deve ter percebido nada. E... — Engoli em seco, hesitante, mas provavelmente era melhor acabar logo com aquilo. — E não é só isso. Encontrei o corpo de uma pessoa da equipe... uma das produtoras, não sei o nome dela. Está perto dos alojamentos dos funcionários. Ela... — Parei, não fazia sentido relatar em detalhes o que eu tinha visto aos outros. — Bem, está morta. Bastante morta.

— Meu Deus. — Santana fechou os olhos. Seus lábios se moviam, mas eu não conseguia entender o que ela dizia, se era uma prece ou apenas uma espécie de negação da situação em que nos encontrávamos. — Vá — disse ela em voz alta, por fim. — Você deveria ir, e Dan, vá com ela.

— Santa... — disse ele, mas Santana o interrompeu.

— Pode ir! Estou bem. Devem ter outros que precisam muito mais de vocês. Tenho o restante dos biscoitos e água. — Ela apontou para a garrafa um pouco cheia, em cima da pia. — Então vá. Faça o que tem que ser feito.

Assenti.

— Certo. Voltaremos em breve. Prometo.

Era o que eu tinha dito a Joel. Só esperava que não encontrássemos nada pior.

Hoje é quinta-feira, 15 de fevereiro, e decidi escrever um diário... minha cabeça está tão cheia de tudo o que aconteceu desde a tempestade de ontem à noite, que eu precisava de alguma maneira dar sentido a tudo isso.

Estamos todos zonzos — pela tempestade, que parece ter tirado o nosso barco do curso, mas também pelo terrível choque da morte da pobre Romi. Ela morreu quando uma palmeira caiu sobre a sua casa, destruindo-a em pedaços.

Foi difícil para todos nós, mas pior para Joel. Está destruído. Ele a encontrou esta manhã, e nunca vou me esquecer dos seus gritos. Conor estava tentando convencê-lo a ir embora para que ele e Bayer pudessem retirar os destroços de cima do corpo de Romi. Lembro-me dele embalando Joel e dizendo sem parar:

— Vai ficar tudo bem, irmão. Vai ficar tudo bem.

O único conforto é que Lyla diz que ela não sofreu, que deve ter sido instantâneo. E há certo consolo nisso, embora eu não ache que o pobre Joel esteja pronto para ver ainda.

Romi não foi a única vítima da tempestade. Uma das produtoras morreu — nem sabemos o nome dela. Santana foi atingida por um pedaço de metal esvoaçante e sofreu um corte horrível na perna.

E o ombro de Bayer estava deslocado — mas Conor conseguiu colocá-lo de volta ao lugar. O estalo nauseante que o osso fez continua se repetindo na minha cabeça. Pensei que fosse vomitar. Bayer ficou verde de dor, mas depois pareceu melhor. Ele vai ter que manter o ombro enfaixado, mas graças a Deus Conor sabia o que fazer. Não tenho ideia de como ele sabia de tudo isso.

Somos oito. Apenas oito. E dois feridos. Parece mais vital do que nunca cuidarmos uns dos outros até o barco voltar para nos buscar. Quanto tempo vai demorar para chegar aqui? Dois dias? Não mais, com certeza.

Nós vamos conseguir. Sei que vamos. Só precisamos ser fortes.

CAPÍTULO 13

LEVAMOS ALGUM TEMPO para persuadir Joel a deixar Romi, mas por fim o convencemos de que não havia nada que pudesse fazer. Juntos, nós três voltamos pela floresta em direção à praia. Passamos pelo Descanso da Palmeira, que milagrosamente estava ileso, e aproveitei para entrar e pegar uma blusa e uma calça jeans, além de protetor solar — o sol estava começando a brilhar forte e percebi que minha pele começava a queimar. Então seguimos em frente.

Encontramos os outros — Bayer, Angel, Conor e Zana — encolhidos na cabana. Surpreendentemente, todos estavam mais ou menos bem, embora Bayer parecesse estar com dor e segurasse o ombro. Os quatro olharam ao redor enquanto subíamos os degraus da cabana, e seus rostos se iluminaram com tons variados de surpresa e gratidão.

— *Grâce à Dieu* — disse Angel. Ela havia prendido as tranças num coque alto e estava ajoelhada ao lado de Bayer, tentando examinar o braço dele. Ao se levantar, o alívio no rosto era indisfarçável. — Vocês estão vivos! Mas onde está Santana? E Rosie?

— Santana machucou a perna — falei. — E Romi... — Parei, engoli em seco, olhei para Joel, sem saber o que dizer.

— Romi está morta. — A voz de Joel falhou. — Uma árvore enorme caiu sobre a nossa casa durante a noite. Ela morreu na hora.

— Meu Deus! — Zana levou a mão à boca, e vi que havia lágrimas em seus olhos. Bayer balançou a cabeça e respirou fundo.

— Joel, irmão, sinto muito — disse Conor. Ele estendeu a mão e tocou o ombro de Joel, que se encolheu. Estava de pé, com o rosto virado para o lado, os olhos se recusando a fitar os de qualquer outra pessoa. Óbvio que eu não tinha a mínima ideia de como ele se sentia, não de verdade. Com o passar das horas, percebi que estava ficando cada vez mais preocupada com Nico. Não tinha ideia de que horas eram, mas o sol estava alto no céu, e o *Over Easy* deveria ter voltado para cá há muito tempo, de acordo com a programação original. Mesmo levando em conta o tempo perdido abrigado no porto, me preocupava não termos visto nada, nem mesmo uma forma no horizonte. E se a tempestade que enfrentamos não tivesse sido a pior coisa? E se o *Over Easy* tivesse...

Não. Eu me recusava a pensar naquilo.

— Uma das produtoras também morreu — contou Dan. Seu rosto amigável de garoto parecia ter envelhecido dez anos desde o dia anterior, tomado por linhas tensas. — Lyla a encontrou perto dos aposentos dos funcionários.

— *Putain*, o que aconteceu? — perguntou Angel.

— Não sei — respondi, cansada. Tudo o que acontecera desde que Joel e eu acordamos começava a me atingir, e eu me sentia estranha e trêmula. Sentei-me no banco ao lado dela. — Atingida por alguma coisa na tempestade, acho. Os alojamentos dos funcionários estão basicamente destruídos.

— E não são os únicos — disse Bayer, com uma careta. — Nossa casa está acabada. A tempestade arrancou metade do telhado.

— Merda, era seu? — Pensei no enorme pedaço de folhas de palmeira que tinha visto dando cambalhotas na praia. Angel assentiu.

— Era impossível ficar lá. Nós corremos, mas uma árvore caiu e atingiu o ombro de Bayer.

— Acho que está deslocado — disse Bayer. Seus dentes estavam cerrados; os músculos do maxilar, salientes. — Já aconteceu uma vez, num jogo de futebol.

— Quer que eu tente colocá-lo de volta? — perguntou Conor, levantando-se.

— Eu realmente não acho que seja uma boa ideia — falei ao mesmo tempo que Bayer perguntava:

— Você sabe como?

— Já vi isso antes — respondeu Conor. — Quando estava escalando. Um cara caiu e deslocou o ombro, e outro cara o endireitou. — Ele deu de ombros e olhou para mim. — O que você acha, doutora?

— Pela última vez — falei, mais cansada do que irritada —, não sou médica. Só quero deixar isso bem, bem claro. Se você já viu alguém fazer isso, tem mais experiência do que eu. Mas sei que o conselho geral é: deixe nas mãos dos profissionais, se possível... você pode causar mais danos se prender algo ou romper um tendão.

Dan fez uma careta, e Conor deu de ombros.

— Tudo isso é verdade. Mas há riscos em não tratar... Acho que depende de quanto tempo os profissionais vão levar para nos encontrar. — Um silêncio se instalou na mesa enquanto todos nós pensávamos naquela questão.

Então, Bayer falou:

— Foda-se, pode fazer.

— Tem certeza? — perguntou Conor.

— Sim, tenho certeza. Olhe para o mar. — Ele gesticulou em direção às ondas que ainda vinham do fundo do oceano. — Quem sabe quando eles vão conseguir voltar? E sou inútil assim.

— Você não é inútil — contestou Angel, mas Bayer se levantou.

— Esta é uma situação de sobrevivência, querida, e só um dos meus braços está funcionando.

— Ei. — Estendi a mão. — Ei, acho que não somos exatamente náufragos ainda. O barco está algumas horas atrasado...

— Algumas horas atrasado? — rebateu Bayer. — Mulher, você viu o mar ontem à noite?

Mulher? Cerrei os dentes e forcei a voz a permanecer calma.

— Sim, vi o mar. Eu estava lá fora, no casarão sobre a água, lembra?

— Ele não está errado — disse Joel. Sua voz era monótona, e todos nós ficamos em silêncio ao ouvi-la. — Não temos ideia se a tempestade não foi pior ainda nas outras ilhas.

Houve uma longa pausa. Eu podia ver todos se olhando e se perguntando... Um furacão tropical de verdade, que devastou quilômetros de litoral... quanto tempo levaria para o socorro chegar?

— Eles teriam previsto, não teriam? — disse Dan, incerto. Afastou a franja descolorida dos olhos, franzindo a testa. — Quer dizer... hoje em dia, são capazes de prever furacões com maestria.

— *Havia* uma previsão de tempestade — falei, meio relutante. — Ouvi alguns membros da tripulação conversando sobre isso. Perguntaram se podiam falar com Baz. Mas disseram que a tempestade só chegaria em alguns dias.

— Olha, vamos parar de tagarelar? — disse Bayer, impaciente. — A questão é que não *sabemos*. Não sabemos se o barco vai voltar, não sabemos quando conseguiremos chegar a um hospital, e de jeito nenhum vou ficar andando por aí com o braço pregado na lateral do corpo como um peixe morto. Sem falar que dói muito. — Estava dizendo a verdade. Havia gotas de suor na testa dele, apesar de a brisa forte pós-tempestade ainda soprar pela cabana.

— Certo — falou Conor, flexionando os dedos. — Se tem certeza, então vamos logo. É melhor tirar a camisa e se deitar.

Todos assistimos a Bayer tirando a camiseta de forma desajeitada, revelando uma extensão de pele bronzeada coberta de tatuagens tribais em tinta preta. Elas me lembravam das tatuagens falsas que fazíamos uns nos outros com canetas na aula de matemática, quando eu era adolescente... espirais entrelaçadas e sem sentido cobriam o peito e os braços, e pareciam projetadas sobretudo para mostrar que ele foi capaz de suportar tantas agulhas. Assim que tirou a camiseta, Bayer se abaixou no chão, com o xale de Angel sob a cabeça.

— Não me processe se eu estragar o seu ombro — falou Conor.

— Não vou — disse Bayer. Ele deu um sorriso doentio. — O que eu faço agora?

— Só tente relaxar. Vou pegar no seu braço... — Ele pegou o braço flácido e inchado de Bayer — ... e vou puxar bem devagar e com firmeza. Serei o mais gentil que puder, mas vai doer.

— Eu aguento — disse Bayer, mas o tom na voz dele não era convincente, e vi que tinha fechado os olhos. — Vá em frente, cara.

Conor sentou-se ao lado dele e apoiou um pé no tórax de Bayer. Então começou a puxar.

Por um segundo, nada aconteceu. Então Bayer deu um longo gemido de dor que, em poucos segundos, se transformou num grito incontrolável de agonia. Por um instante, ele se contorceu, claramente tentando arrancar o braço das mãos de ferro de Conor. Então, quando eu estava prestes a pular para intervir e gritar que Conor parasse, ouvi um *tump* horrível e estridente; não um estalo, algo mais surdo e profundo. Conor soltou o braço de Bayer e se levantou do chão, limpando a poeira da bermuda.

— Pronto. Bom trabalho.

Olhei para ele, incapaz de ficar nada além de um pouco impressionada. No lugar dele, eu estaria tão abalada e suada quanto Bayer, que estava deitado no chão, se contorcendo e ofegando de dor, com a mão direita agarrada ao ombro esquerdo. Mas Conor parecia completamente seguro de si.

— Desculpe — disse ele. — Deve ter doído à beça. Parece que é pior em pessoas com muitos músculos. Você deveria pôr uma tala ou algo assim, para garantir que não escorregue de novo.

— Meu Deus, cara — falou Bayer, grunhindo. — Você quase arrancou meu braço fora. — Ele ainda rolava no chão, segurando o braço. Angel se ajoelhou ao lado dele na poeira e o ajudou a se sentar. Bayer estava pálido e coberto de suor, mas o ombro estava de volta ao lugar, e, enquanto ele tateava para se levantar, apoiando-se na mesa com a mão direita, percebi que o braço esquerdo se movia com mais facilidade.

— Tenho alguns analgésicos na casa — disse Angel. — Se não tiverem sido levados pela ventania.

— Eu vou — falei. — Nossa casa... — Parei e me corrigi. *Minha* casa. — Está tudo bem lá. Sem danos causados pela tempestade, quer dizer, e eu com certeza tenho paracetamol. Ou talvez ibuprofeno, mas, se você estiver com hemorragia interna, não quer nada que afine o sangue. Como estão os hematomas?

— Doendo pra caramba, se é isso que quer dizer — respondeu ele, um pouco emburrado, e assenti.

— É, vão doer mesmo. E o Conor tem razão sobre a tipoia. Vou ver se encontro um cachecol ou algo assim.

— Então a sua casa está bem? — perguntou Conor. Assenti. Ele parecia pensativo. — As que ainda estão de pé... são a de Dan e Santana e a sua, certo?

— E o casarão Feliz para Sempre — falei. — Mas a passarela foi levada pelas ondas, então tem que nadar para chegar lá. E as outras?

— Bom, a de Joel e Romi se foi — disse Conor, contando nos dedos. — A de Bayer e Angel perdeu o telhado. E, na minha, todas as janelas foram quebradas na tempestade. Nenhuma está habitável, pelo menos no curto prazo. Precisamos garantir que todos tenham um lugar para dormir esta noite, e isso provavelmente significa mudar os colchões de lugar. E então...

Ele parou.

— E então? — perguntei.

— E então... precisamos cavar os túmulos.

Houve um silêncio repentino e sombrio. Foi como se, por um instante, tivéssemos quase esquecido a realidade do que acontecera na noite anterior — presos nos detalhes práticos do braço de Bayer e de onde dormir. Num breve momento, pareceu quase como se a noite tivesse sido um pesadelo — apenas outro cenário de reality show, um jogo de equipe que precisávamos trabalhar juntos para superar, usando todas as nossas habilidades para aumentar o prêmio.

Então Joel soltou um soluço engasgado e, de repente, tudo voltou a ser real.

Estava bem longe de ser um jogo.

Já faz dois dias desde que vimos o Over Easy, *e acho que estamos todos começando a ficar seriamente preocupados, embora todo mundo tente se controlar na frente dos outros.*

Durante o dia, nos mantemos ocupados — pescando, tentando consertar os casarões. A perna de Santana está melhor, o que já é alguma coisa. Mas a pergunta que todos nos fazemos em segredo é a mesma: e se eles não voltarem?

Ninguém teve coragem de dizer isso em voz alta ainda. Acho que todos sabemos que, assim que expressarmos a suspeita, ela se tornará real. Nem contei meus medos a Conor, mas consigo vê-los nos olhos dele, e sei que está fazendo o mesmo — tentando se manter forte por mim.

Mas a questão está lá, sob a superfície, nos corroendo, e piora à noite, quando se torna impossível ignorá-la. O que faremos se eles não voltarem?

CAPÍTULO 14

ESTÁVAMOS QUASE TERMINANDO o jantar improvisado de sanduíches, queijo e frios da geladeira que esquentava cada vez mais rápido, e as sombras estavam ficando mais longas, os mosquitos zumbiam e o sol começava a se pôr, quente, no mar cor de pêssego, quando Conor tocou no assunto de novo.

— Pessoal, acho que está na hora.

— Hora do quê? — foi Santana quem perguntou. Com a ajuda de Dan, ela havia mancado pelo caminho do casarão até a cabana e parecia surpreendentemente bem, embora eu continuasse olhando nervosa para a sua coxa. Não sabia bem o que estava procurando... sinais de infecção, talvez, não sabia dizer o que era. Lembrei que ela não estivera na discussão que tivemos antes.

— Hora de... enterrá-los — falei, olhando para Joel, que estava com a cabeça entre as mãos. Mal havia tocado na comida.

— Mas... nós com certeza não podemos fazer isso. — Santana parecia confusa. — Não deveríamos deixar os corpos para... sei lá. A polícia ou algo assim?

— Isso não é uma cena de crime, mulher — falou Bayer, irritado. Era evidente que a dor no ombro o incomodava, e ele estava puto com todo mundo. Mesmo apavorada, a pequena Zana, com olhos de Bambi, foi chamada de idiota quando bateu sem querer no ombro machucado dele ao lhe entregar um sanduíche. Conor não dissera nada, mas havia visto os músculos da sua mandíbula se moverem enquanto ele cerrava os dentes para não responder. Bayer estava bebendo — cerveja era um dos poucos líquidos que tínhamos além de água —, e dava para ver que estava puxando briga.

— Não é uma cena de crime — disse Santana —, mas ambas são mortes que não aconteceram naturalmente e presumo que isso signifique que terão que passar por uma autópsia.

— Pelo amor de Deus! — gritou Joel, como se não suportasse mais ouvir aquilo. Por um breve momento naquela tarde, achei que ele quase tivesse esquecido o que acontecera com Romi, que se iludia ao pensar que ela estava no barco com Nico e os outros. Mas ali, tudo estava voltando à mente dele de uma forma horrível.

— Sinto muito — disse Conor. Havia compaixão na voz dele, mas também firmeza. — E você tem razão, Santana, mas não podemos apenas deixar os corpos lá. Isso não é digno e, mais importante, não é seguro.

— Como assim, não é seguro? — Angel perguntou, olhando para cima de onde estava deitada, esticada no banco da cabana. Ao pôr do sol, ela parecia inacreditável e incongruentemente bela, os longos membros bronzeados brilhando sob os raios vermelho-dourados que se intensificavam. Na verdade, se você ignorasse a perna de Santana e o braço de Bayer, quase poderia acreditar que aquela cena era uma foto de um folheto de férias. *Paraíso tropical. Felizes para sempre.*

— Quer dizer, não queremos atrair predadores ou doenças.

Joel se levantou e saiu da mesa. Eu o via andando de um lado para o outro no fundo da cabana. Conor baixou a voz e falou com o restante de nós, tentando impedir que Joel ouvisse.

— Entre os insetos, os pássaros e o calor, se o barco não chegar logo, não sobrará muito de nenhum dos corpos para autópsia, e esta ilha não é grande o suficiente para ignorarmos um cadáver em decomposição. — Angel fez uma careta de nojo, mas Conor a ignorou e continuou: — As duas estarão em melhor estado se as enterrarmos em algum lugar agora, com dignidade. Podemos mostrar às autoridades onde elas estão quando nos encontrarem, se chegar a esse ponto.

— Acho que Conor tem razão — falei de maneira relutante, tentando manter a voz baixa para que Joel não ouvisse. — Não podemos deixá-las lá sem mais nem menos. E acho que... — Engoli em seco e olhei para o lugar onde Joel estava, a silhueta escura contra o céu vespertino. — Acho que talvez isso ajude Joel a se conformar.

* * *

NÓS AS ENTERRAMOS na beira da praia ao pôr do sol, primeiro a produtora e depois Romi, puxando seu corpo das mãos de Joel, como se ele não suportasse deixá-la ir, e a abaixando no buraco com toda a dignidade que conseguimos.

O sol estava se pondo no horizonte e os morcegos começavam a voar baixo no céu cor de pêssego enquanto Joel jogava os primeiros punhados de areia sobre o corpo dela. Zana, Santana e eu tínhamos feito o melhor possível com as duas mulheres, envolvendo-as em todos os lençóis que podíamos, enrolando-as em algumas voltas para tentar protegê-las ao máximo. A areia da ilha era fofa e, mesmo sem pás adequadas, Joel, Dan e Conor não demoraram muito para cavar dois poços fundos o suficiente para as covas.

No momento, estávamos todos parados na luz que se esvanecia. Joel chorava e cada um de nós tentava pensar no que dizer. De alguma forma, com a produtora tinha sido mais fácil; ela era uma completa desconhecida para a gente e, embora todos sentíssemos uma compaixão terrível pela sua morte solitária, sem um nome era difícil fazer com que o que tinha acontecido a ela parecesse real.

Mas, com Joel ali, o rosto coberto de sujeira e lágrimas, era impossível esquecer que uma pessoa de carne e osso jazia no fundo do túmulo de Romi; uma pessoa vibrante, viva e amada apenas doze horas antes.

No final, foi Santana quem falou, pigarreando e dando um passo à frente, ao olhar para o corpo sem hesitar.

— Eu não a conhecia tão bem, Romi, mas gostaria de ter conhecido melhor. Dava para ver que você era uma pessoa que amava a vida, e lamento muito que o seu tempo aqui tenha sido interrompido de forma tão cruel.

Houve um momento de silêncio, e então Dan deu um passo à frente.

— Romi, no pouco tempo que tive para conhecê-la, você iluminava o ambiente com seu sorriso, e sempre vou me lembrar dele. Descanse em paz.

Angel recitou um pequeno poema em francês, pelo menos presumi que fosse um poema, e então jogou no túmulo uma concha que havia pegado na praia.

Bayer e Zana disseram algumas palavras. Então, chegou minha vez.

— Sinto muito, Romi. — As palavras pareceram ficar entaladas na garganta. Eu tentava manter a mente em Romi, mas as imagens na minha cabeça eram todas de Nico, do *Over Easy* à deriva em águas profundas, Nico soluçando enquanto arranhava a pequena janela de vigia da cabine enquanto ela se enchia de água. — O que aconteceu... foi tão injusto. Queria que não tivesse acontecido com nenhum de nós. Queria que você tivesse tido mais tempo. Queria ter conhecido você melhor. Queria que nada disso estivesse acontecendo.

Minha garganta dava um nó, e eu sabia que estava à beira de lágrimas que não tinham nada a ver com Romi e tudo a ver com Nico e com a nossa própria situação na ilha. Por que viemos? Pela fama? Por algum sonho de estrelato imerecido? Que preço estávamos pagando por isso!

Estava pensando no que fazer, no que mais dizer, quando Conor se aproximou. Ele apertou minha mão por um instante e depois a soltou.

— Descanse em paz, Romi — disse ele, em voz baixa. — Você jamais será esquecida por nenhum de nós.

— Adeus, Romi — falou Joel. Sua voz estava rouca. — Me desculpe. Me desculpe por tudo isso. Me desculpe por não ter sido um namorado melhor, me desculpe por não ter conseguido impedir isso. Eu amo você...

Sua voz falhou, e então ele empurrou um monte da areia acumulada sobre o corpo dela e caiu de joelhos, chorando sem parar.

Foi Santana quem o levou embora, enquanto Bayer, Dan e Conor enchiam a cova. Zana havia feito duas pequenas cruzes de madeira e rabiscado o nome de Romi numa delas. Ela as colocava sobre os túmulos suavemente arredondados, e vi uma única lágrima escorrer pelo rosto dela.

— Não sei por que estou chorando — disse ela, bem baixo, mais para si mesma do que para mim. — Eu mal as conhecia.

Mas eu sabia por que ela chorava. Era pelo mesmo motivo que eu. Ela estava chorando por Romi, sim, e pela mulher sem nome deitada ao lado dela na areia. Mas também chorava por todos nós.

CAPÍTULO 15

— **OLHA, EU ACHO QUE** precisamos nos organizar — Conor falou.

Estávamos sentados ao redor da cabana no frescor da manhã, ouvindo o canto dos pássaros e o grito dos papagaios, terminando um café da manhã afanado das caixas quebradas no alojamento dos funcionários. Tivemos que jogar os sanduíches fora, mas havia croissants, salada de frutas em lata e brioches. Eu já estava ficando farta de brioche, e só tinham se passado dois dias.

— Como assim? — Dan ergueu os olhos da tigela, de onde pegava o restante da salada de frutas com um pedaço de muffin. — Nos organizar para quê? Eleições locais?

Bayer riu, mas Conor o ignorou.

— Precisamos saber o que nos espera. Não sabemos quanto tempo ficaremos aqui... — Ele levantou a mão quando um protesto irrompeu, vozes exclamando que não poderia ser *tanto* tempo assim. — Eu sei, eu sei, mas, vejam, já estamos no terceiro dia desde que o barco zarpou. Acho que temos que torcer pelo melhor e nos preparar para o pior. E o pior cenário é ficarmos presos aqui por um tempo. Então, o melhor é nos planejar, mesmo que a gente torça pelo contrário. Precisamos saber quanta água temos, quanta comida, se temos algum meio de contato com o continente. Talvez alguém tenha deixado um celular num dos barracos.

Levantei a mão e, em seguida, incomodada com a minha própria subserviência, abaixei e falei:

— Tem um rádio.

Conor levantou uma sobrancelha.

— Ele funciona?

— Parece que sim. Não sei quanto tempo a bateria vai durar. Já tentei transmitir alguma coisa, mas ninguém respondeu.

— Certo, vamos terminar aqui e depois ir ao alojamento dos funcionários ver o que está acontecendo. Você pode nos mostrar como o rádio funciona, e aí podemos fazer um inventário completo para ver com o que estamos lidando. Bayer, você pode ajudar?

Bayer assentiu. Seu braço estava roxo de hematomas sob as tatuagens, mas ele conseguia movê-lo sem problemas.

— Santana, é melhor você ficar aqui, para ficar de olho em tudo.

— Tem certeza? — Santana parecia aliviada e decepcionada. — Eu *consigo* andar, sabe?

— Eu sei, mas a última coisa de que precisamos é que a sua ferida se abra. Lyla fez um trabalho incrível, considerando tudo, mas não vamos abusar da sorte.

Mais acenos. Levantei-me, sentindo os músculos doloridos das costas e dos braços se esticarem. Eu estava mais tensa do que imaginava, cerrando os punhos contra um medo silencioso.

Torcer pelo melhor... planejar para o pior. A questão era: quanto as coisas poderiam piorar? E a resposta, eu começava a achar, era que elas poderiam ficar bem ruins.

DESCOBRIMOS QUE ESTÁVAMOS lidando com muita coisa e também... pouca. Tínhamos água engarrafada, algumas centenas de litros, numa contagem aproximada, embora já tivéssemos bebido uns bons vinte ou trinta litros — uma quantidade preocupante em apenas dois dias. Havia ainda papel higiênico e alguns produtos básicos de limpeza. E tínhamos comida, embora não muita. Tudo o que era perecível havia estragado com o calor sufocante — os sanduíches se transformaram em montes infestados de formigas, o queijo e os frios ficaram tão rançosos que Angel quase vomitou ao abrir e fechar rápido a porta da geladeira.

O que nos restou foram alimentos secos e enlatados. Isso significava batata chips e pretzels, biscoitos e uma pilha de caixas cheias de doces e brioches. Havia pouquíssima coisa fresca, além da salada de frutas enlatada. Também tínhamos um pouco de cerveja e vinho — embora não muito; estava claro que Baz não confiava na gente o suficiente para deixar a maior parte do álcool na ilha — e o rádio.

O lado negativo era que não havia suprimentos de primeiros socorros além do que cada um de nós havia trazido, e a infraestrutura da ilha parecia mais danificada do que qualquer um de nós era capaz de consertar. Perto da linha da água, Conor havia descoberto uma cabana destruída, cheia de tanques e equipamentos que se pareciam com os restos de uma usina de dessalinização, e a energia ainda estava desligada. Não tínhamos ideia de como a eletricidade era fornecida à ilha antes da tempestade — se havia painéis solares, não conseguíamos vê-los, e um cabo subaquático parecia improvável, dada a distância em que estávamos da ilha grande mais próxima. De qualquer maneira, havia um forte cheiro de diesel nos alojamentos da equipe e, perto da usina de dessalinização destruída, era possível ver um pequeno lago de óleo iridescente se espalhando sobre a superfície das ondas. Se o galpão de dessalinização abrigava o gerador reserva, não podíamos mais contar com ele.

Os animais já tinham começado a vasculhar as caixas quebradas; então, seguindo as instruções de Conor, empacotamos o restante da comida e levamos para a cabana.

— Quem morreu e fez dele o nosso líder? — resmungou Bayer enquanto nós dois começávamos a segunda caminhada pela floresta, segurando sacolas plásticas de comida: batata chips, bolos e biscoito cheio de aditivos que nunca tive permissão para comer quando criança. Não falei nada. Não podia culpar Conor por assumir o controle. Alguém tinha que fazer isso, e tudo o que ele havia sugerido era sensato. Precisávamos fazer um inventário da comida e mantê-la longe de pássaros ou ratos. Mas também não podia culpar Bayer por estar com raiva. Estávamos todos exaustos. Fazia um calor sufocante, eu sentia as costas queimando através do algodão fino da camisa e o suor escorrendo entre os seios, e sabia que o braço de Bayer devia estar doendo muito. Mais do que isso, Conor estava nos fazendo encarar algo que nenhum de nós queria admitir: a possibilidade de o *Over Easy* não vir nos resgatar tão cedo.

Angel mencionou o assunto com um acesso de raiva nas ruínas dos alojamentos dos funcionários quando Conor ordenou uma terceira viagem até a cabana.

— Por que estamos fazendo isso? — gritou ela. — O barco vai voltar em algum momento, e então *je fous le camp aussi vite que possible.*

— E se ele não vier? — perguntou Conor agradavelmente.

— O barco *tem* que voltar — repetiu Angel, teimosa. — Não vou carregar mais nenhum pacote de comida. E você não é o chefe desta ilha para mandar em mim!

— Se quiserem comer, carreguem — disse Conor. O tom dele era inexpressivo e, na superfície, a voz soava bem prática, mas havia uma ameaça oculta que fez o grupo se calar. Bayer deu um passo à frente.

— Não fale assim com a minha mulher — rosnou.

Conor se virou para ele e sorriu, mas era um sorriso sem alegria, que não alcançava seus olhos claros.

— Então ela deve se beneficiar do trabalho duro de todos os outros enquanto não faz nada?

— É Santana quem está fazendo isso — disse Bayer. Ele se posicionava contra Conor, os músculos dos ombros e do pescoço se destacando.

— Santana tem um corte de quinze centímetros na perna, seu idiota — retruquei.

Assim que as palavras saíram da minha boca, me arrependi. Aquilo era verdade, e não havia motivo para Angel não conseguir se esforçar como todos nós, mas eu sabia que, no fundo, não era por isso que ela se recusava a levar a comida — não era preguiça, era o terror do que aquele nível de preparação significava, uma recusa a encarar a possibilidade.

Mas Bayer não estava interessado em psicanálise.

— Me chamou de quê? — grunhiu.

— Ei! — Joel se adiantou, com as mãos estendidas. — Cara, calma. Olha... — começou ele e se virou para Conor — ... talvez devêssemos fazer uma pausa, servir comida para todos e terminar à tarde, quando estiver menos quente.

Conor olhou para o céu, como se estivesse calculando o tempo, então deu de ombros e assentiu.

— Certo. Não é má ideia.

— E, antes de irmos, vamos tentar entender esse rádio... — disse Joel.

Conor assentiu de novo.

— Onde você disse que ele estava, Lyla?

— Naquele barraco ali. — Apontei e nos movemos, um pequeno grupo maltrapilho, irritado e com calor, para dar outra olhada.

Dentro do barraco estava escuro e quase fresco depois do sol escaldante lá fora. O rádio ainda estava lá, a luz LED ainda brilhava em verde, e, quando peguei o fone, o visor acendeu como antes. Daquela vez, notei que havia fios saindo da parte de trás, levando a algo que parecia muito uma bateria de carro.

— Alguém já usou um desses antes? — perguntei. Todos balançaram a cabeça, e senti o coração afundar um pouco. — Eu também não. Basicamente chutei como funcionava. Mas olha, isso aqui... — girei o botão que fazia a estática aumentar e diminuir — ... parece ser algum tipo de controle de volume, e você aperta este botão no receptor para transmitir. Mas isso — apontei para outro botão —, acho que é para mudar o canal. O problema é que não tenho ideia de qual canal devemos usar. Deixei no canal predefinido porque pensei que seria o que o *Over Easy* estaria monitorando, mas, se eles não estiverem por perto, talvez devêssemos usar um canal de emergência.

— E qual é o canal de emergência? — perguntou Angel, um pouco irritada. Dei de ombros, na defensiva.

— Não faço ideia. Esse é o problema.

Houve uma longa pausa.

— Olha — disse Joel por fim —, acho que a única coisa que podemos fazer é tentar o máximo possível. Trocar de canal e repetir a mensagem toda vez, com o máximo de informação que pudermos. Concordam?

— É... sim — falei, relutante —, mas o rádio é alimentado por uma bateria e não temos ideia de quanta carga resta. — Apontei para a bateria laranja robusta embaixo da mesa, os fios do rádio enrolados nos terminais. — Então, vamos ter que encontrar um equilíbrio entre transmitir o mais amplamente possível agora e economizar alguma carga caso...

Caso precisássemos do rádio nos próximos dias e semanas, era a mensagem implícita, mas eu não queria dizê-la. Se a tempestade ainda estivesse circulando pela costa da Indonésia, era perfeitamente possível que todos os barcos e embarcações de pesca estivessem atracados no porto, esperando em segurança. Poderíamos ter uma chance de mais barcos passarem em alguns dias. Mas, se tivermos usado toda a bateria antes disso, teríamos dado um tiro no pé.

— Vocês dois têm razão — disse Conor por fim, decidido. — Joel, fique aqui e transmita um chamado de socorro em meia dúzia de frequências diferentes, veja se consegue alguma resposta. Se conseguir, anote quais foram. Se isso não funcionar, desligamos o rádio para economizar energia e tentamos outra vez amanhã. Lyla, você rolou a tela para ver se conseguia ouvir alguma coisa?

— Hum... não — respondi, um pouco envergonhada. Assim que Conor disse aquilo, pareceu muito óbvio. Claro, se havia um canal que as pessoas já estavam usando, fazia sentido anunciar por ele. — Não, não pensei nisso.

— Bem, talvez seja uma boa ideia começar por isso, ver se conseguimos captar alguma coisa. Se não conseguirmos, escolha algumas frequências que você consiga lembrar, Joel, e tentaremos outras amanhã.

— Certo — disse Joel. Ele pegou o fone e começou a girar o botão, ouvindo com atenção enquanto a estática aumentava e diminuía.

— O restante de nós vai levar mais uma leva de suprimentos para a cabana e depois faremos uma pausa para o almoço.

Joel assentiu. Ele já havia percorrido todo o espectro do botão e, enquanto nos afastávamos do alojamento para pegar mais suprimentos, pude ouvi-lo começar a transmitir.

— Alô, meu nome é Joel Richards, esta é... meu Deus, nem sei mais. Talvez a nossa terceira ligação de emergência? Por favor, se podem nos ouvir, mandem ajuda urgente. Estamos presos numa ilha a mais ou menos catorze horas a sudoeste da Indonésia. Catorze horas de barco, na verdade... viemos para cá de barco. Ele desapareceu com a tempestade e não sabemos o que aconteceu com a tripulação. Tem gente aqui com ferimentos graves, correndo risco de vida, e minha namorada... meu Deus... minha namorada... Olha, por favor, esta é uma ligação de emergência. Se alguém puder nos ouvir, por favor, responda ou mande ajuda. Não sabemos quanto tempo mais vamos sobreviver.

Sua voz foi ficando mais fraca quando peguei uma caixa de salada de atum em lata e coloquei alguns croissants embalados a vácuo por cima.

— Tem gente aqui com ferimentos sérios... — disse ele enquanto eu me afastava da clareira, subindo o caminho até a cabana. — Se alguém puder nos ouvir, por favor, responda ou mande ajuda. Não sabemos quanto tempo mais vamos sobreviver.

Hoje é 17 de fevereiro, três dias desde a tempestade, e acho que a gravidade da situação em que nos encontramos começou a se fazer sentir. Algo deve ter acontecido com o barco — o que é um pensamento assustador.

Ontem tivemos uma reunião em grupo e somamos todos os nossos suprimentos de água e comida. Bayer calculou que temos pouco mais de duzentos litros de água, além do líquido das latas e o que pudermos coletar de cocos e assim por diante. Não é muito. Mesmo se nos limitarmos a um litro por dia — o que, segundo Lyla, é quase o suficiente para sobreviver num calor como este —, estamos falando de oito litros por dia, o que equivale a um suprimento para cerca de 25 dias. Menos de um mês.

Hoje foi o primeiro dia em que experimentamos a nova distribuição, e, meu Deus, como foi difícil. O café da manhã correu bem, mas à noite eu estava com tanta sede que não conseguia pensar em nada além de água. Fantasiava sobre água, sobre tomar grandes goles de uma jarra ou ficar debaixo do chuveiro e deixar a água escorrer pelo corpo. Tínhamos combinado de começar a distribuir à noite, quando o sol atingisse uma palmeira alta a oeste da ilha; mas, enquanto o observávamos avançar devagar sobre a floresta, quase desabei e implorei pela minha parte mais cedo. Acho que, se não fosse por Conor, eu teria feito isso — mas ele me ajudou a superar. Jogamos este jogo: fechei os olhos e me imaginei andando pelos cômodos da casa da minha infância, descrevendo cada um para ele. Parecia tão incrivelmente real. Quando abri os olhos, percebi que o sol estava quase se pondo, tocando a ponta da palmeira.

Quase corri para a cabana. Nunca fiquei tão feliz em ver alguém na minha vida quanto Bayer distribuindo os copos de água.

Estou com medo de como vai ficar ainda mais difícil. Mas não consigo pensar nisso ainda. Alguém virá. Alguém tem que vir.

CAPÍTULO 16

QUANDO ACORDEI NO dia seguinte, senti uma desorientação completa, seguida por uma onda de pavor.

A desorientação veio da percepção de que eu não estava na minha cama, nem mesmo *numa* cama, e sim deitada num colchão no chão do Retiro da Floresta, cercada pelos roncos de Joel, Dan e Santana.

A onda de pavor veio quando percebi que mais vinte e quatro horas haviam se passado, e não havia nenhum produtor batendo na porta da casa e perguntando se estávamos bem, nem Camille ofegante subindo o caminho que vinha da baía. A cada hora que passava, parecia mais provável que algo terrível tivesse acontecido tanto com o *Over Easy*... quanto com Nico.

Não tinha certeza de quão cedo era, mas o pensamento havia afastado todo o sono, então me levantei, calcei os sapatos e saí da casa em silêncio, fechando a porta atrás de mim.

A primeira coisa que fiz foi caminhar até a outra margem da ilha, onde o barco havia ancorado naquele primeiro dia, na tênue esperança de que ele pudesse estar, se não ali, pelo menos visível como uma forma distante. Mas não havia absolutamente nada — nem mesmo um barco de pesca no horizonte —, apenas um azul ininterrupto até onde a vista alcançava e, lá no alto, uma única trilha de avião manchando o céu escaldante.

Senti toda a esperança se esvair de mim.

— Observando o horizonte também? — disse uma voz atrás de mim, e me virei para encontrar Conor parado ali, de peito nu. Ele estava com a mão levantada, protegendo os olhos, e o movimento fez as asas de águia se esticarem e ondularem pelo torso dele como um pássaro prestes a alçar voo.

— Meu Deus, você me assustou.

— Desculpe. Tive a mesma... bem, não quero dizer esperança, porque não tenho certeza se acreditava mesmo que haveria algo ali, mas eu precisava conferir.

— O que vamos fazer, Conor? — falei abruptamente. Fiquei surpresa com o desespero na minha voz. Eu vinha me esforçando muito para controlar o terror, manter o foco na praticidade de resolver cada obstáculo que surgia, mas aquele azul implacável era, de alguma forma, pior do que qualquer coisa que eu tivesse imaginado. Azul, simplesmente azul até onde a vista alcançava. Nem um barco, nem uma ilha, nem mesmo um pedaço de madeira flutuante. — Se o barco não vier, quero dizer? Que porra a gente faz?

Conor deu de ombros.

— Nós... sobrevivemos, acho. É tudo que podemos fazer. Alguém vai vir nos procurar em algum momento. Eles devem saber para onde estávamos indo.

— Você acha?

— Sim. Baz alugou esta ilha de alguém. Tem que haver uma produtora no Reino Unido. Quando não souberem de nada, *alguém* vai verificar, seguir as pistas.

— E quanto tempo isso vai levar? Ainda mais se a tempestade tiver sido tão forte ou pior no continente. Eles podem não ter recursos locais para sair à procura de um bando de participantes idiotas de um reality show.

— Não sei — disse Conor, em voz baixa. — É óbvo que não desejo que esse furacão não tenha sido tão destrutivo, mas se não foi um grande problema nas outras ilhas... bem, digamos assim, estou quase mais preocupado com essa possibilidade.

— Como assim? — Fiquei intrigada. — Você está preocupado que a tempestade *não* tenha sido ruim o suficiente? Isso não faz sentido.

— Quer dizer, se a tempestade fosse um grande problema, teria virado notícia no Reino Unido. As pessoas iam querer saber que estamos bem e, quando não conseguissem entrar em contato com Baz, começariam a ficar preocupadas. Os familiares começariam a fazer um estardalhaço. Entrariam em contato com a Real TV. Mas se for apenas um problema local...

— Merda. — De repente, minhas mãos ficaram frias, apesar do calor crescente do dia. — Se ninguém no Reino Unido sabe o que aconteceu, não tem como enviar buscas.

— Exatamente. Quer dizer... quanto tempo as filmagens deveriam durar? Seis semanas? Oito? E dissemos a todos que não esperassem notícias nossas enquanto estivéssemos na ilha. Se não tiverem notícias nossas por alguns meses, você acha que vão ficar preocupados? Ou vão apenas achar que chegamos até a dupla vencedora?

— Acho que o meu chefe ficaria — falei, devagar. — Preocupado, quero dizer. Só tirei duas semanas de folga. — Mas, mesmo enquanto dizia essas palavras, me perguntei... será que ele ficaria mesmo? Ou só pensaria que eu me desanimara com o trabalho e desistira? E mesmo que ele *ficasse* preocupado, saberia quem contatar? Eu tinha contado a ele alguma coisa sobre a produção? Ele poderia ligar para a minha mãe, supus. Ela estava listada como parente mais próxima no banco de dados de pensões da universidade. Sabia sobre o programa e sobre o meu plano de sair mais cedo, mas também sabia que deveria durar até dez semanas. E se ela achasse que eu tinha mudado de ideia e decidido ficar? Pensei na breve mensagem de WhatsApp que enviei antes de abrir mão do telefone, dizendo que não teria como entrar em contato por algumas semanas e que não se preocupasse se não tivesse notícias minhas. Fora incrivelmente idiota.

— Com certeza Baz deve estar falando com alguém... — falei por fim. — Ele deve estar mandando imagens para casa, não acha?

— Não sei — disse Conor. — Não faço ideia.

— Mas você o conhecia, não é? — perguntei, embora tenha percebido, enquanto ainda dizia as palavras, que haviam escorregado para o passado, um passado que ainda não estava pronta para aplicar a Nico.

— Baz? — Pela primeira vez, o olhar de Conor desviou-se do meu rosto e foi em direção ao horizonte. Na luz forte, suas pupilas se contraíram como pontinhos, e os olhos pareciam quase um cinza-gelo puro. Era tão óbvio que eu estava falando de Baz que a pergunta pareceu incongruente, como uma forma de se dar tempo para pensar na resposta. — Quer dizer... é, mais ou menos. Tínhamos... amigos em comum, acho. Mas isso não garante nossa sobrevivência.

Nossa sobrevivência. As duas palavras pairaram no ar, afastando qualquer outro pensamento. Ninguém havia exposto isso de forma tão direta até então — mas era verdade, era disso que estávamos falando. Nossa vida ou morte, tudo ou nada, a sobrevivência na última jogada de dados.

E por baixo de tudo aquilo estava a verdade tácita de que, se o barco não chegasse, queria dizer que Nico provavelmente já estava morto.

Passei as mãos pelo cabelo emaranhado de sal como se pudesse tirar o pensamento da cabeça.

— Quanto tempo você acha que a gente consegue sobreviver? — perguntei, para me distrair tanto dos pensamentos sobre Nico quanto de qualquer outra coisa. Conor deu de ombros.

— Depende do que conseguirmos coletar da ilha. Bananas. Cocos. Peixes. Talvez morcegos, se conseguirmos pegá-los. Você já viu aqueles morcegos-da-fruta pendurados nas árvores à noite? Eles são enormes... do tamanho de um coelho.

Morcegos. Até a ideia me deu uma pontada de repulsa, mas eu sabia que, de certa forma, ele poderia estar certo.

— Mas temos um monte de comida — falei, tentando não parecer que estava retrucando. — Quer dizer, temos caixas e caixas de brioche e croissant, e todas aquelas latas. Sei que não é exatamente comida gourmet, mas...

— Somos oito — disse Conor, sem rodeios. — Oito. Então, mesmo que nos limitemos a alguns pedaços de carboidrato e uma lata de alguma coisa por dia, ainda dá bem mais de cem bagels ou algo assim por semana. Fiz uma contagem aproximada e estamos falando de... algumas semanas. Se tanto.

Senti a cor sumir do rosto. Quando ele colocava daquela forma... nossa situação era gritante. Eu não tinha contado também, mas duvidava que houvesse mais do que algumas centenas de muffins e bolinhos, e provavelmente menos do que isso de latas. Além de que dois doces por dia não pareciam muito para sobreviver. A questão do que aconteceria quando ficássemos sem comida era algo em que eu não queria pensar. Mas Conor ainda estava falando.

— Na verdade, estou mais preocupado com a água. Deveríamos beber no mínimo dois litros por dia, mais ou menos, mas digamos que a gente consiga sobreviver com um; o que não vai ser divertido com este calor, mas dá para nos manter vivos. São oito litros para todos nós, pouco menos de duas daquelas garrafas grandes de água por dia. E acho que não temos mais do que umas quarenta delas. Bebemos pelo menos três ontem, talvez quatro. Então estamos falando de...

— Cerca de três semanas — terminei. Senti um vazio no estômago. Pensei nos litros de água que joguei fora ao enxaguar a perna de Santana e me senti um pouco enjoada. — A menos que a gente consiga fazer a usina de dessalinização funcionar.

Conor balançou a cabeça.

— Você deu uma olhada nela? Faltavam pedaços enormes de coisas que devem ter sido levados para o mar. Acho que nem um engenheiro conseguiria fazer aquilo funcionar. Mas deveríamos instalar reservatórios de água e coisas assim, caso chova.

Nós dois olhamos para o céu sem nuvens. Não parecia haver muito a dizer. Engoli em seco. De repente, estava com muita sede.

DE VOLTA À CABANA, os outros tinham acordado e estavam ocupados preparando o café da manhã. Havia uma pequena fogueira ardendo na areia, próxima ao canto do deque, e Dan e Santana bebiam xícaras de algo que parecia e cheirava muito a café. Angel estava mexendo numa lata de salada de frutas, e Bayer havia desatarraxado a tampa de uma das garrafas de água e bebia direto do gargalo, com a água escorrendo pelo queixo. Joel mordiscava um brioche. Do outro lado da clareira, um pássaro estava pousado numa árvore, mordiscando um brioche que devia ter roubado quando ninguém estava olhando. Só Zana não comia nem bebia nada.

— Olha, encontrei café! — disse Santana enquanto nos aproximávamos, erguendo a xícara. — Querem um pouco?

— Largue isso — disse Conor secamente. Santana abaixou a xícara de café.

— Como é?

— Você não, ele. — Acenou para Bayer, que abaixou a garrafa de água com uma lentidão ameaçadora.

— O *que* você disse? — Sua voz estava cheia de uma agressividade reprimida que me fez parar de subir os degraus, mas Conor nem piscou. Ele caminhou até a mesa e se sentou, com uma expressão calma.

— Olha, a gente deveria ter conversado sobre isso ontem à noite, mas precisamos começar a racionar os suprimentos. Principalmente a água. Lyla e eu estávamos lá na enseada. Não tem sinal do barco, e a gente tem que presumir que vamos ficar nessa por muito tempo.

— Como assim, principalmente a água? — Angel arqueou uma sobrancelha. — Temos litros e litros de água. Passamos o dia todo carregando essa porcaria do alojamento dos funcionários.

— Na verdade, não temos tanto assim — respondi, um pouco tímida. Sentei-me ao lado do Joel. — Conor e eu estávamos fazendo as contas e... ele tem razão. Vamos precisar de uns oito litros por dia só para sobreviver. Nesse ritmo, vamos acabar com a água em duas ou três semanas.

— Desculpe, mas oito litros é algo ridículo — disse Santana, sorrindo. — Nem o maior fanático por hidratação beberia tanto. Não precisamos nos lavar com água engarrafada, podemos usar o mar para isso.

— Não oito litros por pessoa — explicou Conor. — Oito litros para *todos* nós. Um litro cada. Por dia.

— O quê? — Dan pareceu confuso. — Mas... é o suficiente para a gente sobreviver? Com este calor?

— A menos que chova, vamos ter que nos virar. Andei por toda a ilha, e não tem nenhuma fonte de água.

— Poderíamos cavar um poço? — disse Santana, incerta. Conor balançou a cabeça.

— Somos basicamente um grande banco de areia no meio do oceano. Qualquer poço será de água do mar, e já temos bastante disso.

— Porra. — Bayer bateu a garrafa grande na mesa com tanta força que a água espirrou e salpicou. Todos estremeceram. Peguei Joel olhando para as gotas, observando-as evaporarem na superfície quente da madeira.

— Temos as latas de salada de frutas — disse Conor. — Elas têm uma boa quantidade de líquido que podemos usar para substituir a água. Mas chega de café. — Ele apontou com a cabeça para as xícaras de Santana e Dan. — Desperdiça muito no pó.

— Mas, espere — falou Santana —, duas ou três semanas, o barco *tem* que estar de volta até lá, não é?

Troquei um olhar com Conor.

— Eu acho... — Ele falava devagar, e pela primeira vez tive a impressão de que Conor não tinha certeza de como colocar em palavras o que queria dizer. — Acho que se o barco estivesse vindo... já teria chegado.

Houve um burburinho instantâneo de protestos e descrença, e Conor levantou a voz, falando mais alto que os outros.

— Desculpe, sei que não é o que ninguém quer ouvir; mas, para onde quer que estivessem indo, deveriam chegar lá e voltar em doze horas. Já se passaram mais de trinta e seis horas desde que partiram, e o mar está calmo como um lago há vinte e quatro horas. Mesmo dando um tempo extra generoso por terem se desviado do curso, se estivessem vindo, já teriam chegado.

— E se o barco estiver danificado? — contestou Santana. — Eles podem ter tido que parar para reparos.

— Então por que não enviaram ajuda?

— Talvez estejam todos ocupados! Ou talvez tenham ficado sem combustível e estejam flutuando em algum lugar, esperando que alguém os encontre. Ou talvez...

— Talvez, talvez, talvez — disse Conor, impaciente. — Há um monte de explicações possíveis, mas nenhuma delas é certa o suficiente para arriscarmos a nossa sobrevivência. — Sobrevivência. A mesma palavra que tinha usado na praia, e ouvi-la pela segunda vez me deu o mesmo choque. — Temos que agir como se eles *não* fossem vir, senão, daqui a uma semana, poderemos estar aqui sentados, olhando para uma fileira de garrafas vazias.

— Mas qual é o plano no longo prazo? — Era a voz de Zana, tão inesperada que todos nos viramos para olhá-la. Ela estava sentada na ponta da mesa e parecia ainda mais magra e frágil do que na noite anterior, com uma espécie de desespero e medo nos olhos que me fizeram estremecer. — Quer dizer, o que você está dizendo faz sentido. Mas que diferença faz se estivermos aqui em uma semana, olhando para as garrafas vazias, ou em três semanas? De qualquer forma, estamos ferrados.

— Isso nos dá mais tempo — falou Conor. Foi até a outra ponta da mesa e pegou uma das mãos dela. — Em três semanas, tudo pode acontecer. Um barco de pesca pode passar. Alguém no Reino Unido pode descobrir que há algo de errado e alugar um helicóptero. Pode *chover*.

Houve um longo silêncio. Então Joel passou as mãos pelos cabelos, que ficaram arrepiados, duros e emaranhados de sal.

— Porra. Espero que você tenha razão. Espero mesmo que você tenha razão.

Hoje é quarta-feira, dia 21 — exatamente uma semana desde a tempestade. Quando acordei esta manhã e o barco ainda não estava lá, senti... sei lá. Algo próximo ao desespero. Uma semana. Mesmo que o barco tivesse quebrado, com certeza já teriam alertado alguém. Algo terrível deve ter acontecido.

Se eu parar para pensar muito nisso, acho que vou enlouquecer. A única coisa que me mantém sã é o fato de estar aqui com Conor. Ele é tão calmo, tão forte, mesmo numa situação como esta. E também é prático. Foi ele quem pensou em reunir toda a comida e água dos alojamentos dos funcionários e calcular por quanto tempo poderíamos racioná-las para sobreviver.

Estou escrevendo isto no casarão sobre a água — é onde estamos morando agora, eu e Conor. Não é o ideal, o píer está muito instável, mas só restaram três casarões de pé depois da tempestade — o nosso, o de Lyla e o sobre a água, então não tínhamos muita escolha. De certa forma, permanecer na nossa casa original teria feito mais sentido para mim e Conor, mas Bayer deslocou o ombro na tempestade e, desde então, não tem se saído muito bem.

Tivemos uma conversa particular, Conor e eu, e ele perguntou se eu estaria disposta a oferecer a nossa casa a Bayer e Angel — dar espaço aos dois e dar a Bayer um pouco de paz e tranquilidade para se recuperar. Não sou muito fã de água, mas concordei que não seria bom para Bayer tentar vir aqui todas as noites. Se ele caísse, não sei se conseguiria nadar com o ombro machucado.

Então, apesar das minhas dúvidas, concordei com a ideia de Bayer e Angel ficarem no Descanso da Palmeira. E sabe de uma coisa? Ainda bem que fiz isso. A casa sobre a água... é linda. E, de alguma forma, aqui fora, cercada pelas ondas, não tenho mais tanto medo. Mas o verdadeiro motivo pelo qual disse "sim" foi por Conor. Ele me faz querer ser uma pessoa melhor. Meu Deus, como eu o amo.

CAPÍTULO 17

NOS DIAS SEGUINTES, entramos num ritmo inquieto. De manhã, nos reuníamos na cabana para o café, depois alguém, em geral eu ou Joel, voltava para os alojamentos dos funcionários a fim de testar o rádio. Passávamos o restante do dia pescando, explorando a ilha e, então, conforme o calor piorava, todos se recolhiam à sombra dos casarões durante a tarde, jogando cartas, dormindo e tentando ignorar a sede crescente — esperando impacientemente que o sol tocasse as folhas do que havíamos começado a chamar de Palmeira da Água na ponta da ilha, quando Conor distribuía a porção da noite.

Conor, Zana, Angel e Bayer pareciam, a princípio, ter se estabelecido no Descanso da Palmeira, a casa que Nico e eu ocuparíamos, mas, depois da discussão entre Conor e Bayer durante o café da manhã, rapidamente ficou claro que esse não seria um acordo duradouro.

Eu já esperava que um casal se juntasse para começar a reformar um dos casarões destruídos — provavelmente Bayer, já que ele parecia o mais insatisfeito com o arranjo atual e, de fato, havia passado duas noites no Penhasco do Oceano em ruínas, dormindo sob as estrelas. Mas o que de fato aconteceu foi bem diferente — algo que nenhum de nós havia previsto.

Só percebemos quando nos reunimos na cabana para jantar certa noite, e foi Santana quem avistou. Ela estava debruçada no parapeito da cabana, observando o pôr do sol, quando soltou um grito.

— Espera, quem está reconstruindo a passarela?

— Eu — disse Conor com um sorriso. — Com ferramentas de homem das cavernas: uma pedra e pregos que recolhi por aí, mas está funcionando. Mais ou menos.

Todos nos amontoamos junto à parede para olhar, e vi que Santana tinha razão — alguém, provavelmente Conor, havia vasculhado a praia em busca das partes do deque arrastadas pela água e fixado as peças de volta nas escoras verticais que haviam sobrevivido à tempestade. Não estava nem de longe perfeito — havia algumas brechas bem grandes, e as tábuas estavam quebradas e eram irregulares. O corrimão de corda havia desaparecido há muito tempo com as luzes penduradas. Mas era possível voltar para o casarão Feliz para Sempre sem nadar.

— Zana e eu vamos dormir lá — falou Conor. Ele se virou para Bayer e assentiu de leve. — Você pode ficar no Descanso da Palmeira.

— Ah, posso? — disse Bayer, de forma amarga. Ele tinha encontrado cerveja e estava bebendo. Deu para sentir o cheiro da bebida no seu hálito no instante em que nos sentamos à mesa com ele, e Dan e eu discutimos baixinho se a cerveja estava incluída na cota de líquidos e, se não, como colocá-la, antes de decidirmos que aquele não era o momento.

— Bayer... — alertou Angel, apaziguadora. Colocou uma das mãos na perna do namorado, que rosnou e se virou.

Eu estava olhando para Zana, sentada na outra ponta da mesa, de mãos dadas com Conor. Ela parecia pálida e arrasada. Não pude deixar de me lembrar do terror visceral que demonstrou ao chegar ao casarão Feliz para Sempre pela primeira vez. Como ela se viraria numa passarela frágil e improvisada?

— O que acha disso, Zana? — perguntei, e ela estremeceu.

— Acho ótimo. — Sua voz era monótona e tão fraca, que mal consegui ouvi-la. Parecia achar aquilo horrível, na verdade. Olhei, curiosa, para Conor, a fim de ver o que ele pensava de tudo aquilo, mas não houve resposta. Será que Conor não sabia sobre a fobia de água de Zana?

— Do ponto de vista mais alegre — disse Dan, com um esforço para animar o clima do grupo —, vejam o que Lyla e eu encontramos esta tarde.

Ele estendeu a mão embaixo da mesa e pegou um punhado de bananas, além de três cocos maduros e dois verdes. Tínhamos experimentado as bananas na floresta e descoberto que eram menores, mais duras e menos doces do que as do supermercado do Reino Unido, com enormes sementes pretas que você tinha que cuspir, mas eram saborosas o suficiente para comer, e não podíamos nos dar ao luxo de ignorar aquilo. Os cocos, nós os encontramos no chão. Havia dezenas deles espalhados pela floresta, e fiquei exultante quando encontrei o primeiro — pensando que o problema da água tinha acabado —, mas Dan os sacudiu, atento ao som de água chacoalhando, e fez que não com a cabeça. Estavam maduros demais. Se quiséssemos água de coco, precisávamos dos verdes, que, frustrantemente, estavam quase todos ainda nas árvores, acima das nossas cabeças.

Enquanto Dan e eu dividíamos as bananas, e Joel e Angel se perguntavam como abrir os cocos, Conor começou a separar a água. Tínhamos combinado meio litro de água de manhã e de noite, mas, com aquele calor, meio litro não era muita coisa para o jantar, e eu me via observando-o avidamente enquanto ele despejava a porção de cada pessoa numa lata com uma marca específica para esse fim e, em seguida, passava com cuidado o conteúdo para uma caneca. Quando colocou a caneca na minha frente, tive que lutar contra a vontade de pegá-la e virar tudo — coisa que não queria fazer. Eu queria economizar.

Bayer, por outro lado, largou o bagel que estava mastigando e engoliu tudo, limpando a boca, e então mordeu a banana. Fez uma careta.

— Que nojo. — Cuspiu um punhado de sementes no chão. — Tem gosto de merda.

Troquei um olhar com Dan. "Obrigado" parecia uma resposta mais apropriada, já que Bayer não tinha trazido nada à mesa, mas percebi que nenhum de nós queria provocá-lo. Ele parecia estar procurando briga.

O silêncio foi quebrado por um grito de alegria de Joel, e Angel ficou de pé, segurando o coco de forma triunfante, com dois pequenos furos no topo, onde eles tinham conseguido enfiar um prego.

— *Et voilà!* Água de coco!

— Estendam as suas xícaras — falou Joel, sorrindo.

Todos fizemos isso, e Angel drenou um pouco do líquido em cada copo. Estava turvo e misturado com pedaços de concha e fios da fruta, mas nenhum de nós se importou — nenhum de nós, exceto Bayer, que empurrou o copo bruscamente enquanto Angel despejava a água de coco.

— Que nojo! Você acabou de despejar um monte de porcaria na minha água.

— Não é *porcaria* — disse Angel, sem paciência, rolando o r com sarcasmo na última sílaba. — São pelos de coco perfeitamente limpos.

— Então beba. — Bayer empurrou o copo na direção dela, quase o derrubando. Angel ergueu a sobrancelha.

— Sério?

— Sério. — A voz de Bayer era truculenta. — Não quero isso agora que você encheu de terra.

Angel deu de ombros, pegou o copo de Bayer e o esvaziou.

Eu esperava que Bayer fizesse um estardalhaço, dissesse que estava brincando, talvez até tirasse a água de Angel. A ideia de passar a noite toda sem água não era nada agradável. Mas, em vez disso, ele puxou a grande garrafa de cinco litros para perto, a mesma que Conor havia colocado no chão depois de medir com cuidado as porções, abriu a tampa e tomou um longo gole.

Por um momento, houve silêncio absoluto. Todos apenas o encaramos, sem saber o que fazer. Então, de forma quase involuntária, meus olhos se voltaram para Conor.

— Largue. Isso. Agora — disse Conor, em voz baixa. As palavras caíram como pedras no silêncio.

Bayer pousou a garrafa e abriu um largo sorriso. Antes, havia quase um litro no fundo. Restava apenas meio copo.

— Claro — disse ele.

— Escute aqui. — A voz de Conor era calma, mas letal, e me fez sentir um arrepio na espinha. — Dei a você três chances, Bayer, e você já pisou na bola duas vezes. Se tentar algo assim de novo, você está fora.

— Fora? — Bayer soltou uma gargalhada. — Não sei se percebeu, cara, mas não tem *fora*. Não tem para onde ir, porra.

Conor se levantou, elevando-se sobre Bayer, e aí este também se levantou, ficando de frente para ele. O ar crepitava com testosterona; ao meu lado, ouvi Joel engolir em seco, nervoso.

— Pessoal... — disse ele, mas nenhum dos outros dois homens sequer desviou o olhar.

— Acha que pode me derrotar? — perguntou Bayer. Conor apenas deu de ombros.

— Eu consigo me virar.

Bayer riu de maneira zombeteira como se duvidasse daquilo, mas, olhando para os dois, eu não tinha tanta certeza. Tudo bem, Bayer era mais forte, devia ter mais músculos que Conor, e parecia não se importar em lutar sujo. Só que tinha o corpo musculoso de alguém que passou muito tempo levantando peso, mas não muito tempo fazendo exercícios aeróbicos — e o ombro esquerdo deslocado com certeza não ajudaria. Conor, por outro lado, parecia *em forma*. Não havia um grama de gordura nele, e os músculos eram firmes, com tendões esticados como chicotes. Também havia algo na postura dele que me dizia que não era a primeira vez que se encontrava naquela situação — e que não estava com medo.

Engoli em seco também, minha garganta subitamente seca apesar da água de coco.

— Bayer — disse Angel, levantando-se. — Bayer, pare de ser babaca. Conor, olha, Bayer não deveria ter feito isso, ele sabe, mas foi uma vez só. Ele vai respeitar as porções a partir de agora. Não vai? — Ela olhou feio para Bayer. — *Não vai?*

— Respeito tem que ser conquistado — falou Bayer, com os lábios franzidos. Aí, desviou do olhar pálido e inabalável de Conor e começou a caminhar noite adentro. — Vamos, querida.

Angel olhou para o grupo como se dissesse "O que eu posso fazer?". Então seguiu Bayer em direção à escuridão crescente.

Ouviu-se um suspiro de alívio vindo do círculo, uma sensação como se um balão tivesse sido furado devagar, a tensão se dissipando. Conor flexionou os dedos e os ombros, e ouvi seu pescoço estalar. Talvez ele estivesse mais tenso do que demonstrara.

— Me desculpem por isso — disse ele. Santana balançou a cabeça.

— Tudo bem. Alguém tinha que dizer alguma coisa.

Dan assentiu.

— É, fico feliz que você tenha estabelecido um limite. Porra, eu não ia brigar com ele, mas não podíamos deixá-lo continuar desrespeitando as regras, não é? Não estou errado, estou? — Ele olhou ao redor do círculo, procurando apoio, e me vi concordando, embora não gostasse da mentalidade de *nós* e *eles* que estava se desenvolvendo. Em todos os reality shows a que eu já tinha assistido, havia "nós" e os "forasteiros". E ambos poderiam ser um lugar perigoso para se encontrar.

Lembrei-me das palavras de Conor no barco: "Todo programa precisa de um vilão." E lembrei-me também de Joel dizendo: "Essas coisas têm uma fórmula... sempre há os machos alfa, os que estão lutando pelo prêmio..."

Estávamos caindo nos estereótipos de reality show que eu tinha visto se desenrolarem na tela. As implicações disso me perturbaram de uma forma que eu não conseguia articular direito. Porque o que estava em jogo ali era muito mais do que um troféu ou um prêmio em dinheiro. O que estava em jogo ali era vida ou morte.

— Vou para a cama — falei por fim, levantando-me e esvaziando o restante da água de coco do meu copo. Em algum momento da tarde, uma dor de cabeça terrível se instalou, talvez por causa do calor e da desidratação, ou talvez desencadeada pela discussão entre Bayer e Conor.

— Eu também — disse Santana, e Dan assentiu.

— Você vem, Joel?

— Daqui a pouco — falou Joel. — Vou ajudar Conor e Zana a limpar tudo.

Balancei a cabeça.

— Obrigada, Joel. Vocês vão ficar bem?

— Vamos, sim — disse Conor. — Não é, Zana?

— Sim — respondeu Zana, quase inaudível. Mordi o lábio. Eu precisava dizer alguma coisa.

— Zana, escuta, você tem *certeza* de que vai conseguir ir para o casarão Feliz para Sempre? Porque se não conseguir...

— Ela vai ficar bem — disse Conor, tranquilizando-a. — Não vai, Zana?

— Eu estava perguntando para *ela* — falei, sem conseguir evitar uma ponta de irritação na voz. Conor sorriu e ergueu as mãos.

— Você tem razão. Que grosseria da minha parte. Zana?

— Estou bem — disse ela, repetindo as palavras de Conor. Mas não parecia. Zana estava mortalmente pálida. Virei-me e olhei para Santana, tentando expressar o meu desconforto, mas ela franzia a testa para o monitor de diabetes, mexendo em algo no visor.

— Dan? — perguntei por fim, mas ele apenas deu de ombros.

— Estou exausto. Você vem ou não?

Senti uma onda de impotência me invadir. O que eu poderia fazer? Se Zana estava determinada a não admitir seus medos na frente de Conor, como eu poderia mencioná-los?

— Certo — falei. — Boa noite a todos.

Então dei meia-volta e segui Dan e Santana para a escuridão.

Agora já faz mais de uma semana que nenhum de nós toma banho, lava o rosto ou bebe o quanto quer de água doce para matar a sede — sinceramente, eu daria um rim por uma Coca-Cola gelada ou uma jarra enorme de limonada. Fico acordada à noite e sonho com água. Nos sonhos, estou engolindo-a; ela escorre pelo meu rosto.

Não sou a única sofrendo. Sei que os outros devem estar tendo a mesma dificuldade, talvez até pior — sobretudo os homens, que têm mais massa corporal e provavelmente deveriam, por direito, beber mais água, embora tenhamos concordado em dividir por igual. Tentei persuadir Conor a comer pelo menos algumas das minhas frutas, mas ele não quis. Ajudamos uns aos outros a nos manter fortes. É incrível o que você consegue sobreviver quando há pessoas dizendo que têm fé em você, que você consegue superar isso.

Se eu superar isso... meu Deus... se formos resgatados, juro que nunca mais vou menosprezar a água na vida.

CAPÍTULO 18

— ***PUTAIN! ELLE*** *est où, la bouffe?*

Era Angel, parada no meio da cabana, gritando as palavras num volume que fazia os pássaros nas árvores espalhadas pela clareira crocitarem e alçarem voo, indignados, darem uma volta e se acomodarem novamente.

Suspirei, esfreguei os olhos para afastar o sono e subi os degraus.

— Eu não falo francês, Angel.

— A comida! A porra da comida! — gritou ela na minha cara. — Cadê? E a água também.

Olhei ao redor, piscando. O sol tinha acabado de nascer e as sombras eram longas, criando formas confusas nas mesas e cadeiras, mas, mesmo assim, pude ver que Angel estava certa. A grande pilha de caixas e garrafas na cabana havia desaparecido. Não tinha nada lá. Apenas marcas de pegadas.

— Certo, olha, não entre em pânico. — Tentei pensar. — Deve haver uma explicação. Estava lá quando fomos dormir ontem à noite.

Joel estava subindo os degraus atrás de mim, bocejando e se espreguiçando, e então me virei.

— Joel? Você sabe alguma coisa sobre isso?

— Sobre o quê?

— Sobre a porra da comida e da água! — gritou Angel. — Que *desapareceram. Putain de merde,* estou nesta ilha com um bando de idiotas.

— Esses idiotas estão aqui do seu lado, Angel — falei, um pouco irritada. A dor de cabeça do dia anterior ainda não tinha passado, e eu só pensava em beber um copo de água gelada. Minha boca estava seca e a cabeça latejava a cada grito dramático que Angel emitia. Mais do que isso, havia uma sensação de pavor se acumulando na boca do estômago. Onde estavam os nossos suprimentos? Alguém tinha mexido neles? Se sim, por quê?

— O que está acontecendo? — A voz era de Dan. Virei-me e o vi avançando por entre as árvores. Parecia cansado e preocupado.

— É a água — falei. — E a comida. Desapareceram.

— Porra. — Dan pareceu arrasado. — Eu estava vindo buscar uma coisa para Santana. Os níveis de glicose dela abaixaram muito durante a noite.

— Merda. É a perna dela? — perguntei. Dan balançou a cabeça.

— Acho que não. O corte parece estar cicatrizando, mas ela está com dificuldade para administrar direito a insulina com esse calor. Sei que estamos racionando a comida, mas isso não conta para algo assim, não é?

— Bem... — Acenei com a mão para o espaço vazio onde as caixas deveriam estar. — Eu teria dito que não. Mas um pouco mais de nada ainda é nada.

— Cadê a porra da comida? — gritou Angel.

— Que comida? — disse alguém do outro lado da clareira, ao mesmo tempo que outra pessoa falava:

— Está comigo.

Todos nos viramos em direções diferentes, tentando identificar as vozes.

Bayer vinha pela trilha do Descanso da Palmeira, o rosto como um trovão. Conor, calmo e sereno, estava atrás de nós, vindo da praia, com uma garrafa de água e uma caixa de muffins em cada mão.

— Está comigo — repetiu Conor calmamente. Ergueu a caixa. — Não se preocupem.

— Com você? — Angel desceu os degraus em direção a ele, com as mãos na cintura. Parecia uma rainha arrogante. — *Você* está com a comida? Cadê o restante?

— Está em segurança, não se preocupe. Mas os ratos começaram a atacar algumas das embalagens e, em vista disso e da atitude instável do seu namorado, achei que a comida ficaria mais segura no casarão sobre a água.

— Desculpa, *você* achou? — perguntei.

Ao mesmo tempo, Bayer rosnou:

— Você só pode estar brincando.

E Dan disse:

— Espera, você pegou a nossa comida?

Angel parecia ter perdido a fala. Apenas Joel não demonstrava choque algum. Na verdade, ele parecia mais do que imperturbável. Parecia... evasivo.

— Joel. — Virei-me para ele. — Você sabia disso?

— Eu... — Ele abriu a boca, fechou-a e tentou de novo. — Quer dizer, ele não está errado. Perderíamos metade para os ratos. O casarão Feliz para Sempre é um lugar bem mais seguro para guardá-la.

— Então deveríamos ter *discutido* isso. — Eu podia sentir a pressão arterial subindo. — Você não espera a gente ir para a cama e toma uma decisão unilateral.

— Estamos discutindo agora — disse Conor. Ele sorria, mas não sorri de volta.

— Não há porra nenhuma para discutir — retrucou Bayer, furioso. As veias no pescoço e na testa dele estavam saltadas, e eu podia ver uma grande descendo do maxilar, que pulsava. — Você não é o rei desta ilha, seu babaca. Devolve a minha parte, ou *acabo* com você.

Ele disse aquelas últimas palavras com uma ferocidade mal contida que lhes deu um tom literal. Acho que, se pudesse ter matado Conor naquele momento, teria feito isso.

Mas Conor não recuou. Nem se mexeu. Simplesmente colocou a garrafa de água no chão e cruzou os braços.

— Eu dou a sua parte quando você provar que é confiável — disse ele. Então sorriu. Acho que foi o sorriso que desencadeou tudo, porque foi aí que Bayer disparou.

Ele avançou para cima de Conor de cabeça baixa, como um touro, e se chocou contra ele com uma força que senti nos joelhos. Conor se dobrou com o impacto, e os dois caíram na trilha, lutando como profissionais, rolando de um lado para o outro na areia. Angel voltou a gritar. Dan berrava:

— Parem com isso! Parem com isso, vocês dois, porra!

Conor havia se levantado e se afastava de Bayer em direção aos degraus da cabana, mas Bayer investiu contra ele outra vez e os dois caíram no chão de novo, os corpos batendo contra a escada de madeira de um jeito que fez a cabana inteira tremer. Por alguns minutos, não houve nada além de confusão, os corpos rolando para um lado e para o outro, primeiro Conor em cima, depois Bayer, depois Conor novamente. E então, de alguma forma, Bayer estava por cima, montando em Conor. Ele deu um soco no rosto de Conor, o sangue espirrou por toda parte e salpicou a areia. Aí Conor se desvencilhou de Bayer e subiu em cima dele como um touro. Ele bateu na cabeça de Bayer várias vezes, com o crânio quicando dos degraus a cada golpe.

— Pare com isso! — gritou Angel. — Pare com isso, você está matando o Bayer!

Então, de repente... de repente, eu soube que ela estava certa. Bayer não revidava mais. Na verdade, Conor o segurava pela frente da camiseta com uma das mãos, batendo nele com a outra, e o corpo dele se debatia como uma boneca de pano a cada soco.

— Conor! — gritei. — Conor, pelo amor de Deus, *pare*, pare com isso agora mesmo!

Por um minuto, não tive certeza de que Conor estava me ouvindo. Em seguida, com o que pareceu um esforço enorme, ele se recompôs e largou a camisa do outro.

Bayer caiu de volta nos degraus com um baque, e Conor se levantou e cambaleou até os arbustos, cuspindo sangue.

Angel correu até Bayer e eu a segui.

— Bayer! — Ela chorava, ajoelhada ao lado dele. — Bayer, você está bem? Acorda! Porra, Lyla, me *ajude*, ele não vai acordar.

— Bayer? — Agachei-me ao lado dela, tocando na bochecha dele. Não houve reação. Aliás, nenhum sinal de vida que eu pudesse ver. O sangue nas suas narinas não borbulhava, e eu não conseguia detectar vestígio algum de respiração, embora fosse difícil ouvir qualquer coisa além dos soluços abafados de Angel. — Bayer. — Dei um tapa na bochecha dele bem de leve e abri uma pálpebra. Meu estômago se revirou. A pupila do olho castanho dele estava dilatada, de um preto vítreo e uniforme, e não se contraiu quando a luz a atingiu. Tapei uma orelha com a mão e coloquei a outra no peito dele, mas não consegui ouvir nada além do som de Angel chorando. — Angel, me desculpe, mas você poderia fazer um pouco mais de silêncio? — Me senti horrível por pedir aquilo, mas era impossível ouvir qualquer coisa com ela engolindo em seco perto da minha outra orelha.

— Angel — disse Dan suavemente. — Angel, venha se sentar aqui comigo um segundo. Só um segundo, ok?

Ele a afastou alguns metros. Coloquei o ouvido de volta no peito de Bayer, bem em cima do coração, e prendi a respiração para ouvir melhor.

Não havia nada. Nenhum baque ou som de assobio familiar. Nenhum gorgolejo de pulmões lutando para respirar enquanto se enchiam de sangue.

Senti o meu coração começar a bater mais rápido, tão rápido, na verdade, que conseguia ouvi-lo forte nos ouvidos, tornando mais difícil ter certeza de que não era o de Bayer. Em vez disso, sentei-me e coloquei os dedos no pescoço dele, sobre a grande veia que descia abaixo do maxilar, a veia que eu vira pulsando de raiva poucos minutos antes.

Não havia nada lá.

Senti um enjoo crescendo dentro de mim.

— Joel — falei. — Joel, pode vir aqui um segundo?

Joel veio correndo, o rosto ansioso; eu o puxei para perto e disse bem baixinho:

— Joel, acho... acho que Bayer está morto.

Ele ficou branco.

— Está brincando comigo?

— Quem me dera. Consegue ouvir alguma coisa?

Joel pressionou o ouvido contra o peito de Bayer, fechando os olhos. Houve um longo, longo silêncio, quebrado apenas pelo som dos soluços baixos de Angel do outro lado da cabana e de Conor escarrando e cuspindo sangue na areia. Quando Joel levantou a cabeça, havia um medo nos seus olhos que não estava ali alguns minutos antes. Bem devagar, ele balançou a cabeça. Senti o estômago embrulhar.

Angel deve ter percebido algo sobre a nossa interação, porque então ela se levantou, com uma expressão cautelosa.

— Bayer? Lyla, ele está bem?

— Angel, eu... — Parei. Como ia dizer aquilo?

— Ele está bem? — perguntou ela, com mais firmeza, caminhando pelo deque em nossa direção. Eu também me levantei.

— Angel, ele... acho... acho que Bayer está morto.

Seu grito ecoou pela clareira, fazendo com que os pássaros disparassem em direção ao céu azul-claro, alarmados, e os morcegos-da-fruta se remexessem inquietos nos galhos.

Conor se virou e olhou para a gente, perplexo. Parecia que não tinha ouvido o que falei — e talvez não tivesse, com os ouvidos ainda zumbindo da briga. A frente da camiseta dele estava ensanguentada, e ele apertava a ponta do nariz como se tentasse estancar o sangramento.

— Angel? — perguntou ele, confuso. — O que aconteceu?

— Seu monstro!

Ela correu na direção dele, esbofeteando, batendo e gritando. Conor não tentou revidar ou contê-la, apenas foi para trás, com os braços erguidos, protegendo o rosto. Joel e eu tivemos que correr para tentar segurar Angel, impedindo-a de arrancar os olhos de Conor. Quando enfim a seguramos, ela estava ofegante e chorando, e o rosto de Conor estava coberto de vários arranhões longos, além do nariz sangrando.

— *Tu es un monstre!* — disse ela. — Você o matou. Você o matou.

— Foi um acidente — falou Joel, sem forças. — Angel, por favor, sinto muito, mas foi um acidente.

Angel se livrou de nós.

— Me deixe em paz. Me deixe em paz, porra. Eu vou tirar a gente daqui. Eu vou *embora*.

Nesse momento, ela se virou e correu para longe da cabana, pelo caminho até os aposentos dos funcionários e, presumivelmente, até o rádio.

Nós nos entreolhamos, as expressões refletindo em silêncio o horror insondável do que acabara de acontecer. Bayer estava morto. *Morto*. Eu não achava que era a única pessoa com dificuldade para processar a constatação. Dan parecia prestes a vomitar. Zana estava sentada na beira da escada da cabana, ao lado de um Conor ensanguentado, o rosto completamente sem cor. Achei que ela pudesse estar entrando em choque.

— É melhor você ir com Angel — falei a Joel, que estava parado no final da trilha, olhando para o aglomerado de árvores onde Angel havia desaparecido. — Para mostrar a ela como o rádio funciona. — "Fique de olho nela" era a mensagem implícita. Tive uma sensação ruim no estômago e imagens mentais desagradáveis de Angel pisando no rádio com raiva se não conseguisse falar com ninguém. Joel assentiu, virou-se e foi atrás dela. Eu me virei outra vez para o corpo de Bayer, e me perguntei como diabos aquilo tinha chegado tão longe.

ENTERRAMOS BAYER AO pôr do sol, e eu esperava que Angel chorasse, mas não chorou. Era como se já tivesse derramado todas as lágrimas que tinha; apenas permanecia parada, impassível, enquanto o restante de nós jogava punhados de areia no corpo envolto em lençóis, no que estava se tornando um ritual familiar e doentio.

Eu sabia por Joel que as chamadas por rádio não deram em nada, assim como todas as outras, e que ele levara algum tempo para convencê-la a desligar o rádio e economizar bateria.

Durante o restante do dia, ela ficou deitada na casa, com o rosto virado para a parede, recusando-se a falar com qualquer um, a coletar cocos ou a fazer qualquer outra tarefa que havíamos dividido para tentar equilibrar as rações — pescar, colher frutas e montar um sistema rudimentar de coleta de água da chuva nos alojamentos dos funcionários.

Conforme o dia chegava ao fim, voltamos do túmulo de Bayer para a cabana, onde Joel já estava atiçando o fogo, e descobri que, apesar da tristeza por Bayer e das preocupações com Angel, meu estômago estava roncando com a perspectiva de algo que não fosse comida enlatada.

— Estou com muita fome — disse Santana enquanto mancava pelo caminho em direção à cabana, e concordei.

— Eu também.

Estávamos nos aproximando dos degraus e me vi diminuindo o passo, quase como se estivesse relutante em pisar neles. Foi ali que Conor e Bayer brigaram. Foi ali que Bayer quebrou o nariz de Conor, e onde Conor o atingiu com tanta força que Bayer desmaiou. Foi ali que Bayer morreu. Ainda dava para ver as marcas da briga na areia, o sangue nos arbustos onde Conor tentara estancar o nariz. Eu não voltava ali desde que acontecera, nem Angel. E então, de alguma forma, todos nós teríamos que ficar sentados, fingindo que nada tinha acontecido.

Talvez Santana tenha notado os meus passos vacilantes, porque perguntou:

— Você está bem?

Balancei a cabeça. Claro, ela não estava aqui no café da manhã.

— E-estou bem. É só que... — Estendi a mão, gesticulando para os degraus. — Foi ali que aconteceu. A briga.

— Meu Deus, me desculpe. Eu não sabia. Você estava lá? Deve ter sido horrível. Ele bateu a cabeça?

Estremeci. As palavras dela me lembraram do baque da cabeça de Bayer batendo no degrau quando Conor o atingiu. Eu não sabia o que dizer. Sim, ele tinha batido a cabeça. Mas, de alguma forma, isso não fazia justiça ao modo como a situação se desenrolara, à violência silenciosa e calculada de Conor. Tudo o que eu sabia era que não estava pronta para falar sobre aquilo. Felizmente, usei os passos de Dan, vindo pela trilha às nossas costas, como desculpa para mudar de assunto.

— Como você está se sentindo? Dan disse que você estava com problemas com a insulina.

— Bem melhor agora. Só é difícil acertar a dosagem com esse calor, porque afeta a velocidade com que o corpo processa a insulina.

Algo me ocorreu com o comentário dela sobre o calor, e perguntei:

— A insulina não deveria estar refrigerada? Quanto tempo ela dura?

Santana deu de ombros, mas não de um jeito que diz “Não sei e não me importo”, e sim de uma forma desamparada, como alguém que não sabe a resposta e não tem como descobrir.

— Não faço ideia. Dizem que dura cerca de um ano se estiver lacrada, mas isso dentro da geladeira. Estou guardando na geladeira de qualquer maneira, só porque é mais fresco que o restante da casa, mas com certeza vai estragar. Não acho que vai ficar tóxico nem nada, só vai ser menos eficaz, mas sei lá o que isso significa. Vou só cruzar os dedos e usar mais se precisar.

— E você trouxe insulina para quanto tempo?

— Cerca de três meses. Sempre levo bastante. Mas são três meses em condições normais. — Ela não disse o que nós duas estávamos pensando: que aquilo estava longe de ser normal.

— E o que acontece... — Parei, tentando pensar em como explicar, mas não parecia haver uma maneira diplomática de fazer aquilo. — O que acontece se você ficar sem?

— Eu morro — disse Santana. — Acho que dentro de trinta e seis horas. Então, tenho que torcer para que o barco chegue antes, não é? — Houve um longo silêncio, quebrado apenas pelo crepitar da fogueira de lenha enquanto Joel virava o polvo que havia pegado sobre as brasas. Santana deu uma risada frágil. — Por falar nisso, será que o Conor me deixa tomar uma cerveja?

— O jantar está quase pronto — anunciou Joel enquanto os outros apareciam, e Santana e eu fomos até a mesa, onde ele começara a servir pedaços de polvo grelhado nos pratos, com os bagels e croissants, que se tornaram deploravelmente rançosos. Angel pegou a maior porção, mas não se moveu para se sentar. Em vez disso, virou-se sem dizer nada, provavelmente com a intenção de levar a comida de volta para a casa.

Abri a boca, pretendendo dizer alguma coisa, talvez perguntar se ela estava bem, embora aquilo parecesse simples demais — claro que ela não estava bem. O namorado dela tinha *morrido* naquela manhã, a menos de três metros de onde estávamos comendo.

Mas a voz de Conor surgiu antes da minha.

— Coloque isso de volta no lugar.

— Desculpa, o *quê?* — disse Angel. Ela parou de repente e olhou para trás, com uma sobrancelha erguida em desdém altivo. Encarava Conor como se fosse algo que tivesse raspado do sapato.

— Você me ouviu. — Conor se aproximou. Não foi a primeira vez que notei a sua altura. Ele tinha uns bons quinze centímetros a mais que Angel, que também era alta, e ali, sem nem mesmo se esforçar, exalava uma espécie de ameaça física ao ficar de pé sobre ela, forçando-a a olhar para ele. — Coloque isso de volta no lugar. Você não contribuiu com nada hoje, então não pode escolher a comida primeiro.

— Conor — disse Joel, inquieto. — Vamos lá, cara.

— Que foi? Isso é um coletivo. Todos nós contribuímos, todos nós comemos.

— Conor, o namorado dela *morreu* esta manhã — disse Santana. *Por sua causa*, era a conclusão óbvia, embora não precisasse ser dita. Era recente demais para alguém ter esquecido. — Talvez você possa dar um descanso a ela, que tal?

— Vou dar um descanso a ela — disse Conor, calmo. — Vou deixá-la comer. Apesar de ela não ter feito nada o dia todo. Mas isso... — Ele apontou para o tamanho da porção. — Ela está de brincadeira. Não vou permitir isso.

— Você vai *deixá-la* comer? — Não consegui impedir as palavras de saírem da minha boca, incrédula. Conor se virou para mim. Seus olhos claros estavam gelados.

— Sim. Tem algum problema com isso?

— Conor... — A voz era baixa, mas nos fez parar, mais de surpresa do que qualquer outra coisa. Era Zana. Ela se aproximou de onde ele estava, desconfortavelmente perto de Angel, e colocou a mão no seu braço. — Conor, talvez... só desta vez?

Ele não disse nada. Seu rosto estava impassível, mas tive a repentina e inquietante sensação de que ele estava controlando as emoções, e com dificuldade.

Então se virou e sorriu, mas não havia nada naquele sorriso que transmitisse calor. Era a expressão mais fria e assustadora que eu já tinha visto.

— Você tem razão. Só desta vez. Vá em frente, Angel.

— Vá se foder — disse Angel. Ela o empurrou, voltou para a mesa e jogou o prato lá com força, mexendo os dedos com um gesto de desprezo. — Não quero a sua... — Ela parou, procurando a palavra, e então, com um som mais expressivo do que qualquer frase, bufou de raiva e saiu furiosa para a noite.

Houve um suspiro coletivo, e todos pegamos os nossos pratos.

— Alguém deveria ir atrás dela, não? — disse Dan, um pouco inquieto. — Não gosto de pensar nela sozinha naquela casa.

— Deixa — disse Conor. Dan olhou para mim e Santana, deu de ombros, sentou-se e começou a beliscar o polvo que esfriava rápido. — Isso está muito bom — falou. Sua voz era quase alegre, como se estivesse se esforçando para amenizar a altercação que quase acabara de acontecer. — Muito bem, Joel.

— Obrigado — murmurou Joel. Agradecemos em coro e começamos a comer. Contudo, a mudança da tensão evidente para a falsa alegria era enervante, e eu sabia que não era a única pessoa cujo apetite havia desaparecido.

À medida que a comida chegava aos estômagos e Conor distribuía garrafas de cerveja do estoque cada vez menor, as pessoas começaram a relaxar. Dan perguntou a Joel sobre o polvo que havia pescado e alguns peixes que vira na beira do recife. Joel desenhou um mapa na areia e marcou outros lugares que achava que valeria a pena experimentar.

— Estou impressionada — sussurrou Santana sob a conversa deles. Levantei os olhos da tentativa de cortar o meu polvo.

— Com Zana?

— É. Ela se defendeu! Vai, Zana.

Concordei. Mas eu olhava para Zana, que estava sentada, observando miseravelmente o prato vazio de Angel, sem nem tocar na própria comida. Seu rosto parecia arrasado, como se ela estivesse se perguntando o que tinha feito. Me peguei pensando no que aquilo poderia lhe custar.

Bayer morreu. Meu Deus, Bayer MORREU. Estou chorando de soluçar enquanto escrevo isso. Não parece real.

Parte do que torna tudo tão difícil de aceitar é que foi muito repentino. Ele não estava com uma aparência ótima nos últimos dois dias, seu braço estava muito inchado e ele não parava de reclamar de dor de cabeça. Tentamos convencê-lo a beber um pouco mais de água, ou pelo menos a beber mais água de coco, mas ele continuou recusando — disse que não seria justo com o restante de nós.

Então, esta manhã, enquanto subíamos para o café da manhã, conversando sobre o dia, ele estava na metade da escadaria da cabana e simplesmente parou, meio que balançando para a frente e para trás. Deu um passo, depois outro — e aí caiu de cara no chão.

A cabeça dele bateu no degrau com o som mais horrível que já ouvi — uma espécie de estalo. Angel só gritou. Soubemos que era grave na hora, porque havia sangue espalhado por todos os degraus. Corremos para tentar ajudá-lo a se levantar... e foi aí que percebemos que ele estava morto. Simplesmente... morto. Ele não respirava, e não conseguíamos sentir seu coração. Lyla abriu as pálpebras dele, os olhos estavam pretos e não reagiam à luz. E assim, de repente, ele se foi. Sua vida se apagou.

Continuo repassando o que aconteceu na minha cabeça, tentando entender o que fizemos de errado, como poderíamos tê-lo salvado. Teria sido insolação? Ele precisava de mais água do que nós? Ou teria algo a ver com o ombro dele, algum tipo de coágulo talvez, que se desprendeu e foi para o cérebro?

Lyla diz que nunca saberemos, que não adianta nos torturarmos. Conor está arrasado — depois de mim, Bayer era provavelmente a pessoa de quem ele era mais próximo na ilha. Ele se trancou no casarão Feliz para Sempre, e sei que estava chorando, embora, quando fui procurá-lo, ele tenha fingido que estava bem.

Nossa única esperança agora é o rádio — a pobre Angel passou o resto do dia lá embaixo, tentando encontrar um barco, um sinal. Sei que ela se culpa, acha que, se tivesse conseguido fazer contato antes, alguém poderia ter salvado Bayer.

Por favor, Deus, que alguém nos encontre. Somos sete pessoas agora. Apenas sete. Quanto tempo vamos aguentar?

CAPÍTULO 19

— MEU DEUS, ESTOU COM SEDE.

As palavras vieram de Dan, na escuridão da casa onde nós quatro estávamos deitados, suando e olhando para as vigas sombreadas. Ouvi um suspiro de Santana enquanto ela se virava na cama.

— Eu também. Estou com dor de cabeça de desidratação desde que começamos a racionar a água. Mas, até chover, não sei o que mais podemos fazer.

— Cuidar do nosso próprio suprimento ajudaria. — A voz de Dan estava ressentida, e eu sabia por quê. O longo intervalo entre o café da manhã e o jantar tinha sido particularmente difícil hoje, e eu já tinha visto Dan na praia enxaguando a boca com água do mar mais de uma vez, embora não tivesse certeza de que a água tropical salgada faria muito para saciar a sede de alguém. A ideia de um pequeno gole de água doce, mesmo que tivesse que sair da nossa cota do jantar, tinha sido uma tentação quase insuportável. — Se não tomarmos cuidado, vamos todos acabar como Zana.

— Desculpa, o quê? — disse Joel. Ele parecia confuso. — O que diabos Zana tem a ver com isso? E como assim, acabar como ela?

— Quer dizer... ele é bem controlador — comentou Santana. — Não acham? E não só em relação a ela.

Houve um longo silêncio. Ninguém havia discutido o comportamento cada vez mais autoritário de Conor e a diminuição da disposição do grupo em enfrentá-lo. Não era apenas o controle dele sobre a comida e a água. Não era apenas a eficiência brutal com que havia eliminado Bayer. Era tudo. No começo, acho que todos estávamos gratos pela sua disposição em assumir o comando, ditar as regras, fazer com que nos sentíssemos seguros, mas, dia após dia, pouco a pouco, Conor ficou cada vez mais cômodo na posição de controle. Então, de alguma forma, nos encontrávamos numa situação em que ele ditava não apenas quanto comíamos e bebíamos, mas quando e até mesmo se. O comentário dele para Angel, de que ele a estava *deixando* comer, fora uma admissão de algo que nenhum de nós queria encarar — mas que Conor havia colocado em palavras, e senti uma certeza gélida e arrepiante se acumular na boca do estômago. Zana não estava bem. Nenhum de nós estava. E tínhamos muito medo de desafiá-lo.

— Ela tem medo dele — falei. Parecia uma constatação, mas, ao dizer as palavras, percebi que não era, não de verdade. Era a admissão de algo de que eu suspeitava quase desde o primeiro dia na ilha.

— *O quê?* — Joel parecia perplexo. — Como você chegou a essa conclusão? Nunca vi os dois nem discutindo.

— Você nunca os viu discutindo porque ela não o enfrenta — disse Santana, ríspida. Assenti.

— Aquele episódio sobre a comida da Angel... foi literalmente a primeira vez que a vi resistir a qualquer coisa... mesmo que ela esteja morrendo de medo daquele maldito casarão sobre a água. E ela é uma pessoa completamente diferente quando não está perto dele. Passei o dia todo tentando montar um coletor de chuva com ela, e foi como estar com outra garota.

— O que quer dizer? — perguntou Joel.

— É como... — Eu me esforcei para colocar em palavras. — Bem, para começar, ela tem personalidade quando não está olhando para trás e se preocupando com o que Conor está pensando. Discute, deixa a própria opinião clara. Ela teve a ideia genial de afundar as garrafas na areia para minimizar a evaporação. Mas quando está perto dele... — Minha voz foi morrendo.

— Quando está perto dele, ela parece assustada — falou Santana, terminando a frase por mim, e assenti, embora soubesse que ninguém podia me ver no escuro. No seu colchão do outro lado da cama de casal, dava para ouvir Joel se mexendo de forma desconfortável, como se não soubesse o que dizer.

— Eu deveria ter percebido desde o começo — disse Dan, amargo. — Estava tudo nos vídeos dele. Mas ele parecia tão simpático em pessoa...

— Vídeos? — Fiquei intrigada. — Você está falando do canal dele no YouTube? Como conseguiu acessar os vídeos sem celular?

— Ele estava na lista que enviaram para a casa de todo mundo. — disse Dan. — A primeira coisa que fiz quando recebemos o pacote de informações foi pesquisar no Google todos os nomes. Ele é... bem, é um sujeito e tanto.

Franzi a testa. Que pacote de informações? Mas Dan continuava falando, como se estivesse tentando organizar os pensamentos.

— Ele é... um daqueles caras que *só estão fazendo perguntas*, sabe? Do tipo que é bem difícil de definir, porque nunca dizem nada racista, só pensam, como *Ei, e se o racismo não for tão ruim?* Ele convida um merda qualquer para o canal dele e fica, tipo, "Bom, não estou apoiando Andrew Tate, é claro, mas estou interessado no ponto de vista dele sobre...", e o resultado é que você assistiu a vinte minutos de um cara maluco falando dos direitos dos homens sem ser questionado sobre as próprias opiniões, porque o Conor está, entre aspas, *fazendo perguntas*.

— Sim, mas... — Joel parecia estar com dificuldades. — Confesso que já vi algumas coisas dele...

— Espera aí, você *viu*? — Não sei por quê, mas a notícia me chocou. Então me lembrei das palavras de Joel para Conor no barco, no dia em que nos conhecemos. "Eu sei quem você é, claro." Na época, presumi que ele só o tivesse encontrado pela imprensa. O comentário tinha tomado um tom bem diferente. — Você é inscrito no canal dele?

— Eu não sou um Co-bro, se é isso que quer dizer — falou Joel, um pouco na defensiva, e Dan caiu na gargalhada.

— Co-bro? É assim que os fãs dele se chamam?

Teimoso, Joel continuou, como se Dan não o tivesse interrompido.

— Se querem saber a verdade, eu o conheci porque ele teve um desentendimento com Romi. Então, não posso ser considerado um admirador acrítico.

— *O quê?* — Aquilo estava ficando cada vez mais confuso. — Desculpe, Romi o conhecia?

— Não, mas ele a criticou no canal dele. Romi ficou furiosa. Ele fez um segmento inteiro sobre influenciadores de beleza e imagem corporal, e criticou um monte de TikTokers que, na opinião dele, tinham mensagens prejudiciais. Romi não era o alvo, mas ele mencionou o perfil dela. Enfim, ela ficou com muita raiva, mas quando assisti... — Ele deu de ombros. — Sério... achei que ele tinha razão. Algumas das coisas que ela diz... — comentou ele, e em seguida engoliu em seco e o vi se corrigir — ... dizia eram... meio tóxicas, quando você pensa nelas.

— Vou adivinhar. — A voz de Santana não parecia impressionada. — Todas as pessoas tóxicas que ele denunciou eram mulheres jovens, certo? E os 10,4 milhões de seguidores dele provavelmente invadiram os feeds delas e tornaram as suas vidas miseráveis? Lá se vai o defensor de mulheres. Se parece um misógino e fala como um misógino...

— Não podemos apenas nos basear no que ele de fato *disse*? — perguntou Joel. Parecia estar ficando frustrado. — Sim, Conor recebe convidados polêmicos de vez em quando e, sim, seus seguidores nem sempre se comportam de forma perfeita. Mas, a menos que você possa me apontar o que *ele* disse ou fez de errado, isso parece um pouco de culpa por associação.

— Olha, você com certeza assistiu ao canal dele mais do que eu — disse Dan. Sua voz era apaziguadora, embora, por baixo, não parecesse convencido pelo ponto de vista de Joel. — Então, vou acreditar em você. Porém, para alguém que afirma não ser um racista e homofóbico de merda, ele com certeza atrai muitos seguidores racistas e homofóbicos de merda. — Joel fez um barulho infeliz, e Dan acenou com a mão, descartando a questão do YouTube de Conor. — Mas vamos deixar isso de lado... eu nem estava falando do YouTube antes. Era sobre a comida e a água que eu queria discutir. Ninguém mais está desconfortável com tudo isso?

— Sim — falamos Santana e eu em uníssono.

Ao mesmo tempo, Joel disse:

— Mas faz sentido.

— O que faz sentido? — perguntou Santana. — Ele acumulando todos os suprimentos na casa? Como isso faz sentido, Joel? Me ajude a entender, porque, no momento, tudo o que vejo é que *alguns animais são mais iguais do que os outros.*

— Hein? — Dan pareceu confuso, e Santana fez um barulho impaciente.

— *A revolução dos bichos,* Dan. Fizemos juntos uma aula de reforço na faculdade. Você prestou *alguma* atenção naquele ano? Mas, de qualquer forma, *não* faz sentido, Joel, e você sabe. Toda aquela história de ratos comendo a comida era só uma desculpa.

— Como foi uma desculpa? — disse Joel. Sua voz se elevou e ele parecia ofendido. Imaginei que estivesse se sentindo criticado por como havia tentado defender o canal de Conor e, em seguida, por sua cumplicidade em ajudar a transportar a comida. — Ele não inventou isso. Eu vi. Havia ratos nas caixas de papelão e trilhas de formigas por todo lado. Nada disso é um problema no casarão Feliz para Sempre.

— Tá, então qual é a desculpa da água? Não consigo imaginar ratos chegando até a água.

— O *motivo* — disse Joel, com tom irritado — é que algumas pessoas pareciam não conseguir manter as suas rações. E se descêssemos e descobríssemos que Bayer tinha bebido tudo?

— Primeiro, Bayer está *morto*, Joel. Preciso lembrá-lo disso? Pelas mãos do Conor, ainda por cima. Segundo, você dá a cada um a sua própria cota! — A voz de Santana também se elevou. — Você não toma a decisão unilateral de manter a água de todos como refém.

— E depois? — disse Joel. Ele havia se sentado na cama, irritado demais para se deitar, e eu podia ver a silhueta dele contra o céu noturno, os ombros visivelmente tensos. — Quando a água começasse a acabar? E se alguém decidisse que merecia um pouco mais e tivesse vontade de tomá-la à força? Não. Você entrega a água à pessoa mais forte e confiável e a coloca como responsável para garantir que seja distribuída de forma justa.

Houve um longo silêncio. Então, Dan explicou o que todos, exceto Joel, pareciam estar pensando.

— O problema, cara, é que a gente *não* confia nele. E, quanto às rações, a gente não tem ideia se ele está cumprindo a cota dele, porque não temos ideia do que está acontecendo. Não, me desculpe, quanto mais deixarmos isso continuar, mais difícil vai ser. Vou falar alguma coisa amanhã.

— Dan... — Santana parecia preocupada. — Você acha que isso é sensato?

— Eu não vou ser babaca — disse Dan. — Vou só ressaltar com calma que esta não é uma maneira justa de organizar nada. E, se todos me apoiarem, não vejo como ele possa se opor. Então, vão me apoiar?

— Está falando comigo? — perguntou Joel.

— Estou falando com todo mundo. Vão me apoiar se eu falar com ele amanhã, sim ou não?

— Sim — disse Santana. — Mas queria que não fizesse isso.

— Eu vou apoiar você — falei. — Mas, Dan, por favor, tome cuidado. A última coisa de que precisamos é começar uma briga. A situação já está ruim o suficiente.

— Como eu disse, não vou ser babaca. Só vou ressaltar que isto é uma democracia, e não concordamos com isso. E você, Joel?

— Só acho... — disse Joel, e então parou. Não parecia convencido. Nem um pouco. Parecia derrotado, como se já tivesse se cansado de defender o lado de Conor, mas não parecia nada convencido.

— Continue — falou Dan, mas sem incitar, como se quisesse mesmo saber. — Pode falar.

— Eu só acho... olha, acho que você está insistindo muito no fato de a namorada dele ser um pouco tímida e alguns comentários no YouTube serem idiotas. Acho que você descartou o cara com base em... o quê? Nada. Conjecturas. Algum vídeo de que não gostou. E nada disso tem a ver com as ações dele aqui, tem?

— Não — disse Dan. Sua voz, na escuridão, era persuasiva. — Não, não é assim. E, olha, eu entendo o que quer dizer. Se isto fosse um tribunal e estivéssemos num júri, não estou dizendo que o condenaria com base em evidências de ser um babaca agressor de mulheres. Mas, como você falou, nada disso é relevante. Tudo o que estou pedindo a ele é a água de volta e uma discussão, daqui para a frente, sobre como lidar com as coisas. Certo? Só isso. Ninguém razoável poderia se opor.

Joel não respondeu, mas vi a silhueta da cabeça dele balançar devagar contra a floresta iluminada pela lua, e então ele deslizou de volta para se deitar.

Contudo, enquanto me virava de lado para esperar a manhã, não pude deixar de me perguntar: Conor *seria* razoável? De qualquer forma, íamos descobrir. Só esperava que pudéssemos conviver com a resposta.

CAPÍTULO 20

O CAFÉ DA MANHÃ FOI TENSO, com Joel, Santana e eu esperando, ansiosos, para ver se Dan cumpriria a promessa de dizer algo a Conor. Ele não falou nada enquanto Conor distribuía a água e enquanto passávamos pedaços de mamão em lata, bananas cada vez mais verdes e os doces, que começavam a ter um gosto estranho.

Porém, quando Conor se levantou e se espreguiçou, e Zana começou a pegar os pratos e juntar as cascas de banana numa pilha para serem jogadas no mar, Dan tossiu.

— Hã... escuta, antes que todos saiam, posso fazer uma pergunta?

— Sim, onde *está* a Angel? — disse Conor, olhando ao redor, e então para a mesa, onde o prato dela estava intocado, com o copo de água ao lado. — Ela está bem?

Era uma boa pergunta e, por um momento, essa constatação me distraiu do que Dan estava prestes a dizer, mas ele claramente não queria se distrair.

— Na verdade, não era sobre isso que eu ia falar — disse ele. — Conor, escuta, conversamos um pouco ontem à noite...

Estremeci por dentro, desejando que ele não tivesse dito aquilo. Era exatamente o que eu queria evitar — uma situação de *nós* e *eles* surgindo da sugestão de que estávamos nos unindo contra Conor. Mas talvez fosse inevitável.

— E? — disse Conor, levantando uma sobrancelha.

— E... entendemos a necessidade de proteger os alimentos dos animais e de, hum... — Percebi que ele ia dizer "Bayer", mas depois pensou melhor e não falou mal dos mortos. — Bem, de tudo. Mas, hum... gostaríamos de conversar sobre a melhor maneira de lidar com as rações daqui em diante.

— Certo — disse Conor. Cruzou os braços e inclinou a cadeira para trás.

— Bem... eu acho... — Dan olhou ao redor do círculo, buscando apoio, e vi Santana assentindo vigorosamente. — Quer dizer... todos nos sentiríamos mais confortáveis se tivéssemos as nossas próprias rações individuais de comida e água.

— É, isso não vai funcionar — disse Conor, sem dar importância. — Zana, querida, poderia descer e dar uma olhada em Angel, para ter certeza de que ela está bem?

Zana assentiu e se virou, e vi Dan respirar fundo e cerrar os punhos contra o braço da cadeira. Rezei para que ele conseguisse seguir o plano e manter o controle.

— Conor, escuta, isto aqui é uma democracia, e acho que todos concordamos...

— Quem disse que é uma democracia? — falou Conor agradavelmente. Ouvi Santana respirar fundo e vi um músculo se contrair no maxilar de Dan.

— Como *assim*? — perguntou ele. Conor deu de ombros.

— Você me ouviu. Ninguém disse que isto era uma democracia. Eu com certeza não disse.

— Então está dizendo que *não* vai nos devolver a água?

— Dan, cara. — Conor estendeu a mão para o ombro de Dan, que se encolheu violentamente. — Escuta, é mais seguro lá no casarão Feliz para Sempre. Os alimentos não vão ser comidos por pragas nem roubados à noite, e todos nós sabemos onde a responsabilidade vai parar se houver alguma dúvida sobre justiça.

— Em você? — perguntou Dan. Eu podia notar que o seu temperamento estava à flor da pele. — É isso que está dizendo? Que a responsabilidade é sua?

— Sim — falou Conor. — É o que estou dizendo.

— Conor. — A voz de Santana estava meia oitava mais alta do que o normal, e percebi que os dentes dela estavam cerrados pelo esforço de não dar vazão à raiva. — Isso é besteira. Você não tem o direito de fazer isso.

— Claro. Então, o que pretende fazer a respeito? — questionou Conor. Ele parecia quase... interessado.

— Lyla? Joel? — Santana se virou para nós. — Vocês têm algo a dizer?

Fechei os olhos. Aquilo estava acontecendo *exatamente* como eu temia. Uma fenda estava se formando, e a comida e a bebida estavam do outro lado dessa fenda. Mas eu não tinha outra escolha.

— Conor — falei, tentando manter a voz contida. — Olha, eu entendo por que está fazendo isso, e concordo que há muito mérito na ideia de manter toda a comida e bebida num local seguro, mas acho que todo mundo se sente muito desconfortável com a ideia de você ter controle sobre tudo isso. Sem sombra de dúvidas... nós nos sentiríamos desconfortáveis se *qualquer* pessoa tivesse supervisão total sobre toda a comida e bebida. Por que não manter a comida na sua casa e dividir a água para que cada um tenha a própria porção?

— Isso não vai acontecer — disse Conor, calmo. Senti minha raiva aumentar e, do outro lado da mesa, vi Dan se levantar e Santana agarrar a mão dele e forçá-lo a se sentar.

— Você não acha que é uma boa ideia? — perguntei, mantendo a voz calma.

Conor balançou a cabeça.

— É muito arriscado. E se alguém perder o controle e beber toda a água? Vamos mesmo ficar sentados, assistindo a essa pessoa morrer de sede por três semanas? Não. Então, acabaríamos nos sentindo pressionados a compartilhar, e aí todos sofreriam. E isso sem nem entrar no cenário mais provável... alguém roubar a porção de outra pessoa ou tomá-la à força.

Como você fez, pensei. A hipocrisia era avassaladora.

— Eu só... — falei, mas Dan já tinha perdido a paciência. Ele soltou o braço da mão de Santana e se levantou.

— Conor, cara, desculpa, mas isso é besteira. E não vamos tolerar.

— É mesmo? — disse Conor.

— É — falou Dan, com firmeza. — E, olha, eu não queria colocar dessa forma, mas somos quatro, e vocês dois. Então... faça as contas.

— Ah, eu fiz as contas — disse Conor, simpático. Ele sorriu, levantou-se, espreguiçou-se como se não se importasse e estalou o pescoço. — Agora, vou pescar. Alguém quer se juntar a mim?

— Você ouviu o que acabei de dizer? — perguntou Dan, beligerante. Ele havia contornado a mesa e estava encarando Conor como se estivesse prestes a lhe dar um soco.

— Dan — falei. — Dan, *por favor*.

Apesar de toda a bravata de Dan, vê-los quase cara a cara deixou bem claro que não havia competição. Dan tinha um corpo escultural, com um torso de membro de boy band, mas Conor tinha dez centímetros e vários quilos a mais, e, mais importante, *parecia* saber lutar. Seus músculos eram de uma qualidade diferente — magros e firmes, como alguém que não tinha apenas se exercitado, mas que se *esforçara* de verdade. Lembrei-me da eficiência fria com que havia lidado com Bayer, lembrei-me do soco no rosto, e senti um arrepio percorrer a espinha, apesar do calor.

— *Dan* — falei, com mais urgência.

Mas Conor sorria para Dan e parecia muito longe de perder o controle.

— Eu ouvi o que você tinha a dizer — falou ele, gentil. — E agora vou pescar.

— Não. Não. Não vai. Joel?

Ele se virou para olhar Joel, que parecia querer derreter no chão.

— Dan — respondeu ele, bem baixinho —, não acho que essa seja a maneira certa de lidar com isso.

— Ah, vá se *foder* — retrucou Dan. Tive a forte impressão de que ele tentava não chorar, embora não soubesse se segurava lágrimas de raiva ou de traição. Dan se virou para Conor e apontou o dedo. — E vá se foder você também. Cuidado, *cara*.

Ele saiu em direção às árvores.

Houve um longo silêncio e então, na direção oposta, ouvimos o som de palmas longas e lentas.

Todos nos viramos e vimos Angel parada na clareira, com um longo vestido branco que balançava na brisa do mar.

— Bravo, Dan — disse ela, mas olhava para Conor enquanto dizia as palavras. — Alguém tinha que enfrentar o assassino.

Conor sorriu, mostrando os dentes brancos. Santana colocou a cabeça entre as mãos. Joel parecia prestes a chorar também. De repente, eu não aguentava mais. Não era só a atmosfera na cabana, nem mesmo o fato de Conor estar mantendo a nossa água como refém sem nem mesmo fingir o contrário. Era tudo. O fato de eu estar presa naquela ilha com um grupo de pessoas se preparando para se matar. O fato de Nico estar, muito provavelmente, morto. O fato de, dia após dia, nossa situação estar ficando cada vez mais desesperadora.

— Vou até o barracão do rádio — falei. Joel abriu a boca para dizer algo, mas levantei a mão, tentando sinalizar com aquele gesto que, não, não queria companhia, não queria os conselhos dele, não queria ninguém. Só queria dez minutos para mim, alimentando a fantasia de que alguém lá fora atenderia à ligação de emergência.

Porque alguém, *em algum lugar*, tinha que estar procurando pela gente. Certo?

Não consegui dormir ontem à noite. Estava com muita sede, mas era mais do que isso — fiquei remoendo os "e se" que todos vinham evitando com tanto cuidado, tentando não pensar neles. E se o barco não vier? Quanto tempo a nossa água vai durar? E se a insulina de Santana acabar? Eu estava tentando não chorar, mas as lágrimas vieram no final e acordaram Conor, e... meu Deus, ele foi incrível. Simplesmente me abraçou e cantou para mim, hora após hora, todas as nossas músicas favoritas e algumas que eu nunca tinha ouvido antes. O tempo todo ele me dizia que ia ficar tudo bem — que tudo ia ficar bem, que só tínhamos que ser fortes, cuidar uns dos outros, aguentar firme até a ajuda chegar.

Por fim, algum tempo antes do amanhecer, adormeci com ele me abraçando. Não sei se ele também dormiu.

Os braços do Conor são o único lugar em que me sinto segura agora — o único lugar onde sinto que nada pode me fazer mal —, mas mesmo isso me dá medo. E se algo acontecer a ele? Sinto que ele é a única coisa nesta ilha que me impede de desmoronar.

Não sou só eu. O ânimo de todo mundo está à flor da pele. Hoje de manhã, no café, Dan exigiu mais água — e, quando todos se uniram para dizer que ele não podia beber, que estávamos todos com tanta sede quanto ele, foi embora furioso. Não o vimos o dia inteiro. Estamos todos rezando para que esteja bem.

A verdade é que isso está... nos afetando de uma forma que não acontecia antes.

CAPÍTULO 21

— ELE É UM PSICOPATA, ÓBVIO — Angel disse a palavra "psicopata" com naturalidade, mas de alguma forma foi o "óbvio" que teve o efeito mais assustador. A aceitação casual de algo que eu nem tinha começado a considerar. — Ou talvez um sociopata. A diferença provavelmente é acadêmica nesta situação. Mas ele é de Gêmeos. Eles são notórios assassinos em série. A duplicidade vem de forma natural para eles.

Santana e eu olhamos uma para a outra e depois de volta para o mar, onde Joel e Conor pescavam no recife raso perto do casarão Feliz para Sempre.

Dan não estava em lugar algum e não era visto havia horas, desde a briga no café da manhã. Nem tinha bebido sua porção matinal de água, que estava lá em cima, coberta por uma folha, na cabana, e eu só podia esperar que tivesse levado algo para furar cocos; caso contrário, estaria perigosamente desidratado quando reaparecesse.

Angel, Santana e eu passamos o dia no pequeno promontório que abrigava o Penhasco do Oceano, a casa de Angel e Bayer, antes de ser destruída pela tempestade. Angel sugeriu usar o telhado de folhas de palmeira e a madeira da casa destruída para fazer uma fogueira, pronta para acender caso um navio passasse.

— Será que vão perceber que é um sinal de socorro? — perguntou Santana, em dúvida. — E se eles acharem que são apenas turistas fazendo um churrasco na praia?

Angel deu de ombros.

— É possível, claro. Mas o que podemos fazer? Temos que tentar.

Entendi o ponto de vista dela. Era uma aposta arriscada, mas era melhor do que não fazer nada, e o visor do rádio ficava cada vez mais fraco, o que me fazia suspeitar de que a bateria estava acabando.

Levamos a maior parte do dia reunindo os pedaços de telhado que haviam sido levados pela praia e secando-os nas pedras aquecidas pelo sol, mas já estávamos cansadas, queimadas de sol, e tínhamos uma enorme pilha de material altamente inflamável, presa por pedras e madeira para impedi-la de ser levada pelo vento. Angel se endireitou depois de colocar a última viga, espreguiçou-se e olhou para o casarão sobre a água, onde era possível ver Zana sentada no deque, desfazendo uma das suas camisas para fazer alguma coisa — linha de pesca, imaginei.

— Vou convidá-la para ficar com a gente. Não é bom que fique isolada assim, e está na hora de comermos. Ei! — gritou Angel para Joel, que caminhava atentamente pelo recife, olhando para a água, com um pedaço de bambu afiado na mão. — Ei! Joel! Pescou alguma coisa? Queremos comer!

— Não sei se ela vai vir — falei. — Ela tem medo de água. Só atravessa a passarela quando Conor manda.

— Viu? — disse Angel, dando de ombros. — Que tipo de homem faz a própria mulher passar por isso de propósito? Um psicopata, estou dizendo.

Na praia, Joel segurava um pedaço de pau com três peixes longos espetados. Ele o agitou em triunfo.

— Vou para a cabana — comentou Santana. — Acender a fogueira para o jantar.

— Encontro vocês lá — falei. — Preciso usar o banheiro.

Os vasos sanitários eram a única parte da infraestrutura da ilha que ainda estavam funcionando — por pouco tempo, talvez, não tínhamos certeza, mas enquanto estivessem operacionais eu aproveitaria ao máximo um banheiro de verdade. Não havia água para dar descarga, mas despejar um balde de água do mar no vaso resolvia o problema, e água do mar era a única coisa que tínhamos em abundância. Presumivelmente, em algum lugar da ilha havia uma fossa séptica que acabaria enchendo — mas eu suspeitava que, se não fôssemos resgatados antes disso, teríamos problemas maiores com que nos preocupar. Água, para começar. E a insulina de Santana.

Quando entrei na casa, algo me pareceu estranho, e levei um minuto para perceber o que era — a porta, que costumávamos deixar fechada para tentar manter cobras e mosquitos do lado de fora, estava aberta. Franzi a testa. Será que Dan tinha voltado?

— Dan? — falei ao entrar na casa, mas não havia ninguém lá, apenas o movimento da cauda de uma lagartixa desaparecendo nas vigas.

Um pouco confusa, fiz xixi, lavei as mãos no balde de água do mar que estava no chuveiro e depois voltei para a cabana.

Santana estava lá sozinha, agachada sobre uma pequena fogueira feita com madeira que pegamos do mar, soprando as brasas. Ela olhou para cima quando me viu.

— Ei. O isqueiro de Angel está ficando *bem* vazio, sabia? Acha que a gente deveria poupá-lo, caso chegue um navio?

— Para acender a fogueira, você quer dizer? — Eu tinha pensado naquilo. — Acho que sim... só que acho que o fluido de isqueiro não vai durar para sempre, então não faz sentido estocá-lo de forma definitiva. Mas entendo o que quer dizer, ele vai acabar de qualquer jeito. O que podemos usar no lugar?

— Os óculos de Joel? — disse Santana, e então riu. — Um pouco *O senhor das moscas*, eu sei. Ou alguém sabe como fazer aquela coisa de esfregar palitos?

Ao longe, na praia, pude ver que Angel tinha ido até o casarão Feliz para Sempre e estava agachada, conversando com Zana.

— Você acha que Conor abusa dela? — perguntei a Santana, que suspirou e se levantou.

— Não sei. Só sei que... — Ela parou, e olhei para ela, curiosa.

— O quê?

— Bom, olha, eu não disse nada porque pareceria estranho, mas... eu conheci a ex dele.

— De quem? De Conor? — Fiquei intrigada.

Santana assentiu.

— Eu estudava com ela. Ela era um ano mais velha que eu. Tinha dezessete anos quando os dois ficaram juntos. Ele tinha vinte e quatro, o que na época parecia bem glamouroso, mas olhando para trás... Quer dizer, é quase assustador, se quer saber a minha opinião. Sete anos é muito tempo quando você tem dezessete.

Assenti. Eu entendia. Jovens de dezessete anos nem são adultos — não podem beber, não podem votar, não podem comprar cigarros. Jovens de vinte e quatro anos vivem num mundo diferente.

— Como ele era naquela época? — perguntei.

Santana deu de ombros.

— Essa é a questão... nunca o conheci. Só ouvia falar dele por Cally. Era sempre “Conor disse isso, Conor disse aquilo”. Daria para achar que ele conseguia andar sobre as águas.

— Então como você ligou os pontos? — perguntei, enquanto me questionava onde aquilo ia dar. Havia algo no tom de Santana que me desagradava. — Quer dizer, tem um monte de Conors por aí. Tem certeza de que é o mesmo cara?

— Quando recebemos as informações sobre o programa, percebi que conhecia o nome dele. Perguntei por aí, e uma das irmãs de Cally confirmou que era ele. E ela também me contou o que tinha acontecido com Cally.

— O que aconteceu? — perguntei, um pouco confusa com a relutância dela em ir direto ao ponto.

— Ela está morta — contou Santana. Fez uma pausa e engoliu em seco, mas não tive a impressão de que estava escondendo alguma coisa, e sim de que estava tentando se preparar para dizer algo perturbador. — Ela... cometeu suicídio. Dois dias depois de completar dezenove anos. Dois dias depois que ele a deixou.

— Meu Deus, Santana, isso é horrível.

— Eu sei. Dezenove anos, Lyla. *Dezenove.*

— *Porra.* — Tentei processar o que aquilo significava. — Por que não falou nada?

— Falar o quê? — disse Santana, infeliz. Ela se virou para o fogo, cutucando-o com um graveto, embora não precisasse de cuidados. Parecia mais estar evitando o meu olhar. — Ah, você não me conhece, mas estudei com a sua ex que se matou? Não é bem algo para se falar durante o jantar, né?

— Não. — Passei as mãos pelo cabelo endurecido pelo sal. — Não, Deus, não; consigo entender agora. Mas você acha que... — Parei, sem saber aonde queria chegar com meu raciocínio. Santana esperou que eu continuasse e, quando não o fiz, ela terminou a pergunta para mim.

— Se eu acho que ela se matou porque ele era abusivo? Não sei. Sinceramente, não faço ideia. Ele pode ter sido um namorado perfeito cuja ex-namorada tragicamente não conseguiu lidar com o término. Mas pelo menos isso mostra um padrão, não é? Um padrão de escolher mulheres mais jovens e emocionalmente frágeis e torná-las muito, muito dependentes dele.

Olhei para o mar, onde Angel segurava o braço de Zana e a persuadia, tábua por tábua, a atravessar a passarela frágil.

E não podia negar que Santana estava certa.

DEPOIS DO JANTAR, lavamos os pratos na praia, ajoelhadas nas pedras do que estava se tornando o local de lavar louça. Éramos só nós, as meninas — embora, claro, não fôssemos meninas, nenhuma de nós, assim como os homens da ilha não eram meninos. Éramos homens e mulheres adultos. Mas, de alguma forma, sem querer, adotei o vocabulário de *O casal perfeito*. *As meninas, os meninos, os rapazes, os ilhéus*. Ainda estávamos nos dividindo em equipes, interpretando os papéis que nos eram atribuídos pela produtora. Às vezes, era difícil lembrar que Bayer e Romi estavam mortos — não apenas eliminados da competição como Nico. Mas então... quando olhei para o vasto oceano vazio, ficando laranja ao pôr do sol, me forcei a admitir: havia uma grande chance de que Nico também estivesse morto.

Joel e Conor estavam na cabana, conversando sério sobre algo. Joel havia desenhado um mapa da ilha com areia sobre a mesa e apontava para as várias baías. Conor assentia. Vê-los juntos me deixou inquieta de uma forma que não conseguia explicar. Eu não *queria* que Conor e Zana ficassem isolados do restante de nós. Ter divisões tão profundas entre os ilhéus não era bom para ninguém, sobretudo porque Conor ainda tinha toda a comida e a água reféns no casarão Feliz para Sempre.

Mas ver Joel sendo tão amigável com o homem que — sem sombra de dúvida — roubou os nossos suprimentos e foi o responsável pela morte de Bayer era, de alguma forma, profundamente perturbador. Ele não se *importava*? Dan se importava. Aliás, ele ainda não havia retornado, e isso era mais uma coisa que me deixava nervosa. Ali estávamos nós, parecendo saídas de um folheto de viagem, quatro garotas de biquíni, bronzeadas, lindas, ajoelhadas na arrebentação, as silhuetas contra o pôr do sol mais deslumbrante que eu já tinha visto... e, no entanto, só conseguia pensar na escuridão por trás da imagem, nas fissuras que separavam a nossa pequena comunidade.

— Angel — falei, enquanto ela enxaguava a última xícara e a secava com cuidado numa toalha. — Eu não gosto *mesmo* de pensar em você sozinha no Descanso da Palmeira. Tem certeza de que não quer trazer o seu colchão para a nossa casa? Tem espaço, não tem? — Olhei para Santana, e ela assentiu vigorosamente.

— Sim! Com certeza. Tem bastante espaço.

Angel parecia pensativa.

— Devo admitir — disse ela por fim — que não gostei da noite passada. Não é que eu tenha medo de ficar sozinha, entendem? Mas...

Não terminou. Nem precisava. Todas sabíamos o que ela queria dizer. Era à noite que os milhares de quilômetros de oceano vazio se estendiam por mais tempo, e os medos apareciam com mais força: e se nunca fôssemos resgatados? E se a água acabasse? E se morrêssemos ali, como Romi, como Bayer, como a pobre mulher cujo nome nem sabíamos, deitada numa cova sem identificação?

Ter o ronco de outra pessoa para nos distrair desses "e se?"... bem, até a presença de outro corpo quente era imensamente reconfortante.

— E você, Zana? — perguntou Santana. — Sabe, se Angel fosse morar com a gente, você e Conor não precisariam ficar no casarão Feliz para Sempre. Vocês poderiam voltar para o Descanso da Palmeira.

Mas Zana balançava a cabeça, e eu sabia a resposta antes mesmo de ela falar: Conor jamais permitiria. Ele nunca abandonaria a comida e a água, não importava o que custasse a Zana, que já parecia doente de nervosismo com a perspectiva de atravessar a passarela.

Para ser sincera, eu mesma não teria gostado muito — e não tinha medo de água. Lá embaixo, dava para ver com clareza como era frágil a passarela improvisada de Conor — apenas tábuas recuperadas e pedaços de madeira flutuante remendados com pregos enfiados com uma pedra. Eu já tinha visto Zana e Angel atravessá-la antes, as vi cambaleando de uma tábua de madeira para outra, a mão de Zana agarrando a de Angel como se fosse a única coisa que a salvasse da morte. Era quase inutilizável e nem um pouco segura; para alguém com medo de água, seria um pesadelo.

— Zana, ele não pode *obrigar* você a ficar lá — disse Santana. Pegou a mão dela, abrindo a boca para dizer mais alguma coisa; mas, ao agarrar o pulso de Zana, não com força, mas com firmeza, Zana estremeceu e o puxou de volta.

Nós três olhamos para a mão de Zana. Ela a tinha fechado e a mergulhava na água, esfregando os últimos pratos com energia desnecessária.

Mas era tarde demais. Todos nós tínhamos visto. Um pequeno e distinto hematoma escuro na parte interna do pulso, como se alguém a tivesse beliscado ali, com muita força.

— Zana — falou Santana, mas parou como se não soubesse o que dizer. Olhou para nós duas meio que nos incentivando a tentar, mas Angel não retribuiu o olhar. Ela encarava, abalada, o pulso de Zana, o rosto tão pálido quanto se tivesse visto um fantasma.

— Você está bem? — perguntei por fim. Foi lamentavelmente inadequado. Não era o que eu queria dizer. "Ele está machucando você?" era o que eu queria perguntar.

— Estou bem — respondeu Zana. Ela se levantou, segurando os pratos contra o peito como se quisesse se proteger do olhar coletivo. — Quer dizer, tão bem quanto alguém pode estar nesta situação. E não preciso me mudar. Estou muito — disse e engoliu em seco, como se a mentira fosse difícil de contar —, muito feliz. No casarão sobre a água. *Nós* estamos muito felizes. É lindo.

Mas a voz não era nem um pouco convincente e, quando ela se virou e começou a caminhar de volta pela praia até Conor e Joel, pude ouvir os pratos que ela carregava tilintando, como se as mãos estivessem tremendo.

O SOL JÁ HAVIA SE POSTO, e a ilha estava mergulhada na escuridão farfalhante do luar enquanto caminhávamos pela trilha de seixos vinda do Descanso da Palmeira, com os cobertores da Angel pendurados no meu braço, ao passo que ela levava as roupas e o nécessaire. Santana estava à frente, segurando a água e a comida do jantar de Dan. Ele ainda não havia retornado.

Estávamos contornando uma curva na trilha, a rota se tornando estranha e imprevisível pelas sombras nítidas da lua cruzando o chão, quando ouvimos um som nos arbustos à frente e uma figura apareceu, a silhueta na frente das árvores, escura contra a escuridão.

— Joel? — perguntei, incerta, mas a forma não estava correta. Era um homem, mas não Joel; era alguém mais atarracado, mais musculoso.

— Dan? — Santana espiava pelas sombras, e então deu uma espécie de suspiro de alívio e correu para a frente. — Dan! Filho da mãe. Para onde você *foi*? Estava ficando louca.

— Estou bem — disse Dan, mas sua voz não parecia bem. Estava áspera e rouca. — Essa água é minha? Estou morto de sede.

— Sim, é sua. E a comida também. É a sua ração do jantar. Ei, vá com calma. Você vai passar mal. — Dan tinha levado a garrafa aos lábios e engolia a água como um homem que não bebia uma gota desde o café da manhã, o que parecia ser o caso. — Onde esteve?

— Lá na outra ponta da ilha. Cadê o Conor? — A voz de Dan ainda estava rouca. Troquei um olhar inquieto com Santana.

— Ainda está na cabana — disse Santana por fim. — Conversando com Joel e Zana.

Mas não era totalmente verdade. Zana não dissera uma palavra desde que tínhamos lavado a louça e, quando deixamos os três para trás, ela estava sentada, olhando para o casarão sobre a água como alguém condenado à morte olhava para a forca.

— Não estou gostando disso — disse Dan. — Não estou gostando nem um pouco. Ele está ficando do lado dele. Você o ouviu falando ontem à noite? Não quis nem escutar o que eu tinha a dizer. Só continuou defendendo Conor.

Percebi, com uma sensação de desânimo, que ele falava de Joel.

— Dan, isso não é justo — falei, mas Dan não estava com vontade de ouvir.

— O que não é *justo* — disse ele, cuspindo — é aquele filho da puta guardando toda a nossa comida e água, e Joel o apoiando. Se ele tivesse ficado do nosso lado...

Argh. Lá estava. *O nosso lado. Eles e nós*. As fendas aumentando.

— Não acho que ele estivesse tentando ficar do lado de ninguém — falei, desesperada. — Ele queria ser justo com todos. Olha... — Quando vi, Dan estava prestes a explodir de novo. — Entendo o que quer dizer, de verdade. E não estou falando que discordo. Me sinto muito desconfortável com tudo isso... com Conor, Zana, a comida... tudo. Mas temos que conviver uns com os outros no futuro próximo. Não podemos nos dar ao luxo de dividir esta ilha ao meio.

— Devo lembrá-la — disse Angel rigidamente, com o sotaque francês ficando mais forte — que Conor *matou* o meu namorado? Que se danem os vídeos idiotas dele no YouTube. Ele é um assassino.

Fechei os olhos e cerrei os dentes. Era verdade — e eu não podia negar aquilo na cara de Angel. Conor tinha matado Bayer. Não havia como escapar daquele fato. Mas assassino parecia um exagero. Porque *também* era verdade que Bayer tinha começado a briga e atacado primeiro. Num tribunal... bem, eu apostaria que Conor teria alegado legítima defesa. Mas não estávamos num tribunal. Estávamos muito longe de qualquer tipo de justiça. E todos tínhamos assistido a Conor espancar um homem até a morte.

— Olha, não há nada que possamos fazer sobre isso esta noite — disse Santana. — E, pelo que sabemos, Joel ainda está dormindo aqui, então, por favor, vamos tentar não começar outra briga quando ele chegar. Nosso problema é com Conor, não com Joel. E muito menos com Zana.

Angel assentiu. Dan apenas pareceu revoltado.

Estávamos quase na clareira quando Santana disse, com ar de quem tenta mudar de assunto:

— Angel, onde você quer dormir? Quer dormir comigo?

— Você e Dan não querem a cama? — perguntou Angel, parecendo confusa, e percebi que ela ainda não sabia. Dan deu uma risada um pouco amarga.

— Você não sabia? Eu jogo no outro time. Ninguém deveria saber, mas acho que não importa agora. Gay ou hétero, estaremos todos mortos antes de o barco chegar.

— Dan... — falou Santana, e ele se virou para ela.

— O quê? É verdade. Não adianta nos enganarmos. Se fôssemos ser resgatados, já teríamos sido. O barco não está vindo. Deve estar no fundo do oceano Índico, e ninguém sabe que estamos aqui.

— Dan, estamos aqui há... — Parei, percebendo que não tinha certeza, e fiz as contas de cabeça. — Nove... dez dias, talvez? Só isso. Temos água suficiente para pelo menos mais duas ou três semanas. Quase um mês. Muita coisa pode acontecer num mês. Quer dizer, e a fossa séptica? Imagino que alguém tenha que passar para esvaziá-la. Ou para fazer a manutenção da usina de dessalinização. *Alguém* virá. Tenho certeza. Só temos que aguentar firme.

Tínhamos chegado ao casarão, e Santana abriu a porta. Estava escuro lá dentro, é claro, como todas as noites desde a tempestade, mas havia a lua cheia iluminando a clareira, e Santana acenou com a mão ao redor do quarto, do meu colchão enfiado no canto ao lado do banheiro, para a grande cama de casal que ela dividia com Dan, para o colchão de Joel do outro lado, junto à varanda.

— Aqui estamos. Lar, doce lar. Se quiser o próprio espaço, acho que poderíamos colocar um terceiro colchão aos pés da cama, ou, se não quiser arrastar uma cama king size do Descanso da Palmeira, posso expulsar Dan para você dormir comigo.

— Ou comigo — ofereci. — Não preciso de um colchão de casal só para mim.

— Vou dividir com Lyla esta noite — disse Angel, decidida. — Tenho certeza de que Dan não quer dividir com Joel.

Todos trocamos olhares. Era um bom argumento, embora o subtexto fosse... a menos que Joel não voltasse. Talvez ele fosse do Time Conor.

— Certo — disse Santana. — E amanhã podemos ver se há espaço para um terceiro colchão.

Todos concordamos, e Santana começou a mudar os pertences de lugar para dar um pouco mais de espaço para Angel e eu. Ela estava empurrando a pequena geladeira mais para trás, contra a parede, quando parou.

— Hum. Que estranho.

— O que foi? — perguntei, mas Santana não respondeu. Ela havia se ajoelhado e estava espiando dentro da pequena geladeira. Então, arrancou-a da parede e colocou as duas mãos lá dentro, tateando. Quando se levantou, pude ver, mesmo sob o luar, que seu rosto estava pálido e aflito.

— Dan, Lyla, algum de vocês tocou na minha insulina?

— Na sua insulina? — Fiquei confusa. — Não, claro que não.

— Eu também não — disse Dan. — O que aconteceu?

— Ela não está aqui. — Percebi que Santana estava tentando manter a calma, mas havia um tremor na voz dela que desmentia o tom sereno.

— Não está? — Dan correu pela sala, pegando a geladeira e a inclinando como se não acreditasse nela, mas é claro que Santana estava certa: tudo o que caiu foi uma prateleira de metal. Dan xingou e jogou a geladeira no chão, fazendo Angel estremecer e Santana protestar.

— Dan, pelo amor de Deus, não precisa destruir tudo. Deve haver alguma explicação. A insulina não serve para ninguém além de mim.

— Mas por que alguém tiraria a sua insulina daqui? — perguntou Angel. Ela franziu a testa. — Quem mexeria com o remédio dos outros? Parece muito estranho.

— Foi ele. — A expressão de Dan era assassina. — Conor. Foi ele, porra. É a maneira dele de se vingar de mim por esta manhã... punindo Santana.

Houve silêncio entre nós enquanto tentávamos entender a possibilidade, e ele se virou para encarar primeiro a mim, depois Angel e, por fim, Santana.

— Foi *ele*. Admitam! É a única coisa que faz sentido.

Angel cruzou os braços e deu de ombros, bem gaulesa.

— Concordo com você, Dan. Só existe um psicopata na ilha, e é ele.

— Quando voltei mais cedo, antes do jantar — falei, devagar —, a porta estava aberta. Pensei que tivesse sido o vento, mas alguém deve tê-la arrombado.

— *Alguém* nada, foi *ele*, cacete! — gritou Dan. Havia uma veia saltando na sua testa. — Ele vai ver só.

— Dan, não — disse Santana, com urgência. — Escuta aqui, minha bomba está cheia, tenho pelo menos três dias antes de começar a me preocupar, talvez mais. Vamos aproveitar a noite para descobrir...

— Não vou aproveitar nada. — Dan estava tremendo de raiva. — Ele vai ver só.

— Dan, *por favor*! — disse Santana, mas Dan já estava indo em direção à porta. — Dan!

Ela correu atrás dele, agarrando a sua mão.

— Santana, pare com isso. — A voz de Dan era dura. — Isso é entre mim e ele...

— É a minha insulina, porra!

— Não se trata da insulina. A insulina é só mais uma maneira de ele controlar todo mundo, e não vou aceitar isso.

— Não *sabemos* se foi ele — disse Santana, desesperada. — Dan, por favor. Dan!

Mas ele se livrou da mão dela e saiu noite adentro.

Santana começou a chorar. Angel foi confortá-la, e me levantei, incerta, olhando de Santana, que chorava, para a trilha que levava à floresta escura onde Dan havia desaparecido. Merda. *Merda*. Tudo estava dando errado. E onde estava Joel?

A pergunta tinha acabado de me ocorrer quando vi uma figura se movendo entre as árvores. Achei que fosse Dan, pensando melhor, e senti uma onda de alívio, mas, à medida que a figura se aproximava, vi que era Joel. Corri até ele.

— Joel, você viu Dan?

— Dan? Não. Por quê?

— Porra. Ele... ele foi falar com Conor. Ele acha que Conor pegou a insulina da Santana.

— *O quê?* — Joel parecia mais confuso do que qualquer coisa.

— A insulina dela. Sumiu. Dan acha que Conor a tomou como retaliação pela discussão deles esta manhã. Ele foi resolver as coisas com Conor. Precisamos ir atrás dele... detê-lo.

Mas Joel parecia desconfortável.

— Eu... olha, quer dizer, não sei se é uma boa ideia. Dan está bem puto comigo... não tenho certeza de que eu aparecer para mandá-lo se acalmar ajudaria de fato.

— Bom, o que fazemos, então? Não podemos ficar aqui sentados esperando que ele volte com a cara machucada.

— Não, você tem razão. Merda. — Joel passou a mão pelo cabelo. — Então, o que a gente faz? A questão é que, se eu interferir, isso provavelmente não vai acalmá-lo. Talvez devêssemos deixá-lo dizer o que pensa... desabafar.

— Isso não funcionou muito bem para Bayer — respondi, seca. Meu coração estava martelando, a boca estava seca e eu me sentia tonta, uma mistura de medo por Dan e exaustão do trabalho do dia. Tinha quase certeza de que estávamos todos cronicamente desidratados, e já fazia dias. Como isso estava mexendo com os nossos nervos, eu não fazia ideia.

— Ei — disse Joel, de forma brusca. Ele me olhou sob o luar, franzindo a testa. — Bayer *deu um soco* em Conor, lembra? Ele atacou primeiro. Se Dan não agredir ninguém, tenho certeza de que ele vai ficar bem.

Mas eu me lembrava da voz de Dan, tremendo de raiva enquanto saía furioso pela noite. E não tinha certeza de que ele não deixaria a raiva tomar conta como Bayer fez.

— Eu vou lá — falei, decidida. — No mínimo...

No mínimo, minha presença poderia impedir Conor e Dan de fazerem alguma besteira, era o que estava pensando, embora isso não tivesse ajudado muito com Bayer.

— No mínimo? — perguntou Joel.

— Nada. Só... só cuide de Santana. Eu volto. Espero que em breve.

Joel assentiu, e segui em direção à escuridão.

NA CLAREIRA, A LUA PARECIA surpreendente, brilhante de uma forma quase sobrenatural. Porém, ao entrar na floresta, palmeiras e bananeiras bloquearam a maior parte do céu, deixando passar apenas lampejos de luz branca num confuso cruzamento de luar e sombra mais desorientador que a escuridão completa. Percebi que sentia o caminho mais do que enxergava de fato, e foi um alívio notar uma abertura nas árvores e sair da densa cobertura até a praia iluminada pelo luar.

Eu tinha ido mais longe na praia do que pretendia — devia ter pegado o caminho errado na escuridão — e, enquanto caminhava devagar pela areia, aguçava os ouvidos para escutar qualquer discussão vinda do casarão Feliz para Sempre, mas não conseguia ouvir nada, apenas o marulho.

Quando cheguei à passarela, precisei parar e me preparar para o que estava por vir. As tábuas improvisadas e frágeis já eram ruins o suficiente à luz do dia, mas, sob o luar instável, pareciam letais.

— Conor?! — gritei do outro lado da ampla extensão de água, mas não havia som algum vindo da casa. Nenhuma porta se abriu. Ninguém apareceu na varanda. Respirei fundo e pisei na primeira tábua. Ela se moveu e rangeu, mas aguentou, e pisei na seguinte.

Não foi tão aterrorizante quanto Joel e eu atravessando a nado o trecho de água turbulenta e agitada pelo vento após a tempestade, sobretudo porque, desta vez, se eu caísse, tinha quase certeza de que conseguiria nadar de volta. Mas, mesmo assim, a ideia de cair na água escura, provavelmente cheia de lanças submersas e destroços, não era atraente, e prendi a respiração ao passar da tábua instável para a estaca rangente, sentindo as lascas e os fechos desencontrados sob os pés nus, sem saber se o próximo passo seria aquele que cravaria um prego fundo no meu calcanhar ou me faria cair nas ondas escuras.

Estava tremendo quando cheguei à casa, me perguntando como Zana conseguia fazer aquilo todas as manhãs. Ela devia ficar apavorada. Talvez, depois de algumas vezes, a sensação melhorasse, mas eu não tinha medo de água, e a ideia de fazer a mesma viagem de volta era, no mínimo, pior, uma vez que eu sabia como as tábuas improvisadas eram escorregadias e flexíveis.

Contudo, não havia sentido em me deter nisso. Estava ali para encontrar Dan e, pelo menos até então, estava em segurança na superfície sólida da varanda. Dando um passo à frente, bati com firmeza na porta de vidro do casarão sobre a água.

Por um longo momento, nada aconteceu. Bati de novo e, em seguida, coloquei as mãos em concha em volta do rosto, analisando a escuridão lá dentro. Nada se movia, e senti uma pontada de ansiedade. Então, vi alguém se erguer da cama, e uma figura — parecia um homem — colocando algo branco em volta da cintura. Ele foi até a porta, abriu-a e vi Conor parado ali, com os cabelos molhados e despenteados, uma toalha enrolada nos quadris.

— Lyla? — Ele parecia confuso. — Está tudo bem?

— Vim perguntar a mesma coisa para você. — Meus medos sobre Dan estavam diminuindo e sendo substituídos por um tipo muito diferente de ansiedade. — Você viu Dan?

— Dan? Não. Por quê?

— Porque... — Parei. Deveria falar logo? *Porque ele estava vindo até aqui para acusar você de roubar a insulina de Santana.*

Não. Eu não tinha ido lá a fim de fazer isso. Estava ali por Dan, para garantir que ficasse bem. Poderíamos resolver a questão da insulina no dia seguinte. Essa noite era para garantir que Dan e Conor não brigassem.

— Ele estava vindo para cá — falei. — Para conversar com você.

— Eu não o vi. — Conor parecia confuso. — Estava dormindo, como você pode notar. — Acenou para o interior do casarão, onde consegui ver Zana sentada na cama, os lençóis agarrados ao peito nu.

— Está tudo bem? — perguntou ela. — Quem é?

— Sou eu, Lyla. Escute, está me dizendo que Dan *não* veio para cá?

— Ele nunca pôs os pés aqui — respondeu Conor. — Juro. — Parecia tão confuso quanto eu. — Ele disse mesmo que estava vindo para cá?

— Mais ou menos. — Eu tinha me afastado do casarão e estava examinando a praia, sentindo-me cada vez mais preocupada. — Onde diabos ele se meteu?

— Talvez tenha mudado de ideia e voltado. Tem que ser corajoso para atravessar essa passarela de noite.

— Talvez. — Mordi o lábio, tentando pensar no que fazer. Era verdade que a passarela parecia assustadora na escuridão. E também era verdade que eu não tinha vindo pelo caminho mais curto. Será que Dan e eu havíamos nos cruzado na floresta? Talvez ele estivesse de volta ao casarão naquele momento, perguntando-se onde eu estava. Virei-me, pronta para voltar para a ilha, e então parei e disse: — Escute, se Dan aparecer...

Parei. O que eu poderia dizer?

— Sim?

— Diga a ele... — Quebrei a cabeça em busca de algo, qualquer coisa, que pudesse desviar a atenção de Dan de tentar resolver as coisas com Conor. — Diga a ele que estive aqui e que Santana precisa dele de volta na casa, ok? — Era a única ideia em que eu conseguia pensar, a única coisa que poderia deter Dan: achar que Santana estava em apuros.

— Vou falar — respondeu Conor. Ele me observou enquanto eu voltava para a passarela e subia com cuidado na primeira tábua, que balançou, de forma alarmante. Congelei, esperando que se estabilizasse. — Você vai ficar bem? Para atravessá-la, quero dizer?

— Sim, vou ficar bem — respondi, um pouco seca. Não queria perder mais tempo. Queria voltar, encontrar Dan e ter certeza de que ele estava bem. Mesmo assim, senti os olhos de Conor em mim enquanto atravessava cada tábua, ouvindo-as ranger e gemer sob o meu peso, e ele não se mexeu até eu colocar os pés na areia. Então, com um aceno, se virou e voltou para dentro da casa, e caminhei com passos pesados pela praia em direção à minha.

CAPÍTULO 22

— **NÃO, DE QUE MERDA** você está falando? Claro que ele não está aqui. — O rosto de Santana estava branco e tenso sob o luar, e reprimi o que queria responder, que era "Por favor, não fale palavrão para mim, já que sou a única pessoa fazendo alguma coisa para encontrá-lo". — Desculpe — disse ela, como se tivesse lido meus pensamentos. — Desculpe, eu não devia ter sido grossa. Eu só... que diabos ele está fazendo, rondando a floresta? Primeiro desaparece o dia inteiro... e agora isso.

— O principal é que ele pensou melhor antes de ir até a passarela — falei, tentando lembrar os pontos positivos. — Então Dan não vai brigar com Conor. Qualquer coisa é melhor que isso.

— Tem razão... acho. — Santana parecia infeliz. — Só... que idiota do caralho.

Ela caminhou até a porta, abriu-a e gritou para a noite:

— Dan! Daaaaan! Cadê você?

Não houve resposta, apenas o farfalhar do vento nas árvores e o som do mar.

— Dan? — De novo, nada.

— Daniel! — Era Angel, num grito de irritação que fez os pássaros grasnarem em compaixão e raiva. — Volte aqui, seu *espèce de merde* idiota. Queremos ir para a cama!

Todos nós esperamos. Não era a abordagem que eu teria adotado, mas precisava admitir, se havia algo que faria Dan sair furioso das árvores, era isso — nem que fosse para mandar Angel calar a boca. Mas, enquanto a floresta voltava ao silêncio, nenhum passo soou na escuridão. Nenhuma voz irritada respondeu perguntando quem estava chamando quem de merda.

Nada. Apenas... nada.

Por fim, Joel pigarreou.

— Olha... quer dizer... não há nada que possamos fazer até de manhã. Mesmo se quiséssemos ir atrás dele, nunca o encontraríamos no escuro. Vamos dormir?

Houve um longo silêncio. Então Santana deu um suspiro trêmulo, como se estivesse prestes a chorar.

— Certo. Não quero dormir, mas não sei o que mais podemos fazer. Você tem razão, não vamos encontrá-lo agora. Ah, Dan, que porra você está fazendo?

Sua voz vacilou na última palavra, e a abracei. Ocorreu-me que ela e Dan eram o último casal que restava na ilha, além de Conor e Zana. Todos os outros haviam perdido a sua cara-metade. Mas, até aquela noite, Santana sempre o tivera ao seu lado. E ele parecia ter desaparecido também.

— Tenho certeza de que ele está bem — falei, tentando dar às palavras uma confiança que eu não sentia. — Ele foi para o outro lado da ilha antes, não foi? Provavelmente voltou para lá para esfriar a cabeça.

— Mas por quê? — perguntou Santana. Sua voz soou tensa, como se ela estivesse tentando não se entregar às lágrimas que eu ouvia pairando no canto das palavras. — Por que ele não voltaria para cá? Ele se perdeu?

Dei de ombros. Por mais improvável que parecesse, não era impossível. A ilha não era grande, mas à noite as trilhas sinuosas e as árvores densas tornavam os caminhos desorientadores.

— Não sei. Mas a ilha não é tão grande assim... se ele quiser voltar, vai acabar encontrando o caminho. Se não, bem, o pior cenário é passar a noite ao relento.

E ser mordido por Deus sabe o que era a mensagem não dita, mas não expressei essa dúvida. A cobra verde e esguia que eu tinha visto no primeiro dia não parava de me vir à cabeça. Não fazia ideia se era venenosa ou não, mas não queria descobrir.

— Lyla tem razão — falou Joel, embora parecesse inquieto. — Não adianta ficarmos acordados e preocupados. Até onde sabemos, ele pode muito bem estar aconchegado no Descanso da Palmeira. Vamos dormir um pouco. Depois, podemos acordar ao amanhecer e procurá-lo.

Houve um longo silêncio, então Santana disse, com uma voz que soava derrotada:

— Tá. — Foi só uma palavra, mas a voz tremeu.

— Ok. — Apertei os ombros dela de novo, com mais força, e a senti acenar com a cabeça. — Então venha, vamos para a cama. Aposto que Dan vai estar deitado ao seu lado de manhã, roncando sem parar.

— É — disse Santana. — Espero que esteja certa.

Mas eu não estava.

QUANDO ACORDEI NO dia seguinte, foi com o barulho de Santana andando de um lado para o outro na varanda, os passos fazendo as tábuas de madeira chacoalharem, e eu sabia, antes mesmo de abrir os olhos, que havia algo de errado.

Podia sentir o cheiro do meu suor, os lábios secos e rachados e a coceira na pele que não via água doce há mais de uma semana. Senti uma súbita vontade visceral de tomar um banho — da água morna escorrendo pelo corpo, espirrando no rosto —, mas deixei o pensamento de lado, levantei-me e fui até onde Santana ainda andava de um lado para o outro, olhando fixamente para a floresta.

— Imagino que... — falei, então percebi que a minha garganta estava seca como pó e a minha voz era quase inaudível. Tossi e tentei umedecer os lábios duas vezes. — Imagino que Dan não tenha voltado?

A cabeça de Santana se virou ao som da minha tosse, mas, ao me ver, ela pareceu desanimar. Balançava a cabeça.

— Não. — Sua voz estava tão rouca quanto a minha. — Já procurei por todas as partes acessíveis da ilha, os alojamentos dos funcionários, os casarões vazios, a cabana... e nada. Estou muito preocupada, Lyla. E se algo aconteceu com ele?

Mordi o lábio. O que queria responder era que, se algo tivesse acontecido com ele, ele provavelmente estava fodido. Só que, cada vez mais, isso parecia ser verdade para todos nós — a única diferença era quando ia acontecer.

— Bom dia — disse alguém atrás da gente, e Santana e eu nos viramos para ver Angel parada ali, olhando para o céu. Ela parecia muito bem penteada, com os cabelos presos num lenço que lhe dava a aparência de uma rainha: maçãs do rosto bem-definidas e olhos pesados.

— Angel. Como você dormiu?

— Bem. Foi bom ter companhia. — O rosto dela estava sombrio. — Teve notícias de Dan?

Santana balançou a cabeça. Havia lágrimas brotando nos cantos dos olhos dela, e pensei que talvez ela não confiasse em si mesma para falar.

— Estou assustada de verdade — disse ela por fim. — E... e se ele foi atrás de Conor e alguma coisa aconteceu?

— Eu não acho que ele fez isso, Santana... — Coloquei a mão no braço dela. — Fui lá ontem à noite, e Conor parecia mesmo estar dormindo.

— Você perguntou a ele sobre a insulina? — questionou Santana, e balancei a cabeça.

— Não, pensei nisso... mas não queria começar uma discussão no meio da noite enquanto ainda estávamos procurando por Dan.

— Mas... — disse Angel, e então parou.

— Mas? — perguntei.

— Mas... bem, eu estava pensando na insulina. Estava aqui, não é? Na casa?

Santana assentiu.

— Se Lyla estiver certa e a pessoa que pegou a insulina também foi a mesma que deixou a porta aberta, evidentemente ela deve ter sido roubada depois do café da manhã e antes do jantar. Correto?

Olhei para Santana e nós duas concordamos. Não tinha muita certeza de aonde Angel queria chegar com aquilo, mas ela abriu as mãos, com uma expressão de espanto fingido no rosto por estarmos sendo tão burras.

— *Mais, dis donc,* não pode ter sido Conor. Ele ficou na praia o dia todo, não? Nós o teríamos visto do lugar onde estávamos fazendo a fogueira.

Franzi a testa. Meu cérebro parecia estar funcionando a meia velocidade — uma mistura de falta de sono e desidratação, eu suspeitava —, mas me forcei a pensar no dia anterior e, pelo que conseguia lembrar, Angel tinha razão. Angel, Santana e eu havíamos passado o dia todo na praia, observando o mar, e teríamos visto Conor se ele tivesse entrado na floresta. Santana também franziu a testa.

— Eu... estou tentando lembrar, mas... olha, ele *deve* ter ido a algum lugar. Deve ter ido mijar ou algo assim, não? Ele ficou mesmo na água o dia todo?

— Ele foi para o casarão Feliz para Sempre — disse Angel. Sua voz era paciente, como se estivesse falando com crianças pequenas, mas idiotas. — Duas vezes. Mas não entrou na floresta. Eu teria notado. Não confio naquele homem. Estou de olho nele. — Ela bateu com a ponta do dedo no canto do olho e cruzou os braços, como se isso comprovasse o seu argumento.

— Você tem razão — falei, devagar. — Até aí. Mas depende de eu estar certa sobre a porta. As coisas podem não ter relação alguma. E se ele a roubou ontem?

— Antes de Dan discutir com ele sobre a água? — Angel parecia cética, mas Santana balançava a cabeça.

— Não, não é possível. Enchi a minha bomba ontem de manhã, logo depois do café. Todos os frascos estavam lá. Devem ter pegado a insulina algum tempo depois que fomos até a praia para fazer a fogueira. E Conor já estava pescando quando chegamos lá. — Angel abriu a boca para falar, mas Santana continuou: — Mas também, e isso talvez seja mais pertinente, como Conor saberia que a insulina estava lá? Ele nunca esteve na nossa casa, até onde sei. Algo mais foi movido, Lyla?

Dei de ombros.

— Não que eu tenha visto. Não parecia que nenhuma das nossas malas tinha sido mexida.

— Certo. Então, quem quer que tenha pegado a insulina, foi direto para ela. Como se *soubesse* onde ela estava.

Houve um silêncio repentino e desagradável, e nossos olhos se voltaram para o corpo adormecido de Joel, esparramado no colchão, como se atraído por ímãs.

— Não — sussurrou Santana. — Não. Ele não faria isso.

— Ele e Conor são muito próximos — disse Angel, pensativa. — E ele o ajudou a pegar a comida. Eles são... qual é a expressão no seu idioma para amigos como porcos?

— Amigos como porcos? — Santana olhou para ela sem entender.

— Sim, *ils sont copains comme cochons*. Muito bons amigos. Amigos de peito, essa é a expressão!

— Amigos *do* peito — corrigiu Santana, e Angel revirou os olhos.

Eu não podia culpá-la. O inglês dela era cem vezes melhor que o meu francês — e provavelmente o de Santana.

— Quem são amigos do peito? — A voz sonolenta de Joel veio de trás de nós, e todas demos um pulo. Meus olhos encontraram os de Santana, sem saber o que dizer. Ela abriu a boca e depois a fechou de novo, e eu sabia que estava se perguntando a mesma coisa que eu: deveríamos perguntar diretamente a Joel se ele tinha pegado a insulina? Mas, ao mesmo tempo, era *Joel*... Joel, que dormia lado a lado conosco havia dias. Joel, que chorou por Romi, nos abraçou e ouviu enquanto nos desesperávamos à noite com pesadelos.

Ele negou saber qualquer coisa sobre a insulina na noite anterior, e perguntar naquele momento era mais ou menos como dizer na cara dele que suspeitávamos de que ele estivesse mentindo.

Com mais precisão: se Joel de fato *tivesse* pegado a insulina de Santana, presumivelmente para dar a Conor, seria muito improvável que a recuperássemos só ao pedir.

— Estávamos falando de expressões — disse Angel por fim. Ela lançou um olhar para mim e para Santana, como se nos convidasse a apoiá-la. Senti um frio no coração. Ela não confiava em Joel. E o pior era que... eu também não. Porque a lógica dela fazia sentido. Alguém tinha pego a insulina, e eu não conseguia ver como poderia ter sido Conor. O que significava que uma pessoa na ilha havia nos traído.

Dan voltou. Graças a Deus. Estávamos todos muito preocupados com ele. Ele simplesmente saiu da floresta enquanto estávamos pescando e nadando e pediu desculpas ao grupo por preocupar todo mundo e por perder a cabeça por causa da água. Então, bebeu toda a água que tínhamos separado para ele enquanto estava fora.

Dissemos que entendíamos — claro que entendíamos. Pobre Dan. Nenhum de nós o culpa. É difícil. Posso ser a próxima pessoa a perder a cabeça — ou Lyla. Ou até Conor, embora isso seja difícil de imaginar.

Todos nós o abraçamos, e Conor disse:

— Não faça isso de novo, tá bom? Ficaríamos de coração partido se...

Ele parou, mas nós sabíamos o que ia dizer. Se perdêssemos outra pessoa, depois de Romi e Bayer.

Dan não disse nada, apenas assentiu. Porém, pude ver que estava chorando. Espero que ele esteja bem.

CAPÍTULO 23

NÓS QUATRO PASSAMOS o restante do dia procurando por Dan, nos espalhando pela ilha, chamando pelo nome dele, mas, até onde conseguíamos ver, ele não estava lá.

Era impossível ter certeza, claro. Na extremidade da ilha onde ficavam os casarões, a floresta era relativamente bem-cuidada, pontilhada por trilhas e pequenas clareiras artificiais. Mas, na outra extremidade, era mais selvagem e muito mais intocada, e era impossível penetrar em alguns dos arbustos sem um facão e roupas de proteção. Nenhum de nós queria abrir caminho pela floresta intocada de shorts e chinelos — quem sabia que cobras e aranhas poderiam estar nos esperando?

Era difícil acreditar que Dan pudesse estar lá, no entanto. E, mesmo que estivesse, com certeza teria gritado ao nos ouvir. Uma coisa parecia certa: se ele *estava* na ilha, não queria ser encontrado.

Ao pôr do sol, voltamos para a cabana. Santana mancava um pouco, embora a perna estivesse bem melhor do que antes e ela não estivesse mais usando o meu curativo improvisado. Bebemos a escassa ração de água e olhamos para a pilha de pães e croissants no centro da mesa. Vi que havia mofo num deles. Tínhamos arrancado todas as bananas que estavam minimamente maduras dias antes, e estávamos tão concentrados em procurar por Dan, que ninguém teve tempo de pescar. Restavam apenas doces velhos e as últimas latas de salada de frutas. Santana apenas ficou sentada, olhando para o prato à sua frente, então colocou a cabeça entre as mãos e começou a chorar.

Nos aglomeramos ao redor dela, tentando confortá-la ao máximo, mas foi Zana, ao se ajoelhar e colocar as mãos em cada lado do seu rosto, falando diretamente com Santana, quem conseguiu acalmá-la.

— Ei — disse ela. — Ei, Santana, aguente firme, tá bom? Aguente firme. Vai ficar tudo bem.

— Você não sabe disso — falou Santana. Ela olhou para o céu, de um azul-escuro profundo, salpicado de estrelas mais brilhantes e bonitas do que qualquer coisa que eu já tivesse visto em Londres. Os olhos dela estavam arregalados e cheios de lágrimas. — Você não faz ideia se isso é verdade. Vamos morrer aqui.

— Ainda temos o rádio — disse Zana. — E Lyla está certa sobre a fossa séptica e os serviços na ilha, alguém vai acabar *passando* por aqui, tem que passar, só precisamos aguentar até lá.

Mas Angel tinha dado um muxoxo com a palavra *rádio*.

— Não falamos pelo rádio hoje — disse ela. — Com tudo sobre Dan... Vou até o barraco para tentar.

— Boa ideia — disse Conor. — Vou até a praia. Tenho a teoria de que os barcos podem ser mais fáceis de avistar à noite, com as luzes. E eles também enxergariam melhor a nossa fogueira, se tentássemos sinalizar.

Angel assentiu e foi em direção ao barraco do rádio, enquanto Zana e eu tentávamos persuadir Santana a comer alguma coisa. Apenas Joel não fez nada. Ele estava sentado com a cabeça entre as mãos, parecendo mais desanimado do que eu o vira desde a morte de Romi.

Santana tinha parado de chorar e conseguido engolir um croissant, com as partes mofadas removidas, e comer uns pedaços de coco, quando ouvimos Angel voltando do barraco pela trilha. Não sei como, mas só o som dos passos já era sinistro. Ao olhar para cima, vi o seu rosto sério enquanto ela se aproximava do fogo.

— O que foi? — perguntei.

— Acabou. — A voz de Angel era monótona.

— O quê?

— A bateria. A porra da bateria do rádio.

— Tem certeza? — perguntou Joel, e Angel se virou para ele, furiosa.

— Se tenho certeza? Claro que tenho, seu idiota. Ontem havia uma luz, hoje não tem mais! E, sim, verifiquei a conexão, mas todos nós sabíamos que a bateria não duraria para sempre.

— Merda. — Santana tinha perdido toda a cor de novo. — Não há nada que possamos fazer? Não podemos... sei lá. Sabe quando a sua lanterna acaba e você coloca as pilhas na axila para aquecê-las? Não podemos... não podemos aquecer a bateria?

— Podemos tentar de novo amanhã ao meio-dia — falei, cansada. — Quando o sol estiver em cima do barraco. Mas não sei se é assim que aquelas baterias grandes de carro funcionam. São de chumbo-ácido, não são?

— Podem ser radioativas — disse Angel. Sua voz era dura. — E isso não mudaria o fato de que o rádio não funciona mais. Mesmo que consigamos extrair um fio de carga dele amanhã, vai continuar sem funcionar depois disso. Estamos todos ferrados.

— Olha... — disse Joel, ao mesmo tempo que ouvimos um grito vindo da praia.

— Ei! Ei, venham cá, rápido.

Paramos, congelados, como crianças brincando de estátua. Era a voz de Conor, mas ele não parecia animado como se tivesse visto um navio. Parecia... assustado.

— Alguém pode vir, por favor?! — gritou Conor novamente.

Então, como se liberados por aquelas palavras, todos entramos em ação e começamos a correr pela trilha em direção à praia, o mais rápido que podíamos na escuridão espessa e aveludada.

Dava para ver o vestido claro de Angel esvoaçando à minha frente e ouvir Joel ofegando atrás. Levou apenas alguns instantes, aí saímos para o luar e vimos Conor parado lá no alto, na praia, com uma silhueta escura aos seus pés.

— O que foi? — chamou Zana. Ela havia tirado as sandálias e corria pela areia com uma velocidade surpreendente. — Encontrou algo?

— O mar trouxe alguma coisa? — perguntou Joel. Mas Conor não disse nada, apenas ficou parado ali, olhando para a coisa aos seus pés.

Foi Santana quem viu primeiro, e mesmo assim não entendi o grito que escapou da sua garganta, a maneira como ela levantou a saia e começou a correr hesitante pela praia na direção de Conor.

Então eu soube e comecei a correr também, caindo de joelhos nas ondas ao lado da coisa que tinha sido Dan.

Ele fora gravemente dilacerado — se por tubarões ou apenas pela ação do coral, eu não tinha certeza. Seu rosto estava irreconhecível, mas as roupas eram dele, desde a bermuda até a fina corda vermelha amarrada num dos pulsos. Um braço estava estendido, suplicante, na areia, enquanto o outro se encolhia contra o corpo, como se estivesse se protegendo de um golpe. O mais desolador de tudo: onde a camisa havia sido rasgada, eu podia ver uma pequena tatuagem, logo acima do quadril. Mickey Mouse — o companheiro perfeito para a Minnie de Santana.

Foi aquela coisinha simples que me fez perder a cabeça, e coloquei a mão sobre a boca, contendo o soluço que ameaçava irromper. Santana havia desabado completamente — estava ajoelhada sobre ele, segurando a sua mão estendida, chorando em soluços violentos e sufocados, até que Zana a levou para tentar confortá-la.

Joel, Conor, Angel e eu arrastamos o corpo até a praia. Não havia nada a fazer a não ser começar o já familiar ritual macabro de cavar uma cova na clareira ao lado dos outros. Não podíamos deixá-lo ali durante a noite para os pássaros continuarem o que os peixes haviam começado.

Quando o buraco estava fundo o suficiente, nós quatro pegamos um membro cada, prontos para baixar o corpo na cova improvisada. Conor e Angel seguravam seus tornozelos; Joel, seu braço esquerdo; e eu, o direito.

Estávamos baixando Dan para a cova, tentando algo mais respeitoso do que simplesmente deixá-lo cair, quando o meu aperto no seu pulso cedeu, a mão dele escorregou pela minha, e agarrei os dedos, quebrando o *rigor mortis*. As juntas cederam com um ruído horrível de trituração, mas consegui segurar a mão e, ao fazê-lo, senti algo nela, algo duro, redondo e liso contra a palma da minha mão, como se Dan a estivesse passando para mim. Uma pedra, talvez. Ou um fragmento das rochas de onde ele havia escorregado.

Foi só quando o corpo de Dan estava estendido abaixo de nós, coberto por um lençol, que olhei para o que segurava. A princípio não reconheci e, quando reconheci, não entendi. Foi mais por instinto do que por cálculo que guardei a coisa rapidamente no bolso dos meus shorts, escondendo-a de vista.

Durante toda a cerimônia improvisada, o objeto me atormentava, sussurrando perguntas sob o som dos soluços dilacerantes de Santana. O que significava aquela coisa à qual Dan se agarrara com tanto desespero enquanto seu corpo era arrastado para o mar?

Não fazia sentido. Nada daquilo fazia sentido. A questão era: o que eu deveria fazer?

CAPÍTULO 24

NENHUM DE NÓS conseguiu dormir. Santana estava deitada na cama que fora dela e de Dan, chorando sem parar no travesseiro, com um gemido baixo e dilacerante de dor.

Angel estava deitada ao seu lado, acariciando as costas de Santana num ritmo suave, sussurrando palavras também suaves num francês que nenhum de nós conseguia entender, mas que não eram menos reconfortantes por isso.

Pude ver que Joel estava parado do lado de fora da casa, encostado no corrimão da varanda, olhando para a escuridão.

E eu estava deitada ali, completamente acordada, sentindo a pequena e dura presença do objeto que havia encontrado na mão de Dan, agarrado na minha.

Por fim, exausta pela dor de Santana, levantei-me e saí a fim de me juntar a Joel, fechando a porta atrás de mim com delicadeza.

Lá fora, ouvia o zumbido dos mosquitos e, mais longe, o som das ondas quebrando contra os corais. Antes era reconfortante; mas se tornara uma lembrança horrível da morte de Dan.

Talvez fosse porque eu não conhecia Bayer havia tanto tempo, ou talvez porque ele tivesse sido o responsável por atacar Conor, mas, de alguma forma, a morte dele não me atingiu como a de Dan. Parecia quase irreal... apenas outro competidor eliminado da realidade das nossas vidas.

Parada ali na clareira, com as quatro cruzes brancas iluminadas pelo luar, fui forçada a admitir uma coisa: *estávamos* sendo eliminados — todos nós. E por alguém determinado a vencer aquele jogo a qualquer custo. Mas o prêmio não era mais fama e dinheiro. Era sobrevivência.

— Você está bem? — perguntou Joel quando me aproximei, e balancei a cabeça.

— Não. E você?

— Não. Eu sabia que não ia conseguir dormir.

— Eu também.

Houve um longo silêncio, então falei, com a sensação de estar prestes a saltar de um precipício:

— Joel, escuta. Encontrei uma coisa.

Eu não fazia ideia se estava prestes a cometer um erro terrível. Só sabia que, se não falasse com alguém sobre aquilo, enlouqueceria — e Joel, apesar de todos os seus laços com Conor, tinha sido gentil comigo desde o início.

— Você encontrou alguma coisa? — Joel se virou para mim sob o luar, franzindo a testa, e percebi que ele analisava o meu tom, tentando descobrir se aquilo era uma boa ou má notícia e como deveria reagir.

Confirmei, sentindo a apreensão crescer dentro de mim como uma doença. Aí coloquei a mão no bolso e o peguei — o objeto que Dan segurava quando apareceu na praia. Um frasco de insulina de Santana.

Por um momento, Joel olhou para ele sem entender o que estava vendo. Então, emitiu um som como se tivesse levado um soco no estômago, e eu sabia que ele o reconhecera e que sabia o que estava vendo.

— Isso é... isso é... — Ele parou. Toda a cor havia sumido do seu rosto. Terminei a frase para ele.

— A insulina de Santana. Sim. Estava na mão de Dan. Encontrei quando estávamos baixando o cadáver dele para a cova.

— E o quê... — Ele parou de novo, como se estivesse sem palavras.

— O que significa? Não sei. Acho que Dan não roubou a insulina, se é isso que quer dizer. A indignação dele ontem à noite foi real. O que significa...

Parei de falar. Deixei o silêncio se prolongar, esperando que Joel juntasse dois e dois e entendesse o que eu estava dizendo. Se Dan não tinha pegado o frasco, então alguém devia ter dado a insulina a ele ou a colocado na sua mão.

— Tem alguma coisa que queira me contar, Joel?

— Não — respondeu ele, por reflexo, mas parecia enjoado. Muito enjoado.

— Joel, você pode conversar comigo — falei, mantendo a voz baixa. Mas ele balançou a cabeça. Não olhava para mim. Em vez disso, observava a floresta como se estivesse procurando urgentemente algo na escuridão. — Joel? — falei, e ele balançou a cabeça.

— Lyla, só... Você pode... me deixar um pouco em paz, por favor? Preciso pensar.

— Certo — falei. Virei-me, abri a porta da varanda e entrei. Angel ainda cantava em francês para Santana, que estava deitada com a cabeça no colo dela, os olhos fechados, o rosto ainda coberto de lágrimas.

O quarto cheirava a suor e, lá em cima, nas vigas, vi uma lagartixa correndo e o zumbido de um mosquito passando perto do meu ouvido. Deslizei para o colchão e puxei o lençol fino sobre os ombros. Então, fechei os olhos e esperei Joel decidir de que lado queria ficar.

QUANDO ABRI OS OLHOS, era de manhã, o sol entrava pelas finas cortinas de linho... e o colchão de Joel estava vazio. Sentei-me e o meu olhar se voltou automaticamente para a porta, verificando se ele ainda estava de pé, encostado no corrimão da varanda, mas não estava lá. Não estava na clareira. Não estava no banheiro. Não estava em lugar algum.

Angel e Santana ainda dormiam. Eu me levantei, coloquei em silêncio uma camiseta e chinelos e saí para a floresta.

A manhã estava tranquila, era cedo o suficiente para que o calor intenso do dia ainda não tivesse chegado, mas eu já sentia a pele do nariz protestar enquanto caminhava pelas clareiras ensolaradas. Tínhamos começado a racionar o protetor solar junto com todo o resto, tentando nos cobrir sempre que possível, em vez de passar protetor solar fator cinquenta como fazíamos no início.

Ao sair para o brilho ensolarado da cabana, duas coisas me atingiram. A primeira foi a força do sol da manhã. A segunda foi o fato de Joel não estar lá.

A sensação de desconforto aumentava no meu estômago enquanto eu caminhava pela floresta até a praia e a examinava. Nada. Ninguém. Apenas as marcas dos nossos pés da noite anterior; a longa e nauseante trilha na areia onde havíamos puxado e carregado o corpo de Dan praia acima; o trecho suave abaixo da linha da água.

Ao longe, eu conseguia ver o casarão Feliz para Sempre. As cortinas estavam fechadas e não havia ninguém na varanda. A menos que Joel tivesse passado a noite com Conor e Zana, o que parecia improvável, ele não estava lá.

Em seguida, verifiquei as outras casas. Primeiro, o Descanso da Palmeira, onde Bayer e Angel dormiam até Angel se mudar para o Retiro da Floresta com a gente. Nenhum sinal de ninguém.

Depois, fui até o Penhasco do Oceano, que parecia mais um esqueleto do que uma casa, já que a havíamos desmontado para pegar materiais para a fogueira. Não teria ficado surpresa se encontrasse Joel lá em cima, olhando para o horizonte, procurando navios, mas não havia ninguém e nenhum sinal de movimento desde o dia anterior. Tudo estava exatamente como havíamos deixado antes da morte de Dan.

Então, com medo, voltei para a floresta, para o Sonho da Ilha, o casarão onde Joel e Romi passaram o primeiro dia — onde Romi dormia quando morreu.

Não sabia por quê, mas senti uma espécie de superstição em voltar para lá. Eu não a visitava desde o primeiro dia após a tempestade, quando recuperamos o corpo de Romi dos escombros e, mais tarde, naquele mesmo dia, quando resgatamos os pertences de Joel. Ela tinha um ar estranho e assombrado, bem diferente da outra casa danificada. Teria Joel voltado para lá para tentar descobrir o que Romi gostaria que ele fizesse, para tentar se conectar com a pessoa que ele era antes de tudo isso começar?

A resposta, quando cheguei lá, parecia ser "não". A casa estava silenciosa e vazia, até onde eu conseguia distinguir — apenas uma longa cobra marrom tomando sol no telhado desabado. Ao som dos meus passos, ela se desenrolou sem pressa e deslizou pela clareira, o corpo forte e musculoso se contorcendo sinuosamente sobre as folhas de palmeira destroçadas.

Observei-a passar, sentindo os batimentos cardíacos acelerarem um pouco, apesar do lado lógico do meu cérebro me dizer que eu não devia temer. Você tem dez vezes mais chances de morrer por causa de um mosquito do que de uma cobra, uma estatística que eu já havia mencionado muitas vezes ao longo da minha carreira. Mas o cérebro humano é ruim em avaliar riscos e ainda pior em avaliar os verdadeiros perigos ao redor — e eu não era exceção. A cientista em mim não conseguia superar a pequena e atávica onda de adrenalina que sentia enquanto observava a cobra desaparecer no mato.

E, enquanto olhava ao redor da clareira vazia, percebi que não era só a cobra. Eu tinha feito um péssimo trabalho ao avaliar os perigos desde o dia em que pisei na ilha Feliz para Sempre. Confiei nas pessoas erradas, tomei decisões erradas. Deixei os meus instintos anularem as evidências à minha frente.

Se aprendi uma coisa com o trabalho, foi a aceitar a verdade, por mais que desejasse que as coisas fossem diferentes. Tive uma lembrança nítida daquele dia, poucas semanas antes, embora parecesse uma eternidade, quando Nico me contou sobre *O casal perfeito*, e fiquei ali sentada, distraída, meio ouvindo-o falar, mas observando com atenção o gráfico de resultados no laptop. Durante todo o tempo em que Nico falou, torci para que os pontos formassem um padrão diferente, a correlação perfeita e precisa que eu esperava ver. Mas eles não formaram.

Eu poderia ter tentado ignorar os dados. Poderia ter manipulado os resultados ou apagado discretamente alguns pontos para tornar mais persuasivo o padrão que desejava ver ali.

Mas não. Apenas observei a informação à minha frente e aceitei o que ela significava, porque era o meu trabalho. Porque o meu único e principal dever como cientista era encarar a realidade.

E ali eu tinha que fazer a mesma coisa aqui. Tinha que encarar os fatos — e descobrir o que estava acontecendo na ilha Feliz para Sempre. Eu tinha que descobrir a verdade.

Dan morreu. Não consigo acreditar. Outro acidente. Isso só mostra como as nossas vidas são frágeis aqui, como somos impotentes quando algo dá errado.

E fazia um dia lindo. Estávamos todos no mar, rindo, nadando, brincando nas ondas... por um momento, acho que quase nos esquecemos da realidade da nossa situação. Éramos apenas sete jovens, curtindo a vida, nos... divertindo, na verdade.

Estávamos jogando uma bola improvisada que tínhamos feito com uma das grandes garrafas de água, e Dan tinha nadado para longe, pronto para pegá-la — aí, de repente, ele estava longe demais.

Angel o chamou para voltar, e ele pareceu ouvir, virou-se e começou a nadar em direção à costa, mas não se aproximava. Nadava e nadava, freneticamente, na nossa direção, mas ficava cada vez menor. Eu não conseguia entender. Então Joel disse, de repente:

— Ele está preso na correnteza... Ele está preso na correnteza. — Joel começou a gritar e berrar: — Nade de lado! Não nade contra a corrente, nade ao longo da costa!

Mas não sei se Dan conseguia ouvir. Ele estava longe demais, e o vento tinha aumentado. As ondas estavam começando a quebrar sobre a sua cabeça.

Conor começou a se despir, e Joel disse:

— Não, deixe comigo, eu sou um nadador mais forte. — E tirou a camiseta. Ele mergulhou na água, mas vimos, antes mesmo que tivesse se afastado mais do que alguns metros, que era inútil. Dan tinha desaparecido.

A cabeça de Joel emergiu da água, verificando a direção, e ele parou.

— Onde ele está? — gritou Joel. — Não consigo vê-lo. Onde ele está?

Mas Dan tinha sumido, tão longe no mar, que nem conseguimos ter certeza de quando o perdemos de vista.

Joel ficou fora de si. Santana também, claro, ela está destruída, mas Joel... acho que Joel se sentiu responsável. Como se ele devesse ter percebido antes, embora, claro, a gente tenha tentado dizer a ele que não era o caso.

— Eu deveria ter contado a ele sobre a correnteza — disse Joel, sem parar. — Eu deveria tê-lo avisado.

Perdemos mais uma pessoa. Continuo dizendo isso em voz alta, tentando tornar realidade. Perdemos mais uma pessoa — o adorável Dan, que estava sempre rindo, brincando e tentando fazer todo mundo se sentir melhor.

Nós o perdemos.

CAPÍTULO 25

— OLHA, PRECISAMOS CONVERSAR.

Estávamos na praia esperando Conor e Zana acordarem e nos trazerem a ração de água da manhã, mas, pela primeira vez, mesmo com a sede que sentia, não contei os segundos até Conor atravessar a passarela com uma garrafa de água na mão. Eu queria falar com Angel e Santana antes que ele chegasse.

— Está falando comigo? Ou com Angel? — Santana se virou para mim, com o rosto apático e indiferente. Parecia uma pessoa diferente desde a morte de Dan, como se toda a vitalidade e o riso tivessem se esvaído dela.

— Com as duas. — Procurei no bolso e estendi o frasco de insulina que havia encontrado na mão de Dan. — Encontrei isso ontem.

Angel olhou para o pequeno frasco, sem entender, mas Santana ficou boquiaberta e arrancou a insulina da minha mão.

— *O quê?* Onde encontrou isso?

— Na mão de Dan. Eu acho... — Engoli em seco. — Acho que ele estava segurando quando morreu.

— Essa é a sua insulina? — perguntou Angel, entendendo tudo. Ela respirou fundo, entre os lábios franzidos, e então pareceu perceber o que aquilo significava... ou poderia significar. — Espere aí, está dizendo que *Dan* era o ladrão?

— Besteira! — gritou Santana, ao mesmo tempo que eu dizia:

— Não, acho que não.

— Mas se ele estava com a insulina... — falou Angel. Santana a interrompeu.

— Não. Não, eu não acredito. É besteira, Dan nunca faria isso. Ele nunca faria isso! Ele sabe o que isso significa para mim. Foi Conor. Foi Conor punindo Dan por enfrentá-lo. Eu sei que foi!

— Não foi Conor — disse Angel, com paciência. — Já conversamos sobre isso, Santana.

— Tenho quase certeza de que foi Joel — falei. — Mostrei o frasco a ele ontem à noite...

— *O quê?* — interrompeu Angel, mas continuei, teimosa, falando por cima dela.

— ... e a reação dele foi bem estranha. Ele parecia culpado. Mas também parecia... arrasado. De um jeito que não entendi muito bem. Mas acho que agora entendo.

— Como assim? — falou Santana. — E, mais importante, cadê o resto da porra da minha insulina? Esse frasco está pela metade. — Ela apontou para o frasquinho na minha mão, que tinha um furo de alfinete na tampa.

Respirei fundo, reunindo toda a clareza que pude. A sequência de eventos parecia tão evidente quando a repassei na casa, mas eu passara a duvidar da minha própria lógica. Só que fazia sentido. Eu *sabia* que fazia sentido. Só precisava transmitir aquilo para Angel e Santana.

— Acho que Joel pegou a insulina e deu para Conor. Não sei por quê. Provavelmente, Conor pediu que ele roubasse porque sabia que suspeitaríamos dele e ficaríamos de guarda se ele começasse a rodear a nossa casa. Talvez tenha inventado alguma coisa sobre Dan ser alguém descontrolado e ser mais seguro para todos ter poder sobre ele. Ou talvez ele apenas tenha subornado Joel com um pouco de água. Não sei vocês, mas não tem muita coisa que eu não faria por um litro de água agora.

— Eu não roubaria o remédio de ninguém, porra — rosnou Santana, mas vi Angel passar a língua inconscientemente pelos lábios rachados, e achei que ela compreendia o que eu queria dizer e fosse honesta o suficiente para saber que todos nós poderíamos ter ficado tentados com o pedido certo.

— Mas como isso foi parar nas mãos de Dan? — perguntou Angel. — Você está dizendo que foi... *comment on dit, mise-en-scène*... encenação? Que Conor colocou lá quando encontrou o corpo?

— Acho que não — respondi, balançando a cabeça. — Dan estava com *rigor mortis*. A mão dele estava completamente dura. Não, acho que Dan *foi* ver Conor na outra noite.

— Mas você disse que Conor e Zana estavam sozinhos — disse Santana. — Você disse que teria visto Dan voltando.

— Acho que me enganei. Acho que Dan foi até o casarão sobre a água e, de alguma forma, conseguiu um frasco. Não sei como... talvez ele o tenha encontrado, ou talvez Conor o tenha oferecido a ele para tentar acalmá-lo, mas o tiro saiu pela culatra. De qualquer forma, acho que acabaram brigando, e Conor o afogou e depois empurrou o corpo dele na correnteza para ser levado pelo mar. Mas, para o azar dele, a água o trouxe de volta... com a insulina.

— Você não pode afirmar nada disso — disse Angel, cética, e balancei a cabeça.

— Não, não posso. Mas, com base nos poucos dados que temos, para mim, é a única maneira de entender como a insulina estava com Dan quando ele morreu. Ele *precisa* ter pegado de quem o matou... e sabemos que não foi Joel. Joel ficou no casarão conosco a noite toda. E tem mais uma coisa. O cabelo de Conor estava molhado quando fui para o Feliz para Sempre naquela noite.

— Molhado? — disse Santana, inexpressiva. — Como assim?

— Molhado. Como se tivesse tomado banho. E também estava de toalha. É possível que ele tenha ido dar um mergulho de última hora antes de dormir para se refrescar...

— Mas é muito mais provável que tenha se molhado afogando Dan — disse Santana. Sua voz falhou. — Ah, meu querido Dan, seu idiota. Eu implorei a ele. Implorei que não fosse lá.

— Eu sei — falei, baixinho. Angel passou o braço em volta dos ombros de Santana e ela chorou com soluços secos e torturantes. — Você não fez nada de errado.

— Então, vamos confrontá-lo? — perguntou Angel, com a voz feroz. — Fazemos com que Joel, aquele vermezinho, confesse, e então confrontamos o psicopata?

— Bem... — falei, relutante. — Essa é outra coisa que me preocupa. Perguntei a Joel sobre isso ontem à noite.

— E?

— E ele pareceu... arrasado. Mais chocado do que eu esperava. Não o acusei, mas deixei bem claro o que estava dizendo. No entanto, não acho que foi isso que o chocou. Quer dizer, ele sabia o que tinha feito... devia saber também que havia uma chance de juntarmos as peças. Não, acho que ele ficou chocado porque, quando lhe contei que Dan estava segurando um frasco de insulina, ele percebeu o mesmo que eu... que, se Dan segurava o frasco quando morreu, isso significava que ele vira Conor na outra noite. E provavelmente significava que Conor o havia assassinado.

— Então ele foi forçado a lidar com a verdadeira natureza do seu amigo psicopata. E agora foi à floresta para passar por uma crise de meia-idade? — disse Angel, com desdém. Sua voz estava cheia de desgosto. Dei de ombros.

— Quer dizer... é possível. E é o que eu espero.

— É o que você espera? — Santana ergueu os olhos. Estavam vermelhos de lágrimas não derramadas.

— É o que eu espero, porque a alternativa é pior. — O problema é que também era mais plausível. Eu não achava que Joel fosse do tipo que ficava na selva com as cobras.

— Do que está falando? — Santana pareceu surpresa. — Está dizendo que Joel passou para o lado de Conor?

Balancei a cabeça. A verdade era que Joel já tinha passado para o lado de Conor, nós só não tínhamos percebido. Mas não era isso que eu queria dizer.

— A alternativa é... Joel não queria acreditar no que eu estava sugerindo. Não queria acreditar que o homem em quem ele tinha confiado havia assassinado alguém a sangue frio. A alternativa é que ele foi confrontar Conor. E Conor o matou também.

Houve um longo silêncio. Três pares de olhos se voltaram para o casarão sobre a água. E então vimos a porta se abrir e Conor começar a atravessar a passarela.

Levantei-me da areia. Meu coração batia forte.

Conor havia matado Dan, eu tinha certeza. E a cada instante que Joel continuava ausente parecia mais e mais provável que Conor também o tivesse matado.

O que significava que estávamos presas na ilha com um assassino. Um assassino cruel, forte e que, cada vez mais, parecia não ter consciência. A questão era: o que deveríamos fazer? Tínhamos menos de cinco minutos para decidir.

Santana e Angel estavam pensando na mesma coisa. Enquanto Conor avançava pelas tábuas, Santana se virou para nós, com os olhos arregalados de pânico.

— O que vamos fazer? Devemos falar alguma coisa?

— *Dieu*. — Angel cuspiu a palavra como uma maldição. — Como se a situação não pudesse piorar. Não, não devemos dizer nada. O homem é um psicopata. Você quer que ele nos mate também?

— Mas precisamos recuperar a minha insulina! Como podemos fazer isso sem confrontá-lo sobre Dan? Sobre Joel?

— Você acha que, se ele roubou a sua insulina e assassinou seu namorado, ele vai devolver quando você pedir? — perguntou Angel. Resisti à vontade de tapar os ouvidos, abafar a discussão delas enquanto tentava pensar. Porque a verdade era que *não* era uma discussão. Era uma decisão de vida ou morte, e Conor estava quase na praia.

— Quantos dias de insulina você tem? — perguntei a Santana. — Quer dizer, sem contar os frascos que Conor pegou.

Santana piscou.

— Porra. Sei lá. Dois, três dias na minha bomba. Talvez cinco com o frasco que você encontrou. Mas não sei se dá para usar... pode ter entrado água do mar nele.

— Olha — tomei uma decisão rápida —, não vamos falar nada agora. Se dissermos algo que não pudermos retirar... talvez não acabe bem. — Conor estava na areia. Eu falava rápido, a voz baixa. — Temos que fazer com que ele *queira* devolver a insulina. Temos que facilitar para ele. Se vincularmos o fato de ele ter tomado a insulina a uma acusação de que assassinou Dan e Joel... entende o que estou dizendo? Ele nunca vai admitir que está com a insulina. Precisamos encontrar uma maneira de recuperá-la que lhe permita manter uma negação plausível.

— Certo — disse Santana, mas seu rosto estava pálido, e eu não tinha certeza de que meu argumento a convenceu. — Então... vamos perguntar por Joel?

— Sim. Vamos nos ater aos fatos. Perguntamos onde Joel está e...

Mas Conor estava quase alcançando o grupo, e aí percebi outra coisa: não estava carregando água.

— Oi, Conor — falei quando se aproximou. Ele sorriu, de forma bastante agradável, e vi que os lábios dele não estavam secos e rachados como os nossos, mas sim cheios e úmidos.

— Bom dia, meninas. Cadê o Joel?

— Estávamos prestes a perguntar isso. — Tentei manter a voz calma... ansiosa, mas não muito. — Ele saiu do casarão ontem à noite. Foi falar com você?

— Não. — Ou Conor estava preocupado de verdade, ou estava fazendo um ótimo trabalho de atuação. Parecia surpreso e bastante alarmado. — A que horas ele saiu?

— Meia-noite, talvez? Não o vimos desde então.

— Bem, acho que sei o mesmo que vocês. — Conor abriu as mãos. — Nada.

— Bom, agora que concordamos com isso — a voz de Angel estava cheia de um desprezo que ela nem se dava ao trabalho de esconder —, talvez pudéssemos beber a nossa água?

— Ah. — Conor levou as mãos às costas, entrelaçando os dedos e se esticando para que as articulações estalassem e os músculos poderosos dos ombros se contraíssem. — Bem, sim. Há um problema.

— Um *problema*? — A voz de Angel poderia ter arrancado a parte antiaderente de uma frigideira. O r enrolado em "problema" soava como um tigre quase descontrolado. — Qual *problema*?

— Sim, pelos meus cálculos, é dia 25 de fevereiro. O que significa que estamos aqui há pouco mais de dez dias.

— E?

— E já consumimos quase metade da água. Temos que encarar os fatos: em dez dias, poderemos estar com poucos litros.

— Mas, espere... — Estendi a mão. — Éramos oito quando calculamos a ração de água. Agora somos só seis. — Talvez cinco se Joel tivesse desaparecido, embora eu não estivesse pronta para dizer aquilo em voz alta. — Isso nos dá uma margem extra de 25%.

— Certo, então — Conor falou de forma impaciente. — Em doze dias. Que diferença faz? A questão é que estamos ficando sem água. Todos nós vamos ter que trabalhar um pouco mais para obter a nossa cota de líquidos.

— O que isso significa? — Santana o encarou com os olhos semicerrados. Percebi que os ombros dela estavam descascando violentamente onde o sol os atingira no dia anterior.

— Significa que, para se qualificar para o subsídio de líquidos, todos terão que trazer dois cocos verdes para a mesa todas as manhãs.

— O quê? — Foi Angel quem explodiu com a pergunta que todas estavam evitando fazer. — *C'est quoi, ces conneries?* Você sabe que não há mais cocos verdes. Nós os procuramos por toda a ilha... todos os caídos estão secos.

— Então vão ter que subir nas árvores — disse Conor.

— Subir nas árvores? Está louco? Subimos em tudo o que era possível. As árvores que sobraram têm quarenta metros de altura!

— Ou derrubar os cocos. Não importa como façam isso, é problema de vocês. Mas, se não contribuírem, não vão beber.

— E você? — perguntou Santana. — Onde estão os seus cocos?

— Vou pescar. Imagino que você queira comer.

— Conor, olha — falei, tentando disfarçar o desespero. Minha garganta ficou muito seca de repente, até mais do que alguns minutos antes. Engoli em seco, com dificuldade. — Entendemos o que quer dizer: precisamos encontrar outras fontes de líquido. Mas nos dê a nossa cota agora, e podemos sair e descobrir como trazer os cocos para baixo.

— Acho que não — disse Conor. — A maioria das pessoas trabalha melhor com um pouco de incentivo.

— Conor... — A voz suave veio das costas dele, e todos nos viramos, surpresos ao ver Zana caminhando pela praia. Ela parecia pálida e ainda mais magra do que quando chegara à ilha, mas havia uma espécie de determinação nela. — Conor... Acho que Lyla tem razão.

— Ah, é mesmo? — disse Conor. A voz dele era suave, mas havia uma ameaça oculta. Zana deu um passo para trás, mas então pareceu se recompor e se endireitou, assentindo.

— Sim. Dê a água de todo mundo agora, e elas poderão ganhar o subsídio do jantar.

— Vem cá — disse Conor, com um sorriso. Ele estendeu a mão. Zana pareceu confusa, mas colocou a mão na dele, e ele a puxou para mais perto. Por um momento, pensei que ele estivesse puxando-a para um abraço e me lembrei da maneira como Zana havia defendido Angel na hora da comida, após a morte de Bayer, e da maneira como Conor havia recuado. Mas então Zana começou a se contorcer e deu um grito, e depois um gemido de dor. A princípio, não entendi, até perceber que ela estava tentando afastar a mão de Conor. Olhei para baixo e vi que ele segurava a mão dela e cravava a unha na meia-lua branca na base da unha do polegar de Zana com tanta força, que ela estava literalmente dobrando os joelhos de dor.

Tive um flashback agonizante da vez que eu estava prendendo a barra da calça de Nico para um ajuste e ele deu um passo para trás e pisou, com o sapato social, no meu polegar. Não pisou forte, apenas transferiu o peso do corpo, mas foi exatamente no lugar onde Conor pressionava a unha de Zana. Foi — sem exagero — uma das piores dores que já senti. Eu gritei, Nico se assustou, caiu do banquinho e, depois, me acusou de ser dramática.

— Não ficou nem uma marca! — dissera ele, embora isso não fosse totalmente verdade. Mais tarde, um leve hematoma arroxeado se espalhara pela base da minha unha.

Mas a dor lancinante que causou permaneceu comigo desde então, e, ali, a ideia de Conor fazer aquilo com Zana de propósito, segurando-a enquanto ela se contorcia e tentava escapar, enquanto os seus joelhos cediam com a dor...

— Que porra você está fazendo? — gritei, e Conor soltou a mão de Zana e se virou para mim.

Por um momento, sua calma fria desapareceu, e o rosto dele estava cheio de uma raiva que me fez recuar.

— Segurando a mão da minha namorada, o que *você* está fazendo? — rosnou ele.

— Você estava machucando a Zana. — Meu coração batia forte e minha mão tinha recuado, embora eu não soubesse dizer por quê. Um soco meu não faria nada além de irritar Conor.

— Ela está bem — respondeu Conor. — Não está?

Mas Zana estava curvada, segurando a própria mão, e não respondeu.

— Volte pra casa — disse ele, mas eu me mexi para ficar entre os dois. Descobri que Angel e Santana também estavam ali, lado a lado comigo.

— Deixe-a em paz — falou Angel. Ela disse as palavras bem baixinho, mas cada uma delas foi cuspida como se fosse algo venenoso. Por um longo momento, Conor ficou ali, elevando-se sobre Angel, os músculos dos ombros se projetando como um touro prestes a atacar... e então sorriu.

— Vou pescar. Se precisar de mim, Zana, estarei na praia. E lembrem-se... dois cocos para cada uma, meninas. *Se* quiserem beber.

— Ah, vamos nos lembrar — disse Angel. Sua voz tremia de raiva. Conor se virou com um pequeno aceno e voltou para o casarão sobre a água, provavelmente para pegar o arpão de pesca. Ao meu lado, ouvi a expiração trêmula de Santana e percebi que eu também tremia, meus músculos instáveis como alguém que tentou manter uma postura de ioga por tempo demais.

Não era só medo de Conor — embora também fosse isso. Era medo do que Angel poderia fazer e de como Conor poderia retaliar. Não podíamos perder outra pessoa. Não podíamos. Percebi que estava segurando o pulso de Angel, como se conseguisse, de alguma forma, impedi-la de ir atrás de Conor, então a soltei e dei uma risada trêmula.

— Uau. Certo. Zana, você está bem?

— Estou — disse ela, mas sua voz estava instável como se estivesse tentando conter as lágrimas. — Ele... ele não costuma ser assim.

— Nem o meu último namorado — disse Angel, amarga. — Até que foi pela primeira vez. E depois pela segunda. E depois toda vez que bebia, ou que o time dele perdia, ou quando tinha um dia ruim no trabalho.

— Você esteve num relacionamento abusivo? — perguntei, impressionada. Não sabia por que havia ficado surpresa, exceto pelo fato de Angel ser tão linda, que parecia intocável, que poderia escolher os melhores e mais gentis homens. Eu sabia que isso era ridículo, que os abusadores muitas vezes buscavam a namorada-troféu e depois a destruíam. Talvez metade do triunfo estivesse em acabar com as melhores. Mas Angel... ela era *tão* linda. Tão despreocupada e com tolerância zero. Talvez eu estivesse começando a entender por quê.

— Por dois anos — disse Angel, sem embaraço. — É parte do motivo pelo qual saí da França. Ele foi muito convincente, até alguns dos meus amigos ficaram do lado dele quando nos separamos. Ele era muito bom em não deixar marcas.

Levei um instante para entender o que ela estava dizendo, então estremeci por inteiro, apesar do calor do dia. Lembrei-me do jeito como ela encarara a marca no pulso de Zana, como se estivesse vendo um fantasma do próprio passado — e naquele momento eu entendia por quê.

— Ele não vai parar, sabia? — disse ela a Zana, em tom de conversa. — Só vai piorar.

Zana balançou a cabeça.

— Não é assim. *Ele* não é assim.

Angel não falou nada. Apenas sorriu, mas não de forma zombeteira ou condescendente. Parecia triste, como se soubesse exatamente onde Zana estava — e onde acabaria.

— Bem... — disse Santana após uma longa e constrangedora pausa. — Esses cocos não vão se colher sozinhos. E não sei vocês, mas eu estou morrendo de sede. Vamos começar? Ou devemos procurar por Joel primeiro?

Angel e eu trocamos um olhar por cima da cabeça de Zana, e eu sabia o que estávamos pensando: ou Joel estava se escondendo por vontade própria — e nesse caso, com toda a sinceridade, que se dane ele por deixar nós quatro lidando com Conor sozinhas —, ou algo tinha acontecido com ele. Provavelmente pelas mãos de Conor. Se fosse isso, nenhuma busca mudaria nada.

— Eu sinto... — disse Angel delicadamente — que talvez os cocos sejam a nossa prioridade, *non*? Estamos todas com muita sede. Se Joel estiver se escondendo, bem, ele voltará quando estiver pronto. E se não estiver...

Houve uma longa pausa.

— Se não estiver, podemos ficar de olho enquanto procuramos os cocos — falei, tentando parecer otimista, mas não sabia se tinha conseguido.

Zana assentiu; então, Santana fez o mesmo logo depois,, mas havia uma tristeza em seu rosto que me fez pensar que ela sabia o que Angel e eu estávamos tentando esconder. Nesse momento, nós quatro nos levantamos e começamos a caminhar pela praia em direção à floresta.

CAPÍTULO 26

JÁ SABÍAMOS, PELA EXPLORAÇÃO da ilha, que a maioria das palmeiras ficava perto dos casarões. Embora houvesse árvores e até palmeiras na parte mais selvagem, a maioria era de um tipo que a gente não reconhecia, sem muitas frutas. Era certo que nenhuma delas continha a água de que tanto precisávamos.

Os coqueiros eram claramente importados, plantados quando a ponta sul da ilha estava sendo planejada para os casarões, e não havia muitos deles. Já tínhamos comido os cocos caídos e colhido os que estavam mais baixo. Alguns dias antes, Angel até tinha colhido as nozes verdes da árvore que havia caído sobre a casa de Romi e Joel, embora tenha parecido uma espécie de violação vê-la abrindo caminho entre os escombros, a poucos metros de onde o corpo de Romi foi encontrado.

— O quê? — disse ela, quando me viu hesitar. — Não é como se pudéssemos trazê-la de volta. — Dei de ombros e entendi o que ela queria dizer. Não contamos a Joel de onde vinha aquela comida.

Como haviam acabado todas as frutas fáceis, só nos restaram duas opções: arremessar ou escalar.

No início, tentamos derrubá-los. Santana foi a primeira, com uma pedra bem dura e precisa que bateu no coco e ricocheteou na floresta. O coco balançou de forma tentadora, mas não caiu. Durante a meia hora seguinte, todas tentamos árvores e técnicas diferentes... pedras grandes, pequenas, gravetos e pedrinhas, até sacudimos o tronco, embora isso parecesse arriscado, já que estaríamos bem embaixo quando o coco caísse — e o resultado foram três cocos verdes que chacoalharam quando os sacudimos, e outro um pouco mais maduro que parecia seco. Melhor do que nada — mas não os oito que Conor havia exigido para liberar a nossa água.

Começávamos a desfalecer com o calor. Enquanto estávamos numa clareira, ofegantes e considerando o que fazer a seguir, meus olhos se desviaram para a faixa de praia visível através da floresta. Lá, com água até os joelhos no mar azul, estava Conor, observando com atenção algo na água. Supus que estava pescando, mas, ao mesmo tempo, não pude deixar de notar que, apesar de ser o mais alto e forte de todos nós, ele havia se dado a tarefa de passear no mar fresco, enquanto as quatro mulheres estavam sob o sol escaldante, olhando para cocos que poderiam muito bem estar na lua, de tão longe.

Eu ainda o observava, sentindo a secura da areia entre os dedos dos pés e pensando na ração de água daquela noite, quando Zana falou.

— Vou subir naquela ali. — Apontou para uma palmeira inclinada que se afastava da casa, indo em direção ao mar.

— Você está louca? — disse Angel. — É muito alto. Se cair, vai morrer.

— São *todas* muito altas — respondeu Zana, com sensatez. — É essa a questão; é por isso que ainda têm frutas. E não acho que eu morreria. Olha, tem um monte de arbustos e vegetação embaixo para amortecer a queda.

— Certo, mas, se cair, vai quebrar a perna — comentou Angel, dando de ombros. — O que dá no mesmo, já que não temos assistência médica e você vai morrer de gangrena em dez dias.

— *Todos* vamos morrer em dez dias se não pegarmos mais água — retrucou Zana.

— A menos que chova — disse Santana, mas o silêncio que acompanhou a sua observação mostrou quão provável era isso. Não víamos uma nuvem no céu desde a tempestade do Dia dos Namorados.

Mesmo assim, eu achava que sabia o que estava por trás da determinação da Zana em pegar os cocos, e não era apenas a nossa necessidade de mais água, por mais urgente que fosse. Ela estava desesperada, talvez até mais do que o restante de nós, para que todas cumprissem a meta de Conor. Se aparecêssemos com oito cocos... bem, ninguém precisaria descobrir se ele estava disposto a cumprir a ameaça e nos deixar sem água. Já estávamos no limite da desidratação — bocas permanentemente secas, lábios rachados, dores de cabeça e tonturas constantes. Não achava que fosse preciso muito para levar qualquer uma de nós ao colapso.

Zana não queria descobrir até onde Conor estava disposto a ir. E ela estava preparada para arriscar a própria vida a fim de evitar testá-lo.

— Olha... — Ela havia tirado a camiseta, que segurava, e estava de pé, de biquíni, olhando para a árvore como se estivesse medindo algo. — Vi alguém fazer isso no TikTok uma vez. Acho que vai funcionar. — Estava torcendo a camiseta enquanto falava.

— Zana... — disse Santana, mas ela já havia se aproximado da árvore.

— Lyla, pode me emprestar a sua camisa?

Assenti e a tirei pela cabeça. Zana a colocou cuidadosamente no chão arenoso e começou a escovar os pés, removendo toda a areia e os detritos. Quando os pés estavam completamente limpos, amarrou as duas pontas da corda de camiseta e entrou no anel que havia feito, enrolando o material em volta das solas e tornozelos.

— Espero que isso funcione. — Olhou nervosa para a árvore. — No vídeo, usavam uma corda, mas isso não pode ser tão diferente, certo?

— Zana, você não precisa... — falei, mas Zana não me deixou terminar.

— Preciso. — A postura dos ombros dela era de pura determinação. — Temos que beber.

— Deveríamos... Deveríamos ficar embaixo? — perguntou Santana, um pouco desamparada. Ela olhou para mim e para Angel como se buscasse respostas. — Para tentar pegá-la?

— *Dieu, non!* — falou Angel, com a voz quase comicamente horrorizada, ao mesmo tempo que Zana dizia:

— Não. Você pode ser atingida por um coco. E, se eu cair, é melhor que seja na areia ou nos arbustos do que em você.

— Zana, espere — falei. — Olha, podemos pegar um colchão na outra casa. Só... por favor, dez minutos.

Mas Zana balançou a cabeça. Ela deu um passo à frente, aproximou-se da árvore, envolveu-a com os braços e deu um grande salto, erguendo as pernas em direção à cintura e usando os pés para empurrar o suporte improvisado de camiseta no tronco.

Por um momento, achei que não fosse dar certo. Eu vi seus pés escorregando, deslizando pelo tronco liso, e parecia que seria uma questão de segundos até que ela não conseguisse mais se segurar e os braços cedessem também. Mas então, por milagre, o tecido pareceu prender na casca. Enquanto eu observava, Zana cravou os dedos dos pés e se manteve firme, apoiada na corda torcida feita pelas camisetas.

Ela deu uma espécie de risada incrédula, endireitou-se, abraçou a árvore mais acima no tronco e deu mais um salto.

Estava funcionando. Por mais incrível que parecesse, estava funcionando. Ao meu lado, Santana soltou um grito, meio apavorada, meio cheia de alegria.

— Vai, Zana! — gritou Angel.

E Angel *subia*, numa série de pulos desajeitados, quase como de coelho, pelo tronco da árvore. Era estranho, mas era como se cada pulo lhe desse mais confiança de que conseguiria chegar ao topo. À medida que ela subia, percebi que as minhas palmas estavam suando com uma umidade que eu não podia me dar ao luxo de perder, e o meu coração batia forte. Ela já havia passado do ponto em que uma queda significaria hematomas; estava na altura em que poderia significar ossos quebrados ou coisa pior.

— Você consegue! — gritou Santana, e Zana deu uma risada engasgada.

— Eu estou bem! Eu consigo!

— Você é incrível! — gritei. Ela estava quase no topo, estendendo a mão para um dos galhos a fim de tentar se içar pelos últimos metros... mas, assim que enganchou o galho com o braço, percebi uma coisa. O galho estava marrom e ressecado, e eu podia ver que estava rachando quando ela começou a colocar o peso sobre ele. — Zana! — berrei. — Não...

Era tarde demais. Ouvimos um estalo cortante, e o galho inteiro caiu, assobiando até o chão, onde aterrissou com um estrondo que fez os pássaros e os morcegos se dispersarem pelas árvores. Zana soltou um grito de terror e se agarrou ao tronco. Seus pés haviam escorregado, mas de alguma forma, como que por milagre, ela conseguiu conter a queda. Houve um silêncio longo e tenso enquanto ela se agarrava. Dava para ver os braços dela tremendo.

— Zana? — disse Santana. — Você está bem?

— Eu... estou bem. — Sua voz tremia. — Estou bem. — Ela estendeu a mão, com cuidado desta vez, e repetiu o pulo de coelho. — Estou bem. — A voz estava mais firme. Mais um pulo, e estava de volta à copa da árvore. Dessa vez, estendeu a mão, testando os galhos um por um, antes de agarrar um verde e passar o braço por cima dele. — Estou aqui. Posso... — Ela estava se inclinando, precariamente, para pegar um dos cocos verdes mais próximos. Conseguiu torcê-lo... torcê-lo... e então ele caiu com um baque na areia abaixo.

Todas soltamos gritos um pouco histéricos.

— Porra, é isso aí! — gritou Angel. — Você é uma deusa, Zana!

Mais um coco. Tínhamos seis, contando o que estava maduro demais. Depois outro. Sete.

Estávamos todas comemorando conforme Zana esticava o braço para pegar o último coco do cacho quando ela parou, olhando para algo ao longe.

— Zana? — falei, mas ela não respondeu, só ficou ali, congelada, olhando por cima da floresta em direção ao mar e franzindo a testa sob o sol. — Zana? Você está bem?

De repente, ela estava deslizando para baixo, rápida o suficiente para arrancar a pele das palmas das mãos, gritando algo que não consegui entender.

— O quê? O que você está dizendo? — gritou Angel, a voz lamentosa. — Por favor, diga!

— Um navio! — gritou Zana. Ela quase caiu os últimos dois metros, batendo no chão arenoso com os pés ainda presos nas camisetas enroladas. — Eu vi um navio.

Demorou um minuto para entendermos, e então Santana soltou um grito agudo como o de uma máquina a vapor.

— Porra! A fogueira!

Largamos tudo e começamos a correr em direção à praia, só que Angel se lembrou no meio do caminho de que seu isqueiro estava na cabana. Ela voltou, e o restante de nós continuou correndo, arrancando páginas de um exemplar de *A mulher na cabine 10* que Santana havia pegado enquanto passávamos correndo pela nossa casa.

Estávamos ofegantes e sem fôlego ao chegar às ruínas do Penhasco do Oceano e à fogueira que havíamos feito. Vi que os pés de Zana sangravam da descida apressada da árvore. Santana começou a enfiar as páginas rasgadas no centro da fogueira, com as mãos trêmulas.

— Cadê a Angel? — gritou ela, e olhei de volta para a praia, protegendo os olhos do brilho do sol. Não era Angel, mas Conor, ainda com água até os joelhos no oceano, em frente ao casarão sobre a água, com a lança de pesca na mão. Ele olhava para nós, franzindo a testa.

— Tem um navio! — gritei para ele, apontando o dedo para a forma enevoada, bem longe no mar. — Tem um navio, ajude a gente a acender a fogueira.

Ele não respondeu, mas então vi Angel surgir da floresta, acenando com um isqueiro, correndo pelas dunas na nossa direção. Ela chegou ao topo da pequena colina, se ajoelhou em frente ao farol e começou a clicar freneticamente no isqueiro.

— Acenda. Acenda! *Allume-toi, espèce de merde!* — implorava ela. De repente, o isqueiro acendeu, e ela o estendeu para as páginas que Santana havia espalhado pelos escombros. Primeiro uma pegou fogo... e depois outra... e então tudo estava queimando, as chamas lambendo o telhado de palha que começava a soltar fumaça.

Começamos todas a agitar os braços, gritando, mesmo sabendo que era impossível que o navio nos ouvisse. Estava quase no horizonte, e eu nem tinha certeza de que teríamos conseguido distingui-lo se Zana não o tivesse avistado de seu poleiro na floresta.

— Vamos! — gritou Santana. — Vamos lá, seu merda, dê a volta. Dê a volta!

A fogueira estava realmente fumegando. Uma grande coluna de fumaça branca subia no ar parado. Parecia impossível que o navio não a avistasse.

Lá embaixo, na praia, Conor estava parado, olhando para o mar, protegendo os olhos, mas não dançava e gritava como nós quatro. Estava parado, imóvel, olhando fixo para o horizonte, como se tentasse entender o que o navio estava fazendo.

— Está voltando — disse Santana, a voz suplicante, sem fôlego. — Não está? Ele está voltando, eu acho que está.

Mas, enquanto observávamos, ficou cada vez mais claro que não. Não estava. O barco continuou avançando pelo horizonte, até que, enfim, desapareceu por completo.

PARTE TRÊS

O ACERTO DE CONTAS

CAPÍTULO 27

— **PORRA. — SANTANA NÃO PARAVA DE RECLAMAR.** Ela estava de joelhos ao lado da fogueira, que rugia, com o rosto queimado de sol voltado para o céu, e gritava para o azul infinito como se fosse o próprio Deus. — *PORRAAAAAAA!*

— Ele não voltou. — Zana ainda olhava para o horizonte vazio como se não pudesse acreditar. — Não nos viu.

— Olha — falei, tentando me agarrar aos resquícios da esperança que sentimos alguns momentos antes. — Olha, este navio não nos viu... mas a questão é que *havia* um navio. Isso provavelmente significa que os pescadores estão saindo e se movimentando depois da tempestade. Pode até ser uma rota de navegação, pelo que sabemos. É só uma questão de tempo até que outro navio passe.

— Sim, mas *quanto* tempo? — disse Santana, desesperada, virando-se para mim. — Quanto tempo, Lyla? Estaremos mortos em algumas semanas. Se Conor não me der a porra da minha insulina, vou morrer em alguns *dias*. Não temos tempo.

— Santana! — sibilou Angel, lançando um olhar rápido para Zana, e me lembrei de que tínhamos combinado de não falar sobre isso, de não antagonizar Conor, forçando-o a admitir que ele havia roubado a insulina.

Mas a menção ao nome dele me fez perceber uma coisa. E quanto a ele? Por que Conor não veio correndo até a praia para nos ajudar a acender a fogueira? Por que ficou ali parado, encarando o horizonte? Ele não *queria* ser resgatado?

A questão me incomodou pelo restante do dia, muito depois de termos saído do pântano de desânimo causado pelo navio e nos forçado a ficar lado a lado com Conor enquanto ele grelhava peixe na churrasqueira com os últimos vestígios do isqueiro de Angel.

Durou o jantar inteiro, embora eu não tivesse coragem de tocar no assunto naquele momento. Continuou enquanto pegávamos a nossa cota de água com Conor, e então observamos Zana reunir coragem para atravessar a ponte instável até o casarão Feliz para Sempre, com Conor segurando seu pulso num aperto que não parecia mais protetor, só controlador.

Continuou me incomodando enquanto Santana, Angel e eu subíamos a colina na escuridão crescente, e a ausência de Joel nos cercava como uma nuvem.

Estávamos sentadas na casa que escurecia rapidamente, a sede sempre presente voltando aos poucos, mastigando a polpa dos cocos verdes para tentar controlá-la, quando percebi que não conseguia mais guardar segredo. Precisava dizer alguma coisa.

Engoli em seco e pigarreei.

— Hoje... quando vimos o navio...

— Nem me lembre disso. — Santana colocou a cabeça entre as mãos. — Deus, aquele foi um dos piores momentos da minha vida.

— Você acha que ele vai voltar? — perguntou Angel.

Dei de ombros.

— Espero que sim. Mas, escutem, não era isso que eu ia dizer. Algum de vocês achou o comportamento de Conor... estranho?

— Estranho? — Angel se recostou, tirando um pedaço de coco dos dentes. — Psicopata é a palavra que eu teria escolhido. Controlador. Altamente perigoso. Mas se você prefere estranho...

— Eu quis dizer sobre o navio. Por que ele não tentou acender a fogueira? Por que não fez nada?

— Hum. — Santana cruzou as pernas, estremecendo um pouco enquanto a casca do seu ferimento repuxava, e sentou-se, franzindo a testa. — Você tem razão. Aquilo *foi* esquisito. Ele não fez nada. Foi quase como...

— Quase como se ele não quisesse que nos vissem — falei. — É. É isso que quero dizer. Estranho. E preocupante.

— Mas ele *deve* querer ser resgatado — disse Santana. Parecia confusa. — Ele pode ser perigoso, pode até ser um assassino, mas não é suicida. Ele não quer morrer assim como a gente. Não é disso que se trata tudo isso? Garantir que ele saia vitorioso? Garantir que ele tenha toda a comida, a água e os suprimentos necessários para sobreviver, e que se foda o resto? Por que passar por tudo isso se ele não quer ser resgatado?

— Mas por que ser resgatado se você vai enfrentar um julgamento por assassinato? — falei. Houve um longo silêncio enquanto Santana e Angel se debatiam com a questão. Eu quase podia sentir os seus cérebros pulsando enquanto ponderavam os prós e os contras do que eu sugeria.

— O que você está dizendo? — falou Angel por fim. Não era bem uma pergunta. Pelo menos, ela não a formulou como tal. Não havia nenhum tom interrogativo ascendente em sua voz, apenas uma declaração monótona. — Porque Conor com certeza quer que ele e Zana sejam resgatados.

— Acho que Conor quer que ele e a Zana sejam resgatados, sim. — Meu estômago se revirou, e não só porque tudo o que eu tinha comido naquele dia era o peixe de Conor e o coco verde. O brioche finalmente estava mofado demais, e só tínhamos um punhado de biscoitos sobrando. — Só não tenho certeza de que ele quer que a gente seja resgatada também. Seria muito mais conveniente para ele... — Parei. Não conseguia dizer as palavras em voz alta, mas não precisava. Santana as disse por mim.

— Seria muito mais conveniente para ele se todas nós morrêssemos também. Merda. Acho que você tem razão.

Houve um longo silêncio. Aí Angel falou, dizendo palavras que nem Santana, nem eu estávamos prontas para admitir.

— Então precisamos matá-lo, antes que ele nos mate. Chegou a esse ponto.

— Não vamos matar ninguém — falei, no automático. — Certo, Santana? — Mas Santana não disse nada. Ela olhava para a geladeira vazia, a geladeira que um dia contivera a sua insulina, e abraçava os joelhos.

— Lyla, *chérie* — disse Angel, e o seu rosto era compassivo —, escute. Talvez você nunca tenha vivido com um homem como Conor. Mas eu vivi. E sei que, se for ele ou você, ele escolherá a si mesmo todas as vezes. E ele já matou antes. Ele matou o meu namorado. Ele o matou a sangue frio, na frente de testemunhas. E acho que nós duas sabemos que ele matou Dan, e provavelmente Joel, não? Então, quanto tempo você acha que ele hesitaria antes de matar você e eu? Faria isso aqui mesmo na casa; ele nos estrangularia uma após a outra, e não haveria nada que pudéssemos fazer.

— Mas ele não pode — falei, com mais confiança do que sentia. — Essa é a questão. Eu estava pensando nisso, e ele não vai nos matar aqui. Ele tem sido cuidadoso com isso.

— Como assim? — disse Santana, intrigada.

Respirei fundo e apontei para o olho escuro que não piscava no canto da sala — para a câmera.

Angel e Santana levaram um minuto para perceber o que eu indicava e um minuto a mais para entender o que estava dizendo. Mas então Santana franziu a testa.

— As câmeras? Mas, Lyla, elas não podem estar funcionando. Não tem luz.

— Elas funcionam a bateria. E não tenho ideia de onde as imagens são armazenadas ou por quanto tempo. Você tem?

— Se estiverem num disco rígido central, não haveria registro... — disse Angel, devagar. — Porque o Wi-Fi não está funcionando. Mas, se estiverem armazenadas na própria câmera... isso, eu concordo, pode ser um risco para Conor. Mas ele pode destruir as câmeras, Lyla.

Balancei a cabeça.

— Você consegue imaginar se alguém destruísse todas as câmeras da ilha e fosse encontrado como a única pessoa viva duas semanas depois? Seria praticamente uma prova, não importa a explicação que desse. Não. Ele não pode se dar ao luxo de fazer isso. Tudo o que pode fazer é garantir que o que acontece... cada ameaça, cada morte suspeita... seja longe das câmeras. Tenho quase certeza de que todas as mortes aconteceram na floresta ou na praia. Não há câmeras lá.

— E a briga com Bayer? — perguntou Angel. — Foi na cabana, e tem duas câmeras lá.

— Sim. Uma em cada ponta da mesa principal. Mas Bayer não foi morto dentro da cabana, ele foi morto na escada, e não há cobertura lá. Não estou dizendo que foi premeditado — respondi rapidamente, em resposta ao olhar cético de Angel. — Acho que foi pura sorte. Mas acho que fez Conor perceber que escapou por pouco, e ele tem sido cuidadoso desde então.

— Mas as nossas conversas... — disse Santana. — Todas as nossas suspeitas sobre ele. A discussão sobre Conor ter roubado a minha insulina. Todas as coisas foram gravadas. Certo, não é assassinato... mas é incriminador. Seria mais do que suficiente para lançar suspeitas sobre ele se todas nós desaparecêssemos.

— Não se os microfones não estiverem funcionando — observei. Santana ficou sem entender por um momento, e então a compreensão surgiu nos seus olhos.

— Porra. Eu tinha me esquecido daquela coisa do som. Eles nunca substituíram as câmeras, não é?

— Não. — Quebrei a cabeça tentando me lembrar daquele primeiro dia e do que Camille tinha dito sobre as câmeras suspeitas. — Eu sei que a minha e a de Nico estava fora de cogitação. E ela mencionou uma na cabana, e pelo menos mais uma casa.

— A nossa estava quebrada — disse Santana. Parecia resignada. — Eu me lembro de Camille vir aqui para tentar consertar. Porra. — Ela chutou com raiva o pé da cama e depois espantou um mosquito que zumbia ao seu lado. — Porra, porra, *porra*. Por que tudo dá errado? Como ele continua tendo tanta sorte?

— Ele não tem sorte — retrucou Angel. Sua voz estava calma, mas havia uma severidade no tom da qual não gostei. — Lyla, esses microfones quebrados, eles funcionam de duas maneiras. Sim, eles facilitam que ele nos mate. Mas também vão facilitar quando nós o matarmos.

— Não vamos matá-lo — falei, com os dentes cerrados.

— Podemos não ter escolha — disse Angel. — Você está preparada para ficar parada e deixar Santana morrer sem insulina?

— Isso não vai acontecer — falei. — Somos três e ele é só um...

— Dois, contando com Zana — ponderou Angel, mas continuei.

— E, se chegar a esse ponto, *faremos* com que ele nos dê a insulina.

— O que você quer dizer? — Estava completamente escuro, o rápido crepúsculo tropical transformava o céu de amarelo em noite profunda em apenas alguns minutos, então eu não conseguia ver o rosto de Santana, mas a sua voz era curiosa. — O que você quer dizer com "vão facilitar quando nós o matarmos"?

Cerrei os punhos. Não gostei daquele *quando*. Não *se*, mas *quando*.

— Porque, se ele morrer, terão que provar o motivo — disse Angel, com calma. — E, sem os microfones, não teremos um.

— Não vamos matá-lo — repeti. Deitei-me no colchão, puxando o lençol fino para me proteger dos mosquitos. — Não vai chegar a esse ponto. Não vai.

Mas, enquanto eu estava ali, olhando para a escuridão, uma imagem surgiu na minha mente que não era de todo reconfortante.

Era Conor, parado na praia, protegendo os olhos enquanto olhava para o barco com uma expressão no rosto que não era de alívio.

Era calculista.

E demorei muito tempo para adormecer.

CAPÍTULO 28

— **CADÊ A ZANA?** — Santana estava de pé, com as mãos na cintura, encarando Conor. Seu sarongue estava enrolado na cintura, e de onde eu estava podia ver a cicatriz vermelha e lívida onde ela havia se machucado na tempestade. De certa forma, isso deveria ter feito com que eu me sentisse melhor, prova da minha engenhosidade em primeiros socorros e do poder do corpo humano de sobreviver e se curar, mas não. A cicatriz era a prova de outra coisa: de quanto tempo estávamos nesta ilha. Tempo suficiente para um corte como aquele se curar e deixar uma cicatriz. E isso era cada vez mais assustador. Quanto tempo fazia? Duas semanas? Três? Tudo o que eu sabia era que eu começava a perder a noção do tempo, que coisas como banhos, descargas ou refeições quentes começavam a parecer uma memória distante — e que Conor ainda não tinha nos dado a água do dia. Ele estava parado na nossa frente com as mãos vazias e uma expressão irritantemente calma no rosto.

— Isso não é da sua conta — disse ele. — Ela está bem.

— Ah, é da minha conta, sim! — gritou Santana. — E não acredito em você!

Ela tentou passar por Conor e ir até a passarela que dava para o casarão Feliz para Sempre, mas Conor a segurou com uma das mãos, e me decidi. Se não conseguiríamos passar por ele, eu daria a volta.

Tirei a camiseta, joguei-a na areia e entrei em silêncio no mar atrás de Conor, dando braçadas longas assim que a água chegou à metade do meu corpo.

Conor estava tão ocupado discutindo com Santana, que eu já estava na metade do caminho para o casarão sobre a água quando ele percebeu o que estava acontecendo. Ouvi o barulho quando mergulhou atrás de mim. Olhei para trás e senti o pulso acelerar ao ver a sombra escura dele se movendo na água azul-turquesa ofuscante.

— Zana! — gritei, tirando o cabelo molhado dos olhos, e vi uma silhueta se mover em frente às janelas da casa. — Zana!

Olhei para trás de novo. Conor estava de cabeça baixa, cortando a água com braçadas suaves e poderosas. Comecei a nadar em estilo livre, mas ele era mais rápido e mais forte e, quando se aproximou de mim, senti sua mão se fechar no meu ombro, me empurrando para dentro da água.

Por um segundo, pensei que ele fosse me afogar. O mar se fechou sobre a minha cabeça, minhas narinas se encheram de água, e pensei: *Acabou. Ele vai me matar como matou Dan, como provavelmente matou Joel. Só que vai fazer isso aqui, na frente de todo mundo.* Mas então, quando eu estava começando a me debater de pânico, senti a mão dele no meu cabelo, e Conor me arrastou para fora da água.

— Me solta! — rosnei assim que meu rosto emergiu e me desvencilhei dele. Conor riu, irônico.

— Eu estava salvando a sua vida, Lyla. Talvez não devesse se esforçar tanto se não sabe nadar.

Ele ofegava, nadando sem parar, e havia um corte na sua sobrancelha, onde devo tê-lo atingido quando avancei em pânico.

— Eu sei nadar. — Tossi e cuspi água. — Me deixa em paz. Cadê a Zana? Santana e eu não vamos a lugar algum até sabermos que ela está bem.

Houve uma pausa. Conor claramente calculava algo, então pareceu suspirar e se decidir.

— Zana... — chamou ele. — Zana, saia. Aparentemente, Lyla vai passar o dia todo na água, a menos que veja você.

Houve outro movimento atrás das janelas do casarão sobre a água, então o painel deslizou devagar e Zana saiu para a varanda.

Arquejei tão forte, que quase engoli água do mar de novo, e tive que tossir.

Zana estava com um olho roxo. Bem roxo, se estendia até a metade do rosto. Alguém tinha batido nela. Com força.

Da praia, ouvi também o arquejo de Santana, alguns momentos depois do meu, quando ela percebeu o que eu conseguira ver de imediato.

— Volte aqui! — disse Santana para mim. — Lyla, volte para a praia. Agora. E, Zana, venha cá.

Mas Zana balançou a cabeça. Permaneci onde estava, a cabeça para fora da água, mantendo uma distância cautelosa de Conor.

— Ela está bem — gritou Conor. — Não está, Zana? Ela escorregou na passarela ontem à noite e bateu o rosto.

Mas não parecia um machucado causado por uma queda. Parecia um soco dado pelo punho de um homem. E, pela maneira como ela apertava o roupão em volta do corpo, eu tinha quase certeza de que aquele não era o único hematoma.

Esse foi o preço que Zana pagou por ficar do nosso lado ontem, por nos ajudar a obter os cocos e por acender a fogueira.

— Lyla! — vociferou Santana, furiosa. — Volte aqui, *agora*.

Hesitei. Meu instinto era ir até Zana, verificar se ela estava bem, mas não havia muito que eu pudesse fazer, mantendo-me firme no meio do oceano com Conor ao meu lado. Eu não conseguiria me içar até a passarela. Estava muito acima da linha d'água, e eu estava muito fraca devido à desidratação.

— Zana — chamou Santana. — Zana, venha cá. Conte para a gente o que aconteceu.

— Eu já contei o que aconteceu — a voz de Conor era monótona, dura, tão fria quanto os seus extraordinários olhos cinza-claros. — Ela escorregou. Não foi, Zana?

Zana assentiu, trêmula, então se virou e desapareceu no casarão sobre a água. Mergulhei, observando-a por um tempo. Ao perceber que não havia mais nada que pudesse fazer, eu me virei e nadei de volta para a praia, sentindo os olhos de Conor cravados nas minhas costas a cada braçada.

SANTANA E EU CHEGAMOS ao Retiro da Floresta com calor, sede e muita raiva. Encontramos Angel cortando um coco verde. Ela olhou para cima quando entramos na clareira e seu rosto se fechou.

— Onde está a água?

— Não conseguimos. — Desabei na areia ao lado dela. A adrenalina do encontro com Conor estava passando; eu me sentia enjoada e tonta. — Não tivemos nem chance de discutir o assunto.

Deitei-me, sentindo o coração bater forte, enquanto Santana contava a Angel o que tinha acontecido.

Como eu poderia ter previsto, ela explodiu, jogando o coco no chão e pulando para andar de um lado para o outro na clareira.

— E você ainda acha que não devemos matá-lo? — perguntou ela para mim. Fechei os olhos, sentindo a água salgada arder nas córneas. A visão do rosto machucado de Zana flutuou à minha frente. Eu não sabia mais.

— Tenho, talvez, mais dois dias de insulina na bomba — disse Santana, com a voz baixa. — E o que conseguir tirar daquele frasco. Depois disso, tenho quase certeza de que ele vai me deixar morrer. Você mesma falou, Lyla. Ele não quer que a gente sobreviva. Não pode se dar ao luxo de que seja revelado publicamente o que fez.

— Então o que fazemos? — Sentei-me e passei as mãos pelo cabelo endurecido pelo sal. Parecia que não estávamos mais brincando de sobrevivência. Aquilo era sério. Ele ou a gente. Mas talvez Conor soubesse disso desde o começo. — Porque não posso matar uma pessoa a sangue frio, Santana. Não posso. Talvez em legítima defesa, mas...

— Isto *é* legítima defesa — disse Angel, com raiva. Ela estava do outro lado da clareira e os seus olhos eram ferozes. Parecia um anjo vingador, do tipo que tem uma espada flamejante. No entanto, só tinha um pedaço de bambu com o qual cortava a vegetação rasteira. *Slash. Slash.* — É ele ou a gente, Lyla. — *Slash.* — Pare de se enganar. — *Slash.* — Ele está aqui para vencer, desde o primeiro dia. Só que levamos mais tempo para entender as regras do jogo dele.

— Então, o que está propondo? — retruquei. — Atacá-lo com um pedaço de bambu? Afogá-lo, como ele fez com Dan?

— Não sei — respondeu Angel. Ela bateu de mau humor na vegetação rasteira de novo, e desta vez houve uma comoção repentina nas folhas. Angel pulou para trás, e todas nós vimos uma grande cobra marrom empinando-se do ninho. Por um minuto, pareceu que estava prestes a atacar, e Angel deu um gritinho. Então ela deslizou para longe, em direção à floresta, com uma velocidade assustadora.

Angel levou a mão ao peito. Parecia pálida e havia uma gota de suor pegajosa no lábio superior.

— *Grâce à Dieu*. Vocês acham que era venenosa?

— Só Deus sabe. — Santana não parecia assustada, estava mais curiosa.

— Talvez seja isso que devemos fazer — disse Angel. Parecia um pouco melhor, recuperando-se do choque da cobra. — Envenená-lo e fingir que foi uma cobra.

— Desculpe. — Abri as mãos, incrédula. — Estou alucinando? Você está doida.

— Veneno é uma boa ideia... — falou Santana, pensativa, como se não tivesse me ouvido. — É improvável que a gente consiga dominá-lo fisicamente. Ele já era mais forte do que qualquer uma de nós antes de isso começar, e tenho quase certeza de que não está comendo a mesma quantidade de rações que vem nos dando.

Lembrei-me do rosto de Conor, perto do meu no mar, e tive que concordar. Ele estava queimado de sol e com picadas de mosquito como todas nós — mas não tinha aquela aparência desidratada que eu começava a reconhecer em Angel e Santana e que sentia na minha própria pele seca e rachada e nos lábios ressecados. Mas Santana ainda falava.

— Teríamos que tomar cuidado com o que usássemos. Precisaria ser algo orgânico, algo que não parecesse suspeito na autópsia.

— Tenho remédio para dormir — disse Angel. Ela parecia estar considerando todas as opções. — Ainda está no meu nécessaire. Mas acho que não tenho o suficiente para matá-lo. Não sei qual é a dose fatal. E tenho certeza de que podem ser detectados após a morte.

Eu estava sentada, observando e ouvindo, e de repente fui tomada por uma estranha sensação de distanciamento. Talvez fosse o tom surreal da conversa, a voz pragmática de Angel enquanto ela falava sobre matar um homem da mesma forma que falava de tirar uma mancha da sua blusa favorita. Talvez fosse a desidratação me dominando, mas a situação não parecia mais inteiramente real.

Eu me sentia como se estivesse fora do corpo, vendo todo o cenário — comparando as mulheres magras e desesperadas agachadas no chão com as criaturas elegantes que haviam pisado na ilha pela primeira vez duas, três semanas antes. Não eram apenas os lábios rachados e as roupas rasgadas, era tudo. Os apliques de Santana tinham começado a cair, dando aos cabelos louro-avermelhados uma estranha aparência torta. As unhas de acrílico de Angel tinham quebrado havia muito tempo, e ela tinha uma mistura de bordas irregulares e uma unha longa restante no dedo mindinho. E eu... o que tinha acontecido comigo? Nunca tive a beleza, o brilho delas, mas pelo menos era limpa e saudável. Havia cortes nas minhas pernas que não cicatrizavam, bolhas onde o sal tinha me machucado, os ombros estavam em carne viva com queimaduras de sol, e eu sentia gosto de sangue toda vez que lambia os lábios.

A cientista em mim se perguntava o que isso estava fazendo com meu corpo. Provavelmente, a pele rachava porque o corpo retirava água dos órgãos não essenciais para proteger o cérebro, o coração e os rins. Mas isso não duraria para sempre. Estávamos operando com déficit de água, eu sabia disso. A cada dia, perdíamos um pouco mais e bebíamos um pouco menos. A cada dia, nossas bocas ficavam mais secas; nossa urina, mais escura; nossos lábios, mais ásperos.

E a cada dia a cientista dentro de mim diminuía um pouco mais. Não me importava mais com a minha carreira. Mal tinha pensado no professor Bianchi desde que havíamos chegado. Era apenas uma coisa: uma sobrevivente. Como Angel. Como Santana.

Como Conor.

— Tenho uma ideia — disse Santana, sua voz me arrastando de volta à conversa. Tínhamos ficado em silêncio, exaustas pelo calor crescente, mesmo na sombra seca da clareira. Recuperei os sentidos com um sobressalto e abri os olhos que estavam arranhados pelo sal. — Sobre Conor. Tenho uma ideia. — Ela se endireitou, afastando o cabelo emaranhado do rosto. — A insulina. O frasco de insulina. É tóxica, se você tomar muito. Se uma pessoa saudável fosse injetada com aquele frasco inteiro... tenho quase certeza de que morreria em poucos minutos. E... não sei se seria detectável numa autópsia. Seria? — Houve uma pausa. — Lyla, você acha que seria detectável?

Me assustei quando percebi que estava falando comigo.

— Meu Deus, não sei. Quer dizer... — Quebrei a cabeça, tentando me lembrar de tudo que tinha aprendido sobre insulina em biologia molecular.

Parecia que isso tinha acontecido havia muito tempo. E a um mundo de distância de onde estávamos no momento. — Você deve saber mais sobre isso do que eu, Santana, mas, pelo que lembro, a insulina sintética é idêntica à humana. Tem exatamente a mesma estrutura química. Então, não é como... — Tentei pensar num exemplo. — Não é como heroína ou álcool, algo que apareceria num exame toxicológico. Insulina no sangue... não vai ser nada de extraordinário. Seu corpo *deveria* ter insulina. Só não precisa ter tanta assim.

— Então, seria detectável?

Balancei a cabeça.

— Sinceramente, não sei. Talvez, se um bom patologista tivesse um palpite e não tivesse se deteriorado tanto? Não sei quão estável seria num cadáver. — Então percebi o que estava dizendo. O que eu estava fazendo. Estava colaborando com um assassinato. — Mas, Santana...

— É a nossa melhor chance — disse Angel. Havia dureza na sua voz.

— Só tem um problema — falou Santana, em voz baixa. — Bem, mais de um, na verdade. Quer dizer, teríamos que injetar a insulina nele, e sem que as câmeras captassem. — Ela acenou com a cabeça em direção ao casarão, onde a câmera ainda apontava para o outro lado do cômodo. — Mas o grande problema, para mim, é que esse é o meu último frasco. Se Conor escondeu o restante, e ele não é idiota, duvido muito que tenha deixado largado pela casa... e se eu usar o frasco para matá-lo... me restarão dias. Horas, talvez.

— Não *sabemos* se ele pegou — falei. Me senti desesperada. — E se estivermos enganadas? E se ele não pegou, afinal? E se estivermos matando um homem inocente?

— É, Joel continua desaparecido... — Angel parecia pensativa. — Seria uma ironia terrível se matássemos Conor e depois descobríssemos que Joel estava vivo e que tinha roubado a insulina esse tempo todo.

— Angel, Lyla, foco — disse Santana. Ela se inclinou para a frente, com as mãos espalmadas na areia quente. Seu rosto estava feroz. — Encarem os fatos. Ele matou Bayer. Ele roubou a nossa água. Ele está batendo em Zana. E, se Joel está desaparecido, então está desaparecido sem água numa ilha sem uma fonte de água, de forma que ou está morrendo, ou já morreu. Nada disso é especulação. É tudo verdade. Uma verdade inegável. Conor vai nos matar se não o matarmos primeiro.

— É verdade — disse Angel. — Concordo. Ele precisa ser morto. — Ela parecia pragmática. Eu não conseguia acreditar que tinha chegado àquele ponto.

— Eu só... — falei, mas Santana se levantou. Havia algo terrível no rosto dela, uma espécie de raiva tão profunda, que eu sabia que, pelo menos para ela, não havia volta.

— Lyla, me escute. Vou morrer em dois dias se não recuperarmos a insulina. Vou morrer. Você entende isso? É ele ou eu. Então, escolha. Escolha agora mesmo. Porque você não terá uma segunda chance.

Houve um longo, longo silêncio.

— Eu escolho você — falei. Mas tudo o que senti foi um pressentimento terrível.

CAPÍTULO 29

PELO RESTANTE DO DIA, procuramos cocos para matar a sede, que estava se tornando insuportável, e discutimos como enfrentar Conor.

O problema não era a injeção em si. Santana tinha muitas seringas sobrando e explicou que não precisava encontrar uma veia — a insulina era administrada injetando-a diretamente no tecido adiposo, como na barriga ou na coxa. Levaria apenas alguns segundos e, uma vez aplicada, a ação seria rápida, faria efeito em dez minutos.

O problema era como chegar perto o suficiente de Conor para dar a injeção.

— Poderíamos colocar comprimidos para dormir num coco — sugeriu Angel, pensativa, enquanto observávamos Santana tentando copiar a técnica de colheita de coco de Zana, subindo pelo tronco com o sarongue enrolado nos pés. Pela segunda vez, mais ou menos na metade do tronco, ela perdeu o equilíbrio, caindo com um estrondo no mato. Um único coco caiu atrás dela, solto com a queda. Pelo menos, já era alguma coisa.

— Você se machucou? — perguntei, e ela balançou a cabeça com um sorriso triste.

— Só a bunda, que felizmente é bem acolchoada. Como Zana fez parecer tão fácil?

Com o que havia acabado de cair, no momento tínhamos três cocos. Faltavam outros três para a cota de dois por pessoa que Conor havia exigido no dia anterior em troca da água, e isso supondo que conseguíssemos esperar até a noite para bebê-los.

— Não sei — respondi, cansada. Minha cabeça latejava bastante, mas sabia que não estava pior do que Angel ou Santana. Só conseguia pensar em água. Sacudi o coco que acabara de cair da árvore, ouvindo a água chapinhando, tentadora, lá dentro.

— Acho que devemos triturar os comprimidos — disse Angel, mantendo-se no assunto — e colocar o pó no buraco no topo. Seria difícil de sentir o gosto, e Conor ia pensar que eram apenas pedaços de casca.

— Mas não é um risco muito grande? — perguntou Santana. Ela se recostou nos calcanhares e afastou o cabelo do rosto. As bochechas estavam vermelhas, e a pele do nariz e da parte de trás dos ombros descascava de forma horrível. — Os comprimidos seriam detectáveis na autópsia.

— Então, nós o entregamos aos tubarões — disse Angel, dando de ombros. — Ou alegamos que ele estava dormindo mal e eu lhe dei os comprimidos. Se não for suficiente para uma dose letal, seria difícil provar que ele não os tomou por si só.

Balancei a cabeça, cansada.

— Zana nunca vai concordar. Vocês sabem disso. Ela sabe que Conor está dormindo bem e que com certeza não vai aceitar remédios de nenhuma de nós.

— Somos três — falou Santana. — Se nos juntarmos e dissermos que, sim, vimos Conor pedindo os comprimidos para Angel... Quer dizer, são três contra uma, certo?

— Sim, mas essa uma é bem convincente, sobretudo se ela for a namorada dele, e Conor estiver *morto* — falei, tentando manter o tom de voz calmo.

— Então, o que propõe? — perguntou Angel. Sua voz era ácida. — Você apontou vários problemas, Lyla, mas não ouço muitas soluções.

Fechei os olhos. Ela estava certa.

— Certo. Certo, desculpa. Então, qual é o plano? Damos o coco com as pílulas a Conor, esperamos até ele cair no sono e entramos no casarão sobre a água? E se Zana acordar?

— Vamos torcer para que isso não aconteça? — ofereceu Santana. — Quer dizer, não sei qual é a alternativa. Poderíamos drogá-la também, mas isso a faria desconfiar de algo.

— Ou... talvez não? — disse Angel. Ela parecia estar pensando bastante. — E se, no dia seguinte, dissermos que estávamos nos sentindo péssimas e que também não conseguimos acordar? Pode ser alguma toxina na comida, ou no peixe, não? E, se Conor estiver morto... — Ela deu de ombros.

Ficamos em silêncio, pensando no plano dela. Não parecia ridículo.

— E a câmera? — perguntou Santana por fim. — Na casa deles, eu... quer dizer. Ela vai gravar a nossa invasão.

— Estava pensando nisso — falei. Na verdade, estava pensando nisso desde cedo naquela manhã, desde que vimos Zana rondando a janela do casarão sobre a água. — Acho que Conor pode ter tirado a câmera de lá.

— Como você sabe? — perguntou Angel.

Balancei a cabeça.

— Não sei ao certo, mas passei uma noite lá, não esqueça. Lembro onde estava a câmera e tenho quase certeza de que, quando Zana abriu a janela hoje mais cedo, ela não estava lá. E nem sei se estava lá quando fui ao casarão Feliz para Sempre procurar Dan. — Estava tentando voltar no tempo, imaginar o lugar como o vi naquela noite, Conor parado lá com a toalha na cintura, Zana sentada na cama, um fantasma ansioso na escuridão. Não tinha certeza, mas não me lembrava de ter visto o bloco branco familiar na parede à esquerda da cama. E estava quase certa de que não estava lá esta manhã. Era difícil lembrar, porque meu foco era Zana e não me afogar, mas quanto mais pensava nisso, mais achava que não estava lá. — Acho que Conor a tirou — falei. — Porque ele não queria que ninguém visse o que estava fazendo lá.

— O que *está* fazendo — corrigiu Santana. Sua boca estava torcida, como se as palavras tivessem um gosto podre. — Com Zana.

Houve um longo, longo silêncio.

Então Angel falou, e desta vez a voz dela estava rígida:

— Então, está combinado, certo? Colocamos metade dos comprimidos para dormir num coco para Conor e a outra metade para Zana. Certo?

— Quantos você tem? — perguntou Santana. — Não queremos matar Zana por acidente.

— Tenho seis comprimidos — disse Angel. — Só uso para o jet lag, um é suficiente para eu dormir feito um bebê. Então, três...? — Ela deu de ombros.

— E qual é a dose tóxica? — perguntei.

— Não faço ideia. — A voz de Angel era ácida. — Não é algo que tive vontade de pesquisar. Mas o comprimido que tenho não é o mais forte. Minha médica disse que prefere começar com a dose mais baixa. Então, imagino que três comprimidos não serão um problema.

— Dê dois para Zana — disse Santana. — E o restante para Conor. Ele já tem o dobro do tamanho dela, e há uma boa chance de sobrar um pouco no coco.

Angel assentiu, séria. Eu não. Tive uma sensação desagradável no estômago, que vinha crescendo o dia inteiro, desde a sugestão de Santana de usar a insulina para matar Conor. Íamos mesmo seguir em frente com aquele plano? Íamos mesmo envenenar alguém a sangue frio e conviver com isso pelo restante da vida?

— Escutem — falei. — Acho que deveríamos tentar uma última vez. Tem que haver uma maneira de resolver isso que não envolva matar Conor. E se o drogássemos e aproveitássemos a oportunidade para pegar a água de volta e revistar a casa dele em busca da insulina?

Mas Santana já balançava a cabeça. Angel cruzou os braços.

— E se ele acordar? — perguntou ela. — E se a insulina não estiver lá? Ou se conseguirmos pegar a água, ele acordar no dia seguinte e nos espancar até a morte para recuperá-la? E então? Porque, deixe-me lembrá-la, Lyla, ele é maior e mais forte do que qualquer uma de nós. Maior, mais forte e mais louco. E *aí*, se você, Lyla, *enfim* decidir que é moralmente aceitável nos defendermos e matá-lo, será tarde demais. Os comprimidos para dormir terão acabado, e a nossa última chance também. Conor não nos dará outra. Você sabe disso.

Abri a boca para responder — depois a fechei. O problema era que ela estava certa. Eu sabia. Não havia a mínima chance de Conor nos dar duas oportunidades de dominá-lo. Era daquela forma... ou nunca.

Mas como eu desejava que fosse nunca!

— Então, estamos decididas, certo? — disse Santana, olhando de mim para Angel. — Hoje à noite, Angel dará quatro comprimidos a Conor e dois a Zana, e depois vamos esperar que eles durmam. Quando saírem, vou até a casa e aplico a insulina.

— Estamos decididas — respondeu Angel. — Agora, falta pegar os cocos.

CAPÍTULO 30

JÁ ERA QUASE NOITE quando por fim fomos à cabana, Santana e eu levando dois cocos cada, e Angel com um. Já tínhamos furado os cocos; Angel passou um bom tempo triturando os comprimidos até formar um pó fino, que esperávamos ser impossível detectar, e enfiando-o pela pequena abertura. Ela segurava o de Conor. Santana segurava o seu e o que era para Zana.

Meu coração batia tão forte no peito que, quando olhei para baixo, pude ver os laços rosa do meu biquíni tremendo a cada batida — mas não tinha mais certeza se era por medo de Conor, receio do que estávamos prestes a fazer ou apenas os efeitos colaterais físicos da desidratação extrema. Estávamos todas tontas, enjoadas e zonzas por falta de comida e água, e o monitor de glicemia de Santana estava descontrolado o dia todo, com picos de alta que a sua bomba parecia não conseguir mais controlar e baixas que nem os comprimidos de glicose pareciam afetar.

Quando chegamos à clareira da cabana, o sol tinha avançado vários centímetros sobre a palmeira da água, e Conor já estava lá, descansando como se não tivesse nenhuma preocupação no mundo, segurando uma jarra de água. Fiz tudo o que pude para não cair em cima dele e arrancar o recipiente das suas mãos. Ficamos ali, quase tremendo de ansiedade, enquanto ele media com cuidado a água nos três copos. Ele os colocou sobre a mesa e nós engolimos o líquido. A água ardia nas rachaduras sangrentas dos meus lábios e cheirava a plástico do recipiente, mas nada jamais tivera um gosto tão bom. Quando acabou, precisei de todas as minhas forças para empurrar o copo para longe e não implorar por mais.

— Trouxemos cocos — disse Santana, com a voz rouca. Ela pegou o que Angel havia deixado na areia enquanto bebia a sua água. — Só cinco, infelizmente, o último rachou. Mas este é para você.

Conor assentiu, mas não agarrou o coco como fizemos com a água. Ao vê-lo em carne e osso, de perto, ficou mais claro do que nunca que ele não estava se mantendo fiel à mesma ração de água que nos dava. Enquanto Santana e Angel pareciam perigosamente desidratadas, com os lábios rachados e secos, a pele grudada nos músculos e as veias saltadas como cordas, Conor parecia queimado de sol, mas relativamente descansado.

Em vez disso, ele pegou o coco, o colocou de volta à areia, ao lado dos outros, enfiou a mão no bolso do short e tirou alguns pacotes de pretzels, um saco de biscoitos e três bananas.

— Pretzels? — disse Santana, desesperada. — Está falando sério? Isso é sal puro. Não podemos correr o risco de ficar ainda mais desidratadas.

Conor deu de ombros.

— São tudo o que sobrou. E os peixes não cooperaram. Passei quatro horas assando sob o sol hoje mais cedo, mas, se quiser tentar pegar alguns, fique à vontade. — Ele acenou para o oceano escuro, cujo tom turquesa se intensificava à medida que o crepúsculo se aproximava. Pela primeira vez em muito tempo, vi nuvens ali, parecendo em chamas pelo pôr do sol.

Santana fechou os olhos. Pensei que, se ela tivesse água sobrando no corpo, haveria lágrimas brotando ali.

— Cadê a Zana? — perguntou Angel, e então percebi uma coisa... se Zana não estivesse ali, não teríamos como controlar com qual dos dois cocos drogados ela acabaria.

— Ela não está se sentindo bem — respondeu Conor. — Dor de cabeça, de quando caiu e bateu o rosto. — *Me contrarie*, dizia a expressão dele, *e veja onde isso vai acabar.*

Vi Angel abrir a boca e soube, de repente, que não podia deixá-la terminar o que estava prestes a dizer. Se ela dissesse o que de fato pensava de Conor, sobre o que ele tinha feito com Zana, aquele poderia ser o fim de tudo, o fim dela.

— Escute — falei, apressada. — Obrigada pela água, Conor. E por todos os peixes que você pescou até agora. Sei que não é uma tarefa fácil. E sei... sei que hoje não foi fácil. Para nenhum de nós. Mas só vamos sobreviver a isso se nos unirmos. Então... saúde.

Peguei um coco, um dos que eu estava carregando. Reconheci a lasquinha na borda.

— Um brinde à cooperação.

Santana olhou para mim, assustada, e então percebeu o que eu estava fazendo e por quê. Se não fizéssemos Conor beber o coco dele naquele momento, nunca teríamos certeza de que Zana não ficaria com os dois que tinham o remédio para dormir.

— À cooperação — disse ela, e lançou a Angel um olhar quase mortal. Por um momento, pensei que Angel fosse mandar todos nós nos fodermos, que ela jamais faria um brinde com Conor, muito menos a algo tão venenosamente irônico.

Mas então, de repente, algo pareceu fazer sentido, e ela assentiu.

— Muito bem. À cooperação — disse ela, rígida, estendendo a mão e pegando um coco. — Conor?

Houve uma longa pausa. Então, a boca de Conor se abriu num sorriso largo, tão parecido com o sorriso que ele exibia na foto do folheto que recebemos naquele primeiro dia no barco, que o meu estômago se revirou. Quando vi aquela foto, quando o conheci pela primeira vez, achei o sorriso dele bem bonito — como parecia aberto, sincero. Mas, ali, aquele sorriso largo e caloroso que não chegava aos olhos frios como gelo era a coisa mais assustadora do mundo.

— À cooperação — disse ele. Conor pegou os dois cocos restantes, o que era para ele e o que tínhamos destinado para Zana, colocou um debaixo do braço e virou o outro. O movimento, na luz moribunda, foi tão rápido, que não tive certeza de qual deles fora parar debaixo do seu braço. Tinha noventa por cento de certeza de que ele havia bebido o certo, mas não tinha certeza *absoluta*, e me vi observando, hipnotizada, enquanto os músculos do pescoço dele trabalhavam, drenando o líquido ralo e enjoativo. Vi que Santana o observava com a mesma intensidade e sabia que ela estava tentando descobrir a mesma coisa, talvez desejando, como eu, que tivéssemos drogado os dois cocos com a mesma quantidade de comprimidos.

Conor limpou a boca, largou o coco e sorriu.

— Foi um prazer fazer negócios com vocês. Agora, se me derem licença, é melhor eu voltar para Zana.

Ele se virou e começou a caminhar de volta para o cais, a silhueta escura contra os resquícios amarelados do pôr do sol que ainda manchavam o céu.

Nós o observamos enquanto avançava de tábua em tábua, ágil como uma cabra.

Nós o observamos enquanto chegava à varanda do casarão sobre a água, abria a porta e a fechava.

Então, nos viramos e voltamos para o Retiro da Floresta, com as bananas e os pretzels nas mãos e uma sensação de mau agouro no estômago.

FOI TALVEZ UMA HORA DEPOIS, quando estávamos nos preparando para dormir, sacudindo os lençóis àquela altura encharcados de suor e espantando os últimos mosquitos do quarto, que percebi uma coisa... Eu tinha me esquecido de encher o balde de água do mar para lavar o vaso sanitário. E Angel estava no banheiro. Na verdade, estava lá havia muito tempo. Muito tempo *mesmo*.

— Angel? — chamei. Bati na porta e, como não houve resposta, tentei novamente. — Angel, você está bem? Esqueci de encher o balde de água do mar mais cedo. Quer que eu faça isso agora?

Não houve resposta. Apenas o som do vento lá fora. Esteve forte o dia todo, e eu podia ouvir o farfalhar das árvores.

Olhei para Santana, que franziu a testa, pensando o mesmo que eu sobre o tempo que Angel estava lá.

— Angel? — disse ela, vindo para ficar ao meu lado. — Angel? Pode me ouvir? Pode falar alguma coisa?

Nenhuma resposta. Eu estava ficando preocupada para valer. Será que Angel tinha desmaiado de desidratação? Batido a cabeça?

— Angel — falei. — Angel, nós vamos entrar. Se não quiser que a gente entre, diga agora.

Ainda não houve resposta, mas ouvi algo atrás da porta... um tipo estranho de chocalho que fez o meu estômago revirar.

Santana olhou para mim e assentiu, e coloquei a mão na maçaneta.

A porta estava trancada, mas a trava era frágil e bastou um empurrão de ombro para abri-la. Entramos em poucos instantes, mas os nossos olhos demoraram para se acostumar à escuridão, que era ainda mais profunda ali do que no cômodo principal.

Quando isso aconteceu, vi Angel sentada, curvada no vaso sanitário, com a cabeça pendurada no peito.

Dei um grito engasgado, corri até ela e comecei a sacudi-la pelos ombros. Ela caiu devagar para a frente, deslizando nos meus braços até parar no chão. Consegui segurar a cabeça com dificuldade, impedindo-a de bater no piso duro.

— Angel! — Uma sensação de pânico estava me consumindo. Sacudi os ombros dela de novo, com mais força desta vez. — Angel, você está bem?

Pergunta idiota. Claro que não estava.

— Meu Deus! — Santana ofegava. Ela estava parada na porta, com as mãos sobre a boca. — Meu Deus, Lyla, ela está morta? Por favor, diga que ela não está morta.

Mas, quando coloquei os dedos no seu pescoço, percebi que ela não estava morta. E, mais do que isso, com a respiração lenta e trêmula que ela deu, percebi que o som que eu tinha ouvido do lado de fora do banheiro era um ronco.

— Ela... ela está dormindo — falei, olhando para Santana. Sua expressão mudou de imediato para uma tão confusa quanto a minha.

— *Dormindo?* Ela desmaiou?

— Não faço ideia. Angel! — Puxei-a para que se levantasse um pouco e dei-lhe um tapa de leve na bochecha. — *Angel.*

— *Laisse-moi tranquille...* — respondeu ela, embora a voz estivesse tão arrastada, que eu mal conseguia entender as palavras. — *J'suis fatiguée...*

Quando soltei os seus ombros, ela se afundou de novo e se enrolou como uma bola, decidida a voltar a dormir.

— Que porra é essa? — Virei-me para Santana. — O que está acontecendo?

— Não faço ideia — respondeu Santana. Então, levou a mão à boca. — Puta merda, Lyla... você acha... acha que ela pegou o coco errado? O que era para *ele*?

Houve um longo silêncio enquanto eu processava a sugestão. Angel estava carregando o coco de Conor — ela insistira nisso. Não tinha como ter bebido aquele, era o coco pelo qual todas nós tínhamos uma fixação, e Angel era a pessoa em melhor posição para perceber onde ele ia parar. Mas era possível que tivesse bebido o de Zana.

— Acho que ela não poderia ter pegado o dele — falei por fim. — Mas você estava carregando o de Zana... e estávamos todas tão concentradas em forçá-lo a pegar o coco com mais remédio, que talvez... talvez ela não tenha prestado atenção quando você e eu colocamos os nossos no chão. Porra, deveríamos ter nos certificado de que cada uma de nós tinha um dos cocos seguros, para termos certeza de onde estavam.

— Então isso significa que Conor pode estar completamente desperto quando eu for para a casa?

— É possível — falei. Fechei os olhos, tentando com desespero visualizar o momento em que Conor pegou os dois cocos e colocou um debaixo do braço. Meu medo era que ele tivesse bebido o que tinha menos remédio para dormir. Mas e se ele tivesse bebido o que não fora batizado? — Para ser sincera, não sei. *Acho* que ele bebeu o que deveria, mas foi tão rápido, e a luz estava tão ruim... você viu?

— Não o suficiente para ter certeza. E está claro que erramos com um, não é? Então há cinquenta por cento de chance de termos estragado tudo.

— Merda. — Minha voz saiu trêmula. — O que vamos fazer?

— Temos que seguir em frente com o plano, não? — disse Santana. — Quer dizer, não temos mais pílulas para dormir, então é agora ou nunca. E se pelo menos *um* deles estiver dormindo, é melhor do que a alternativa.

Assenti devagar. Eu sabia que ela estava certa. Mas também sabia que ela não conseguiria mais fazer aquilo sozinha.

— Você tem razão. A gente deve ir hoje à noite.

— A gente? Achei que o plano era eu ir sozinha.

— Não mais. Vou com você.

— Lyla, querida, sei que você não queria fazer isso. E Angel?

— Eu *vou* com você — falei, com mais firmeza do que sentia. — Angel vai ficar bem. Mas, se Conor não estiver drogado, há uma boa chance de ele acordar, e não vou mandar você lá sozinha para lidar com essa possibilidade. Não, nós duas vamos, ou nenhuma de nós.

Houve um longo silêncio. Aí Santana assentiu.

— Certo. Então, como lidamos com isso? O que fazemos com ela? — Ela indicou Angel com a cabeça, ainda roncando no chão. — É seguro deixá-la aqui? Devemos tentar fazê-la vomitar?

Pensei na pergunta e então balancei a cabeça.

— Acho que é muito arriscado. Os comprimidos já estão no organismo dela, então é provável que já tenham sido quase totalmente absorvidos. No estado em que Angel está, há uma boa chance de ela se engasgar com o próprio vômito se tentarmos enfiar algo goela abaixo.

— Mas podemos só deixá-la? — disse Santana, em dúvida. — É seguro?

— Vamos puxar os lençóis para o banheiro — falei. — Nós a cobrimos e tentamos garantir que ela esteja deitada na posição correta para não se engasgar com o próprio vômito nem nada. E então saímos por ali. — Apontei para a janela do banheiro. — De certa forma, é um bom álibi. Se alguém verificar as câmeras, tudo o que verá é a gente entrando no banheiro para ver como Angel está, e depois passando a noite aqui dentro para ficarmos de olho nela. Podemos dizer que ela estava doente ou algo assim. Combina com a história do peixe suspeito.

— Mas as câmeras não vão nos ver saindo pela janela do banheiro? — perguntou Santana. — Isso vai ficar pior do que simplesmente sair pela porta, não é?

Balancei a cabeça.

— Camille me disse que não há câmeras no banheiro. E, se contornarmos os fundos da casa, a câmera do quarto não vai nos flagrar passando pela janela. Se continuarmos com a nossa história... de que nós duas passamos a noite cuidando de Angel no banheiro... não vejo como alguém pode refutar isso.

— *Se* Conor estiver dormindo — disse Santana. — E se ele desativou a câmera no casarão sobre a água. São muitos "se".

Assenti, séria. *Eram* muitos "se". Mas não havia nada que pudéssemos fazer em relação à maioria deles, exceto ter esperança.

Trabalhando com rapidez, tiramos os lençóis das camas, levamos para o banheiro e os enrolamos em volta de Angel, tentando colocá-la de lado para que, se vomitasse enquanto estivéssemos fora, não sufocasse. Enquanto trabalhávamos, eu tentava me acalmar do medo de voltar e encontrá-la morta. Uma dose dupla para alguém jovem e saudável — com certeza não seria grande coisa. Por razões óbvias, medicamentos com uma diferença tão pequena entre a dose tóxica e a terapêutica eram raros. Mas Zana, por outro lado... a velocidade com que Angel desmaiou abalou a minha confiança nos nossos cálculos. Se Zana tivesse bebido o coco destinado a Conor, com uma dose quádrupla, para alguém do peso dela...

Engoli em seco. Nossas ações de repente pareceram bastante irresponsáveis, e tentei não imaginar o que aconteceria se fôssemos até a casa e a encontrássemos morta ao lado de Conor.

Quando Angel estava o mais segura possível, abaixei-me e sacudi o ombro dela.

— Angel — sussurrei. — Angel, vamos sair. Tente... — Parei. Eu ia dizer "Tente não dormir", mas ela já estava roncando. — Tenta se manter segura. Tudo bem?

— Shh... — respondeu Angel. A voz estava arrastada e ela deu de ombros, tentando se livrar da minha mão. — *Je dors.*

Suspirei. Pelo menos ela ainda conseguia falar. Parecia um bom sinal. Eu só tinha que torcer para que ficasse naquela posição.

— Vamos — disse Santana. — Acho que devemos ir. Se Conor estiver drogado, não sabemos quanto tempo vai durar. E quanto mais cedo acabarmos com isso, mais cedo podemos voltar para Angel.

Assenti e saímos pela janela do banheiro em direção à floresta.

CAPÍTULO 31

O VENTO AUMENTAVA à medida que avançávamos por entre as árvores em direção à praia. Enquanto caminhávamos devagar pela trilha de seixos, com a vegetação rasteira balançando de um lado para o outro com a brisa, tive um flashback nítido da noite da tempestade, em que corri até o barracão do rádio para tentar pedir ajuda. Se ao menos alguém tivesse atendido naquele momento. Se ao menos eu tivesse conseguido contato com o barco antes que ele saísse de alcance. Como tudo poderia ter sido diferente...

Santana segurava a seringa cheia de insulina na mão fechada. Encheu-a até a borda antes de sairmos, sugando cada gota do que restava no frasco.

— Você acha que ainda vai funcionar? — perguntei, observando-a bater de leve na seringa, pressionando o ar para fora. — Quer dizer, o frasco foi aberto. Estava no mar.

Santana apenas balançou a cabeça.

— Não sei. Só sei que não temos outra opção.

Eu a observava caminhar ao meu lado por entre as árvores que balançavam. Ela parecia uma mulher diferente daquela que chegara ali apenas algumas semanas antes. O lindo cabelo estava emaranhado e desgrenhado onde os apliques haviam sido retirados. A pele estava queimada e descascando, e ela havia perdido mais peso do que parecia possível no curto período em que estivemos ali — embora eu suspeitasse de que a maior parte perdida fosse, na verdade, líquido. Até a face estava diferente, as maçãs do rosto mais acentuadas, as órbitas oculares mais profundas, os lábios rachados — mas, acima de tudo, era a expressão que havia mudado. A garota divertida que eu conhecera se fora. Tudo o que eu conseguia ver era uma determinação implacável de sobreviver a qualquer custo.

— Você está bem? — perguntou, enquanto fazíamos uma curva na trilha e saíamos para a praia. Me olhou com curiosidade. — Está com dúvidas sobre o plano?

Balancei a cabeça. Não eram dúvidas, eram certezas. Nunca quis aquele plano, nunca quis que chegasse a este ponto. Mas tinha aceitado que era direito de Santana fazer isso, e, se fosse Santana ou Conor, eu escolheria proteger Santana todas as vezes.

— Não, nenhuma dúvida — falei. — Você tem que fazer isso. Eu entendo. Só queria...

Minha voz morreu. Santana assentiu. Não era preciso terminar a frase. Nós duas sabíamos no que eu estava pensando. Gostaria que não tivesse chegado a este ponto. Gostaria que o rádio tivesse contactado alguém. Gostaria que nunca tivéssemos vindo para esta ilha, nenhum de nós.

E, no entanto, se não tivéssemos...

Talvez fosse assim que deveria ser. Talvez fosse a única maneira de terminar.

Chegamos à passarela e observei Santana colocar um pé com cuidado na tábua.

— Nossa, isso é muito frágil — sussurrou, e percebi que ela não tinha ido ao casarão sobre a água desde o primeiro dia. Eu já tinha ido algumas vezes, e Angel pelo menos uma vez; mas Santana, nunca.

— Você vai ficar bem? — perguntei. O pensamento girava inquieto na minha mente: e se ela não conseguisse atravessar? E se eu acabasse tendo que aplicar a insulina? Eu conseguiria? Conseguiria matar alguém a sangue frio?

Mas Santana só confirmou com a cabeça, de forma sombria, e pisou na tábua seguinte.

As ondas batiam contra a passarela, não tão violentas quanto na noite da tempestade, mas próximo disso, e quando pisei ali senti a mesma apreensão que vira no rosto de Santana. As tábuas estavam tão instáveis quanto no dia em que saí para confrontar Conor, e naquele momento também estavam molhadas com a maresia, as ondas lambendo-as e respingando espuma.

À frente, eu via Santana se esgueirando de tábua em tábua, quase agachada contra o vento, tentando manter o centro de gravidade baixo. Eu a segui, dobrando os joelhos e protegendo os olhos da água. A única vantagem daquele tempo era que, se Conor não estivesse sob efeito de drogas, seria mais difícil que nos ouvisse chegando. Os passos na passarela e o som da porta se abrindo seriam abafados pelo bater das ondas.

Quando por fim pisei na varanda, percebi que os meus dentes estavam cerrados de concentração, e precisei fazer um esforço consciente para respirar e me livrar da tensão que travava os ombros e a mandíbula. Santana me encarou e apontou para a porta, depois fez um pequeno sinal de positivo, com uma expressão interrogativa. O significado era claro — preparada?

Assenti, respirei fundo e então caminhamos juntas em direção ao casarão Feliz para Sempre.

Através da grande janela de vidro, eu mal conseguia distinguir Zana esparramada na cama e, ao lado dela, Conor, aparentemente apagado. Era impossível dizer qual dos dois estava drogado, se é que algum deles estava. Havia um coco apoiado no canto do quarto, mas não dava para saber se estava vazio ou cheio, ou se era o que Santana dera a Conor.

Do outro lado da sala, eu podia ver pilhas e mais pilhas de garrafas de água — e, ao lado, as vazias amassadas. Era difícil distinguir na escuridão, mas o número de recipientes vazios parecia bem maior do que eu imaginava que deveria ser. Estávamos gastando menos de uma garrafa por dia, se todos seguissem as rações direitinho, mas o número de garrafas faltantes parecia bem maior do que isso.

Do outro lado estava a comida, uma pilha bem menor, composta sobretudo de caixas e latas.

E no canto... Olhei automaticamente para o lugar onde a câmera deveria estar e soltei um suspiro trêmulo.

Não tinha câmera alguma. Conor a havia retirado. O que significava... que íamos mesmo fazer isso.

Santana segurava a seringa; então, como as minhas mãos estavam livres, fazia sentido que eu fosse a pessoa a abrir as grandes portas duplas — que não estavam trancadas. Elas rangeram um pouco ao serem puxadas para o lado, as passadeiras rilharam com a areia, mas nem Conor, nem Zana se mexeram quando cruzamos a soleira, com a respiração presa.

Lá dentro, o som das ondas era abafado, e só podíamos ouvir os roncos suaves de Conor e um gemido baixo de Zana, como se estivesse tendo um pesadelo. Em silêncio, fui até a cabeça de Conor, sem tocar nele, mas pronta para tentar segurá-lo caso acordasse e revidasse contra Santana. Se a pessoa a acordar fosse Zana... bem, não tínhamos um plano para isso. Teríamos que resolver na hora, se acontecesse.

Com muita delicadeza, Santana puxou o lençol, expondo a coxa longa e bronzeada de Conor, salpicada de pelos louros. Lembrei-me dela dizendo que era para injetar insulina no tecido adiposo — e a coxa de Conor parecia mais uma placa de puro músculo. Mas ele estava tão magro e definido quanto duas semanas antes, e todos tínhamos perdido peso desde então. Não havia um grama de gordura nele. A coxa teria que servir.

Ela respirou fundo, segurando a seringa, e pude ver que a sua mão tremia. Ocorreu-me que, embora isso fosse rotineiro para ela de um jeito que não era para a maioria das pessoas, provavelmente era a primeira vez que Santana dava uma injeção em outra pessoa.

Tínhamos conversado sobre isso no banheiro antes de sairmos. A ideia era fazer o mais rápido possível — como administrar uma EpiPen. Inserir, pressionar e correr.

— Preparada? — sussurrou ela, e afirmei. — Três. — Ela olhava fixamente para a coxa de Conor, movendo os lábios em silêncio. — Dois.

No "um", enfiou a seringa na coxa dele.

O que aconteceu a seguir foi rápido demais para eu ver, rápido demais para eu reagir, rápido demais para perceber se Santana teve tempo de pressionar o pistão.

Ouvi Conor soltar um grande berro, como um javali ferido, e o vi se levantar da cama. Antes mesmo que eu conseguisse me mexer, ele atingiu Santana em cheio no rosto, fazendo-a voar para trás no chão de ladrilhos, onde a sua cabeça bateu com um som nauseante. Ainda assim, ela se levantou, com sangue escorrendo de um ferimento na têmpora, e começou a cambalear em direção à porta, mas Conor foi mais rápido. Pulou da cama, de quatro como um animal, e a agarrou pelo tornozelo. Ela desabou, escorregando no próprio sangue, e ele a acertou de novo, socando-a nas costas de modo que ela caiu no chão com um gemido de dor. Enquanto ela jazia ali, inconsciente, ele entrelaçou a mão no cabelo dela, levantou sua cabeça e, em seguida, com uma violência calculada, a jogou no chão.

Santana estava imóvel.

Nos primeiros segundos, fiquei paralisada de surpresa. Mas, com aquele último e terrível som, meus membros pareceram se soltar e me lancei pela sala para agarrar Conor por trás, com o braço em volta do seu pescoço.

Foi algo idiota de se fazer. Eu deveria ter acertado os olhos ou o saco. Mas nunca tinha estudado autodefesa e acho que estava imitando o que vira em filmes. Conor, por outro lado, era um lutador, um lutador treinado, e minha tentativa de contê-lo não lhe deu mais do que alguns segundos de pausa. Estendendo a mão, ele agarrou meu cabelo e me jogou com força por cima do ombro, para que eu caísse no chão, meio dentro e meio fora da casa.

Por um momento, não consegui me mexer nem respirar. Fiquei tão chocada e sem ar, que tudo o que consegui fazer foi ficar ali, engasgada, tentando recuperar o fôlego enquanto Conor se levantava, chutava Santana na cabeça e arrancava a seringa da coxa. Ele soltou um rosnado de fúria e começou a cambalear na minha direção.

Eu não conseguia respirar. Não conseguia puxar o ar para os pulmões. De alguma forma, com um esforço enorme, me virei de bruços, fiquei de frente para o mar e comecei a me arrastar pela varanda, para longe da casa. Não sei bem o que eu estava tentando fazer nem para onde estava indo. Não tinha como atravessar a passarela engatinhando. Só sabia que Conor ia me matar, matar nós duas, e eu precisava fugir — mesmo que aquilo significasse me afogar, eu tinha que fugir.

— San... — falei, a voz estranha e estrangulada. — Santana... você...

"Você está bem?" era o que eu tentava perguntar. Estava sem fôlego demais para completar a frase, mas mesmo um simples gemido dela me diria se estava viva, se valia a pena tentar tirá-la de lá ou se eu só poderia salvar a mim mesma.

— Santana...

Porém, antes que eu pudesse dizer mais alguma coisa, senti a mão de Conor se fechar na minha perna.

Desesperada, cravei os dedos na beirada da varanda, tentando me afastar dele e me levantar, mas foi inútil. Eu nem tinha conseguido me ajoelhar quando ele me virou e montou em mim, com um braço esmagando meu pescoço

— Sua puta — rosnou Conor. Ele segurava a seringa na mão livre, brandindo-a perto do meu rosto. — O que é isso? O que vocês fizeram comigo?

Não consegui responder. Só consegui ofegar, impotente. O peso dele era imenso, insuportável. Parecia que as minhas costelas iam rachar, e o meu coração batia em desespero, tentando levar oxigênio ao cérebro, mas as coxas de Conor espremiam todo o ar dos pulmões, e o seu antebraço comprimia as artérias da minha garganta de forma que, mesmo que eu conseguisse respirar, nenhum sangue poderia passar.

Eu sentia os membros ficando dormentes enquanto o corpo lutava para sobreviver, lutava para puxar cada átomo de oxigênio de volta para a única coisa que importava — o meu cérebro. Minha visão se dividia em fragmentos de luz e escuridão.

— San... — falei outra vez. — Sa...

Ela estava viva? Ou já havia sangrado no chão da casa, com o corpo tão mole quanto o meu estava ficando?

Porque eu estava morrendo. Sabia disso, com absoluta certeza. Meus membros, que se debatiam, mal se contraíam. Minha visão era uma névoa de fragmentos de fogos de artifício e escuridão turva.

E então, através das partículas dispersas de escuridão, eu a vi, por cima do ombro de Conor: a silhueta escura de alguém cambaleando na direção dele. Era uma mulher, com os braços erguidos, segurando algo. Levei um instante para distinguir o que era — uma garrafa de água — uma grande garrafa de cinco litros, que ela brandia como uma arma.

— Sa... — falei, e a voz saiu como um estertor, como o último suspiro de alguém que não tinha mais nada a dar.

No entanto, foi só quando ela virou a garrafa na nossa direção que percebi quem a segurava. Não era Santana. Era Zana.

CAPÍTULO 32

A PESADA GARRAFA DE ÁGUA atingiu a lateral da cabeça de Conor com um estrondo que fez seu crânio se mover para o lado. Então, antes que ele pudesse fazer mais do que se virar para ela, o rosto inexpressivo pelo choque, Zana o atingiu de novo, desta vez no estômago.

Ele caiu para trás e, antes que eu pudesse processar por completo o que tinha acontecido, houve um estrondoso espirro de água, respingando para cima da varanda. Conor havia caído na água.

Desesperada e teimosa, tentei forçar os membros a funcionar, tentei puxar um pouco de ar de volta aos pulmões, tentei me virar, ajoelhar e cambalear em direção à água. Porque de uma coisa eu tinha certeza: se Conor conseguisse sair dali, estaríamos mortas. Estaríamos todas mortas.

Mas eu não conseguia. Parecia que não conseguia fazer mais nada além de rolar para o lado, segurando as costelas e ofegando contra a dor lancinante no pescoço.

Através das lágrimas borradas, conseguia ver Zana parada na beira da varanda. Ela estava com os olhos fechados e parecia rezar. Os lábios se moviam, mas eu não conseguia entender o que dizia.

Então, Zana pulou.

Só Deus sabe quanto isso lhe custou. Já a tinha visto tremendo de medo várias vezes, simplesmente por nos sentarmos na beira da varanda. Lembrei-me das suas palavras naquele primeiro dia. "Sempre penso que deve haver algo lá embaixo, esperando. Na escuridão. Esperando para... me pegar."

Forçar a si mesma a entrar naquela água escura e agitada, com Conor se debatendo, ofegante... aquilo exigiu um tipo de coragem que eu sabia que não tinha. Mas Zana conseguiu.

Ouvi um barulho de água e a vi nadando pelas ondas em direção a Conor. Por um momento, não soube o que ela ia fazer. Estaria tentando salvá-lo? Arrastá-lo de volta para a passarela? Só quando ela o alcançou e estendeu os braços na direção dele, eu entendi.

Ela colocou as duas mãos no topo da cabeça dele e a empurrou para baixo da água.

Estava tentando afogá-lo.

Mas ficou claro que não seria tão simples.

Na escuridão, Conor lutava. Eu não conseguia distinguir muita coisa, mas podia ouvir a respiração ofegante e soluçante de Zana, ver os membros de Conor batendo na superfície. Ele soltou um grande grito furioso, e Zana o empurrou de volta para baixo com um berro que era de raiva e também uma espécie de dor desesperada e dilacerante.

Estavam lutando, e ficava cada vez mais claro que estavam lutando até a morte.

Eu me arrastei até me ajoelhar e tentava descobrir o que fazer. Dentro da casa estava Santana, deitada numa poça do próprio sangue, possivelmente entre a vida e a morte, pelo que eu sabia.

Mas à minha frente estava Zana, lutando com um homem que com certeza a mataria se levasse a melhor. Um homem que ela tentava matar para nos salvar. Contudo, eu não tinha certeza de que conseguiria ajudá-la fisicamente. Minha respiração ainda estava ofegante. As pernas mal me deixavam rastejar. Eu não tinha certeza de que conseguia andar, muito menos nadar. Mas precisava tentar.

Devagar e com dor, arrastei-me até a beira do píer e, então, sabendo que possivelmente estava fazendo algo muito estúpido, mergulhei na água e comecei a tentar nadar até onde Zana lutava com Conor. Ele já havia parado de emergir, mas ainda se esforçava. Eu podia ver Zana se debatendo, com a cabeça afundando nas ondas, enquanto ele a puxava para baixo para ressurgir com um arquejo. Pareciam estar se afastando cada vez mais. Estaria Conor tentando nadar para longe de Zana?

Não tinha certeza. Mas, de qualquer forma, ele estava perdendo as forças. Se era a pancada na cabeça ou a insulina começando a fazer efeito, eu não sabia dizer. Mas Zana estava vencendo.

Só havia um problema, e percebi isso quando olhei para trás, para a casa, que estava surpreendentemente distante.

O mar estava os puxando. Estavam na correnteza. E, se eu nadasse para mais longe, também entraria nela.

— Zana — gritei, mas a voz estava tão rouca, que saiu quase como um sussurro grave, e ela não me ouviu. — Zana, solte-o.

Ela estava sendo puxada para longe da costa, e eu nunca a alcançaria, a menos que entrasse na correnteza também.

Não sou uma pessoa religiosa; nunca fui. Mas, se fosse, teria rezado naquele momento.

Em vez disso, respirei fundo e me entreguei à correnteza.

No início, foi calmante de um jeito estranho. O mar na correnteza estava menos agitado, as ondas eram menores, e eu conseguia entender por que as pessoas nadavam em direção a ela, como Joel tinha dito, confundindo-a com águas mais calmas.

Foi só quando olhei para a praia e vi quão terrivelmente longe ela estava que comecei a entrar em pânico. Se fôssemos arrastadas para além do recife, onde os tubarões ficavam e as ondas batiam no coral, pulverizando tudo o que carregavam numa massa sangrenta, não teríamos chance.

— Zana! — gritei de novo, mais perto, e daquela vez minha voz saiu mais forte. A cabeça dela se virou e vi sua surpresa se transformar em choque ao assimilar duas coisas: eu e a distância que tínhamos percorrido da costa. — Zana, estamos na correnteza. Você tem que nadar de lado. Ao longo da praia.

Apontei com o braço trêmulo e vi Zana assentir. Estava me sentindo cada vez mais cansada, e comecei a me perguntar o que tinha feito, se havia alguma saída daquilo, para qualquer uma de nós.

Conor não lutava mais, estava à deriva, uma forma escura nas ondas, e por um instante vi Zana fechar os olhos, puxá-lo para si. Pensei que tentaria arrastá-lo de volta à praia. Então ela o soltou e começou a nadar para o lado, ao longo da costa.

NADAMOS. NADAMOS E NADAMOS, até os meus braços doerem e a respiração rasgar a garganta já machucada. Por fim, saímos da correnteza e flutuamos no oceano assustadora e incompreensivelmente longe, com as maiores ondas nas quais eu já havia nadado.

Zana ficou na água por alguns minutos, me observando, e perguntou:

— Você está bem? — Seu rosto estava branco. Vi como olhava para as águas escuras abaixo de nós, mas Zana resistia. Melhor do que eu, para ser sincera.

— Acho que sim — gritei de volta, mas não era verdade. Não estava nada bem. Só que não tinha escolha. Precisava fazer aquilo. Não tinha outra opção.

Juntas, viramos o rosto para a costa e começamos a nadar em direção à praia.

Na metade do caminho, soube que não conseguiria. Eu estava cansada demais, com membros machucados demais, pulmões exaustos demais. Já havia lutado pela minha vida uma vez naquele dia e não conseguiria fazer isso de novo. Precisava continuar nadando. Precisava continuar nadando. Mas o formigamento voltou para os braços e as pernas, a dormência crescente que senti quando Conor me estrangulou, e mais uma vez a visão estava se dividindo em fragmentos de luz e escuridão.

Pensei em gritar, mas Zana já estava muito adiante, abrindo caminho pela água com uma braçada que fazia com que tudo parecesse quase fácil. Não a culpei por seguir em frente — com o seu medo do mar, eu sabia o quanto devia querer sair da água, voltar em segurança para terra firme. Mas sabia também que ela já estava longe demais. Nunca me escutaria, não com as ondas quebrando na praia e a minha voz machucada e partida.

Quando a primeira onda se fechou sobre a minha cabeça, eu revidei. Lutei para chegar à superfície, ofegante e engasgada. Mas, quando a segunda onda me levou, soube que tudo tinha acabado. Soube que era assim que terminaria. Soube que ia morrer.

CAPÍTULO 33

QUANDO ABRI OS OLHOS, estava numa praia. Na nossa praia. A areia branca estava macia e quente sob a minha cabeça, e no céu dava para ver os primeiros raios rosados do amanhecer começando a despontar.

Rolei e tossi o que pareceu um galão de água do mar, mas não devia passar de uma colher de chá misturada com catarro. Meus pulmões pareciam estar em carne viva e ardidos, a garganta doía onde Conor tinha me enforcado toda vez que eu tossia. Mas nunca me senti tão viva.

— Lyla? — ouvi alguém falando, sem fôlego. Enquanto tentava virar a cabeça, vi Zana inclinada sobre mim, com o rosto ansioso. — Lyla, graças a Deus. Não, não tente se sentar...

Mas era tarde demais. Eu estava me levantando, a cabeça latejando a cada movimento.

— Cadê a Santana? — falei, com esforço. — Ela está bem?

— Está viva. Angel está com ela lá na cabana... e ela tomou insulina. Está bem machucada, mas está falando e lúcida. Acho que vai ficar bem. Para ser sincera, estávamos mais preocupadas com você. Você ficou desmaiada por um bom tempo.

— Estou bem — falei, mas a minha garganta estava tão embargada, que as palavras saíram quase comicamente roucas, e Zana deu uma risadinha trêmula. Então, começou a chorar. Senti minhas próprias lágrimas se acumularem de compaixão, apesar da dor que cada soluço me causava. Poucos minutos depois, estávamos abraçadas, o meu rosto no cabelo de Zana.

— Você foi muito corajosa — falei. — Você voltou por mim?

— Claro — disse ela, soluçando. — Claro que sim. Porra, você me salvou, Lyla. Se não tivesse nadado até lá...

Ela parou, mas balancei a cabeça. Eu não a salvei. Ela salvou a si mesma. Ela salvou a todas nós.

— NÃO. SE. MOVA. — Era a voz de Angel, peremptória como sempre, dirigindo-se a Santana, que cometera o erro de pegar a garrafa de água. — Estou dizendo, sua cabeça está praticamente presa por essa bandagem no momento. — Ela acenou para a tira de sarongue ensanguentada amarrada na cabeça de Santana. — Se quiser alguma coisa, peça que eu pego. Tá bom?

— Tá bom — disse Santana, dócil, e afundou-se de novo no travesseiro enquanto Angel media com cuidado um copo de água da garrafa grande.

De alguma forma, eu ainda não tinha ideia de como Angel e Zana conseguiram guiar Santana, atordoada e sangrando, para longe do casarão sobre a água antes que eu acordasse, e então nós quatro estávamos acampadas na cabana, com os colchões sob a sombra dos guarda-sóis de palmeira, tentando decidir o que fazer.

De nós quatro, Santana era, sem dúvida, a que parecia pior. Minha garganta ainda estava como se eu tivesse engolido lâminas de barbear e sentia os hematomas surgindo sob a pele onde Conor tentara me estrangular. Mas Santana parecia uma sobrevivente do Massacre da Serra Elétrica, com sangue escorrendo pelo cabelo ruivo emaranhado e um enorme inchaço roxo na lateral da cabeça, onde Conor a atingira.

Contudo, Zana parecia a mais chocada.

Depois da primeira explosão de energia — tirar-me da água, resgatar Santana do casarão Feliz para Sempre, arrastar nós duas até a praia para descansarmos na cabana —, ela se fechou em si mesma e estava sentada, com os joelhos abraçados contra o peito, fitando o mar com olhos ao mesmo tempo vigilantes e estranhamente cegos. Eu não sabia o que ela procurava; um barco, talvez? Ou outra coisa. A forma de Conor — cortando as ondas ainda agitadas com o seu poderoso nado. E eu não sabia se ela esperava ou temia por esse resultado.

Angel, no entanto, havia acordado recarregada e pronta para lutar contra alguém, e estava agitada ao nosso redor igual a uma mãe coruja, como se, de alguma forma, seu autoritarismo inato pudesse fazer tudo ficar bem para todas nós. Era até relaxante, de um jeito esquisito, ter alguém nos dizendo o que fazer. Bem, alguém que não fosse Conor. A lembrança dele gritando ordens me deu uma sensação de frio, e tremi apesar do calor do sol.

No momento, ela enchia o meu copo de água junto com o de Santana.

— Beba! — disse ela, e obedeci, pensando, não pela primeira vez desde que havíamos retornado à segurança da terra firme, que nunca mais faria pouco caso de água doce. Era a coisa mais deliciosa que já havia provado. Santana estava de olhos fechados, como se quisesse saborear cada gota daquela sensação. Só Zana bebia a sua como se de fato não estivesse com sede, embora eu soubesse que devia estar. Quando o copo ficou vazio, ela o colocou na areia e se levantou.

— Vou ver se encontro alguma fruta — disse ela. — Estamos com pouca comida.

— Quer que eu ajude? — perguntou Angel, mas Zana balançou a cabeça.

— Não, tudo bem. Prefiro que fique aqui com Lyla e Santana.

O significado era claro — cuidar da gente, garantir que nenhuma de nós fizesse algo idiota, embora eu realmente não achasse que faríamos. Contudo, pensei que a verdade por trás das palavras de Zana era diferente: ela queria ficar sozinha.

Esperamos até ela desaparecer de vista, atrás das árvores, então Angel soltou um longo suspiro.

— Estou preocupada com Zana. Ela parece um zumbi.

— Quer dizer... ela passou por muita coisa — disse Santana, com sensatez. — A pobrezinha... — Parou e baixou a voz, embora eu tivesse quase certeza de que Zana estava longe demais para ouvir e não se importaria mesmo se conseguisse. — A pobrezinha matou o namorado, pelo amor de Deus. É muita coisa para processar.

— O namorado *abusivo e assassino* — destacou Angel. — Não vamos nos esquecer disso.

— Ainda assim — falei. — Concordo com Santana. Como você lida com algo dessa magnitude? O fato de ele ser um merda abusivo não muda a gravidade do que aconteceu.

— Não mesmo — disse Santana, baixinho. Ela tocou o lado inchado do rosto, lembrando como se sentiu quando Conor a atingiu. — Tipo... pense em como ele era controlador. Pense em conviver com isso, dia após dia, e de repente... ele morrer. Acho que um buraco desse tamanho... seria difícil de aceitar.

— Legalmente, porém — insistiu Angel. — Legalmente, isso muda as coisas. *Legalmente*, o que ela fez foi legítima defesa.

Mas as palavras foram recebidas com silêncio, e Santana e eu trocamos um olhar inquieto.

Era algo sobre o qual nenhuma de nós tinha realmente falado — em parte porque não queríamos conversar sobre aquilo na frente de Zana. Mas a questão do que aconteceria quando fôssemos resgatadas, *se* fôssemos, começou a pesar na minha mente, e eu sabia que não podia ser a única. Como explicaríamos a morte de Conor? E a de Bayer, e a de Dan? E então havia Joel, que Angel encontrara pendurado numa palmeira no meio da costa, com um lençol amarrado no pescoço. Como explicar a sequência estonteante e aterrorizante de eventos sem condenar nenhuma de nós? Porque a verdade era que não tinha sido legítima defesa. Não de verdade. Zana estava me defendendo. E eu não tinha certeza de qual era a posição da lei sobre isso. Até porque eu não tinha ideia de qual era a jurisdição legal em que estávamos.

— Bem, entendo o seu lado, Angel, mas temos que ser resgatadas antes que qualquer coisa sequer seja considerada — disse Santana por fim, e Angel concordou.

— Continuo pensando no rádio — falou ela. — Na bateria. Com certeza tem uma maneira de carregá-la...

Ela olhou para Santana, que, por sua vez, olhou para mim, e levantei as mãos.

— Não olhe para mim. Sou virologista. Não entendo nada de eletricidade. Isso é física. Ou talvez química. De qualquer forma, é tão diferente do que estudei quanto Literatura Inglesa.

— Eu sei que já perguntei isso antes — disse Santana, um pouco desamparada. — Mas *adianta* tentar aquecê-la? Você acha que isso funciona com baterias de carro?

— Você esteve naquela cabana ultimamente? — perguntei. — Faz mais calor que o sétimo círculo do inferno quando o sol bate naquele telhado de zinco; então, não, a menos que a bateria queime, acho que não conseguiríamos deixá-la mais quente.

— *Poderíamos* queimá-la? — perguntou Santana. Parecia estar quase implorando. — Quer dizer, estamos ferradas agora, então vale a pena tentar? Poderíamos fazer uma fogueira na areia e, quando ela se apagasse, enterrar a bateria na areia quente e ver se conseguimos extrair um pouquinho mais de carga dela antes que derreta.

— Talvez — respondi, em dúvida. — Quer dizer, você tem razão, pode valer a pena tentar. Mas será que é a mesma pilha? Não sei se pilhas de carro funcionam da mesma forma que pilhas AA comuns.

— *C'est une batterie au plomb* — disse Angel, franzindo a testa, e então percebeu que havia falado em francês e traduziu para nós. — Qual é a palavra...? Uma bateria de chumbo? Elas são cheias de ácido. A carga vem da reação entre o chumbo e o ácido, então imagino que, se você aquecer o ácido, seja possível estimular um pouco mais de reatividade. Dependeria do motivo pelo qual ela parou de funcionar. Se o chumbo estiver coberto de sulfato... — Sua voz foi morrendo.

— Se a questão é a reação entre o ácido e o chumbo — falei, devagar —, há alguma maneira de colocar mais ácido na bateria?

— Deve ser ácido sulfúrico — disse Angel. Ela pronunciou como se fosse uma palavra francesa, *suul-fur-ri-ke*, com a tônica na última sílaba. — Uma mistura de ácido sulfúrico e água. Não sei onde poderíamos encontrar algo equivalente na ilha.

— Angel — disse Santana —, como você *sabe* disso? Desculpe, mas de repente você se transformou no Beakman, e isso é um pouco desconcertante.

— Eu não conheço esse Beakman, mas o meu pai tinha uma oficina mecânica — falou Angel. Olhou para as unhas de acrílico, antes impecáveis, e que estavam quebradas em pedaços, e suspirou. — Quando eu era pequena, eu o ajudava na oficina nos fins de semana. Era obcecada por carros... o orgulho e a alegria do meu pai era que eu conseguia trocar um pneu mais rápido do que qualquer um dos empregados dele.

Tive um flashback nítido de Angel na primeira reunião, nos contando que queria ser piloto de Fórmula 1 quando crescesse — e como todos nós rimos daquela imagem incongruente. Passei a entender — e vi a menininha olhando fixamente através dos olhos marejados de lágrimas de Angel. Estendi a mão e segurei a dela.

— Tenho certeza de que você ainda é o orgulho e a alegria dele, Angel.

Ela balançou a cabeça, sorrindo também, embora as lágrimas ainda brilhassem nas pontas dos cílios.

— *Non*. Meu pai me amava muito, mas ele morreu. E eu esqueci quase tudo que me ensinou. Mas lembro um pouco sobre baterias. E baterias de chumbo não são sofisticadas. São projetadas para causar uma reação química, depois você reverte a reação com eletricidade e repete. Não é difícil.

— Bem, olha — falei. — Está claro que você sabe mais sobre isso do que qualquer uma de nós. Se houver algo que eu e Santana possamos fazer para ajudar, é só dizer. Mas acho que é com você, Angel. Você é a nossa melhor chance.

— *Dieu* — respondeu Angel. Era para ser um elogio a fim de animá-la, mas estava claro que não tinha entendido assim. Na verdade, o rosto dela estava mais sombrio do que nunca. — Que pensamento terrível.

CAPÍTULO 34

NAQUELA NOITE, DORMIMOS no Retiro da Floresta, Zana no colchão que Joel havia levado, Santana na cama. Ela havia ficado febril ao longo do dia, e Zana e eu estávamos deitadas, ouvindo, preocupadas, sua respiração ofegante e a voz murmurando palavras que não conseguíamos entender direito.

Só Angel não estava lá. Passara a tarde toda nos alojamentos dos funcionários, vasculhando os destroços das cabines e da usina de dessalinização em busca de algo, qualquer coisa que pudesse usar para consertar a bateria. Voltara para lá depois do jantar a fim de aproveitar o restante da luz do dia.

— Não sou enfermeira — disse para mim em particular, olhando para o rosto corado e os olhos vidrados de Santana —, mas posso fazer isso.

Voltou depois do anoitecer, com as roupas cheirando a produtos químicos e os ombros curvados de um jeito que me dizia que não havia alcançado o objetivo. Quando a vi mexendo na maçaneta, levantei-me e abri para ela, levando o dedo aos lábios para sinalizar que Santana estava dormindo. Mas fui eu mesma quem quebrou o silêncio ao ver as queimaduras nas mãos de Angel.

— Porra, Angel, o que aconteceu?

Ela deu de ombros.

— O ácido ainda estava reativo.

— Você abriu a bateria?

— Tentei. É difícil sem as ferramentas. Vou ter que fazer de novo à luz do dia.

Do outro lado da sala, Santana se agitou inquieta no sono, e nós duas ficamos imóveis. Quando se acalmou, Angel sussurrou:

— Ela não está melhor?

Zana balançou a cabeça.

— Tentamos lhe dar ibuprofeno, mas ela vomitou os comprimidos. Está com muita febre.

Angel praguejou em francês palavras que eu não entendia, mas que soavam sujas mesmo em outro idioma, então se afundou no colchão, com a cabeça entre as mãos.

— Porra, isso nunca vai acabar? Nunca vamos ter um descanso?

Engoli em seco, sentindo dor na garganta. Queria lhe dizer que tudo ficaria bem, mas as duas sabiam que era mentira.

Em vez disso, observei-a abaixar a cabeça no travesseiro, cansada, e fechar os olhos. Parecia exausta, e os roncos fracos, alguns minutos depois, o comprovavam.

Eu deveria estar igualmente cansada, talvez até mais. De todas nós, Angel foi a única que dormiu na noite anterior, ao passo que fiquei lutando pela vida nas horas seguintes, primeiro meio estrangulada, depois meio afogada. Mas não conseguia relaxar. Fiquei deitada ali, ouvindo os roncos suaves de Angel e a respiração rápida e febril de Santana, e percebi uma coisa: apenas Zana estava tão quieta e atenta quanto eu. Quando me levantei para olhar para ela, pude vê-la deitada ali, encolhida de lado, encarando a escuridão. Enquanto eu observava, vi uma única lágrima rolar pela sua bochecha, molhando o colchão.

Abri a boca para falar algo — "Você está bem? Tem alguma coisa que eu possa fazer?" — e então a fechei. Não havia nada que eu pudesse fazer. Nada que eu pudesse dizer.

No maior silêncio possível, deitei-me no colchão e me virei, tentando dar a impressão de que estava apenas me revirando no sono. Fechei os olhos e esperei o sono de verdade chegar.

QUANDO ACORDEI NA manhã seguinte, a luz do amanhecer entrava pelas janelas, e vi que Santana e Zana ainda dormiam, mas Angel já estava acordada e de pé. Ela havia enrolado um sarongue nos quadris, prendido o cabelo num coque alto e procurava os sapatos.

Levantei-me, vesti a camisa que estava usando na noite anterior e sussurrei:

— Posso ajudar?

Angel olhou para Santana e Zana e deu de ombros, erguendo as sobrancelhas. Eu sabia o que ela estava perguntando. Eu era necessária ali?

Tentando não fazer barulho, fui na ponta dos pés até a lateral da grande cama de casal e toquei a bochecha de Santana com as costas dos dedos. A pele estava fria depois do calor úmido da noite anterior, e o rubor intenso havia desaparecido das maçãs do rosto.

— Acho que ela está melhor — murmurei para Angel, que deu de ombros de novo, mas desta vez de um jeito diferente, que significava: "Ok, faça como quiser." Ela passou os últimos resquícios de protetor solar nos ombros e partimos para a floresta.

Por algum motivo, a área dos funcionários sempre parecia ser a parte mais quente da ilha, talvez porque as árvores fossem menos numerosas e mais espaçadas ou porque o concreto absorvesse o calor do dia de uma forma que o solo da floresta não fazia. Quando saímos das árvores e chegamos à clareira dos funcionários, Angel e eu estávamos suando, apesar da brisa que vinha do mar.

Eu já sentia o cheiro do ácido da bateria antes mesmo de atravessarmos a clareira. Ao chegarmos à sombra da cabine de rádio, pude ver o que Angel passara o dia anterior todo fazendo: cortando a grossa camada externa da bateria com uma mistura de pregos, chaves de fenda e uma faca de cozinha quebrada. Conseguira abrir quase completamente um canto da tampa superior, como uma lata de sardinha aberta em parte, e era possível distinguir o brilho líquido do ácido lá dentro. Também dava para ver onde boa parte dele havia se espalhado no concreto — e na própria Angel.

— Não foi fácil — disse ela, e acenei. O vapor era insuportável. Cada vez que eu respirava, ele ficava preso na minha garganta machucada, me dando vontade de tossir.

— Vamos levá-la lá para fora? — perguntei. — Não consigo imaginar que seja muito seguro de respirar.

Angel concordou. Juntas, com cuidado, arrastamos a bateria para fora da cabana, para a sombra de uma árvore, onde ela voltou a atacá-la com um prego e um martelo improvisado, tentando alargar a abertura que já tinha feito. Contudo, as mãos queimadas a deixaram desajeitada e, depois de alguns minutos, ela errou o alvo e atingiu o invólucro da bateria, fazendo o ácido dentro dela espirrar. Algumas gotas caíram em seus dedos, e ela estremeceu, prendendo a respiração enquanto a substância ardia na pele.

— Deus, Angel, pare — falei, ao perceber o que estava acontecendo. — Pode deixar que faço isso.

— Estou bem — respondeu Angel, com os dentes cerrados.

— É claro que não. Suas mãos já estão machucadas. Sério, pode deixar que faço isso. O que você está tentando fazer?

— Um furo grande o suficiente para poder atacar o chumbo lá dentro — explicou Angel. Ela me mostrou os furos que já havia feito na parte superior da bateria. — Estou tentando unir isso. Estava usando a faca, mas ela quebrou. Acho que, se conseguirmos chegar lá — disse ela e apontou para mais ou menos o meio das perfurações —, podemos descascar o metal, entende?

Assenti.

— E então, quando estiver aberto, vou tentar raspar o sulfato do chumbo. Se conseguirmos expor chumbo fresco suficiente, talvez possamos criar um pouco mais de carga.

— Certo. — Peguei o prego e a chave de fenda que ela usava como martelo e comecei a tentar ligar os pontos.

Era mais difícil do que parecia; comecei a entender por que as mãos de Angel estavam tão machucadas. Primeiro, sem um martelo adequado, era bem complicado bater no prego com força suficiente sem espalhar gotas de ácido por toda parte. Segundo, se você errasse, a borda áspera do metal podia arranhar os seus dedos. Logo as minhas mãos estavam tão vermelhas e inchadas quanto as dela, apesar de eu estar lavando-as com água do mar, e a minha boca estava seca e com gosto amargo por inalar vapores químicos.

Até que enfim, depois do que pareceram horas martelando, o corte irregular se estendeu até a metade da lateral, e consegui empurrar a chave de fenda sob a aba de metal e forçá-la para trás, expondo um bom terço do interior da bateria e da folha de chumbo dentro.

— Angel! — chamei. Ela havia ido até a praia, perto da usina de dessalinização destruída, e estava molhando as mãos doloridas na água, olhando para o mar. — Angel, e agora?

Ela se virou, protegendo os olhos do sol, e então sua expressão mudou. Ela se levantou rápido e veio correndo pela clareira.

— Uau! Você conseguiu!

— É o suficiente?

— Sim, está bom. — Pegou a chave de fenda de volta e examinou o funcionamento interno da bateria, observando as dobras de metal lá dentro. — Meu Deus, espero que funcione. — Angel enxugou a testa e, pela primeira vez, vi como ela estava exausta. De todas nós, sempre parecera a menos derrotada pela ilha, sua beleza desafiadora e o porte majestoso sobrevivendo a queimaduras de sol, sede e desespero melhor do que qualquer uma de nós. Mas até mesmo a sua fachada começava a rachar, o desespero por baixo transparecendo com clareza.

Agachei-me ao seu lado e observei enquanto ela começava a raspar meticulosamente as dobras metálicas da bateria. Era trabalhoso, o chumbo tão compactado que era difícil alcançar partes dele sem deformar as folhas. O objetivo, percebi, era criar a maior área de superfície possível para o metal atacar, e, portanto, amassar as folhas seria contraproducente. Mas Angel trabalhou com destreza e paciência, raspando e arranhando até que o chumbo brilhasse através da superfície fosca, e então passando para o próximo pedaço.

Depois de algum tempo, percebi que não havia muito que eu pudesse fazer para ajudar, então voltei para ver como Santana e Zana estavam. Quando cheguei, encontrei Santana ainda deitada na cama, com Zana agachada ao lado dela, tentando fazê-la beber um pouco de água.

— Como ela está? — perguntei. Zana levantou a cabeça, a expressão mudou de surpresa para resignação num instante.

— Não sei. Não consigo acordá-la direito. Santana. — Ela deu um tapa de leve na bochecha da outra. — Santana, querida, vamos. Você precisa acordar. Precisa beber alguma coisa.

Os olhos de Santana se abriram por um instante e ela balbuciou alguma coisa, mas então as pálpebras voltaram a se fechar. Olhei para Zana, cuja expressão beirava o desespero.

— Merda. O que a gente faz? — perguntou. — Você acha que é uma concussão?

— Não faço ideia. — Agachei-me ao lado de Santana e toquei a sua testa, que não estava quente, mas fria e úmida. O rubor febril e intenso havia desaparecido das bochechas, e ela parecia pálida. Peguei a mão dela. Os dedos estavam gelados. — Acho que não. Não acho que uma concussão a faria ficar tão fria assim. — Então vi o monitor de açúcar no braço dela, e o meu coração afundou. — Espera, pode ser o açúcar no sangue dela. Ela mal comeu ontem.

— É claro. — Zana mordeu o lábio. — Você tem razão. Meu Deus, não sei por que não pensei nisso antes. O que podemos fazer?

— Não sei. Deveríamos tentar fazer uma leitura. Cadê o... aparelho dela? — Eu estava procurando na cama e então encontrei: a caixinha digital que a via checando a cada poucas horas durante o dia. O número no visor não significava muito para mim: eu não tinha ideia se 2,1 era bom ou ruim... mas não havia como confundir o pequeno gráfico na parte inferior da tela. A pequena linha digital vinha caindo com constância nas últimas horas, até estar na parte inferior.

— Porra. Ela está com o nível de açúcar baixo. Acho que pode estar baixo demais. O certo seria dar bebidas açucaradas para pessoas hipoglicêmicas; suco ou Coca-Cola, algo assim. Mas não temos nada parecido com isso.

— Sobrou alguma salada de frutas em lata? Tem a água da lata.

Balancei a cabeça.

— Acho que não. — Então me ocorreu uma coisa. — Ela tem comprimidos de glicose. Eu a vi tomando uma vez, quando estava com a glicose baixa. Onde eles estão?

Comecei a vasculhar os pertences de Santana, mas Zana estava pálida.

— Parecem doces? Tipo versões maiores de balas?

Assenti.

— Ai, meu Deus, me desculpe. Conor os pegou. Estão no casarão Feliz para Sempre.

— Eu vou lá — falei, mas Zana balançou a cabeça.

— Não. Preciso ir. Sei onde ele colocou tudo. — Ela parecia doente.

— Zana, eu vou. Só me diz onde eles estão.

— Não, tenho que fazer isso. — Seu rosto estava pálido, mas a expressão era firme. — Você entende? Fiquei sentada e o deixei fazer isso. Eu o deixei matar vocês de fome, tirar a água de vocês e colocar a vida da Santana em perigo. A culpa é minha por ela estar nessa situação. Eu *tenho* que consertar isso.

Respirei fundo, pronta para argumentar, para dizer que Zana tinha sido tão prisioneira quanto nós das ações de Conor — e então percebi que não adiantava. Porque, no fim das contas, não importava o que eu pensava. O que importava era o que Zana sentia. E ela sentia que precisava fazer aquilo.

— Certo. Eu entendo — falei por fim. — Vá. Mas... seja rápida.

Zana assentiu.

— Serei.

E então desapareceu.

Não sei quanto tempo levou. Só sei que pareceu o tempo mais longo da minha vida, sentada ali, segurando a mão gelada de Santana, ouvindo a sua respiração curta e trêmula e me perguntando se cada respiração seria a última. Eu começava a me desesperar, a me perguntar se algo tinha dado errado, quando ouvi o som de pés correndo na areia, ao longe, mas se aproximando. A pessoa estava correndo, e eu podia ouvir o estalo de galhos conforme os afastava sem paciência. Soltei a mão de Santana com delicadeza e me levantei.

Mas não foi Zana quem apareceu na clareira, com o rosto vermelho e o peito arfando. Foi Angel.

— Lyla... — disse ela, ofegante. Ela se dobrou, com as mãos nos joelhos, tentando recuperar o fôlego. — Lyla, recebi um sinal. Falei com alguém. Tem... — Ela parou de falar, a respiração presa na garganta, fazendo-a vomitar em silêncio na terra. — Tem um barco.

CAPÍTULO 35

— O QUE VOCÊ FALOU?

A voz veio do outro lado da clareira, e nós duas nos viramos para ver Zana parada ali, com um tubo de comprimidos de glicose numa das mãos e um pacote de biscoitos na outra, o rosto branco e em choque.

— Zana — disse Angel, o rosto se abrindo num sorriso enorme. — Zana, tem um *barco*. Fiz contato com um barco. Vamos ser resgatadas!

— Meu Deus — disse Zana. Ela foi até a varanda e sentou-se numa das cadeiras de vime, como se as pernas não se aguentassem. — Meu Deus. Você conseguiu mesmo? Isso é verdade?

— Sim, é verdade. A chamada caiu quando a bateria morreu de novo, mas eles sabiam onde estávamos. Eles conheciam a ilha. Estavam longe demais para virem sozinhos; é só um barco pequeno e não tinha combustível suficiente para chegar até aqui e voltar, mas a tripulação vai pedir ajuda pelo rádio. Vamos ser resgatadas!

Ela me agarrou e começou a dançar comigo pela clareira. Deixei que me puxasse, mas me senti estranhamente entorpecida. Zana, ainda sentada em silêncio na cadeira de vime, parecia tão atordoada quanto eu.

Então pareceu voltar à realidade e se levantou.

— Santana.

— Merda. — Afastei-me de Angel. — Angel, me desculpe, é Santana. Ela não está bem. Estamos tentando dar glicose para ela.

Nós duas seguimos Zana para dentro do casarão, onde Santana ainda estava deitada na cama, com o rosto pálido. Zana sentou-se ao lado dela e começou a sacudir os seus ombros com gentileza.

— Santana. Santana, vamos, acorde. Você precisa engolir isso. — Ela levou o comprimido aos lábios de Santana, que não fez nada, apenas relaxou nos braços dela, os olhos se movendo inquietos sob as pálpebras fechadas.

— Esmague o comprimido — falei, ansiosa. — Esmague o comprimido nos dentes dela, esfregue-o nas gengivas, talvez ele se dissolva na boca.

Zana quebrou alguns fragmentos e tentou empurrá-los entre os lábios de Santana, mas ela apenas moveu a cabeça para longe.

— Santana! — gritou Angel, fazendo todas nós pularmos. Os olhos de Santana se abriram por um instante e ela se concentrou em Angel, lambendo os fragmentos brancos como giz nos seus lábios. — Santana, não durma. Está me ouvindo? — Ela se aproximou, empurrando Zana e eu para fora do caminho, enfiou o resto do comprimido entre os dentes de Santana e então levou um copo de água aos seus lábios. — Beba isso, ok?

Santana tomou um gole devagar, e ouvi o barulho lento enquanto ela mastigava o comprimido de glicose e depois engolia.

— Dê outro para ela — falei. Eu estava lendo o pacote que Zana tinha deixado na cama e estendi outro comprimido. — Ela precisa de pelo menos três, talvez mais.

— Não gosto... — disse Santana, com a voz rouca. — Têm... gosto... de... giz...

— Santana, você *vai* engolir isso — disse Angel ferozmente. — Não quero nem saber. Você *vai* engolir este comprimido. — Angel esmagou o comprimido que eu tinha passado a ela entre os dedos e forçava os pedaços entre os lábios de Santana. — E *vai* engolir esta água. — Ela segurou outra vez o copo nos lábios de Santana, que fez uma careta, mas engoliu, obediente como uma criança pequena. Seus olhos estavam abertos, um pouco vidrados, mas focados. — E mais um — disse Angel, severa. Desta vez, Santana assentiu e pegou o comprimido da mão dela, mastigando-o. Engoliu e afundou de volta nos travesseiros, mas não fechou os olhos. Senti o pânico represado dentro de mim começar a se dissipar, deixando os joelhos fracos e trêmulos.

— Jesus. — Achei que minhas pernas fossem ceder e me sentei na beira da cama. — Santana, *não* faça mais isso, está me ouvindo? Realmente achei...

— Não é exatamente por escolha — disse Santana, meio rouca. Um pouco de cor havia retornado às suas bochechas, e ela conseguiu sorrir. — Mas é... Eu deveria ter percebido que estava com o açúcar baixo. Que bobagem minha não ter comido nada ontem à noite.

Ela pegou o monitor de glicose que eu tinha deixado ao lado do travesseiro, olhou para a tela e fez uma careta.

— Nossa. Meu Deus, estava muito baixo. Merda.

— Está subindo? — perguntei.

Santana assentiu.

— Sim. Me dê o restante dos comprimidos de glicose. Talvez eu precise de mais.

Entreguei-os, e Santana tomou outro gole de água e um quarto comprimido, depois pegou as tiras de medição da mesa de cabeceira.

— Você ouviu a novidade? — perguntou Angel enquanto Santana furava o dedo com uma lanceta. Passado o pânico, seus olhos brilhavam de novo. Ela balançou a cabeça, confusa, e Angel sorriu como o gato de *Alice no País das Maravilhas*. — O truque com a bateria funcionou. Fiz contato com um barco. Eles falavam inglês. Vamos ser resgatadas.

Houve um longo silêncio de incredulidade. Então, o rosto de Santana se abriu num sorriso enorme.

— Tá brincando? A gente vai ser resgatada? A gente vai mesmo ser resgatada?

— Calma — falei. Não sei por quê, mas, depois de tudo o que tinha acontecido, fiquei com medo de tanta certeza estragar o nosso destino. — Eles precisam encontrar outro navio, localizar a ilha... Quer dizer, não me entenda mal, mas não vou acreditar até vermos o barco de resgate com os nossos próprios olhos.

— Eles disseram quanto tempo levariam? — perguntou Santana.

Angel balançou a cabeça.

— Não. Disseram que estavam a pelo menos três horas de distância do porto de origem. Então, suponho que depende se conseguirem se comunicar pelo rádio com antecedência.

— E, mesmo que consigam — falei, pensando devagar —, aquele barco terá que viajar pelo menos três horas de volta para onde você comunicou pelo rádio e nos localizar de lá. Então, dá... o quê... quatro horas? Cinco? Talvez mais.

— Cinco horas — disse Santana. Ela falava como se estivesse saboreando as palavras. — Cinco horas. Só nos restam cinco horas nesta ilha maldita.

Mas então Zana falou, e sua voz era como o som de uma pedra caindo num poço: oca, fria, sombria.

— Então, tenho cinco horas.

— Cinco horas? — Angel olhou para Zana e depois para mim, confusa. — Cinco horas de quê?

— Cinco horas de liberdade. Quer dizer, eu o matei. Eu matei o meu namorado. Não tem jeito.

Houve um longo silêncio. Então, Santana falou:

— Zana, no que nos diz respeito... — Ela engoliu em seco e olhou para mim e Angel, buscando apoio.

— No que nos diz respeito — falei —, foi um acidente. Conor caiu no mar por causa dos ventos fortes. Todas nós tentamos salvá-lo. Você e eu fomos arrastadas para o mar e mal conseguimos voltar vivas. Não é?

Virei-me para Santana e Angel, e ambas concordaram vigorosamente.

— Com certeza! — disse Angel. — Foi o que aconteceu.

Mas Zana balançava a cabeça. Havia lágrimas nos seus olhos.

— Há corpos por toda a ilha. Sem mencionar a concussão severa na lateral da cabeça de Santana. Como explicamos tudo isso? Como falamos sobre o que aconteceu... sobre a água, o acúmulo de objetos e a insulina de Santana... sem que eles descubram? Está tudo gravado, pelo amor de Deus! — Ela acenou com a mão para o olho que não piscava no canto da sala. — O quê, você saiu para confrontar Conor no único lugar que não tinha câmeras e ele simplesmente *caiu* no mar e se afogou enquanto eu assistia? Nunca vão acreditar nisso, nem em um milhão de anos, nem mesmo se todas nós jurássemos pela Bíblia e pela vida das nossas mães.

— Mas isso não confirma o nosso caso? — perguntou Santana. — Se explicarmos como ele era...

— Se eu contar como ele era, vou assinar a minha própria confissão — disse Zana, amarga. — Você acha que algum tribunal tailandês ou indonésio vai se importar se ele me bateu? Ou que instalou um spyware no meu telefone? Ou que cortou os meus cartões de crédito, me fez pedir demissão e me queimou com fósforos usados? O que eu fiz ainda é assassinato!

Todas estremecemos. Santana parecia abalada. Angel tinha um ar assassino.

— Olha... — falei, devagar. — Zana tem razão. O problema é que temos um motivo para querer machucar Conor... não apenas Zana, todas nós. A ponto de ninguém acreditar se dissermos que não fizemos isso, mesmo que nos apoiemos mutuamente. Então isso é algo que temos que consertar. Temos que fazer com que Conor seja uma pessoa que ninguém queira machucar.

— Como assim? — perguntou Zana, parecendo confusa.

— Precisamos criar um registro do tempo que passamos aqui, algo que explique tudo o que aconteceu... a morte de Bayer, de Dan, o desaparecimento de Joel, tudo isso... sem culpar Conor. Algo que explique a história da comida e da água, mas dê a impressão de que todos concordamos. Algo que o transforme num homem que ninguém gostaria de matar. E acho que só temos seis horas para fazer isso. — Olhei para o céu. O sol já estava acima das palmeiras. — Alguém tem papel? E caneta?

— Sim — disse Santana. Ela apontou para o bolso da frente da mala.

Vasculhei lá dentro e tirei um caderno pautado e um lápis. Entreguei-os para Zana.

— Acho que você precisa fazer isso, Zana. É provável que acreditem mais no seu relato. Que dia foi a tempestade mesmo?

Houve silêncio enquanto todas tentavam lembrar.

— Acho que foi no dia 14 — disse Zana por fim. — Alguém mencionou o Dia dos Namorados, não?

— Sim, foi — concordou Santana. — Lembro que Dan ficou fazendo uma piada sobre isso. Mas não consigo me lembrar do dia da semana, se é isso que você quis dizer.

— Era uma quarta-feira — completou Zana. — Eu menstruei. Me lembro de pensar que ainda faltava um dia, que devia estar estressada.

— Certo, então vamos começar no dia depois da tempestade — falei devagar. — Querido diário, hoje é quinta-feira, 15 de fevereiro. Algo assim.

— Mas por quê? — perguntou Zana, desamparada. — Por que eu faria isso? Estávamos presos numa maldita ilha deserta, pelo amor de Deus. Será que vou mesmo começar a escrever um diário? Qual seria o sentido, se achávamos que todos íamos morrer?

— Para acompanhar o tempo? — sugeriu Santana.

— Para a saúde mental — disse Angel, um pouco sarcástica.

— Talvez seja esta a questão — falei, em voz baixa. — Talvez, o fato de todos nós acharmos que íamos morrer seja a questão. Você está escrevendo para deixar um registro do que aconteceu. Caso ninguém consiga sair vivo da ilha.

Zana assentiu. Seu rosto estava sombrio.

— Certo. Sim, você tem razão, eu poderia me imaginar fazendo isso. Por todos esses motivos, mas sobretudo o último, embora talvez eu não devesse dizer isso. Quer dizer, ainda estávamos esperando ser resgatados naquele momento. Ok... então... — Ela começou a escrever, devagar, lendo as palavras enquanto o fazia. — "Hoje é quinta-feira, 15 de fevereiro, e decidi escrever um diário... minha cabeça está tão cheia de tudo o que aconteceu desde a tempestade de ontem à noite, que eu precisava de alguma maneira dar sentido a tudo isso." Tudo bem? — Ela olhou para o resto de nós, e concordamos.

— O que mais aconteceu naquele dia? — perguntou Santana. — Não me lembro muito dos primeiros dias, apenas de quanto a minha perna doía e de como eu estava com medo de morrer. — Ela colocou a mão na cicatriz da coxa, como se estivesse revivendo os primeiros dias de dor e confusão.

— Enterramos Romi — falei. — Naquele primeiro dia... Foi o dia em que enterramos Romi. E a produtora.

Zana esfregou os olhos.

— Meu Deus, claro. — Sua voz falhou. — Não acredito que não me lembrei disso. Parece que foi há uma eternidade.

Sim, parecia. Foram apenas duas semanas, mas parecia algo que tinha acontecido em outro planeta, com um grupo distante de pessoas apenas ligeiramente relacionadas a nós e muito mais inocentes.

— "Estamos todos zonzos" — disse Zana em voz alta, escrevendo as palavras enquanto falava. — "Pela tempestade, que parece ter tirado o nosso barco do curso, mas também pelo terrível choque da morte da pobre Romi. Ela morreu quando uma palmeira caiu sobre a sua casa, destruindo-a em pedaços."

— Você deveria colocar algo sobre Joel — falei. — Sobre como ele estava chateado. Mas faça parecer que foi Conor quem cuidou dele. A câmera na casa de Joel e Romi foi destruída, então não há evidências de quem a tirou de lá. Você deveria dizer que foi Conor quem fez isso. Para que ele comece a ser um herói desde o início.

Zana assentiu e continuou escrevendo, devagar, parando às vezes para pensar numa palavra, e então chegou ao final da primeira página, onde parou, como se estivesse perplexa.

— Eu deveria colocar algo para terminar o dia — disse ela, olhando para cima. — Algum tipo de conclusão. Só não sei bem o quê.

— Deveria ser algo positivo — comentou Angel. — Algo que fizesse parecer que estávamos todos unidos.

Mesmo que as rachaduras já tivessem começado a aparecer, pensei, embora não tenha dito as palavras em voz alta. Eu sabia que todas nós estávamos pensando nisso.

— Você deveria mencionar quantos de nós ficaram — sugeriu Santana, de forma suave. — E que estávamos feridos.

— Diga que estávamos cuidando uns dos outros — falou Angel.

— "Somos oito" — disse Zana, enquanto escrevia. — "Apenas oito. E dois feridos." — Ela olhou para cima e engoliu em seco, e vi que havia lágrimas nos seus olhos. — "Parece mais vital do que nunca cuidarmos uns dos outros até o barco voltar para nos buscar... Só precisamos ser fortes."

Não sei mais que dia é hoje. Vinte e sete? Vinte e oito? Perdi a conta, mas não me importo. Porque a pior coisa do mundo aconteceu, e agora nem sei mais se quero ser resgatada.

Conor se foi.

Aconteceu tão rápido... Já era tarde, estávamos no casarão sobre a água. Santana e Lyla estavam lá. Angel não se sentia bem, e elas vieram perguntar se eu tinha algum analgésico sobrando.

No final, decidiram ir embora e se levantaram para voltar até Angel, para verificar se ela estava bem.

O vento aumentou ao longo da noite e, quando chegaram à passarela, Santana hesitou.

— Esta coisa é segura? — perguntou, e eu entendia por quê. As ondas batiam de uma forma que fazia as tábuas tremerem e rangerem. Conor deu de ombros. Era o mais seguro que ele conseguiu fazer, mas nada nesta ilha é seguro; as mortes dos nossos amigos provaram isso.

— Não sei — disse ele. — Quer esperar até que o mar se acalme?

Santana balançou a cabeça.

— Precisamos voltar para Angel, para ter certeza de que ela está bem.

Conor e eu concordamos, e elas começaram a atravessar a passarela.

Estavam na metade do caminho quando algo aconteceu. Ainda não sei o quê — talvez uma tábua tenha tombado ou uma onda as tenha atingido quando menos esperavam —, mas, de repente, os pés de Santana vacilaram e ela caiu, batendo a cabeça com força num dos postes.

Ela agarrou Lyla, mais por instinto, eu acho, do que de propósito, e as duas caíram — e estavam na água antes que Conor ou eu pudéssemos reagir.

Por um segundo, não soube o que fazer. As duas são nadadoras habilidosas e não estavam longe da varanda. Ajoelhei-me, estendendo os braços para tentar puxá-las para um lugar seguro, mas então vi o sangue na água e percebi o que tinha acontecido: Santana devia ter batido a cabeça na queda e estava confusa. Lyla se esforçava para mantê-la na água, lutando contra a força da correnteza, que tentava sugá-las para o mar a cada onda. Antes que eu pudesse protestar, Conor mergulhou.

Ele foi rápido até Santana e conseguiu retirá-la da correnteza e trazê-la até mim. De alguma forma — ainda não sei como —, eu a arrastei para a varanda. Mas então ele voltou para buscar Lyla — e vi que os dois estavam sob a força da correnteza.

Ao meu lado, Santana se engasgava com a água do mar. Pelo menos ela estava consciente. Mas Lyla lutava. Estava bem longe, no mar, e Conor ia atrás dela. Eu os vi nadando, nadando... E então, ainda não sei como aconteceu, Conor sumiu.

Foi um tubarão? Há muito tempo, Baz nos disse que eles não conseguiam entrar no recife, mas não sei se é verdade. Ele estava enganado sobre muita coisa, o pobre Baz. Tudo que sei é que Conor estava lá, cortando a água em direção a Lyla com o seu nado poderoso, e no minuto seguinte tinha sumido. E Lyla ainda estava sendo puxada para o mar.

Acho que foi o pior momento da minha vida. Conor tinha desaparecido, Santana estava sufocando no convés — talvez morrendo, até onde eu sabia — e Lyla estava sendo arrastada para o mar. Eu não sabia se conseguiria salvá-la. Não sabia o que fazer. Queria cair de joelhos e clamar a Deus, perguntar por que ele continuava nos punindo daquele jeito.

Não consegui salvar Conor. Não conseguia nem dizer onde ele tinha ido parar.

Mas salvei Lyla. Salvei Lyla, e Santana sobreviveu. Angel acordou hoje e está melhor. Mas, meu Deus, Conor se foi. Conor — meu porto seguro, meu amor, minha vida —, ele se foi. Ele se foi. Talvez, se eu continuar dizendo isso, consiga fazer com que pareça real.

Conor se foi, e não sei como continuar.

CAPÍTULO 36

ZANA CHORAVA QUANDO terminou a última anotação do diário. Fechou o caderno, e me perguntei se ia nos deixar ver o que havia escrito.

Eu teria entendido. O que estávamos lhe pedindo — explorar os próprios medos e sentimentos para salvar a todas nós — era muita coisa. Mas precisávamos saber o que ela dissera, precisávamos ser capazes de comprovar a sua história se fôssemos questionadas sobre ela.

Abri a boca para dizer alguma coisa — perguntar se estava bem, talvez —, mas, antes que pudesse falar, Zana empurrou o diário na minha direção, pelo chão da casa, depois se levantou e saiu, de costas para a porta, encarando a floresta como se não pudesse olhar para nós enquanto o líamos.

Peguei o caderno, olhei para Angel e Santana e comecei a ler.

A morte de Bayer... a sede e o desespero crescentes... o afogamento de Dan... o racionamento de água... o desaparecimento de Joel... e então, por fim, a morte de Conor. Ver as coisas dispostas daquele jeito, uma após a outra, era um lembrete visceral de tudo o que tínhamos passado. Mas havia uma estranha distorção ao lê-las através das lentes do que Zana tentava fazer. Era como escolher os óculos errados — tudo era familiar, mas errado. A perspectiva era instável; as distâncias, falsas. Tudo o que ela escreveu tinha acontecido... mas não exatamente do jeito que escreveu. Na versão dela, Bayer teve algum tipo de ataque. A morte de Dan foi um afogamento acidental. Joel havia cometido suicídio, culpa de sobrevivente, sem nenhuma referência ao que ele tinha feito. De alguma forma, Zana havia mudado a narrativa para uma em que Conor era o herói, a pessoa que mantinha tudo sob controle.

Foi o último texto que teve o maior tom de honestidade — apesar de ser o mais falso. Mas talvez isso se devesse ao fato de as mentiras serem costuradas com verdades dolorosas. O amor de Zana por Conor, sua dor, sua culpa... tudo isso era real.

Conor se foi, e não sei como continuar.

Eu podia ouvir a verdade naquelas palavras, e a agonia também.

Quando terminei, percebi que havia lágrimas nos meus olhos e entreguei o caderno para Santana, enxugando os olhos com a manga da camisa e engolindo em seco.

Santana leu em silêncio e depois o entregou para Angel, que leu e assentiu.

— Sim — disse. Havia um nó na voz dela, como se também estivesse lutando contra as lágrimas. — Sim. Isso é bom. — Ela pigarreou. — Foi difícil de ler. Deve ter sido difícil... difícil de escrever.

— Ela é muito esperta — falou Santana. — Quer dizer... está tudo lá, não é? Se as câmeras estiverem funcionando, está tudo explicado. O racionamento de água, Dan enfrentando Conor... há uma explicação para tudo. Só é...

— Distorcido — falei. — É.

E era. Distorcido numa narrativa em que Conor era o herói, não o vilão. Um herói que sacrificou a vida por todos nós.

Estávamos sentadas, contemplando o que Zana havia escrito, quando de repente ouvimos a voz dela através das árvores. Parecia distante, mas se aproximava, as palavras trêmulas, como se estivesse correndo.

— O que ela disse? — perguntou Angel, envolta em melancolia, e fechei os olhos para ouvir melhor.

— ... chegou! — falou ela. E então, bem mais alto. — Chegou! O barco chegou!

Abri os olhos. Na minha frente, Angel sorria como se tivesse acabado de ganhar na loteria, e Santana soltou um grito e socou o céu.

— Chegou.

— Zana irrompeu na clareira por entre as árvores. Ficou ali, com as mãos na cintura, e por um momento eu a vi, realmente a vi, como os marinheiros teriam feito; os cabelos emaranhados de sal, o brilho de poeira e sujeira, as cicatrizes nos braços e nas pernas, os hematomas e o olho roxo, e a forma como a sua pele grudava nos tendões, cada veia saltando dos músculos famintos por água. Parecia... selvagem. Esgotada. Como uma sobrevivente. Mas então sorriu, e o sorriso dela era tão largo quanto o de Angel.

— O barco. Ele chegou. Estamos salvas. Vamos para casa.

CAPÍTULO 37

COMO DESCREVER A LONGA e lenta viagem de barco de volta à realidade? Como descrever o primeiro banho, ou melhor, o primeiro *banho de banheira*, o puro e inimaginável luxo de poder não apenas beber quanta água quiséssemos, mas também mergulhar nela, chafurdar nela, nos encharcar nela? Senti-la correr sobre a pele — água pura e limpa. Eu não queria sair nunca mais.

Como descrever a primeira refeição que não foi feita com frutas colhidas na floresta ou doces mofados? Como descrever batatas fritas crocantes de derreter na boca, sorvete e Coca-Cola, com os cubos de gelo tilintando e a condensação escorrendo suavemente do copo?

Havia outras coisas também, que nenhuma de nós sabia como descrever. A notícia de que o *Over Easy* havia sumido, se perdido no mar durante a tempestade. Essa informação não nos foi dada de imediato, talvez os tripulantes do barco de resgate nem soubessem, não tenho certeza. Mas, depois de alguns dias, um homem da embaixada britânica em Jacarta veio ao nosso hotel e nos disse com gentileza que havia pouquíssima esperança, que o *Over Easy* provavelmente havia afundado na tempestade. O transponder náutico, o equivalente a uma caixa-preta de navio, tinha ido parar no meio do oceano profundo, e não havia destroços à vista. Talvez nunca soubéssemos ao certo o que aconteceu.

Então veio o primeiro telefonema soluçante com os meus pais, por uma linha interurbana crepitante. E a primeira chamada de Zoom com a mãe de Nico, com os olhos secos e atormentada por uma dor que ela ainda não tinha começado a processar por completo.

O que eu poderia dizer? O que eu poderia fazer para tornar a perda dela suportável?

Não havia nada.

Ofereceram um quarto para cada uma de nós quando recebemos alta do hospital e resolvíamos a papelada e os passaportes — mas foi Santana quem disse que não queria ficar sozinha, e, quando ouvi essas palavras, percebi que sentia o mesmo. Depois de tanto tempo dormindo, comendo e lutando para sobreviver juntas, eu não queria ficar trancada num quarto sozinha — mas ainda não estava pronta para encarar o mundo exterior. Não até que algumas das cicatrizes estivessem curadas.

Então, acabamos num apartamento de família, com dois quartos, ligados por uma pequena sala de estar. Santana e Angel ficaram em um, Zana e eu no outro. No frescor do ar-condicionado das noites, nós nos reuníamos na pequena área comum no meio para comer a comida milagrosa do serviço de quarto, beber toda a água que quiséssemos e conversar. Conversamos e conversamos como, de alguma forma, não tínhamos conseguido fazer na ilha.

Contei a elas sobre Nico, o abismo crescente entre nós e o fato de que eu não tinha certeza de que teríamos sobrevivido à experiência da ilha Feliz para Sempre mesmo sem a tempestade. Contei como fiquei acordada à noite, me perguntando se Nico sabia disso, se o seu último pensamento antes de morrer foi sobre mim e se eu o amava.

Angel nos contou sobre a sua infância, o pai, que morreu quando ela tinha apenas dezessete anos, e quanto sentia falta dele. Falou da mãe parisiense, que sempre que a via dizia que ela havia engordado e que nenhum homem a desejaria se ela não se cuidasse. E sobre o ex abusivo, e quanto tempo levou para encontrar forças para deixá-lo, para vir para Londres — onde conheceu Bayer e, por um tempo, tudo pareceu bem.

— Talvez eu volte para Paris — disse ela, com um dar de ombros que beirava a desesperança. — Não sei.

Santana falou sobretudo de Dan. Do tempo que passaram juntos na escola, das anedotas engraçadas sobre como ele provocava os professores e da vez que se vestiu com roupas femininas e pediu que mostrassem a escola a seu suposto filho, Anthony. Foi o professor de arte que o levou para esse passeio, um homem de setenta e poucos anos que lecionava na escola desde os anos 1980, quando só meninos estudavam ali, e que não parava de olhar para Dan com olhos míopes através dos óculos bifocais, murmurando: "Tenho certeza de que conheço você, madame. Eu dei aulas para o seu pai?"

E Zana... Zana falou sobre Conor. Sobre como ele a contatou pelo Instagram quando ela tinha apenas dezessete anos, e eles trocaram mensagens, flertando, brincando, e enfim se encontraram num bar em Londres no aniversário de dezenove anos dela. Ela levou amigos — não era idiota —, mas não conversou com nenhum deles a noite toda, apenas ficou sentada, extasiada por Conor, deslumbrada por ele como se não houvesse mais ninguém ali. Contou como ele fora maravilhoso no começo e piorara depois. Contou como tinha ficado com medo, no final, do que Conor fizera — e ainda poderia fazer.

— A culpa é minha — disse, se engasgando, com a mão no rosto. — Tudo isso. Se eu não tivesse concordado em vir, se não o tivesse deixado fazer tudo o que fez...

— Não — interrompeu Angel, e não havia nada além de compaixão na voz dela. — Não é culpa sua, *chérie*. Prometo. E como você poderia saber até onde ele iria? Todas nós conhecemos um homem como ele. Às vezes, tudo o que se pode fazer é sobreviver.

Mas, quando Santana assentiu com tristeza, percebi... que não era verdade. Não mesmo. Pelo menos, não para mim. O único homem que eu conhecera como Conor foi o próprio Conor. Nico e eu podíamos não ter sido o casal perfeito, mas ele era doce, engraçado e gentil, e me amava com nada além de respeito e delicadeza.

Mas Angel, Zana e Santana — todas já tinham conhecido um homem como Conor. Talvez vários.

Enquanto eu pensava nisso, algo mais surgiu no fundo da minha mente, algo que estava me incomodando havia muito tempo, talvez desde aquele primeiro dia no barco, quando conheci Joel e ele me contou sobre o seu trabalho.

— Estive pensando... — falei, um pouco hesitante. Santana levantou os olhos de onde estava massageando as costas de Zana. Esta enxugou as lágrimas. Engoli em seco e recomecei: — Desde que voltamos da ilha, tenho pensado em tudo isso. Toda essa coisa de *O casal perfeito*. Teve uma coisa que Joel disse... que me deixou intrigada. Sobre ver o folheto e pedir que corrigissem o cargo dele. E aí Dan mencionou isso também. Você lembra? — Olhei para Santana. — Ele disse algo sobre ter pesquisado os vídeos de Conor, quando vocês receberam o pacote de informações. Você sabia ao que ele estava se referindo?

Santana assentiu.

— Sim, era um tipo de dossiê. Recebemos cerca de três ou quatro semanas antes de partirmos.

— Sim, mas nós *não* — falei. — Nico e eu. Não recebemos um. Só nos inscrevemos algumas semanas antes de zarpar.

Por um momento, todas as outras três pareceram confusas, e então o rosto de Angel se iluminou.

— Claro! Eu tinha esquecido completamente. Vocês não estavam no material. Era outro casal... qual era o nome idiota dele? Hunting ou algo assim.

— Hunter — disse Santana. — Hunter e Lucy. Eu nunca tinha ouvido falar dele, mas, na verdade, a conheço um pouco. Ela é amiga da minha prima e, quando percebi que não estavam no barco, mandei uma mensagem para ela perguntando o que tinha acontecido.

— E o que aconteceu? — questionei.

— Parece que o namorado dela desistiu quando recebeu o dossiê. Ele tinha um problema enorme com um dos outros concorrentes. Lucy não me disse qual.

— Eu sei — falou Zana, em voz baixa. Ela olhou para mim. — Era Conor, certo?

Assenti.

— Acho que sim. Você conhecia Hunter, Zana?

Zana balançou a cabeça.

— Não, mas Conor conhecia. Viu o nome dele no dossiê, e tive a impressão de que estava ansioso para encontrá-lo. Aliás, foi a primeira pessoa sobre quem perguntou quando chegamos ao barco. Perguntou a Camille se Hunter já tinha chegado. Quando Camille disse que Hunter e Lucy haviam desistido, Conor riu. Disse algo sobre isso, algo como: "Hunter sempre foi um covarde."

— Não vejo sentido nisso — disse Angel, mas não com desdém. Parecia confusa. — Você perdeu o fio da meada.

— Pense nisso — falei, baixinho. Estava respondendo a Angel, mas olhava para Zana. — Pense no que todos os casais tinham em comum. Todos, menos eu e Nico. Pense.

Angel pareceu surpresa.

— *Chérie*, não tínhamos nada em comum. Não é essa a questão? Éramos todos tão diferentes... Modelos. Atores. Preparadores físicos. Professores. Cientistas. A ideia era ter um elenco diverso.

— Não. — Balancei a cabeça. — Todos tinham uma coisa em comum. Pelo menos uma pessoa em cada casal tinha. Vocês todos tinham algum tipo de história com Conor.

Santana franziu a testa, e continue:

— Santana, você frequentou a escola com a ex-namorada dele, aquela que se matou. Você poderia falar sobre o passado dele como abusador. Romi foi vítima do canal dele no YouTube, com todos os seus seguidores atacando-a para chamá-la de problemática ou seja lá o que for. Hunter... bem, não sei o que aconteceu, mas houve alguma coisa. Talvez Conor tenha prejudicado alguém que ele amava.

— E eu? — disse Angel. Ela parecia cética. — Eu nunca tinha conhecido Conor.

— Não, mas você teve uma experiência pessoal de estar num relacionamento abusivo. De alguma forma, Baz poderia ter sabido disso?

— Quer dizer... eu já tuitei sobre o assunto — respondeu Angel, dando de ombros. — Fiz um tópico sobre sinais de alerta em relacionamentos que viralizou.

— Pois é — falei. — Você era a pessoa ideal para reconhecer Conor pelo que ele era. E Bayer... bem, *ele* era a pessoa perfeita para irritar Conor, para fazê-lo parar de bancar o bonzinho e mostrar quem era de verdade. E foi exatamente o que fez, no primeiro momento em que houve qualquer tipo de tensão. Você, Santana, Bayer, Romi... quase todo mundo na ilha foi escolhido a dedo para falar sobre o passado de Conor ou fazê-lo confessar o seu presente. Nico e eu... bem, fomos convocados de última hora, então não havia tempo para pesquisar alguém com uma ligação tão boa quanto a de Santana. O melhor que eles podiam fazer era encontrar alguém como eu, alguém que pudesse entrar em conflito com ele politicamente. — Lembrei-me das perguntas de Baz na entrevista, as que tanto me intrigaram. "Você se consideraria uma feminista? E seu posicionamento político? Você diria que é de esquerda... de centro... de direita...?" Finalmente eu entendia. Ele estava tentando encontrar alguém que confrontaria Conor... e, de preferência, que fosse mulher. — Adicione bastante bebida para apressar as coisas e algumas tarefas estressantes planejadas para fazer todo mundo perder a paciência... A tempestade nunca fez parte do plano, é claro. Foi só um azar horrível.

— Mas por quê? — disse Santana, a voz perplexa. — Por que Baz teria todo esse trabalho para acabar com um estranho completo, por mais que ele seja uma merda?

Balancei a cabeça outra vez.

— Não acho que *eles* fossem estranhos um ao outro. Dan me disse, logo no começo de tudo isso, que Baz conhecia Conor. Ele falou que Conor tinha namorado a sobrinha de Baz. E comecei a me perguntar... e se ela também não tiver saído ilesa?

Houve uma longa pausa. Eu podia ver as outras três pensando nas minhas palavras, revirando-as. Então, o rosto de Santana mudou. Uma espécie de horror tomou conta da sua expressão.

— Espera aí, qual era o nome dele?

— De Baz? — perguntou Angel, intrigada.

— Sim. — Santana digitava freneticamente no novo telefone, parte do pacote de emergência que o oficial da embaixada britânica havia providenciado para nós, para que pudéssemos entrar em contato com as nossas famílias. — Qual era o sobrenome dele? Ele só se apresentou como Baz para mim. Baz da F Produções.

Peguei o meu celular também e comecei a procurar nos e-mails de Ari. Era verdade que Baz só assinava com o primeiro nome — o sobrenome dele nem constava no endereço de e-mail. Mas, enfim, perdido num dos contratos, eu o encontrei.

— Basil Ferrier — falei. — Parece meio chique, não é? Não combina muito com a imagem de homem do povo que ele vende. Não é à toa que ele preferia ser chamado de Baz. — E então, quando percebi a conexão: — Ah, entendi agora. F Produções. F de Ferrier.

— Exatamente. E... esse era o nome *dela*. A garota com quem eu estudei: Cally. A que se matou. Seu nome completo era Calista Ferrier. Ela me disse certa vez que tinha um tio na Austrália. *Ela* era sobrinha de Baz.

Eu a fitei, e Santana me olhou de volta — nós nos encaramos enquanto as últimas peças se encaixavam. Senti uma profunda e terrível compaixão por Baz me invadir, apesar de sua estupidez, apesar da maneira como ele mentiu para todos nós.

Deve ter sido ruim o suficiente ver a sua linda sobrinha de dezenove anos se matar depois de terminar com o namorado; mas ver esse namorado continuar, ano após ano, crescendo tanto e se tornando cada vez mais famoso... Ver os seus inscritos no YouTube chegarem a um milhão, depois a dois e então a dez milhões — ver os seguidores absorvendo a retórica dele, curtindo e se inscrevendo cada vez mais... Eu tinha assistido a alguns vídeos do Conor desde que saíra da ilha, sentada no vaso sanitário, com a porta trancada e o chuveiro ligado a fim de abafar o som, e estava ficando cada vez mais perturbada. Por trás do tom falsamente razoável, havia uma veia de veneno que os apoiadores dele celebravam sem disfarce nos comentários. Sim, eu podia imaginar que um homem como Baz não seria capaz de ficar parado assistindo àquilo.

"Um estouro", foi assim que Joel chamou *O casal perfeito*, e ele estava mais certo do que imaginava. Baz almejava criar um estouro — mas era uma explosão planejada, com Conor no centro. No entanto, com os apoiadores de Conor se manifestando nas redes sociais, não teria sido apenas um estouro; teria sido um estouro *viral*, e uma vitória dupla para Baz: uma bela audiência para ele e um colapso que destruiria a carreira de Conor. Baz teria saído dali como um homem feito — o herói que expôs um guru do YouTube como o misógino problemático que era e criou o programa do ano. O restante de nós... bem, éramos apenas bucha de canhão.

Houve um longo silêncio. Eu podia ver as outras três mulheres remoendo lentamente as minhas sugestões.

— Isso explicaria por que não tinham conseguido vender o programa — disse Santana, devagar. — Se o atrativo fosse esse YouTuber famoso tendo um colapso na TV... bem, eles teriam que esperar isso acontecer antes de poderem apresentar como argumento de venda. Mas... Deus. Será que é verdade? Parece... parece loucura.

Dei de ombros.

— Não sei. Mas é a única maneira de entender todos esses fios que levam a Conor e a Baz. Quer dizer, sua amiga Cally... não acho que seja coincidência, e você?

Santana balançou a cabeça. Seu rosto estava pálido.

— E não entendo muito de reality shows, mas me parece que o que Baz estava tentando fazer é uma espécie de continuação do que todos eles fazem, não é? Escolhem pessoas voláteis, pessoas que vão se apresentar para as câmeras, as deixam o mais tensas possível, criam um monte de situações estressantes que quase garantem que alguém perca a cabeça, jogam um pouco de álcool... e então relaxam e deixam as câmeras gravarem e os tuítes fluírem.

— Porra — disse Angel. — Quer dizer, é loucura, mas você tem razão... todas essas ligações com Cally não fazem sentido de outra forma. Então, Baz destrói o próprio inimigo e cria o *événement* televisivo do ano. E que se foda o resto de nós no meio.

— Meu Deus — comentou Santana. O maxilar dela estava cerrado, um músculo pulsava. Quando voltou a falar, sua voz soou como se estivesse saindo por entre dentes cerrados. — Meu *Deus*. Eu sabia que essa coisa toda era merda desde o começo. Eu nem queria fazer, foi ideia do Dan. Ele nunca quis ser "só" modelo. — Ela colocou a palavra entre aspas. — Sempre quis ser ator ou apresentador.

— Que se foda o Baz — disse Angel. Havia uma fúria contida na sua voz que eu nunca tinha ouvido antes. — *L'homme de ma vie*, meu pobre Bayer, ele está morto. E por quê? Por nada! Para que Baz colocasse seu plano idiota em prática! Sério, ele que se foda!

Zana estava curvada para a frente, com as mãos sobre o rosto. Eu não conseguia dizer se estava chorando e, nesse caso, se era de choque, tristeza ou alívio. Talvez os três.

Mas, quando Zana se sentou, vi que ela ria — através das lágrimas, com uma espécie de fúria amarga e sem alegria.

— Se isso for verdade... — Ela estava lutando para pronunciar as palavras. — Se isso for verdade, então vocês sabem... sabem o que é pior?

Ela deu uma risada soluçante e engolida, e balancei a cabeça. Angel e Santana olhavam para ela com uma mistura de horror e compaixão.

— Fizemos dele um *herói* — disse Zana por fim. Ela balançava, quase agachada, com a cabeça entre as mãos, mas jogou a cabeça para trás. — Aquele diário... aquele diário de merda que eu escrevi. Nós o transformamos num *santo*. Vocês viram as manchetes?

Ela enfiou a mão no bolso em busca do telefone, digitou algo na barra de pesquisa e estendeu-o.

— Olhem. *Olhem.*

Inclinei-me para a frente, vendo a telinha. E lá estava, em preto e branco, manchete após manchete — a maioria delas ilustrada com o rosto charmoso e sorridente de Conor.

A morte trágica de um YouTuber salvando amigos

Co-bros lamentam a perda de seu herói após a morte do YouTuber britânico Conor Brian

Conor Brian: Uma vida notável. Uma morte altruísta. Um último presente para o mundo.

Empurrei o telefone para longe.

— Foi *isso* que Baz conseguiu — falou Zana. — Ele nos fez passar por um inferno, só para canonizar o próprio inimigo. E agora todas nós temos que conviver com isso... com essa *mentira* para sempre. E tenho que conviver com o que fiz... com o que deixei acontecer.

Lágrimas escorriam pelo rosto dela. Eu não sabia se era por causa de Conor ou de qualquer outra coisa. Talvez tudo.

— Olha — falei. Peguei o telefone da mão de Zana e desliguei a tela. — Olha, Zana. Baz está morto, Conor está morto... todos eles estão mortos. — Um bolo se formou na minha garganta, pensando em Dan, Joel, Bayer, Romi e na pobre produtora sem nome... e em Nico, em suas últimas palavras para mim: "Você armou uma cilada para mim. Não era isso que deveria acontecer. Não foi isso que combinamos!" Era verdade... mais verdade do que qualquer um de nós poderia saber na época. Todos caímos numa cilada. Nenhum de nós tinha concordado com o plano idiota de Baz. — Eles estão mortos — falei de novo, a voz mais veemente do que eu pretendia —, e não há nada que possamos fazer para mudar isso. Não podemos ajudá-los. Não podemos consertar o que fizeram ou mudar o que sofreram. Tudo o que podemos fazer é proteger os vivos... *nos* proteger. — Olhei ao redor do círculo. — E é isso que vou fazer. Não importa o que custe. Certo?

Houve um longo silêncio. Então Angel assentiu.

— Sim. Foda-se o Baz. Foda-se o legado de Conor. E daí que é mentira? É mentira para muita gente. O que importa é a vida. Concordam?

— Concordo — disse Santana. Seu rosto estava úmido e ela enxugou os olhos. — Zana?

— Certo — respondeu Zana. Sua voz estava baixa. — Mas odeio o fato de que estejam fazendo isso por mim.

— Não estamos fazendo isso por você — falou Angel. Sua voz era dura. — Estamos fazendo isso por nós. Por *todas* nós. Pelas sobreviventes.

Ela pegou o copo de limonada que estava à sua frente.

— À sobrevivência.

— À sobrevivência — repetiu Santana.

— À sobrevivência — falei. Nós nos viramos e olhamos para Zana.

— À sobrevivência — disse ela suavemente. E então sorriu.

CAPÍTULO 38

O CHIP DE SUBSTITUIÇÃO chegou pelo correio. Um telefone novo, já que o meu antigo estava no fundo do Pacífico. Mas o número continuava o mesmo. Tantas pessoas já tinham tentado entrar em contato comigo por meio de amigos em comum, que eu sabia que precisava reativar o número antigo para garantir que estava tudo bem.

Eu estava sozinha quando a encomenda chegou ao nosso — meu — apartamento. Ainda era estranho estar lá sem Nico. Eu ainda me pegava procurando por ele quando me virava na cama. Fiquei com a respiração presa na garganta ao entrar pela porta da frente, prestes a chamá-lo: "Amor, cheguei!"

Era sábado e não fazia muito tempo que tínhamos voltado de Jacarta... Meus pais finalmente tinham ido para casa, tranquilizados por eu estar comendo e dormindo, pelo menos um pouco, e sabendo que não ia escapar por entre os dedos deles mais uma vez. Mas as minhas mãos ainda estavam magras e queimadas de sol, ainda cobertas de cortes e queimaduras de ácido, as quais só tinham cicatrizado em partes. Lembro-me de olhar para elas enquanto rasgava o envelope e cortava o polegar na aba — pensando em como doía e em como era irônico me preocupar com um corte de papel idiota, quando todos nós tínhamos passado por tanta coisa.

Abri o celular com um clipe de papel, coloquei o chip e esperei as mensagens chegarem. Dezenas... e dezenas... e dezenas delas, aumentando à medida que a notícia do naufrágio chegava ao Reino Unido e amigos começavam a ouvir sobre o meu desaparecimento.

A maioria das pessoas me encontrou por e-mail ou pela minha mãe. Enquanto eu rolava a lista, desmarquei aquelas que eu sabia que não precisava responder e enviei um rápido "Oi, estou de volta e entro em contato assim que possível" para as pessoas que talvez não tivessem ouvido. As piores vinham dos amigos de Nico — sabendo que eu teria que dar a notícia horrível para eles de novo e de novo. Era como voltar no tempo. De volta a uma época em que tudo estava bem.

Então, enfim, cheguei à última mensagem de todas... ou talvez à primeira, embora fosse a última da lista. A julgar pela data, deve ter sido enviada poucas horas depois de eu ter desligado o celular antigo e guardado no cofre de Baz, e estava no servidor desde então, esperando o meu chip se reconectar.

Era uma mensagem de Nico.

No começo, não entendi. O celular dele estava dentro do armário com o meu — eu tinha visto Baz colocá-lo lá. Como ele conseguiu me mandar uma mensagem? E por quê, se ele, logo ele, sabia que eu não podia atender?

E aí entendi: ele devia ter recebido o celular de volta quando embarcou no *Over Easy* para aquela última viagem. E tinha enviado isso para que fosse a primeira coisa que eu lesse quando pegasse o celular de volta, quando também fosse expulsa da ilha.

Não era só uma mensagem. Na verdade, eram várias, uma atrás da outra. Um pequeno número treze aparecia sobre a prévia da mais recente.

Treze mensagens. Parecia que ele tinha muito a dizer. *Muito.*

Meu dedo pairou sobre o nome dele, o estômago embrulhou e me perguntei se teria coragem de tocar no assunto, com tudo tão recente. Continuei me lembrando da amargura de Nico pela noite passada na ilha, suas acusações descontroladas: "Você me sabotou... Que jogo pensa que está jogando?"

Mas não podia deixar as mensagens ali, sem ler, me atormentando. Tinha que encarar o que quer que ele tivesse a dizer; e, quaisquer que fossem as suas últimas palavras, elas não poderiam ser piores do que as que ecoavam na minha cabeça. O começo, a parte que eu conseguia ver na prévia, não parecia tão ruim. "Ei, Lil", dizia, no fluxo de consciência característico e sem interrupções de Nico, "bem, estou de volta ao barc..."

O texto era cortado aí. Respirei fundo e cliquei.

ei, lil. bem, estou de volta ao barco e tive a chance de esfriar a cabeça e porra me desculpe. eu fui um babaca pior que um babaca

acho que se você está lendo isso também foi expulsa da ilha. ou talvez tenha ganhado!!!! espero que saiba que eu não quis dizer nada daquilo que disse quando saí. eu só estava com raiva. e talvez com medo também. senti que esse programa era a minha última chance e que tinha decepcionado a mim mesmo. a nós dois. porque essa é a questão, você se superou como sempre faz. porque você é incrível, inteligente e uma boa pessoa e

merda, apertei enviar por engano. não sei o que mais. só sei que não mereço você e já faz um tempo que sinto isso. você merece alguém que trabalhe duro e te dê filhos e todas as coisas que não sei se realmente quero. eu te amo lil e sinto que você me ama também mas sei lá. talvez seja hora de eu deixar você ir

porra, eu não devria ter mandando mansegem desculpe estou bêbado. bebi muita cervical

*cervice

*cerveja

bebi muito

eu te amo e espero que você ganhe. espero que ganhe o prêmio todo e faça algo incrível que vai mudar a sua vida

eu sei que você vai fazer isso

você merece
eu te amo.

ps espero que você derrote o conor. baz disse que ele namorou a sobrinha dele ou algo assim e ele é meio babaca

Não sei quanto tempo fiquei ali sentada, olhando para a tela. Só sabia que havia lágrimas rolando pelo meu rosto e que, quando o celular apitou outra vez com uma mensagem de texto, a tela se acendeu como uma vela, iluminando o quarto num brilho fantasmagórico.

Enxuguei os olhos e voltei para o topo da lista, onde havia uma mensagem de um número desconhecido na minha caixa de entrada.

Ei, dizia a mensagem. *Sou eu, Santana. Testando o seu novo número. Número antigo, quer dizer. Pergunta idiota, mas... você vai ficar bem?*

Fechei os olhos. Respirei fundo. Tentei descobrir o que dizer.

Então simplesmente digitei: *Sim*.

E cliquei em enviar.

AGRADECIMENTOS

Normalmente, não agradeço muito à minha família nos meus livros, porque eles quase nunca têm algo a ver com o meu processo de escrita, além de, com muito tato, se manterem fora do caminho quando as coisas vão mal. No entanto, este livro é uma exceção, pois a carreira de Lyla como virologista é diretamente inspirada no trabalho do meu marido em ciências e nas muitas horas que ele passou no início do nosso relacionamento dividindo linhagens celulares e, de modo geral, abusando de suas culturas sofridas.

Escritores têm o péssimo hábito de se casar com outros escritores, mas eu gostaria de defender com firmeza o casamento com um cientista. Há algo reconfortante em ter um cônjuge que não entende o seu trabalho, assim como você não entende o dele — pois isso o obriga a deixar as preocupações do trabalho de lado quando se senta à mesa da cozinha. Porém, mais do que isso, cientistas em geral são pessoas extremamente inteligentes, competentes e curiosas, com quem é muito interessante conviver e que o ajudam a lembrar que há coisas piores no mundo do que usar a vírgula no lugar errado.

Nunca entendi direito o que meu marido faz. Eu explicava muito bem a diferença entre vírus e retrovírus, mas esqueci até isso. No entanto, vejo a paixão que sente pelo trabalho dele, a importância da busca pela verdade e pela integridade científica, e quanto ele se esforçou durante toda a carreira para priorizar os dados. Ian, eu te amo. Suas qualidades como cientista são umas das coisas de que mais gosto em você, e espero que isso transpareça em Lyla.

Preciso agradecer de coração a Ivan Brett por me deixar questioná-lo sobre o lado emocional de ser um participante de reality show e por me aconselhar sobre a plausibilidade de alguns dos detalhes que eu queria incluir. No entanto, devo deixar claro que a atitude desleixada em relação à saúde e à segurança demonstrada pela F Produções em *O casal perfeito* foi inteiramente invenção minha! O fascinante livro de memórias de Courtney Robertson, *I Didn't Come Here to Make Friends*, sobre a sua época em *The Bachelor*, ofereceu insights dos bastidores de um tipo de programa bem diferente.

Um enorme agradecimento também a Sally, Gus e Rob por me dar tantas respostas sobre como é viver com diabetes tipo 1 e as minúcias das bombas de insulina. Qualquer erro é culpa minha!

E um enorme agradecimento a Chris Moore e Sabrina Chapman pela ajuda com o diálogo em francês.

Minha querida agente, Eve White, e seus brilhantes assistentes, Ludo e Steven, estão sempre ao meu lado, e sou imensamente grata a eles por guiarem os meus livros ao longo dos anos. Também devo muitos, muitos agradecimentos às equipes indomáveis e incansáveis da Simon & Schuster no Reino Unido, nos Estados Unidos, no Canadá e na Austrália, e às minhas editoras em outros idiomas e no exterior. A Alison, Jen e Suzanne, sou grata todos os dias pelo brilhantismo editorial conjunto e pela fé que demonstraram em mim e nos meus personagens. E a Ian, Jessica, Sydney, Sabah, Katherine, Taylor, Kevin, Mackenzie, Gill, Dom, Nicholas, Maddie, Heather, Gail, Hayley, Sarah, Harriett, Matt, Francesca, Richard, Genevieve, Louise, Jennifer, Aimee, Sally, Abby, Anabel, Caroline, Jaime, John Paul, Brigid e Lisa — devo a todos vocês meus sinceros agradecimentos pelo cuidado e pela atenção que dedicaram aos meus livros. Sou muito grata por tudo o que fizeram por mim!

À minha querida família e amigos, incluindo o cada vez mais indisciplinado Colin Scott, amo todos vocês e não teria conseguido sozinha.

E, ao meu caro leitor, se você chegou até aqui — obrigada. Você faz tudo valer a pena.

Impressão e Acabamento:
GRÁFICA GRAFILAR